ANIMAL

LA TRAMA

ANIMAL

Leticia Sierra

Papel certificado por el Forest Stewardship Council®

Primera edición: enero de 2021

© 2021, Leticia Sierra
Autora representada por Carmona Literary Agency
© 2021, Penguin Random House Grupo Editorial, S. A. U.
Travessera de Gràcia, 47-49. 08021 Barcelona

Printed in Spain – Impreso en España

ISBN: 978-84-666-6799-9
Depósito legal: B-6.419-2020

Impreso en Liberdúplex
Sant Llorenç d'Hortons (Barcelona)

BS 6 7 9 9 9

A mi familia, mi riqueza, y de forma especial a:
mi hija, Sofía, por inspirarme;
mis padres, María Jesús y Miguel, por creer en mí;
mi marido, Mayer, por apoyarme de forma incondicional;
mi madrina, Tití, por ser y estar.
Os quiero

Advertencia

Los lugares y personajes que aparecen en este libro, así como los hechos que acontecen, no están basados en hechos reales. Aunque hay algún personaje y algún lugar que están inspirados, con ciertas licencias por parte de la autora, en lugares y personas reales, el relato, en su totalidad, es fruto de la invención de la novelista sin que se pueda atribuir a ninguna persona existente o que haya existido en la realidad conductas, comportamientos y opiniones reflejadas en estas páginas.

Dicho esto, cualquier parecido con la realidad es pura coincidencia.

Domesticar la bestia que todos llevamos
dentro es parte fundamental de nuestro destino, y el modo más razonable de hacerlo es
dándole de comer...

Luis Mateo Díez,
El expediente del náufrago

Puede que hayamos cometido errores muy
grandes, pero siempre hemos sabido que había una línea que no se tenía que traspasar.
Nunca. Porque, si se traspasaba aquella línea, ya no había diferencia entre un hombre
y una bestia.

Andrea Camilleri,
La excursión a Tindari

1

Jueves, 15 de junio de 2017

Guadalupe Oliveira no estaba de muy buen humor aquella madrugada. Caminaba deprisa por las calles desiertas del polígono industrial, mientras pensaba en lo poco productiva que había resultado la noche.

Ya no era una chiquilla. Aún tenía un cuerpo atractivo, pero sus cuarenta y ocho años empezaban a pasarle factura. Estaba vieja para el negocio. Hacía no tanto tiempo le habría parecido impensable regresar a casa antes del amanecer.

Ahora, aguantar más allá de las tres de la mañana era perder el tiempo.

Los hombres preferían carne fresca. Puestos a pagar, elegían lo mejor. Clarisa, como la conocían sus habituales, no figuraba entre la mercancía de primera. Era consciente de ello, pero no se compadecía. Mejor ser práctica.

Se detuvo a mirarse en el ventanal de una de las naves. El reflejo le devolvió la imagen de una mujer atractiva, de pelo largo y negro, tez blanca, embutida en unos vaqueros ajustados y con una camiseta de algodón más bien escasa, que realzaba su generoso busto. Le gustó lo que vio. Estaba satisfecha de su aspecto, en especial de sus curvas. Todavía hacía volver la cabeza de muchos hombres cuando iba por la calle. Pero, para ser una profesional, estaba mayor. Suspiró y apresuró el paso.

Tenía pocos clientes, pero eran fijos y fieles. Preferían la veteranía de Clarisa a un culo firme y joven, aunque inexperto. Además, eran de buen conformar y de gatillo rápido. Dinero más o menos fácil. Pero esa noche le habían fallado dos y había terminado antes.

Se arrebujó en la chaqueta de punto. A pesar de estar a mediados de junio, a esa hora soplaba una ligera brisa que hizo que se estremeciera.

Cruzó deprisa la calle principal del polígono. Estaba desierta y mal iluminada. Aquellos tacones la estaban matando. Tenía que haber llamado a un taxi pero, si lo añadía al coste de la habitación y a la comisión de Germán, le iba a acabar saliendo lo comido por lo servido. No, iría caminando. La noche estaba despejada, cuajada de estrellas, y además su casa estaba a la entrada de Noreña, no lejos de allí. Necesitaba reflexionar. Pensar en su futuro. Quizá había llegado el momento de colgar los hábitos.

Tenía que considerar las opciones que tenía al margen de La Parada.

Guadalupe se detuvo y aguzó el oído. Sí. Era el ruido de un motor. Alcanzó a ver la parte trasera de un vehículo que, derrapando, acababa de salir de una de las calles laterales, enfilando por la principal en dirección a la carretera general. Circulaba a toda velocidad. «Como alma que lleva el diablo», pensó.

Ella giró por donde había aparecido el coche. Era un atajo hacia su casa. Aceleró el paso. La idea de un baño caliente y de meterse en su cama hizo que Guadalupe sonriera de satisfacción por primera vez en toda la noche.

No había caminado ni cinco minutos cuando le pareció ver

algo tirado en la acera. Parecía un fardo grande que la ocupaba casi por completo. Estaba justo debajo de una farola que proyectaba una luz tenue y blanquecina sobre el extraño bulto.

Al llegar a su altura, Guadalupe se paró en seco. Tuvo que apoyarse en la farola para no caer desmayada. Se le nubló la vista y, aunque quería gritar y correr, se quedó paralizada por el terror. Lo que parecía un saco era, en realidad, el cuerpo inerte de un hombre semidesnudo y cubierto de sangre.

Con las manos temblorosas sacó su teléfono móvil y marcó el 112.

Horas después confesó no recordar haber hecho esa llamada, ni cómo había llegado descalza y gritando hasta la carretera principal, en el punto donde la encontraron las primeras unidades de la policía antes de alcanzar la macabra escena.

2

Alberto Granados se limpió la boca con el dorso de la mano. Se estaba mareando. Se acuclilló, agotado. Le temblaban las piernas y sentía debilidad. Se sujetó la cabeza con las dos manos en un intento de detener el intenso bombeo de sangre que le taladraba el cerebro.

El vómito le había ensuciado las botas. Le vino otra arcada. Sintió el sabor amargo de la bilis en la boca. Había echado hasta la primera papilla. Se encontraba tan mal que agradeció que el médico forense y la juez de guardia se hubieran hecho cargo de la escena.

Había sido el primero en llegar al polígono La Barreda, en Noreña. Tras recibir el aviso de la presencia de una persona herida en la zona industrial, su compañero y él se subieron al coche patrulla y salieron zumbando. Ahora eran las tres de la madrugada.

Pocos metros antes de llegar al escenario se habían topado con una mujer que corría descalza por el arcén. Gritaba con desesperación, como un animal herido.

Se habían detenido para auxiliarla.

—¡Está muerto, está muerto! —chillaba presa del pánico.

Salieron del vehículo y se acercaron a ella. Estaba asustada. Trataron de contenerla entre los dos.

—Tranquilícese, señora. ¿Se encuentra bien? ¿Está usted herida?

—¡Está muerto!

—¿Quién está muerto?

—¡Está muerto! —La mujer se derrumbó. Lloraba y gimoteaba, sin parar de temblar.

Estaba en shock.

Con cuidado, la habían conducido al interior del vehículo y se habían internado en el polígono industrial. La avenida principal estaba despejada. Giraron por una de las calles laterales y entonces lo vieron. Había un cuerpo tirado en el suelo. La mujer, acurrucada en el asiento trasero, seguía llorando.

—Llama a una ambulancia. Esto tiene mala pinta —le dijo el agente de Seguridad Ciudadana a su compañero.

Granados se bajó del vehículo y se acercó hasta él. Nada más verlo supo que una ambulancia ya no podría hacer nada por aquel hombre. Y, de inmediato, se le revolvieron las tripas.

El cuerpo estaba bocarriba, sobre un gran charco de sangre. Los pantalones y el calzoncillo, a la altura de las pantorrillas, dejaban al descubierto, de forma obscena, el amasijo de carne allí donde antes habían estado los genitales.

La camisa estaba subida por encima del ombligo. Los brazos dispuestos en cruz con las palmas de las manos hacia arriba. La cabeza, ligeramente ladeada. Los ojos abiertos, con la mirada perdida. La boca abierta en una mueca grotesca, la mandíbula desencajada, por donde sobresalían parte de los testículos y el pene.

Fue entonces cuando vomitó. Continuó así incluso después de que llegaran la ambulancia, un equipo de la Policía Judicial y dos de la Científica, la juez de guardia con su secretario y el médico forense.

Una hora más tarde, no se sentía mejor.

Habían acordonado la zona: una primera área en torno al cuerpo, en donde el forense, arrodillado, examinaba el cadáver mientras la juez dictaba órdenes y el secretario tomaba notas; y otra zona de seguridad, que la Policía Judicial estaba procesando.

Granados estaba fuera de ambos perímetros, intentando recobrar el aliento. Llevaba diez años en el Cuerpo Nacional de Policía, en Pola de Siero. Lo más cerca que había estado de la muerte había sido la noche que habían encontrado el cuerpo sin vida de una joven víctima de una sobredosis. Pero esto no era ni parecido.

Pola de Siero y Noreña, jurisdicción del Cuerpo Nacional de Policía, son dos localidades tranquilas pertenecientes a municipios distintos. Noreña es la más pequeña y está situada en el centro del de Siero. Resulta curioso ya que en el mapa parecen formar un huevo frito: Noreña, la yema y Siero, la clara.

Entre las dos poblaciones sumaban poco más de cincuenta mil habitantes. Todo cuanto acontecía fuera de sus límites era competencia de la Guardia Civil.

Granados deseaba que el crimen se hubiera cometido un kilómetro más lejos, y que fuera un sargento de la Guardia Civil y no él quien estuviera doblado sobre sí mismo, luchando por no desmayarse.

Por lo general, su trabajo no incluía semejantes sobresaltos, salvo alguna llamada de vez en cuando por peleas entre borrachos, discusiones domésticas, avisos de robo en las naves del polígono y, durante el fin de semana, grescas entre jóvenes o algún coma etílico.

Nada tan brutal como lo que acababa de presenciar.

Cerró los ojos y evocó la escena. Su cuerpo se estremeció.

Sacó un pañuelo del bolsillo del pantalón y se lo pasó por la cara.

Miró a la mujer. Estaba sentada en una camilla, arropada con una manta. Los sanitarios le habían administrado un sedante y, aunque seguía sollozando, estaba visiblemente más tranquila. Seguía descalza. Los zapatos habían aparecido a pocos metros del cuerpo, de manera que constituían una prueba. Se llamaba Guadalupe Oliveira y trabajaba en La Parada, el prostíbulo más conocido de la zona, que estaba situado en el polígono. Era todo lo que habían podido obtener de ella.

Los agentes de la Policía Judicial aún no le habían tomado declaración. Habían resuelto esperar a que el calmante hiciera efecto.

Alberto caminó en dirección al cordón de seguridad.

Toda esa zona estaba iluminada por cuatro potentes lámparas halógenas, sujetas sobre trípodes, que conferían a la escena un aspecto más propio de una verbena o de un partido de fútbol que de un crimen.

Tres agentes, enfundados en monos blancos de plástico y con protectores de calzado, levantaban una cuadrícula identificando cuidadosamente con marcadores los elementos probatorios, mientras otro fotografiaba cada evidencia, pequeña o grande, antes de su recogida en las bolsas de pruebas. Un quinto agente, provisto de un equipo recopilador, cogía muestras serológicas. Reinaba el silencio. Apenas hablaban entre ellos. Imperaba la necesidad de que no se les despistara ni una mota de polvo que no debiera estar allí.

Se trataba de un área bastante grande. Aun así, la calle estaba sembrada de números de evidencia y carpas identificadoras de color amarillo. Alberto pensó que eran como miguitas de pan dejadas por el animal que había quitado la vida a aquel pobre hombre.

Escuchó a lo lejos la voz de la juez, sacándolo de sus pensamientos. La conocía. Se llamaba Dolores Requena. Había coincidido con ella en los juzgados de vez en cuando. Tenía fama de ser firme en sus decisiones y dura cuando la ocasión lo requería. Le caía bien. Era una mujer entrada en carnes, de cara agradable y sonrisa fácil.

—¡Agente! Hay que acordonar la entrada del polígono. Esto en un par de horas se va a llenar de camiones y de gente y todo parece indicar que estamos en la escena del crimen. Hay que preservarla hasta que acabe la recogida de pruebas.

—Sí, señoría.

El policía al que se había dirigido se encaminó hacia la otra entrada, justo en la calle paralela a la que estaban. Era un polígono pequeño, en forma de U. Dos avenidas principales, con sendos accesos desde la carretera general que iban a morir a un muro de bloques de piedra, que a su vez cerraba la finca del prostíbulo La Parada. Cuatro vías más pequeñas las cruzaban perpendicularmente. En total, el área estaba conformada por una veintena de naves dedicadas, casi en su totalidad, a la industria cárnica, a excepción de un taller mecánico y de una gasolinera que llevaba cerrada un par de años.

La juez volvió a concentrarse en lo que le decía el forense, un hombre enjuto y de facciones duras, que seguía arrodillado junto al cadáver.

—Por la temperatura del cuerpo, yo diría que murió hacia medianoche. Pero podré afinar más cuando lo examine en el depósito.

—¿Lo mataron aquí? —preguntó la juez.

—Todo parece indicar que sí. Hay demasiada sangre y no hay signos de que lo hayan movido.

Ladeó el cuerpo del hombre y examinó la cabeza.

—Tiene una contusión en la base del cráneo —señaló indicando lo que parecía un pequeño aplastamiento de la nuca.

—¿También fue golpeado?

—Sí. Probablemente primero lo golpearon y después lo emascularon.

Dolores Requena enarcó las cejas y se agachó para estar a la altura del médico.

—¿La mutilación fue *post mortem*?

—No. Cuando le cortaron los genitales el corazón de este hombre aún bombeaba sangre. Estaba vivo. Quiero pensar que inconsciente, pero, en cualquier caso, murió desangrado en cuestión de minutos. Sufrió un shock hemorrágico.

—Se cebaron con él.

—Sí... desde luego, quien le haya hecho esto le odiaba y mucho.

—La composición del cuerpo, cómo lo han dejado expuesto, los genitales en la boca... es como si quien lo hizo hubiera querido dejar un mensaje.

El médico se levantó y se quitó los guantes de nitrilo.

—Amiga mía, me temo que tienes una investigación complicada entre manos. Me pondré con la autopsia a primera hora de la mañana. —Miró su reloj y se frotó los ojos—. O, mejor dicho, en un par de horas. Intentaré pasarte el informe de la autopsia esta tarde. A más tardar, mañana.

Dolores Requena le dio la mano en señal de despedida y se encaminó a la ambulancia, en donde una compungida Guadalupe esperaba a que le tomasen declaración.

3

Olivia Marassa volvió a mirar el reloj despertador sobre la mesilla de noche. Las tres de la mañana. Llevaba dos horas dando vueltas en la cama. Cada vez que se movía, Pancho, su gato siamés, protestaba debajo de las mantas.

Se levantó y fue a la cocina a por un vaso de agua. A su paso por el salón, encendió la emisora que tenía sintonizada entre 108 y 174 MHz, interceptando así la frecuencia de la policía. Desde sus comienzos como periodista, aquel aparato —ilegal, por otro lado— le había conseguido unas cuantas portadas en el diario del que era reportera.

El sonido estridente de la emisora llenó el silencio. Probó un par de canales. Nada.

Estaba a punto de apagarla cuando escuchó una voz:

Código 10-0, código 10-0... en el polígono de Noreña. Necesitamos ayuda.

Estática... Ruido... Nada... Y de repente...

...Recibido...

Olivia voló hacia su habitación. Se quitó el pijama y en menos de cinco minutos —vestida con unos vaqueros, una camiseta, una sudadera y unas deportivas— se sentaba al volante de su viejo Golf del 95. Cogió el móvil y marcó el número de Mario, su compañero y fotógrafo en el mismo periódico. Saltó el contestador. Maldijo en voz alta, tiró el móvil contra el asiento del copiloto y arrancó, enfilando a más velocidad de la permitida, hacia el polígono La Barreda.

Mientras conducía, siguió maldiciendo a Mario.

«Código 10-0... un muerto... hay un muerto en el polígono», pensó Olivia notando cómo la adrenalina recorría su cuerpo. Sacó un cigarrillo del bolsillo de la sudadera, lo encendió y le dio una buena calada.

Aceleró en cuanto tomó la carretera general. La noche estaba clara. Desde su piso en Pola de Siero hasta Noreña apenas había seis kilómetros en línea recta. Pisó el acelerador. Estaba nerviosa. Sentía el hormigueo en la boca del estómago que siempre la acompañaba cuando iba en pos de una noticia.

Al llegar, atravesó despacio el pueblo que, a aquellas horas, estaba desierto y en silencio. Pasó por delante del Ayuntamiento, cuyas farolas estaban ya apagadas, y de la iglesia del siglo XVI que, junto con el parque, que también hacía las veces de plaza municipal, conformaban el núcleo de la población. En Noreña todo era pequeño y recogido.

Los edificios no tenían más de tres plantas y, siguiendo la ordenanza municipal de urbanismo, debían respetar una estética determinada. Nada de cubiertas que no fueran de teja cerámica, nada de estilos arquitectónicos minimalistas o estridentes, nada de colores chillones... En definitiva, quien quisiera construir en Noreña debía hablar primero con el arquitecto municipal, lo que, en la mayoría de los casos, se traducía en lisonjear al técnico consistorial para que levantara la mano. Él se dejaba querer hasta el punto de conseguir que los planos de muchas de las viviendas nuevas del pueblo llevaran su firma, previo paso por caja.

Olivia le había denunciado, le había perseguido como si de la Inquisición se tratase, le había marcado de cerca. La oficina de Urbanismo de la localidad había copado los titulares del periódico durante bastante tiempo. Pero un escándalo local enseguida moría y perdía el interés entre el público lector. Máxime si ese público lector tomaba el aperitivo de los domingos con el susodicho personaje.

Olivia apuró el cigarrillo y dejó atrás Noreña. A menos de un kilómetro se encontraba el área industrial. A lo lejos vio las luces giratorias de dos dotaciones policiales y un potente haz de luz que surgía de las calles interiores.

Detuvo el vehículo en el arcén, a la entrada del polígono, y se bajó. Una cinta amarilla, atada a dos vallas metálicas, impedía el paso tanto por una de las entradas como por la otra. En ambas había un agente custodiando los accesos. Olivia resopló. Volvió a llamar a Mario. La voz monocorde del contestador le recordó que su compañero no estaba operativo.

Le dejó un mensaje.

Mario... Estoy en Noreña, en La Barreda. Ha ocurrido algo y voy a ver si me entero. Llámame cuanto antes.

Se guardó el móvil en el bolsillo trasero del pantalón, cogió su libreta de notas y un bolígrafo y se acercó a uno de los cordones policiales. Reconoció al agente que custodiaba la entrada.

—¡Alberto! —llamó a Granados, a la vez que levantaba la mano a modo de saludo. Se conocían desde hacía más de diez años, cuando ambos daban sus primeros pasos en sus respectivas profesiones.

Alberto se giró. Si se sorprendió de verla allí, no lo demostró. Su expresión se endureció y arrugó el entrecejo en un gesto de fastidio.

—¿Qué haces aquí, Livi? —preguntó con rudeza.

—Lo mismo te pregunto yo a ti. ¿Qué ha pasado? —Olivia se puso de puntillas intentando ver por encima de la cabeza del agente.

—No puedo hablar de ello. Vete a casa. Aquí no haces nada.

—¡Venga, hombre! Cuéntame algo. Sabes que no puedo irme...

—Y tú que no puedo decirte nada.

—A ver... sé que ha pasado algo... algo... como ¿un muerto, quizá?

—¿Has vuelto a escuchar esa emisora que tienes? Cualquier día te vas a meter en un lío. Joder, ¿es que tú no duermes nunca? —Granados no ocultó su enfado.

—Déjate de monsergas y dime qué ha pasado.

—Está bien. Sí... ha aparecido el cadáver de un hombre.

—¿Sobredosis?

—No... escucha, Livi... esto que te voy a decir... ni mu hasta que los de Prensa no lo hagan público. ¿De acuerdo?

—¿Me sales con esas a estas alturas de la película? Sabes que soy de fiar. A ver, dispara.

Alberto se acercó a ella y bajó el tono de voz hasta casi convertirlo en un susurro:

—Al tío le han cortado los huevos y se los han metido en la boca. Una salvajada.

—¡Dios mío! —Olivia estaba perpleja—. ¿Se sabe quién es la víctima?

—No, aún no. La juez está interrogando a una testigo. La mujer que encontró el cuerpo.

—¿Vio algo?

—No lo sé, Livi. Yo... digamos que cuando llegué... en fin... No sé más. Y, aunque lo supiera, tampoco te lo contaría. Ya te he dicho demasiado.

—¿Quién es la juez?

—Dolores Requena.

Olivia resopló y puso los ojos en blanco.

—Mierda. Es un buen hueso. No creo que con ella a cargo de la instrucción pueda enterarme de gran cosa.

—Mañana llama al departamento de Prensa. Algo te contarán... lo que puedan. Ya sabes cómo va esto.

Olivia sacó el móvil y se dispuso a fotografiar lo que se veía desde el cordón policial, que era más bien poco.

Alberto le dio un manotazo apartándole el móvil de forma brusca.

—¡Eh! ¿Qué haces? ¿Quieres que me la cargue? —escupió Alberto, con el rostro oscurecido por la ira.

—Tranquilo, tío. Tú no estabas en el encuadre. Pero comprenderás que una vez aquí, a las cuatro de la mañana, saque al menos una foto que demuestre que estuve en el lugar de los hechos, ¿no? —Olivia se frotó la mano allí donde le había golpeado.

—Perdona, Livi. —El policía se llevó la mano a las sienes y ejerció presión sobre ellas—. Tengo los nervios de punta. Menuda mierda. No veas qué impresión ver al tío ahí tirado. —Alberto se frotó los ojos. Se le veía cansado y ojeroso.

—No te preocupes. Escucha, esto va a salir en el digital, ¿de acuerdo? Algo así como... «Aparece un cadáver en el polígono La Barreda de Noreña...» Probablemente irá de apertura de página, con la foto. Pero sin detalles escabrosos que te puedan comprometer. ¿Te parece? Por la mañana hablaré con la gente de Prensa para que me den la versión oficial y edulcorada que me permita ampliar algo la información, y luego ya investigaré por mi cuenta.

—Está bien, pero no cuentes cómo apareció el tío, que me hundes —advirtió Alberto.

—Que no, pesado. Confía en mí.

—Cada vez que dices eso, me das miedo.

Olivia volvió al coche. Anotó en su cuaderno cuatro apuntes: «testigo», «castración», «¿crimen sexual?», «cuerpo muy cerca del club de alterne... indagar». Entró en la galería de imágenes de su móvil y miró la fotografía que había hecho a pesar del enfado de Alberto. En ella se veía, en primer plano, la cinta del cordón policial y, de fondo, la ambulancia y dos zetas.

«Al menos que se vea que estuve en la escena», pensó Olivia. Volvió a marcar el número de Mario sin éxito.

Miró el reloj. Las cuatro y cuarto de la mañana.

Llamó a la redacción. Atendió la llamada Pilar Cienfuegos, editora jefe del turno de noche. En *El Diario* había tres turnos para actualizar la edición digital. El turno de noche, de once a ocho de la mañana, solía ser el más tranquilo. Volcaban en el digital las noticias que, al día siguiente, se publicarían en la edición en papel, además de programar con esos contenidos las redes sociales.

Olivia no se anduvo con rodeos. Le contó lo que tenía.

—Bien —le dijo Pilar tras una pausa al otro lado del teléfono—. Creo que esto merece una llamada a Roberto, a pesar de la hora.

Roberto Dorado era el jefe de la sección de Comarcas y ante quien debía responder la periodista.

—¿Comité de crisis? —preguntó Olivia, aunque ya sabía la respuesta. Cuando se trataba de muertos, y más si se descubrían a horas intempestivas, la decisión de publicar o no la noticia se tomaba en un comité formado por el director del periódico, el redactor jefe y el jefe de la sección de Regional o de Comarcas, según se diera el caso.

—¿Para qué me haces preguntas de las que sabes la respuesta? Pásame por WhatsApp la foto y la información que tengas. Te llamo en cuanto sepa algo.

Olivia colgó y envió el material.

4

Dolores Requena llevaba casi treinta años vistiendo toga en los juzgados de Pola de Siero, de manera que estaba acostumbrada a ver cadáveres. Pero la escena que acababa de contemplar era obscena y brutal a partes iguales. Nunca se había encontrado con un caso en que el asesino mostrara tanto ensañamiento hacia la víctima.

Tras ordenar el levantamiento del cadáver pensó en la conveniencia de hablar con la mujer que había encontrado el cuerpo. No era competencia suya, en realidad. La Policía Judicial ya lo había hecho nada más llegar al lugar de los hechos. Aunque sin mucho éxito, dado el estado de conmoción en que se encontraba. Le tomarían declaración de forma oficial en comisaría al día siguiente, pero no quería desaprovechar la oportunidad de abordarla con la memoria aún fresca. Con frecuencia, los testigos, conforme pasa el tiempo, tienden a olvidar los detalles o a adornar su recuerdo de lo sucedido. Y son precisamente los detalles los que, en muchas ocasiones, marcan la diferencia entre resolver un caso o que este quede relegado en un archivador, cubriéndose de polvo.

Requena se acercó a la ambulancia. Observó a Guadalupe. Se encontraba sentada en una camilla, encogida. Parecía que el calmante le había hecho efecto, pues ya no lloraba ni daba señales de histerismo.

Se trataba de una mujer madura, de tez blanca y cabello negro y largo. A la luz blanquecina del vehículo sanitario parecía mayor de lo que seguramente era. Tenía el maquillaje corrido y, envuelta en una manta que alguien le había puesto por los hombros, se mecía adelante y atrás, de forma rítmica.

La juez entró en el cubículo, seguida de su secretario que, desde que llegara a la escena, no había dicho esta boca es mía. Era un personaje curioso. Callado, silencioso, como un gato. Parecía que anduviera de puntillas. Pero todo lo que tenía de extraño lo tenía de eficiente.

—Señorita Oliveira, me llamo Dolores Requena. Soy la juez de guardia. Sé que no se siente muy bien, pero me gustaría hablar con usted unos minutos. ¿Se encuentra con fuerzas?

Guadalupe asintió con la cabeza. Parecía que no tuviera energía para mucho más.

—¿Podría decirme todo lo que recuerde desde que salió de su trabajo hasta que encontró el cuerpo? Tómese su tiempo. No hay prisa.

La testigo cerró los ojos. Reflexionó durante unos minutos, como si tratara de ordenar las ideas. Dolores estaba a punto de repetirle la pregunta cuando Guadalupe comenzó a hablar. Su tono era monocorde, sin inflexiones.

—Salí de trabajar. Normalmente no salgo antes de las cinco o seis de la mañana. Pero hoy la noche fue floja. Me fallaron varios clientes, ¿sabe? —Abrió los ojos y miró a la juez, como si buscara su aprobación.

—Continúe, por favor —la animó.

—Normalmente llamo a un taxi, pero hoy decidí bajar andando. Mi casa no está lejos y la noche estaba muy agradable. —Se estremeció y se cubrió aún más con la manta—. Debí haberlo hecho después de todo.

—Sé que esto es difícil para usted. Pero quiero que entienda que es muy importante que me cuente cualquier detalle que haya observado, por pequeño que le parezca, desde que salió de La Parada hasta que encontró el cuerpo.

La mirada de Guadalupe fue de la juez a su secretario que, en el exterior de la ambulancia, anotaba todo cuanto se estaba diciendo. Suspiró con resignación. Quería irse a casa. Quería dormir y olvidarse de todo. Se sentía entumecida, como si su cuerpo le resultara ajeno.

—Bajaba caminando por una de las calles principales. Estaba a punto de tomar el atajo...

—¿El atajo? —repitió Dolores.

—La calle donde apareció... bueno... donde estaba el hombre... es un atajo hacia mi casa. Me ahorra tener que bajar hasta la carretera general. Es un camino secundario que va a morir a un descampado. A unos metros está mi casa.

—Bien... decía que estaba a punto de tomar el atajo. ¿Pasó algo en ese momento?

—No sé si tendrá importancia...

—Todo la tiene, señorita Oliveira —insistió la juez.

—Iba a cogerlo cuando un coche entró en la vía principal desde esa dirección.

—¿Recuerda cómo era?

—Vagamente. Iba a mucha velocidad. Entró en la calle derrapando. Como alma que lleva el diablo, eso fue lo que pensé.

Dolores miró a su secretario y volvió a fijarse en la prostituta.

—Necesito que haga un esfuerzo, Guadalupe. —La mujer, al oír su nombre de pila de boca de la juez, dio un respingo y clavó su mirada en ella—. Es muy importante que cierre los ojos e intente visualizar el vehículo: modelo, color, tamaño... quizá sin saberlo se haya fijado en la matrícula... algún detalle... si tenía algún golpe la carrocería... Trate de recordar.

Dolores puso su mano sobre la de ella y presionó intentando infundirle confianza.

Guadalupe cerró los ojos. Volvió a ver el coche.

—Era pequeño... y, sí... de color blanco. Y había algo... Algo que vi pero que no consigo recordar.

«¿Qué fue lo que me llamó la atención cuando el vehículo ya había girado, enfilando hacia la carretera?» Resopló... no conseguía acordarse.

—Está bien. Pequeño, de color blanco... —repitió Dolores—. ¿Pudo ver el modelo, la marca?

—Sí, pero no entiendo de coches, ni de marcas. No sabría decirle... Aun así, creo que podría identificarlo, si volviera a verlo.

—Está bien, no se preocupe... quizá más adelante recuerde cuál fue ese detalle que le llamó la atención. Continúe. Vio el coche y después, ¿qué ocurrió?

—Entré en la calle y enseguida vi que había algo tirado en mitad de la acera. Pensé que era un saco de basura. —Comenzó a llorar otra vez—. ¿Se imagina? ¡Un saco de basura! Fue lo primero que me vino a la mente cuando vi el bulto en el suelo. No me podía imaginar... no pensé, ni por un momento, que... —balbuceaba mientras los sollozos iban en aumento.

Dolores se acercó a ella y le pasó un brazo por los hombros.

—Guadalupe, tiene que tranquilizarse. ¿Quiere un vaso de agua?

La mujer negó con la cabeza mientras se secaba las lágrimas con un pañuelo de papel arrugado de tanto uso.

—Me acerqué y vi que era un hombre. Estaba... estaba cubierto de sangre y al parecer, no sé cómo..., llamé al 112. Lo siguiente que recuerdo es que estaba corriendo en dirección a Noreña, cuando me recogió un coche de policía.

La juez le palmeó la espalda.

—Ha sido una noche muy larga. Ahora daré orden de que la

acompañen a casa. Descanse. Tendrá que ir a prestar declaración mañana a comisaría. Si recuerda algo, por favor, comuníquelo inmediatamente.

Guadalupe no se movió. Se limitó a asentir con la cabeza.

La magistrada descendió de la ambulancia. Le estaba dando instrucciones a su secretario cuando la testigo llamó su atención.

—Señora juez, no sé qué ha pasado con mis zapatos.

—Los perdió cerca del cuerpo. Seguramente cuando empezó a correr se deshizo de ellos. Ahora constituyen una prueba. Pero le proporcionaremos unos protectores de calzado. Al menos, no llegará descalza a casa.

Guadalupe pareció conformarse con la solución.

Dolores Requena no estaba satisfecha.

Era pronto, pero no tenía nada a excepción de la causa de la muerte.

A falta de que el forense confirmara la hora del deceso, aquella mujer podría ser la única persona en haber visto al autor del crimen, pero no era capaz de recordar nada. El bloqueo por la conmoción podía durar días.

—Andrés —dijo dirigiéndose a su secretario—, organiza una reunión con el equipo de investigación para mañana a primera hora en mi despacho.

—Sí, señoría.

Tenía un pálpito y su intuición nunca le fallaba.

«Guadalupe sabe más de lo que cuenta o de lo que recuerda —pensó Dolores con inquietud—. Solo espero que si recuerda algo importante, no cometa la estupidez de guardárselo para ella.»

Casi eran las seis de la mañana. Dormiría un par de horas antes de ir a los juzgados.

Necesitaba estar fresca y centrada cuando el equipo que dirigiría la investigación entrara en su despacho.

5

Dos horas después de la conversación entre Olivia y Pilar Cienfuegos, y tras varios cruces de llamadas, Matías Adaro, director de *El Diario*; Ángel Espín, redactor jefe; Carolina Vázquez, jefa de la sección de Regional y Roberto Dorado, jefe de la sección de Comarcas, entraban en la redacción del periódico.

Se saludaron sin mucha ceremonia y ocuparon sus sillas en «la pecera». Así era como se referían a la sala donde tenían lugar las reuniones de redacción diarias. Era un cubo totalmente acristalado, sin más mobiliario que una mesa ovalada de madera y una docena de sillas.

Tomó la palabra el director Adaro:

—Buenos días a todos. Gracias por venir. Vamos al grano. Como ya os he adelantado por teléfono, tenemos un muerto en Noreña, encontrado a eso de las tres de la mañana. Disponemos de una foto del lugar de los hechos a tiempo real. Y esa información, de momento, solo está en nuestro poder.

—Esa chica —enfatizó Ángel Espín aludiendo a Olivia— es como el perejil. Está en todos los cocidos.

—Gracias a ese «perejil», a los de *Las Noticias* y *El Ideal* se les ha atragantado el desayuno en más de una ocasión —la defendió Roberto Dorado, superior directo de Olivia.

—Yo solo digo que entre lo mucho y lo poco hay un término medio. Y esa chica parece no tener vida propia —protestó Espín, molesto por haber tenido que dejar la cama cuatro horas antes de que sonara el despertador.

—¿La tienes tú? —saltó Carolina Vázquez que, hasta el momento, se había mantenido en silencio.

—En esta profesión, nadie. Por eso estamos aquí ahora, ¿no? —atajó Adaro—. Bien, al grano. Tenemos poca información, pero solo la tenemos nosotros. Si la publicamos en el digital, soltamos la liebre. Si no lo hacemos y aguantamos la noticia para la edición de papel, corremos el riesgo de que nos la pisen.

—Hay que publicarla en el digital. Es más, esa información ya debería estar en la red —aseveró Roberto Dorado.

—Opino lo mismo —ratificó Carolina Vázquez—. Cuanto más tiempo demoremos la publicación, más ventaja le damos a la competencia.

—¿Ángel? —preguntó Adaro dirigiéndose al redactor jefe.

El interpelado se tomó unos segundos para reflexionar.

—Publiquémosla ya —sentenció—. No es la primera vez que nos vemos en una de estas. Y estoy seguro de que en *Las Noticias* la publicarían, aunque solo fuera para darnos en las narices bien temprano por la mañana.

—Está bien. ¿En Regional o en Comarcas?

Carolina se adelantó:

—En Regional.

—¿Por qué? —protestó Dorado—. Es un tema de Comarcas. Encaja perfectamente en mi sección.

—Pero lo hace aún mejor en la mía. Es un suceso en el que van a intervenir la Judicial, la Científica y al que es bastante probable que se una el Grupo de Homicidios de la Jefatura Superior de Asturias, eso sin contar la instrucción. Se sale del alcance de Comarcas.

—Está bien —aceptó Dorado a regañadientes.

Adaro cogió el teléfono de sobremesa y llamó por línea interna a Pilar Cienfuegos.

—Pilar, hay que reestructurar la apertura de Regional en el digital. Abre Olivia, a cinco columnas. Media página. Encabézala con la foto y si puede ser a cinco, mejor. No tendrá demasiada información, así que hagamos que el cuerpo del texto no sea excesivamente grande. No quiero mucho relleno.

Cuando colgó, se dirigió a Vázquez y a Dorado.

—Haremos un seguimiento pormenorizado de la noticia. Hablaré con Olivia personalmente, pero para que no haya dudas: me interesa el lado humano. Quiero el nombre de la víctima hoy, que hable con su familia, amigos, compañeros de trabajo... Lo que no quiero, y esto que quede muy claro —añadió haciendo una pausa para dar énfasis a sus palabras—, es que ella haga el trabajo de la policía. ¿Entendido?

—Eso es pedirle peras al olmo —bromeó Dorado.

—No es cosa de broma, Dorado. Esta mañana me reuniré con el departamento jurídico para tener claros los límites legales. No quiero embarrarme.

—Las instrucciones están claras. Ahora ponle puertas al mar. —Dorado conocía lo suficiente a Olivia como para saber que no se conformaría con el lado humano de la noticia.

—Hablaré con ella —contestó el director muy serio—. No publicaremos nada que yo no haya autorizado. Antes de comer volveremos aquí a poner encima de la mesa lo que tenemos. Y a media tarde, haremos lo mismo. Quiero cautela. Carolina, Roberto —continuó dirigiéndose a los dos periodistas—, trabajaréis codo con codo en este tema. Roberto, tú le marcarás las directrices que salgan de este despacho a Olivia.

—Bien —respondieron al unísono.

—Pues a trabajar.

La comitiva se levantó y salió del despacho.

Adaro cogió el teléfono y marcó la extensión de Pilar Cienfuegos.

—Llama a Olivia, coméntale cómo va a salir la noticia y después, pásamela.

6

Pancho miraba a Olivia con gesto de disgusto. Llevaba toda la mañana observándola. Su ama parecía distraída. Había maullado, se había frotado contra sus piernas, ronroneando, se había sentado frente a ella mientras se tomaba un café, en la mesa de la cocina. Hasta le había dado pequeños golpes con la pata... Pero apenas le había prestado atención. Lo más cerca que había estado de conseguirlo fue cuando la joven lo cogió y lo acostó en su cojín favorito, rogándole que se estuviera quieto.

Olivia no había podido dormir. Se había pasado el resto de la noche esperando la llamada de Pilar, que seguía sin producirse. Aprovechó el insomnio para trazar un plan de acción. No disponía de muchos datos. Tan solo que había aparecido el cuerpo de un hombre horriblemente mutilado en el polígono La Barreda en Noreña y que había un testigo, una mujer, que había encontrado el cadáver y dado la voz de alarma. Cuatro apuntes en su bloc de notas. Y con ellos tenía que empezar a trabajar.

Primero había vuelto a llamar a Mario. Después de varios intentos, había conseguido hablar con él. Quedaron en verse a las nueve para desayunar.

Después, cansada de tanto esperar, contactó con la redacción.

—Están metidos en la pecera desde las seis de la mañana —le informó Pilar con voz cansada—. Por cierto, tendrás que enviarme la foto por correo o colgarla en la intranet, por si la sacan en la edición de hoy en papel —le indicó.

Las imágenes enviadas por WhatsApp pierden resolución. Detalle sin importancia para la edición digital, que todo lo soporta. Pero para la edición en papel, las fotografías tienen que tener poco grano y nitidez, y eso solo se consigue enviándolas por otros medios.

—Bien. Ahora mismo lo hago. Oye, cuando...

Pilar la interrumpió y acabó la frase por ella:

—... tranquila, cuando salgan, te llamo.

—Gracias.

Encendió su portátil y envió el correo. Después comenzó a redactar la noticia con la poca información de que disponía. Tituló con la aparición del cuerpo y continuó describiendo la escena que había contemplado desde la zona acordonada, constató la presencia de la Policía Científica y Judicial, quién era la juez de instrucción y todo lo que se le ocurrió, sin faltar a la verdad, sobre el polígono y alrededores. Escribió durante más de media hora sin parar. Cuando terminó, se lo envió a Pilar.

Mientras llegaba la hora de ver a Mario, se sentó en la mesa de la cocina a tomar un café y aprovechó para ordenar sus ideas. Tenía que llamar al gabinete de Prensa del Cuerpo Nacional de Policía a ver si ya había un comunicado oficial.

Olivia miró por la ventana. Estaban a mediados de junio y ya olía a verano. El cielo estaba despejado, de un azul intenso. A pesar de lo temprano de la hora, el sol ya reclamaba su momento de protagonismo. Ese día haría calor.

Recogió el tazón de desayuno en el lavavajillas, se dio una

ducha rápida y se vistió con la misma ropa que había llevado la noche anterior.

En ese momento sonó el teléfono. Era Pilar.

—Olivia, lo sacamos en el digital. Ya están en ello. Sale abriendo la sección de Regional. Foto arriba a cinco columnas, titular y un cuerpo a media página.

Se relajó al oír aquello y se dio cuenta de lo tensa que había estado hasta entonces.

—¡Genial! —exclamó—. Ya te he mandado el texto y la foto. Creo que tendrás suficiente para llenar la maqueta. Espero poder ampliar la información a lo largo del día.

—No es una opción, Olivia. Tienes que ampliar la información. En cuanto lo soltemos, los de la competencia se van a echar como buitres encima del rastro de la víctima. Espera, Adaro quiere hablar contigo.

Matías Adaro era un estirado y un presuntuoso, pero era el director del periódico y, por consiguiente, el que mandaba. Necesitaba de su beneplácito para investigar y que le diera cancha para hacerlo sin presiones ni censuras.

—Pues pásamelo, si no hay más remedio... —dijo Olivia con resignación mal disimulada.

—Te advierto que hoy está de un humor de perros.

—¿Y cuándo no? —bromeó.

Diez minutos más tarde, colgaba el teléfono después de haber puesto al director en antecedentes y de garantizarle una página para la edición en papel y mucha cautela.

—Quiero estar puntualmente informado de todo cuanto descubras y yo decidiré si se publica, dónde y qué tratamiento se le dará al tema. Quiero ir por delante de los demás, pero con pies de plomo y sin pillarnos los dedos. ¿Estamos?

A Olivia no le quedó otra que aceptar. Al final la iba a marcar de cerca. Pero eso era mejor que nada. Y el «nada» en esta profesión se traducía en que le pasara el tema a otro, dejándola a ella al margen.

Pasaban dos minutos de las nueve cuando entró en la cafetería. Mario ya estaba en la barra dando cuenta de un dónut, mientras hojeaba el periódico de la competencia. A pesar de que ya pasaba de los cuarenta y cinco, el fotógrafo no los aparentaba. Tenía tendencia a encorvarse cuando estaba sentado, defecto que corregía cuando se ponía de pie y dejaba ver su metro noventa de estatura. Conservaba un cuerpo atlético que normalmente escondía bajo ropas deportivas e informales. Lo más llamativo, sin embargo, era su pelo largo, de color cobrizo, que llevaba siempre recogido en una coleta.

Mario se giró en cuanto vio entrar a Olivia. Parecía cansado. Tenía la tez apagada y profundas ojeras.

—Hola, pichón —saludó el fotógrafo—. Ya me contarás qué mosca te picó anoche. Tiene que ser algo gordo para que me llamaras siete veces a las tres de la mañana.

—Pues gordo no sé aún..., pero fuerte, sí. —Olivia empujó a Mario—. Y tú, ¿dónde diablos estabas anoche?

—¿En la cama? ¿Durmiendo, quizá? —respondió él con ironía.

—Y con el móvil apagado..., como si lo estuviera viendo.

—Acertaste, pichón. Sin batería, en realidad. He visto las llamadas y los mensajes esta mañana.

Pidió un café cortado y un dónut. Miró a Mario y sonrió. Era incapaz de enfadarse con él, por mucho que la sacara de quicio, cosa que hacía con bastante frecuencia.

Se conocían hacía quince años. Mario Sarriá, fotoperiodista. Habían sido primero compañeros y luego amigos. Cuando ella aterrizó en *El Diario*, él fue su mentor. Recién salida de la facultad de Periodismo —con la cabeza llena de ideales, buenas intenciones y cuentos chinos—, la orientó, aconsejó y protegió en un mundo de trepas en el que te pisan al menor descuido. Siempre decía que era su pichón, apelativo que fastidiaba a Olivia, que por aquel entonces se creía una mujer de mundo solo por el hecho de haber estudiado en Madrid.

En la actualidad, Mario seguía sacando los dientes por ella y ella, las uñas por él.

—Vamos a sentarnos a una mesa —sugirió Olivia.

La cafetería estaba desierta. Aún faltaban unos minutos para que hicieran su aparición los típicos grupos de madres tras dejar a sus hijos en el colegio.

—A ver, ¿me lo vas a contar o lo tengo que adivinar? —inquirió Mario dando un sorbo a su café.

—Quizá deberías desayunar con *El Diario* en vez de hacerlo con *Las Noticias*.

—¿El digital?

Olivia asintió con la cabeza.

—Sección de Regional —aclaró.

Mario buscó el enlace en su teléfono. Permaneció en silencio durante el minuto que tardó en leer la noticia.

Emitió un silbido.

—Esta madrugada apareció un tío muerto en el polígono de Noreña —espetó Olivia sin preámbulos.

—Ya... lo estoy leyendo.

—Pero lo que no has leído porque no lo puedo publicar es que —bajó el tono de voz convirtiéndolo en un susurro— al fiambre le cortaron los huevos y se los metieron en la boca.

—¡Joder! —exclamó Mario con aprensión.

—Ese detalle me lo filtraron extraoficialmente. No lo puedo publicar de momento sin comprometer a quien me lo dijo.

—¿Cómo te enteraste, Livi?

—La emisora. No podía dormir. Me levanté, la encendí y *voilà*.

—¿Qué más sabes?

—En realidad, nada más. Solo eso. No me dejaron atravesar el cordón. Suerte que Alberto era uno de los agentes que vigilaba una de las entradas, que, si no, ni de eso me entero.

—¿Granados? —Mario sonrió—. No es difícil adivinar quién ha sido tu fuente.

—El pobre estaba desencajado. Dijo que la escena era brutal. Bueno, sí... hay otra cosa. El cuerpo lo encontró una mujer. No tengo más datos. Aunque me imagino que por la hora y la zona sería una prostituta de La Parada. Pero esto ya es de mi cosecha.

Mario apuró el café y se quedó pensativo.

—¿Qué piensas? —le preguntó Olivia con la boca llena.

—Pienso que de tratarse de un crimen, que por lo que cuentas, tiene toda la pinta...

—Hombre..., un suicidio seguro que no es —le atajó Olivia con sorna.

—... pues eso... como no es un suicidio y tiene pinta de ser un crimen —continuó Mario con cara de pocos amigos—, el sumario será secreto. De manera que no creo que por los medios oficiales vayamos a conseguir ningún tipo de información.

—¿Y si le das un toque a Granados? A ti igual te suelta algo más.

—Sí, lo haré. Venga, acábate el café y nos ponemos a trabajar.

Mientras caminaban hacia el coche, Mario llamó por teléfono al gabinete de Prensa de la policía. Olivia acababa de recibir otra llamada de la redacción del periódico. Era Roberto Dorado, su jefe.

—Olivia, ¿crees que podrás tener alguna novedad para mediodía?

—No lo sé, Roberto. Empiezo ahora a moverme.

—Pues date prisa porque en la reunión de redacción voy a pedir apertura para el tema del muerto. ¿Sabemos ya el nombre del fiambre?

La periodista puso los ojos en blanco. Dorado era tan sutil como un elefante en una cacharrería.

—No, aún no.

—Quiero su nombre antes de que acabe el día. —Casi podía visualizarlo con la cara colorada y la tensión por las nubes. No recordaba haberlo visto relajado jamás—. Y *Las Noticias* también lo van a querer —continuó—, así que ya te estás poniendo las pilas.

Colgó sin despedirse. Una de sus manías. Así evitaba réplicas.

Olivia resopló. «Y solo son las nueve y media de la mañana.»

Mario también había terminado de hablar por teléfono. Se apoyó en el capó de su coche y ella en la puerta del conductor.

—He llamado a Prensa —empezó a decir—. La versión oficial es la aparición, en la madrugada de hoy, del cadáver de un hombre con claros signos de violencia, en el polígono La Barreda, en Noreña. Aún sin identificar. El cuerpo fue descubierto por una persona que responde a las iniciales G. O., quien llamó al 112. Fin de la cita.

—¿Estás de coña? ¿Solo eso? —exclamó Olivia con indignación—. ¡Es menos de lo que ya sabemos!

—Estaba claro que no nos iban a contar mucho más, Livi. ¿Qué esperabas? —razonó Mario—. Pero a continuación, he llamado a nuestro amigo Granados y me ha dado algo de lo que tirar.

—¿El nombre de la víctima?

—No, el de la mujer que lo encontró. Efectivamente, es una prostituta de La Parada. Guadalupe Oliveira, también conocida como Clarisa. Pero no podemos publicar su nombre, ni mencionar a la fuente, y bla, bla, bla... Ya sabes, lo de siempre. Que utilicemos ese dato para avanzar y que tratemos de dejarlo a él al margen.

—Suficiente. Para empezar, solo necesito un nombre. —Olivia buscó en su bolso el cuaderno de notas—. Me vas a tener que echar un cable. Adaro quiere toda una página con este tema. Puede que necesite que me cubras en alguno de los actos que tenemos estos días.

—Sabes que sin problema. —Mario sacó las llaves del coche—. Pero esta semana quiero estar un poco pendiente de Nico. Ha vuelto a las andadas, Livi.

—Eso explica tu cara. Sabía que te pasaba algo.

—Estoy cansado y preocupado. No sabemos qué hacer.

Nico era el único sobrino de Mario, hijo de su única hermana, Carmen. Se había quedado viuda cuando Nico era apenas un bebé y Mario se había volcado con aquel niño como si fuera su hijo. El pequeño había cumplido ya trece años. De un tiempo a esa parte, había pasado de ser un niño alegre, extrovertido y cariñoso a convertirse en una persona hosca, malhumorada y retraída, especialmente con Mario. A principios de año habían descubierto que se autolesionaba provocándose cortes en la cara interna de los brazos y de las piernas, y los últimos meses se habían convertido en un peregrinaje a psicólogos infantiles y médicos de urgencias. Aun así, Nico no mejoraba.

Olivia se acercó a su amigo y le dio un abrazo.

—Mario, ya sabes que me tienes para lo que necesites...

—Lo sé, pichón. Saldremos de esta. ¿Qué vas a hacer ahora? —preguntó buscando cambiar de tema mientras se metía en el coche.

—Voy a ver si localizo a esa Guadalupe. Te llamo luego.

—Vale. Yo voy a acercarme a casa de Carmen. Hablamos.

Mario arrancó el coche y enfiló hacia el centro de Pola de Siero. Olivia sacó su teléfono móvil y buscó en internet el teléfono de La Parada.

7

Dolores Requena miraba con ojos escrutadores a los cuatro agentes que estaban sentados frente a ella. Más que a un despacho aquel lugar se parecía a un campo de batalla. Carpetas y expedientes se apilaban amontonados en el suelo y contra la pared hasta medio metro de altura. La única estantería de la estancia iba de pared a pared y estaba abarrotada de archivadores y carpetas. Tal desbarajuste contrastaba con su mesa, que aparecía tan solo ocupada por un ordenador portátil de última generación, una abultada carpeta, un teléfono fijo y un portalápices lleno de bolígrafos.

Los agentes, vestidos de paisano, esperaban en silencio a que la juez rompiera el hielo. Se trataba de dos de los miembros del Grupo de Homicidios de la Jefatura Superior de Asturias y otros dos de la Policía Científica.

—Señores —comenzó la juez cruzando las manos por encima de la mesa—, gracias por venir. Me llamo Dolores Requena y soy la juez de instrucción del caso que nos ocupa. He hablado esta mañana con su comisario para saber a quién le habían asignado el caso. Como no he tenido el gusto de trabajar con ustedes anteriormente, les agradecería que se fueran presentando.

El que estaba sentado más a la derecha cruzó las piernas y habló primero.

—Soy el inspector Agustín Castro y mi compañero —añadió señalando al hombre que se sentaba a su izquierda—, es el subinspector Jorge Gutiérrez, de Homicidios.

—Inspectores Gabriel Miranda y Alejandro Montoro de la Policía Científica —habló el más alto de los cuatro, señalando a su compañero sentado en la silla situada más a la izquierda.

—Bien. Este caso va a traer cola y me temo que muchos titulares. No necesito recordarles que he ordenado el secreto de sumario y que en modo alguno toleraré filtraciones de ningún tipo a los medios de comunicación —advirtió la juez con semblante serio—. Me entregarán informes diarios del estado de la investigación. Nos reuniremos aquí en mi despacho cada día, si fuera necesario. No quiero sorpresas.

Los cuatro agentes asintieron con la cabeza, sin rastro de emoción en sus rostros.

—La Policía Judicial ha abierto las diligencias de la investigación. No tengo inconveniente en autorizar el traspaso de estas al Grupo de Homicidios. Tampoco pondré objeciones para firmar órdenes judiciales, siempre y cuando las evidencias lo requieran y se ajusten a derecho. Pondré a su disposición los mecanismos y herramientas judiciales que permitan agilizar los trámites. Pero no toleraré tomaduras de pelo, ni investigaciones paralelas a esta. Hasta que este caso se resuelva, responderán ante mí. ¿Está claro?

—Sí, señoría —contestaron al unísono los cuatros hombres.

—Bien. —Requena se relajó—. Dicho esto, ¿qué tenemos, caballeros?

Tomó la iniciativa el inspector Castro, un hombre moreno, de unos cincuenta años, de frente despejada y mirada astuta.

—La víctima se llamaba Guzmán Ruiz, sesenta y dos años, casado con Victoria Barreda de cuarenta y dos años y con un hijo de trece años llamado Pablo. Vecino de Pola de Siero. Por lo que hemos podido averiguar, estaba en paro desde hacía poco más de un año. Su último trabajo fue en una empresa de cerrajería, en donde desempeñaba el cargo de jefe de Administración. Hasta que la empresa cerró. —El inspector Castro hizo una pausa y repasó sus notas—. La mujer no trabaja. El hijo estudia en el colegio de Pola de Siero. Una familia aparentemente normal.

—¿Han hablado con su mujer? —preguntó Requena.

—Esta mañana. No hemos sacado nada en limpio. —Esta vez fue el subinspector Gutiérrez quien respondió—. Anoche se acostó temprano. Su marido no había llegado a casa. No se ha enterado de que no había regresado hasta que la hemos despertado esta mañana para informarle del descubrimiento del cadáver. Les hemos tomado las huellas a ella y a su hijo para descartarles de la lista de sospechosos.

El subinspector Gutiérrez miró fijamente a la juez. Era un hombre joven, de trato amable cuando estaba tranquilo. Tenía un rostro muy atractivo en el que destacaban unos ojos de un intenso azul de los que era difícil apartar la mirada. Una circunstancia de la que era plenamente consciente.

—Hubo algo que me llamó la atención —continuó el subinspector— y es que la viuda no manifestó la más mínima emoción cuando le dimos la noticia. Se mostró demasiado entera.

—Eso no es relevante. Las personas pueden reaccionar de distintas maneras ante la misma tragedia. Trabajemos con hechos, no con suposiciones —aconsejó la magistrada—. ¿Sabemos cómo llegó la víctima hasta el lugar en que encontramos el cuerpo?

—Aún no —contestó Castro—. El coche de Guzmán Ruiz no estaba en su garaje, ni en el escenario, ni en los alrededores. En el polígono no hay cámaras de seguridad, ya lo hemos comprobado.

—¿Pudo haber llegado a pie? —inquirió Requena.

—Es probable. Desde Noreña apenas hay un kilómetro. Pero ¿por qué iba a ir andando si tenía coche? ¿Se ha establecido ya la hora de la muerte? —Castro se giró hacia los inspectores Miranda y Montoro, que hasta el momento se habían mantenido en silencio.

—El informe preliminar forense fija la muerte de la víctima en torno a medianoche. —Fue Miranda quien contestó, con tono pausado. Parecía que eligiera las palabras antes de hablar—. Lo mataron en el lugar donde lo encontramos.

—El móvil no fue el robo —le interrumpió el inspector Castro—. Llevaba encima su cartera, con toda la documentación, las tarjetas de crédito y trescientos euros en metálico, además de un reloj de pulsera de los caros y un manojo de llaves, entre ellas la del coche. No hemos encontrado su teléfono móvil entre las pertenencias.

—¿Qué hacía Guzmán Ruiz a las doce de la noche en un polígono industrial? ¿Cómo llegó allí? ¿Adónde iba o de dónde venía? ¿Dónde está su coche? ¿Tenía enemigos? —Requena hablaba más para sí misma que para los agentes. Escribió algo en su portátil y volvió a centrar su atención en ellos—. Guadalupe Oliveira vio un automóvil salir de la calle donde apareció el cuerpo, minutos antes de encontrarlo. Dice que iba a mucha velocidad. Un coche pequeño y blanco. Esa mujer puede que haya visto al autor del crimen. O a un posible testigo. O que se trate de alguien que vio el cuerpo y se asustó. De cualquier modo, habría que encontrarlo.

Los cuatro policías tomaban nota de cuanto decía la magistrada.

—Los compañeros de la Judicial que hablaron con ella no consiguieron que les dijera gran cosa. Estaba conmocionada. Esta tarde la hemos citado en la Jefatura Superior para que preste declaración. ¿Se fijó en la matrícula? —preguntó Gutiérrez.

—No. Tan solo se fijó en que era un utilitario, un coche pequeño y blanco —explicó la magistrada.

—No es gran cosa. Será como buscar una aguja en un pajar. —Gutiérrez se dio pequeños golpes en la cabeza con el bolígrafo, dando muestras de cierta inquietud.

—Es lo que tenemos, señor Gutiérrez —contestó Requena y se dirigió a los inspectores de la Policía Científica—. ¿Qué nos pueden contar ustedes de la víctima?

El inspector Montoro se aclaró la garganta. Era un hombre que rondaría los sesenta años, de rostro redondo y rubicundo. El agente se colocó las gafas, un modelo de pasta pasado de moda, y comenzó a leer:

—Como decía mi compañero, falleció en torno a las doce de la noche. Causa de la muerte: exanguinación provocada por trauma grave del aparato genital masculino. Le seccionaron el pene y los testículos por encima del cuerpo cavernoso y del epidídimo, respectivamente. Murió en cuestión de minutos.

Dolores Requena carraspeó, interrumpiendo la explicación de Montoro.

—Empleemos términos que todos entendamos, por favor.

—Sí, señoría. —Montoro se ajustó las gafas sobre la nariz y continuó—: Le seccionaron el pene y los testículos por la base. Fue un corte limpio, hecho con una hoja lisa y muy afilada. Probablemente, un bisturí.

—¿Algún rastro que nos dé a entender que se defendió? —preguntó Requena.

—Ninguno. No había señales defensivas en el cuerpo, ni rastros bajo las uñas. —Esta vez fue Miranda quien respondió—. El cuerpo presentaba una contusión en la base del cráneo, por encima de la nuca. No lo suficientemente fuerte como para matarle, pero sí para dejarle inconsciente. Probablemente eso es lo que pasó, por eso no hay huellas defensivas. El asesino o asesinos lo dejaron inconsciente y lo mutilaron. Las pruebas toxicológicas aún están procesándose en el laboratorio.

—¿Huellas de neumáticos, algún rastro, alguna prueba en el escenario del crimen? ¿Se ha encontrado el arma utilizada?

—El arma no ha aparecido, señoría. Entre las evidencias recogidas se han encontrado manchas de aceite cerca del cuerpo; también se han sacado moldes de varias rodadas de diferentes modelos de vehículos..., pero tratándose de un polígono industrial... No hemos encontrado huellas dactilares ni rastros de ADN. En cuanto a la ropa de la víctima, aún se está analizando —respondió Montoro.

—Murió muy cerca del club de alterne. Quizá alguien vio u oyó algo —sugirió la magistrada.

—Esta mañana iremos a hablar con el propietario. Germán Casillas, alias el Tijeras. Es un viejo conocido. Se ha pasado la vida entrando y saliendo de prisión. Ahora lleva unos años sin dar mayores problemas —explicó Castro—. Es una buena pieza, pero también es listo. Colaborará.

—¿Qué se sabe de Guadalupe Oliveira? —Requena no había interrogado a la mujer en profundidad, dado el estado en que se encontraba.

—Es una de las chicas de Germán. —El inspector Castro consultó su bloc de notas antes de continuar—: Natural de Albacete. Vive en Noreña desde hace años. Es de las veteranas. Soltera. Sin hijos. No tiene antecedentes. También hablaremos con ella. Aunque dudo mucho que haya visto algo, dada la hora a la que se topó con el cadáver.

—Nunca se sabe, inspector. Hay que investigar el entorno familiar de Guzmán Ruiz, sus amistades, antiguos compañeros, sus cuentas bancarias, si tenía deudas, sus rutinas... —La juez se quedó pensativa y durante unos segundos reinó el silencio en el despacho—. Por la índole del crimen, me inclino a pensar que quien lo atacó no era un desconocido. Hay demasiado ensañamiento en este homicidio. Mi instinto me dice que estamos ante un crimen pasional. ¿Qué hay del antiguo jefe de Ruiz?

El subinspector Gutiérrez se revolvió en la silla, incómodo. Miró primero a su compañero y luego a la magistrada. Se aclaró la garganta.

—Casi nada. —El subinspector enrojeció sintiéndose como un alumno que no ha hecho los deberes—. Sabemos que era propietario de un taller de cerrajería bastante importante en la provincia. Que la empresa quebró y dejó sin trabajo a medio centenar de personas. Poco más.

—Bien. Es otra vía de investigación. Hablen con él y con su entorno. Averigüen todo lo que puedan sobre la empresa.

El agente tomó nota.

—También quiero que hablen con los taxistas que estaban de guardia esta madrugada y que busquen el vehículo de Ruiz. ¿Sabemos ya qué modelo es?

—Sí, señoría. Un BMW de la serie 7.

La magistrada enarcó las cejas e inclinó ligeramente la cabeza.

—¿Un serie 7? ¿Está seguro? —preguntó sorprendida.

—Sí, segurísimo. Su esposa nos dio todos los detalles. Y metidos los datos en el sistema, está claro que es un serie 7, de color blanco para ser más exactos.

—No es el tipo de coche que te imaginas que pueda tener un contable que, además, está en el paro. Debe de costar al menos setenta mil euros —indicó Requena.

—Noventa y siete mil, para ser exactos —matizó Castro.

—No es un vehículo que pase desapercibido. Reitero la necesidad de investigar los ingresos de la familia Ruiz —añadió la juez.

Dolores Requena se levantó de la silla y rodeó la mesa hasta acercarse a los cuatro agentes. Estos también se levantaron.

—Me temo que nos encontramos ante un caso complicado. Es preferible ir con cautela, atando todos los cabos sueltos. Sin prisa, pero sin pausa —les alentó la juez—. Confío en ustedes, en su criterio y en su profesionalidad.

Los cuatro hombres se relajaron por primera vez desde que comenzara la reunión.

—Espero sus informes. Gracias por venir.

Dicho esto, los agentes le dieron la mano en señal de despedida y salieron del despacho.

Una vez que se quedó sola, Dolores Requena se dejó caer en la silla. Había muchos frentes abiertos y, de momento, ninguna pista. Miró su reloj de pulsera. Pasaban diez minutos de las once de la mañana. Levantó el auricular del teléfono fijo y marcó el número del Instituto de Medicina Legal de Asturias, también conocido como el Anatómico Forense.

8

Agustín Castro y Jorge Gutiérrez abandonaron el despacho en silencio. Ambos iban analizando los pormenores de la reunión que acababan de mantener con la juez de instrucción. En la calle les sorprendió una temperatura agradable y un sol resplandeciente que, en contraste con la penumbra del interior de los juzgados, les obligó a entrecerrar los ojos. Gutiérrez se puso unas gafas de sol de aviador. Parecía más un universitario que un agente de Homicidios. Castro ya no se sorprendía de la coquetería de su compañero. Llevaban cuatro años trabajando codo con codo y sabía que detrás de aquella fachada de niño bien se ocultaba una mente lúcida, analítica y muy perspicaz.

Caminaron hasta el coche sin decir palabra. Agustín Castro encendió un cigarrillo.

—¿Por dónde empezamos? —preguntó el subinspector Gutiérrez.

—Por el Tijeras —respondió Castro mientras apuraba el Camel.

Habían acordado no fumar dentro del vehículo policial, así que el oficial tiró el cigarrillo antes de entrar en el coche. Castro siempre conducía. Esa era otra de sus normas y la cumplían a rajatabla.

—Germán es un pájaro de cuidado —explicó el más veterano—. Ha estado años entrando y saliendo de la cárcel. Posesión y tráfico de drogas, robo de vehículos, agresión sexual... Lleva una temporada bastante tranquilo, o, al menos, pasando desapercibido. Y no sé qué es peor. Los tipos como él no son capaces de permanecer mucho tiempo dentro de la ley. Cuando hacen ruido, como poco, sabes en qué andan metidos.

—¿Por qué lo llaman el Tijeras? —preguntó Gutiérrez mientras bajaba unos centímetros la ventanilla del coche.

—Cuando era un crío..., no debía de tener más de catorce años, le clavó unas tijeras en la cara al novio de su madre. Por lo visto, el tipo le daba a la botella y le gustaba usar a Casillas como saco de boxeo. Hasta que un día decidió defenderse. —Castro hizo una pausa—. Le desfiguró la cara y le sacó un ojo. Desde entonces, le llaman el Tijeras y ya no ha vuelto al buen camino.

Gutiérrez miró a su compañero y soltó un silbido.

—Joder con el mocoso.

—Ahora es propietario del mejor puticlub de la comarca. Pero lo tiene montado dentro de la legalidad. No hay por dónde agarrarlo. Oficialmente es un respetable restaurante que cumple con sus obligaciones fiscales en tiempo y forma. Y sus «empleadas» tienen papeles.

—Limpio, ¿no? —señaló Gutiérrez con sorna.

—Como una patena.

Castro conducía con suavidad. Llevaba casi treinta años en el cuerpo y tenía fama de hombre flemático. Su carácter pausado contrastaba notablemente con el de Gutiérrez, vivaz, impaciente e, incluso, más veces de las deseadas, irritable. Pero, a pesar de las diferencias de temperamento, empastaban mejor de lo que cabría suponer.

Pasaron lo que quedaba del trayecto hasta La Parada en silencio, cada uno perdido en sus propios pensamientos.

Para llegar al club de alterne había que tomar un desvío en la Nacional 634, a dos kilómetros de Pola de Siero, en dirección a la capital. La desviación no estaba indicada, de manera que, a la luz del día y sin el enorme cartel luminoso encendido, uno corría el riesgo de pasarse de largo.

El coche policial abandonó la Nacional y enfiló el camino que conducía a La Parada. De hecho, terminaba allí. El club era una enorme casona de piedra, rodeada por muros de casi tres metros de alto. Un gran portalón de hierro de dos hojas evitaba la entrada de extraños. Aunque por las noches la puerta permanecía abierta, de día quien quisiera entrar en los dominios de Germán Casillas se veía obligado a llamar al moderno videoportero instalado en uno de los pilares de piedra.

Gutiérrez se apeó del coche y apretó el timbre.

—No abrimos hasta las ocho de la tarde —contestó una voz atiplada desde el otro lado del telefonillo.

—Policía —informó Gutiérrez mostrando la placa. El objetivo de la cámara de vídeo que en ese momento le enfocaba emitió un zumbido e inmediatamente después se activó el motor de la puerta.

Gutiérrez volvió al vehículo.

—Tira —le dijo a su compañero.

Castro arrancó sin responder.

Entraron en una vasta explanada pavimentada que iba a morir a la entrada de la casa. A ambos lados, habían habilitado amplias plazas de aparcamiento que orillaban con un cuidado jardín de enormes proporciones, donde el protagonismo recaía en varios macizos de hortensias azules y rosadas. El muro trasero de la finca lindaba con el polígono industrial. Solo había un vehículo estacionado: un Mercedes todoterreno de color gris metalizado.

La puerta principal de la casa se abrió antes de que los policías salieran del coche.

Una muchacha espigada, que no aparentaba más de diecio-cho años, les estaba esperando en la entrada. Los dos hombres se acercaron a la puerta. La joven era alta. Tenía un rostro hermoso —tez tostada por el sol y enormes ojos almendrados— enmarcado por una melena negra como el azabache, que le llegaba hasta la cintura. Vestía con elegancia, pero con sencillez. Un pantalón largo, ancho y de cintura alta de color gris y una blusa blanca de muselina de media manga.

—Buenos días —saludó la mujer con una mirada interrogante.

—Buenos días —contestó Castro mostrándole su placa—. Soy el inspector Agustín Castro y él es mi compañero, el subinspector Jorge Gutiérrez. ¿Está Germán Casillas en la casa?

Tras un minuto de indecisión, la mujer se retiró invitándoles a pasar al interior.

—Está en su despacho. Iré a avisarle.

Sin esperar respuesta, se dio la vuelta y desapareció tras la puerta de lo que parecía un enorme salón.

—Impresionante, ¿eh? —soltó Castro observando la lujosa entrada.

—¿La casa o la chica? —replicó Gutiérrez con intención.

—Ambas, pero ahora me refería a la casa.

El vestíbulo era amplio y cedía todo el protagonismo a una ancha escalera que se bifurcaba en dos en el piso superior. Los suelos y las paredes eran de mármol claro. El recibidor estaba decorado con una elegante consola de madera blanca y cristal, coronada por un gran espejo. Justo enfrente, se encontraba la puerta de dos hojas de cristal biselado por donde había desaparecido la joven.

Gutiérrez estaba calculando mentalmente el precio de cuanto veían sus ojos. Castro, a su vez, se preguntaba de dónde habría sacado el capital para semejante inversión el delincuente de medio pelo que siempre había sido Casillas. En ese momento, se abrieron las puertas del salón.

—¡Inspector Castro! —exclamó un hombre corpulento, con los brazos extendidos en un gesto de bienvenida. Era carilleno y tenía los ojos saltones. Vestía ropa de sport, aunque saltaba a la vista que era de buena calidad, y se conducía con la seguridad de quien conoce de antemano los movimientos de su adversario. En ese caso, los dos policías.

—Hola, Germán —saludó el inspector Castro.

—No abrimos hasta las ocho. Como bien sabes, solo servimos «cenas» —indicó el hombre.

Germán sonrió dejando al descubierto unos dientes manchados de tabaco. No hizo ademán de invitarles a pasar más allá de la entrada, señal evidente de que no tenía intención de alargar aquella visita más de lo necesario.

Gutiérrez fue el primero en hablar:

—Anoche mataron a un hombre en el polígono, en una calle muy próxima al muro trasero de este establecimiento.

Germán Casillas se mantuvo impasible.

—¿No estaréis pensando que yo tengo algo que ver? —repuso sin perder la sonrisa.

—No, Germán. Para variar, necesitamos de tu colaboración en calidad de posible testigo. De momento, solo queremos saber si anoche tú o alguno de tus clientes pudo ver u oír algo —aclaró el inspector Castro con su habitual tono pausado.

—Nadie me comentó nada. Y yo estuve bastante ocupado toda la noche, pendiente de los detalles. No noté nada raro.

Gutiérrez sacó una fotografía. Se la mostró a Germán, acercándosela.

—¿Le conoces? —preguntó el subinspector.

—¿Es la víctima? —El Tijeras no mostró intención de tocar la fotografía, ni tan siquiera de dedicarle una mirada.

Ninguno de los agentes contestó, concentrados en la reacción de Casillas. Este permaneció durante unos segundos en silencio. Al final y al ver que los policías ganaban el pulso, cogió la fotografía y, tras echarle un vistazo rápido, se la devolvió a Gutiérrez.

—Se llama Guzmán. Es un cliente habitual —respondió a regañadientes.

Castro y Gutiérrez intercambiaron una mirada. «Por fin, algo», pensaron al unísono. Y como si el Tijeras les leyera el pensamiento, se apresuró a responder:

—Pero ayer no vino. No lo vi.

—¿Cuándo fue la última vez que lo viste? —preguntó Castro, mientras Gutiérrez tomaba nota.

—Veamos... hoy es jueves... creo que el martes. Sí, el martes estuvo aquí. Cenó, se tomó una copa...

—¿Solo o acompañado? —interrumpió Gutiérrez.

—Cenó solo.

—¿Y después?

—¿Cómo que «y después»?

—¿Con cuál de tus chicas estuvo? —inquirió Castro empezando a perder la paciencia.

—Vamos, inspector... yo no tengo «chicas». Esto es un establecimiento legal y honrado, un restaurante de categoría sin restricciones de admisión. Lo que hagan los clientes, hombres o mujeres, después de cenar, no es asunto mío.

—Ya... tú solo les alquilas las habitaciones —apuntilló con sorna Castro.

—Sí, tenemos a disposición de nuestros clientes habitaciones... ya sabe usted cómo está el patio con esto de los controles de alcoholemia... Los hay que prefieren descansar o dormir la mona, si lo prefiere, antes de coger el coche —continuó Germán Casillas sin perder la sonrisa ni el aplomo.

—A ver, Tijeras. —El hombre, al oír que el inspector lo llamaba por su apodo, dejó de sonreír—. Puedes envolver la mierda en papel de regalo, pero seguirá siendo mierda y olerá igual de mal. Del mismo modo que esto seguirá siendo un putiferio, tus clientes, puteros, aunque vistan trajes de Armani, y tus chicas, putas, de las caras, pero putas al fin y al cabo. Así que déjate de chorradas y contesta de una vez: ¿con quién tomó el «postre» Guzmán Ruiz la última vez que estuvo aquí?

Castro había elevado el tono de voz y Casillas mostró inquietud por primera vez desde la llegada de los policías.

—Se tomó un par de copas con Alina, una de nuestras relaciones públicas —aclaró Germán mientras sacaba un pañuelo del pantalón y se lo pasaba por la frente—. Después subió a una de las habitaciones. Ya no lo volví a ver.

—Tendremos que hablar con esa Alina. Y quizá tengas que facilitarnos un listado de los clientes que estuvieron aquí ayer por la noche.

—No llevamos control de nuestros clientes, inspector. El éxito de este negocio se basa en nuestra discreción. Aquí se paga en metálico y no se hacen preguntas.

—¿Dónde estuviste entre las once de la noche y las tres de la madrugada? —Gutiérrez tomó la palabra.

—Os lo acabo de decir. Aquí, atendiendo el negocio. —Casillas empezaba a mostrar signos de nerviosismo.

—¿Puede confirmarlo alguien? —Gutiérrez estaba convencido de que aquel tipo con cuerpo de luchador escondía algo.

—¿He pasado de ser un posible testigo a ser sospechoso, Castro? —preguntó Casillas dirigiéndose al inspector y obviando la pregunta de su compañero. Intentaba aparentar tranquilidad, pero las gotas de sudor en su frente le delataban.

—Es pura rutina. Ya deberías estar familiarizado con el procedimiento, Casillas. Contesta, ¿te vio alguien?

—Sí. Una media docena de personas. No me moví de La Parada en toda la noche.

Castro enarcó las cejas en un gesto de escepticismo que no pasó desapercibido para el dueño del establecimiento. El inspector volvió a preguntar, esta vez sin alterar el tono de voz.

—¿Qué nos puedes contar de Guadalupe Oliveira?

—¿Qué pasa con ella? —preguntó un asombrado Casillas.

—Las preguntas las hago yo, Casillas.

—Es una de mis empleadas.

—¿A qué hora se marchó ayer?

—No podría precisarlo. Pero no antes de las dos de la madrugada. Atiende las mesas hasta que se cierra el turno de las cenas y después...

—... ejerce de relaciones públicas, ¿no? —concluyó Gutiérrez con retintín.

Casillas le dedicó una mirada cargada de ira.

—Sí. Es otra de mis relaciones públicas.

—¿Y no puedes precisar a qué hora se marchó?

—Con exactitud, no. El horario de mis empleadas es... flexible. —Casillas cambió el peso del cuerpo de un pie al otro—. ¿Puedo preguntar por qué ese interés por Guadalupe?

—Fue la persona que encontró el cuerpo de Guzmán Ruiz.

Germán Casillas no disimuló su asombro.

—¿Se conocían?

—Pu... pu... pues... —balbuceó Casillas. Tomó aire y tragó saliva. No era capaz de pensar. Transpiraba por debajo de la camisa—. Imagino que sí. Ya os dije que Guzmán era un habitual —respondió finalmente.

Los dos policías se miraron. Guadalupe olvidó mencionarlo cuando sus compañeros de la Judicial habían hablado con ella en la madrugada.

Castro carraspeó. No dejaba traslucir emoción alguna. Gutiérrez anotó algo en el bloc de notas.

—Hemos visto que en el muro trasero hay una puerta. ¿La usan los clientes?

Esta vez fue el subinspector el que preguntó. Usó un tono que hacía pensar, para quien no lo conociera bien, que la cuestión no revestía especial interés sino que se trataba de una forma de rebajar la tensión.

Ambos policías habían pasado por el lugar del crimen antes de reunirse con la juez Requena. En el muro que lindaba con el polígono había una puerta cerrada con llave y sin manilla exterior.

—No. Es una puerta de servicio que no se usa nunca. Está provista de un cierre eléctrico. Se acciona con un pulsador desde mi despacho. También se puede abrir manualmente con llave desde fuera.

—¿Quién tiene la llave para acceder desde fuera?

—Yo. Nadie más.

—¿Conocías bien a Guzmán Ruiz? —Gutiérrez volvía a cambiar de tema.

—No éramos íntimos, si se refiere a eso. Venía, pagaba y daba buenas propinas. Era agradable y no armaba follones. No sé si tenía enemigos. —Levantó las manos en actitud defensiva, como frenando una pregunta que no le habían formulado—. Ni si era o no tan hijo de puta como para merecer que lo mataran.

Castro y Gutiérrez se miraron. De momento no iban a conseguir nada más de él.

—¿Dónde podemos encontrar a Alina?

Germán Casillas se acercó a la consola, sacó una hoja de papel de uno de los cajones y escribió una dirección.

—Vive aquí —les dijo tendiéndosela con un ademán brusco.

—Está bien. Gracias por tu tiempo. No hace falta que te diga que si recuerdas algo o te enteras de algo me tomaré como algo personal que no me llames.

El inspector Castro le clavó la mirada, una mirada que decía «si me tomas el pelo, volveré y te patearé el culo».

—Vamos, Gutiérrez —dijo dirigiéndose a su compañero.

Los dos agentes abandonaron la casa. El calor empezaba a apretar. Entraron en el vehículo y pusieron el aire acondicionado.

—¿Son imaginaciones mías o el tipo se ha puesto nervioso? —planteó el subinspector.

—Se ha puesto nervioso. Habrá que comprobar si, como dice, no se movió de la casa —respondió Castro mientras ponía el coche en marcha—. Empezaremos por Alina. ¿Dónde vive?

—Hay que volver a Pola de Siero.

—Pues vamos allá.

—Por cierto, ¿ahora se llaman relaciones públicas? —preguntó Gutiérrez a la par que se le escapaba una carcajada.

—Bueno... relaciones hacen y son más o menos públicas, ¿no?

Ambos se rieron.

—Hay que comprobar si alguna de las llaves que se encontraron junto al cuerpo de la víctima abre esa puerta trasera —ordenó el inspector.

—Ahora llamo al laboratorio de pruebas. ¿Qué te apuestas a que no solo el Tijeras tenía llave de esa puerta?

—Apostaría, pero esta vez opino como tú. Llama a comisaría. Esta tarde quiero hablar con Guadalupe Oliveira, a ver qué más nos oculta.

El vehículo avanzó despacio por el camino pavimentado, mientras un preocupado y sudoroso Germán Casillas se dirigía con prisas a su despacho para realizar una llamada.

9

Alina Góluvev soñaba con arenas claras, aguas cristalinas y un sol cálido tostándole la piel de la espalda, cuando el sonido de su teléfono móvil la devolvió a la realidad.

Contestó de mala gana.

—¿Alina? —la voz estridente e imperiosa de su jefe la despabiló del todo.

—Germán, dime. Me has despertado —protestó la joven con ese acento ruso, cadencioso, en el que arrastraba ligeramente las erres y las eses y que tanto gustaba a sus clientes.

—Van a ir a verte dos polis —casi le gritó Germán al otro lado de la línea.

Alina se sentó en la cama de un salto.

—¿Dos polis? ¿Para qué? ¿Por qué? —preguntó atropelladamente.

—Calla y escucha. Han matado a Guzmán. Al lado de La Parada.

—*Der'mo... yebat'!** —escupió Alina en su idioma materno,

---

* Traducción del ruso: «Mierda, joder».

echándose la mano a la frente y olvidando que al otro lado de la línea su jefe estaba a punto de sufrir una apoplejía.

—Déjate de hostias y atiende. Te van a preguntar si esta madrugada estuve en el local. Les dices que sí, que no me moví en toda la noche. Llegué a las ocho de la tarde y no me moví de mi despacho, ¿está claro?

—*Da*... perdón, sí..., pero yo no te vi, Germán. De hecho, solo te vi cuando llegabas a eso de las cuatro de la mañana —recalcó Alina con tono meloso. Le gustaba marcar las reglas del juego. No había llegado tan lejos por dejarse manipular sin obtener nada a cambio.

—¡Eso da igual! ¡Me importa tres cojones lo que vieras o no, Alina! ¡Les contarás lo que yo te diga! —gritó Germán perdiendo los estribos—. No quisiera recordarte lo mucho que me debes —le espetó con tono amenazador—. De la misma forma que te encumbré, te puedo aplastar como a un bicho.

—Está bien, Germán. Te vi —contestó Alina con sumisión.

—Y el martes estuviste con Guzmán. Les he contado que después de cenar estuvo contigo. Y no me preguntes por qué: las razones son más que evidentes. —Germán resollaba al otro lado del teléfono—. Ayer Guzmán no tenía previsto pasar por La Parada...

—Y no lo hizo —confirmó Alina anticipándose a la pregunta.

—Bien. Eso le dije a la policía: que no había estado por aquí, que la última vez que le vimos fue el martes.

—Está bien, Germán. Estar tú tranquilo, ¿ok? —convino Alina intentando calmar a su jefe. Conocía de lo que era capaz Germán cuando alguien le contrariaba. Su mal humor dejaba marcas bastante feas en el cuerpo e incluso, a veces, en la cara.

Hacía cinco años que Alina trabajaba para Casillas. Era una de las chicas con más privilegios en La Parada. Llevaba la agenda de su jefe —no la de citas, sino la de nombres y cantidades— y se encargaba de organizar las transacciones cuando algún cliente tenía una petición «especial». Ella era la responsable de traer la mercancía y de amansarla antes de ofrecerla al cliente. Se le daba bien. Y Germán confiaba en ella. Le había demostrado que se le daba mejor la logística del negocio que abrirse de piernas.

—Y otra cosa. Habla con las chicas. Explícales lo que ocurrirá si alguna se va de la lengua o no confirma palabra por palabra la versión que te acabo de contar; especialmente, Guadalupe.

Germán se preguntaba cuánto le habría contado ya la puta a la policía. Por su bien, esperaba que hubiera cerrado la boca.

—¿Guadalupe? ¿Por qué Guadalupe en especial? —preguntó Alina con desgana—. Tan solo es una puta de saldo.

—Será de saldo, pero ella fue la que encontró el cadáver de Guzmán. —Germán volvía a elevar la voz más de lo debido. Le exasperaba la tranquilidad de la rusa. ¿Es que su pequeña cabeza de chorlito no era capaz de procesar lo que se jugaban si la policía empezaba a hacer preguntas?

Alina no se preocupó lo más mínimo con aquella revelación. Guadalupe no sabía nada. Mucho menos que nada. Aquella puta vieja apenas tenía clientela fija y los pocos clientes fijos que le quedaban eran inofensivos.

No entendía por qué aquel nerviosismo por la muerte de Guzmán. Mejor. Frunció la nariz, en un gesto de asco.

«Era un cerdo asqueroso y empezaba a exigir demasiado», pensó.

—Escucha, Alina. —Germán la sacó de sus reflexiones con un tono más amigable—. Esta noche hablamos. Cíñete a lo que hemos acordado si esos polis pasan a verte.

—Estate tranquilo, Germán.

—Sí, ya...

Tras colgar el teléfono, Casillas se retrepó en la silla detrás de su escritorio. Apoyó los codos en la mesa y cruzó las manos en un gesto más propio de la oración.

—Alina no es estúpida —se dijo—. Sabe que si esto se descontrola, nos puede llegar la mierda hasta el cuello.

Pero, a pesar de aquellos pensamientos, más o menos tranquilizadores, Germán Casillas notó cómo el miedo anidaba en su interior y pudo sentir cómo el sudor le recorría el pecho.

10

En el mismo instante en que Castro y Gutiérrez interrogaban a Germán Casillas, Olivia aparcaba delante del bloque de viviendas donde residía Guadalupe Oliveira.

Se trataba de un edificio de los años cincuenta que había visto días mejores. El bloque, de tres plantas, presentaba desconchones en la fachada que dejaban a la vista el feo gris del cemento. Además, todas las compañías telefónicas habían acordado pasar los cables de cobre, en su día, y los de fibra óptica, después, por aquella maltrecha pared, en lo que parecía una maraña de tubos cilíndricos de plástico colocados sin orden ni concierto. El aspecto del inmueble no podía ser más deprimente.

Olivia se acercó al portal. La puerta estaba abierta. En el lugar de la cerradura, solo quedaba un enorme agujero. Se detuvo un momento, sin atreverse a entrar. No le había costado demasiado dar con el domicilio de Guadalupe.

Tras separarse de Mario, había llamado a La Parada. Como ya imaginaba, sin ningún éxito. La mujer que atendió el teléfono le confirmó, con voz desganada, que Guadalupe trabajaba en el «restaurante», pero aseguró desconocer su dirección.

Olivia se dirigió a uno de los bares más antiguos de Pola de Siero. Llevaba abierto desde finales de los años treinta y la rolliza mujer que atendía detrás de la barra —todos la llamaban Paca— debía de llevar en aquella tasca tanto tiempo como años tenía el local. Era un sitio pequeño, oscuro, cuya decoración se había quedado anclada en el pasado y con tanta mugre que era imposible distinguir el color original de las paredes. Pero aún disponía de uno de los pocos teléfonos públicos de Pola de Siero y, por supuesto, atada a una larga cadena, conservaba la clásica guía telefónica con las páginas tan desgastadas como la superficie de la barra donde estaba colocada.

Olivia buscó el apellido de Guadalupe. Había dos Oliveira, pero solo uno de ellos iba acompañado de la inicial G.

«Bendita seas, Paquita, tú y tu empeño de vivir en el pasado», pensó Olivia con una sonrisa de satisfacción.

Decidió no llamar. No quería ponerla sobre aviso.

Olivia apuntó la dirección exacta y cuando la localizó en Google Maps, se sorprendió de lo cerca que se encontraba del lugar del crimen. Estaba a unos quinientos metros a pie.

Finalmente, entró en el portal. Olía a verdura cocida. Guadalupe Oliveira vivía en el tercero y no había ascensor. Subió por las escaleras. Había una sola vivienda por planta.

Al llegar al tercero, Olivia notaba fuego en los pulmones y un sabor metálico en la boca. Se apoyó en la pared del descansillo y resolló.

«Tengo que dejar de fumar», se dijo mientras recuperaba la respiración.

Acercó la oreja a la puerta de la vivienda. No se oía nada. Inspiró aire para infundirse ánimo y tocó al timbre.

Pasaron unos segundos. Seguía sin oírse nada. Olivia estaba impaciente y nerviosa.

De repente escuchó el ruido de un cerrojo al descorrerse y la puerta se entreabrió unos centímetros. Unos ojos oscuros y ojerosos la miraron desde el otro lado de la puerta.

—No quiero comprar nada, gracias —le dijo la mujer en voz baja.

—¿Señora Oliveira? No vendo nada. Solo quiero hablar con usted un momento.

—¿Quién es usted? —inquirió la mujer con recelo.

—Me llamo Olivia Marassa. Soy periodista de *El Diario*...

—¡Déjeme en paz! —le interrumpió haciendo amago de cerrar la puerta.

Olivia se lo impidió apoyando con fuerza la mano sobre la hoja de madera.

—Espere, por favor —suplicó la periodista—. Solo quiero hacerle unas preguntas. Prometo no molestarla más de lo debido.

Guadalupe rebajó la presión y, sin abrir del todo la puerta, le preguntó:

—¿Cómo se ha enterado?

—Pasaba por allí y vi los coches de la policía, la ambulancia...

—No de eso —interrumpió Guadalupe—, ¿cómo se ha enterado de que yo estuve allí?

—Tengo mis fuentes —contestó Olivia de forma escueta.

Guadalupe Oliveira abrió la puerta del todo y la invitó a entrar.

El interior del apartamento contrastaba con la sordidez del resto del inmueble. Estaba pulcro y ordenado. La vivienda era pequeña, compuesta por un salón con una cocina americana, la cama y un baño. Todo ello en el mismo espacio. No había tabiques que separaran las estancias. Los muebles eran sencillos, pero el conjunto resultaba acogedor. Era la vivienda de una persona práctica, a la que le gustaba sentirse en su hogar cada vez que regresaba a casa, y que evitaba los adornos superfluos.

Guadalupe la invitó a que se sentara en el sofá de dos plazas. Ella hizo lo mismo en un butacón orejero situado justo enfrente. No la invitó a tomar nada. Esperó, en silencio, sentada muy recta en el borde del sillón y expectante.

Olivia sacó su cuaderno de notas y comenzó a hablar:

—Señora Oliveira, estoy aquí porque sé que ayer usted encontró el cuerpo de un hombre en el polígono. También sé en qué circunstancias lo encontró..., en qué circunstancias estaba el cuerpo... y...

—Si usted sabe tanto, no sé para qué me necesita —la cortó Guadalupe sin miramientos.

Olivia se revolvió incómoda, cogió aire y volvió a la carga. Los cinco primeros minutos eran siempre los peores.

—¿Por qué volvía caminando a esas horas de la noche y por una zona tan solitaria?

—¿Sabe dónde trabajo?

—Sí, en La Parada.

—Bien... espero que ese detalle quede entre nosotras.

—No hay problema —contestó Olivia sabiendo que la ocupación de Guadalupe sería carnaza para los demás periódicos y, una vez que se enteraran, no tendrían ningún pudor en publicarlo. Es más, probablemente la palabra «prostituta» ocuparía algún que otro titular.

—Cuando salí de trabajar hacía una noche muy agradable. Mi casa está muy cerca del polígono y más si cojo el atajo del descampado. En realidad, es un paseo y me apetecía estirar las piernas.

—¿Se cruzó con alguien?

—¿A esas horas y un jueves de madrugada? Ni gatos hay por las calles.

—Pues no fue un gato lo que mató a ese tipo.

—No me crucé con nadie.

Guadalupe titubeó y ese momento de indecisión no pasó desapercibido a Olivia.

—Guadalupe, ¿de verdad que no vio a nadie? —La mujer apartó la mirada, como valorando la conveniencia de seguir hablando—. Escuche, no publicaré nada que usted no quiera.

—Está bien... vi un coche... justo antes de encontrar el cuerpo... y venía de esa misma calle.

—¿Vio al conductor? ¿La matrícula?

—Nada. Estaba oscuro y venía a mucha velocidad. No me fijé. ¡Cómo iba a imaginar algo así!

Guadalupe se echó las manos a la cabeza en un gesto de desesperación.

—Me he devanado los sesos pensando en ese coche, porque sé que hubo algo que me llamó la atención.

Olivia se sentó más al borde del sofá. Miró a Guadalupe con expectación, pero esta resopló y se hundió en la butaca, como desfondada.

—¿El qué? —la apremió Olivia.

—No lo recuerdo —reconoció Guadalupe con pesar—, por más que lo intento... sé que asocié lo que vi con un recuerdo... pero... lo siento... no me viene a la cabeza.

Se quedaron ambas en silencio. Olivia anotó algo en el bloc y siguió preguntando:

—¿Se fijó en la víctima? ¿Podría haber sido un cliente de La Parada?

—Me fijé en la sangre... Fue lo primero que vi... sangre por todas partes, oscura. Parecía gelatina... ¡Pobre Guzmán!

Olivia enarcó las cejas con asombro.

—¿Guzmán? Entonces ¿lo conocía?

—Sí. Guzmán Ruiz. Era un cliente habitual de La Parada y amigo personal del jefe, de Germán.

—¿Germán?

—Germán Casillas, el propietario del club. Lo llaman el Tijeras. Un mal bicho.

Olivia anotó el nombre y lo subrayó varias veces.

—Oiga, no quiero que me mencione, no quiero que diga que yo le conté todo esto. Si lo quiere publicar, tendrá que buscarse a otra persona que se lo cuente. Si no, aquí termina la conversación.

—Tranquila, no la mencionaré y cuanto me diga será contrastado antes de publicarlo. Aunque no se lo crea, aún hay periodistas que tenemos un poco de ética.

—Ya veremos —señaló Guadalupe con escepticismo.

—¿Qué sabía de Guzmán Ruiz? ¿Lo conocía bien?

—No mucho. A él le gustaban más jóvenes, ¿sabe? Venía bastante por el club. Al menos tres veces por semana.

—¿Y de su vida personal?

—Lo poco que se oía, lo que contaban algunas de las chicas, rumores de pasillo. —Guadalupe hizo un movimiento con la mano como restándole importancia al comentario.

—¿Qué rumores? —insistió Olivia.

—Que estaba casado, pero que era un matrimonio rarito. Al parecer la mujer consentía en que él fuera un putero. Cosas por el estilo.

—¿Sabe dónde vivía?

—No, pero se comenta que vivió en Lugo muchos años.

—Decía antes que era amigo del dueño.

—Sí. De hecho, Guzmán a veces actuaba como si el club fuera suyo y Germán se lo consentía.

—¿De qué manera se comportaba?

—Era prepotente y autoritario con las chicas. Y, por lo que cuentan, casi nunca pagaba por... los servicios. Corrían a cuenta de la casa. Además, pasaba mucho tiempo en el despacho con Germán.

—¿Sabe si tenía enemigos?

—No lo sé. Ya le digo que no lo conocía tanto. Pero una cosa le diré: dime con quién andas y te diré quién eres. Y si andaba mezclado con Germán, no era trigo limpio, más de un enemigo tendría, eso seguro.

—¿Estuvo anoche en La Parada?

—No. No lo vi.

En ese preciso instante, sonó el móvil de Guadalupe. Contestó a la llamada y se fue hacia la cocina para hablar. Olivia observó cómo la mujer tensaba el cuerpo. Tan solo respondía con monosílabos. La conversación duró apenas dos minutos. Cuando regresó al salón, su actitud había cambiado.

—Me temo que no puedo contarle mucho más. Se hace tarde y tengo cosas que hacer —apremió Guadalupe a Olivia. De repente, hizo notar que no veía el momento de que esta se marchara.

La periodista se levantó, le dio las gracias por recibirla y se encaminó a la puerta.

—Guadalupe, tenga mi número de teléfono —le ofreció una tarjeta—. Si recuerda algo o necesita hablar, llámeme.

La mujer cogió la tarjeta y, en cuanto la periodista cruzó el umbral, cerró la puerta sin siquiera despedirse.

—Quien la llamara la ha puesto muy nerviosa —se dijo en voz alta Olivia mientras bajaba las escaleras de dos en dos.

Una vez en la calle miró su reloj de pulsera. Era casi mediodía. Ya tenía titular. Pero necesitaba contrastar la información de Guadalupe.

Telefoneó a Mario. Contestó al segundo tono de llamada.

—¿Te apetece acompañarme al puticlub? —le preguntó a bocajarro Olivia.

—Dame quince minutos. Espérame en la cervecería que está frente al templete de los músicos de Noreña.

—¿En El Viejo Almacén?

—Ahí mismo.

—Vale. No tardes.

Olivia se metió en el coche. Empezaba a apretar el calor. Y le apetecía una cerveza bien fría.

11

Mario no conseguía penetrar la coraza de Nico. El chico se había replegado en un mundo en el que la entrada le estaba vedada a aquellos que más le querían: su madre y él.

La última crisis, hacía menos de una semana, había llevado a Nico al hospital. Se ensañaba con su propio cuerpo hasta tal punto que el interior de los muslos y de los antebrazos parecían mapas de carreteras.

Visitas al pediatra, primero; al psicólogo infantil, después... Nada había servido para descubrir qué le ocurría a Nico, ni para evitar que se siguiera autolesionando.

—¿Cómo no nos dimos cuenta antes, Mario? ¿Cómo yo, que soy su madre, no me di cuenta de que algo pasaba? —se preguntaba Carmen cuando hablaba con su hermano, desesperada por no ser capaz de sacar a su único hijo de aquel abismo en el que estaba inmerso.

Carmen no encontraba consuelo y Mario no encontraba respuestas.

La primera vez que su madre le vio las heridas ya tenía cicatrices antiguas. Llevaba tiempo cortándose. Hacía tiempo que se comportaba de forma esquiva, pero lo habían achacado a la adolescencia.

Según el psicólogo, Nico se hacía daño a sí mismo, pero sin intención de poner fin a su vida, dada la escasa profundidad de las heridas. Pero a Carmen eso no le servía de consuelo. Los cortes respondían a un mecanismo de control. El dolor físico mitigaba por un momento el dolor psicológico y era una forma de ejercer dominio sobre su propio cuerpo o sobre determinadas situaciones vitales que le estaban angustiando y a las que no podía hacer frente.

Pero ¿qué podía angustiar tanto a un chico de trece años? Carmen había hablado con el colegio, por miedo a que estuviera sufriendo acoso escolar. No era el caso. Al contrario, Nico era un muchacho muy sociable y muy querido. Había hablado con sus amigos y con sus compañeros del equipo de baloncesto, sin obtener la respuesta.

¿Qué o quién estaba provocando en Nico aquel dolor emocional tan profundo? Esa era la pregunta que les torturaba desde hacía meses.

Mario miraba a su sobrino mientras este dormía. Se le encogía el corazón. Parecía tan indefenso...

—No volverás a sufrir. Se acabó, Nico. Volverás a ser un niño, volverás a ser feliz —prometió Mario mientras cerraba la puerta del dormitorio de su sobrino y se encaminaba a despedirse de su hermana.

Olivia le esperaba.

12

El Viejo Almacén era una cervecería tranquila y de grandes dimensiones. Decorada con suelos y paredes de madera, resultaba un sitio muy acogedor para tomarse una cerveza o un café irlandés, las dos especialidades del establecimiento. A esa hora, ya había algún parroquiano tomando el vermut.

Olivia pidió una cerveza y mientras esperaba a Mario repasó sus notas.

A Guzmán Ruiz lo habían matado cerca del club de alterne. Si no había estado allí la pasada noche, se podría deducir que iba hacia él. Alguien lo había interceptado antes de llegar. ¿Su amigo Germán, alguna de las prostitutas? O quizá alguien que nada tenía que ver con La Parada, ¿quizá para robarle? Olivia se maldijo por no tener más detalles que el nombre de la víctima.

—¿A qué hora lo mataron? ¿Poco antes de encontrarse el cuerpo? ¿Qué relación tiene el coche que vio Guadalupe? ¿Podría ser el asesino? ¿O simplemente alguien que pasaba por allí?... —Olivia anotaba todas estas reflexiones en su cuaderno de notas.

«Demasiados interrogantes», pensó con frustración.

Lo único que tenía bastante claro, a pesar de los pocos detalles de que disponía, era que la víctima, Guzmán Ruiz, como había dicho Guadalupe, no era trigo limpio. Para empezar era un putero y amigo de un proxeneta, porque, aunque La Parada de cara a la galería —policía incluida— se anunciaba como un restaurante y club selecto para hombres, en donde se podía cenar y tomar una copa en un ambiente tranquilo y de camaradería masculina, todo el mundo sabía que no era más que un puticlub decorado con mejor gusto que la mayoría, que disfrazaba su imagen pagando sus impuestos como negocio de restauración.

¿Hasta ahora qué sabía? Olivia empezó a configurar una lista:

1. La víctima era cliente habitual de La Parada y amigo íntimo del propietario, Germán Casillas. Y, además, con algo de poder dentro del puticlub.
2. Casado. ¿Tendría hijos? ¿Qué clase de mujer consentía en que su marido frecuentara un puticlub?
3. Había residido en Lugo. ¿Este detalle tendría alguna relación? Habrá que tirar de ese hilo.
4. La víctima apareció muerta, mutilada con ensañamiento. Eso apunta a un móvil pasional más que a un robo. ¿La mataron allí o en otro lugar y trasladaron el cuerpo? Hablar con Granados.
5. La víctima apareció muerta muy cerca de la parte trasera del puticlub. Según Guadalupe, la pasada noche no estuvo allí. ¿Iba hacia el club cuando lo asesinaron? ¿Ha sido pura casualidad que lo mataran tan cerca de La Parada?

Olivia repasó las anotaciones y meneó la cabeza con incredulidad. No creía en las casualidades. El puticlub tenía relación con el crimen. Se lo decía su instinto y rara vez se equivocaba.

La periodista seguía ensimismada en el esquema de cuanto

conocía y cuanto le quedaba por preguntar cuando apareció Mario.

Venía con su equipo fotográfico colgado al hombro. Pidió una cerveza y se sentó junto a ella en la barra.

—¿Cómo está Nico? —preguntó la periodista.

Mario se encogió de hombros.

—No lo sé. Estaba dormido. La lesión de la pierna está curando bien. Pero no es esa herida la que más me preocupa. Esta semana ha estado tranquilo... está tomando ansiolíticos, Livi. Con trece años y tiene que estar medicado para que no... para... que no... debería estar pensando en chicas, en fútbol...

—Tranquilo —le consoló Olivia, pasándole el brazo por la cintura—. ¿Cómo lo lleva Carmen? ¿Os arregláis bien?

—Sí, se ha pedido unos días en el trabajo y no le han puesto problemas, habida cuenta de la situación. —Se quedó en silencio en actitud reflexiva—. En cuanto a cómo lo lleva..., no sé si lo lleva... Se siente frustrada como madre, preocupada... aterrorizada, Livi. Esta última vez, Nico pudo haberse matado. Se cortó tan profundo que seccionó una arteria.

—No tenía idea de que hubiera llegado tan lejos.

—Tampoco nosotros pensábamos que fuera capaz de algo así. El psicólogo nos dijo que no tenía intención de quitarse la vida, que eran cortes muy superficiales, que era su manera de llamar la atención, de expresar de forma física el conflicto interno, su frustración, su angustia... Pero ahora, ya no estoy tan seguro. Creo que no ha sido un accidente, un error de cálculo. Parece que se cortó la arteria a sabiendas de lo que hacía, a propósito... Creo que quiso quitarse la vida, Livi.

—¿Aún no os ha contado qué le provoca esa desazón?

Mario se pasó la mano por la nuca con gesto cansado.

—No, no se abre. Y mientras no cuente qué está pasando, nadie puede ayudarlo.

Olivia se fijó en las profundas ojeras y las bolsas debajo de los ojos de su compañero. Tenía arrugas en el entrecejo que antes no se percibían. De repente, el fotógrafo aparentaba los años que tenía. Y eso la preocupó.

Mario dio un gran sorbo a su cerveza. Y preguntó:

—Bueno, cuéntame qué has averiguado.

Olivia lo puso al día. Mario escuchó en silencio, sin emitir juicios ni hacer comentarios. La historia que le estaba contando la periodista no tenía nada de humana. Y así se lo hizo notar a su compañera.

—Lo sé, Mario. No veo la forma de darle un enfoque humano a esta historia, tal y como me pidió Adaro. El tío era un putero, cuando menos. Y ni eso puedo publicar, porque me lo contaron *off the record.**

—De momento, vamos a confirmar lo que te explicó esa fuente tuya y después pensaremos en cómo le vendemos el lado «no humano» de la historia a Adaro. Cada cosa a su tiempo —aconsejó Mario.

—De acuerdo.

Apuraron las cervezas y salieron del local.

—¿En tu coche o en el mío? —preguntó Olivia.

—Vamos en el mío.

Llegaron a la entrada de La Parada. La puerta estaba cerrada. Olivia se apeó del coche y pulsó el timbre del telefonillo.

—¿Diga? —contestó la misma voz que, una hora antes, había preguntado a los dos policías de Homicidios.

—Vengo a ver a Germán Casillas —informó Olivia.

---

* En periodismo hace referencia a información que se ha obtenido de fuentes confidenciales que desean permanecer en el anonimato y cuya información está también sujeta a reserva total por parte del periodista. La información obtenida bajo el principio *off the record* no puede ser publicada, ni sus fuentes mencionadas.

—El señor Casillas no está en estos momentos. ¿Quién pregunta por él? —volvió a interrogar la voz al otro lado del telefonillo.

—Olivia —contestó sin más la periodista, omitiendo su apellido y profesión a propósito.

—¿Y el motivo? —insistió la voz. No iba a abrir aquella puerta sin más explicaciones. Las mismas que Olivia no pensaba dar.

—El motivo es personal y solo lo hablaré con el señor Casillas. Si me abre, le dejaré mi tarjeta de visita para que se ponga en contacto conmigo.

Durante unos segundos, reinó el silencio. Olivia estaba a punto de regresar al vehículo pensando que su intento de entrar en La Parada había fracasado cuando sonó el motor de la enorme puerta metálica. Esta se estaba abriendo.

Olivia entró en el coche y levantó el pulgar en señal de triunfo a su compañero.

—No cantes victoria, pichón...

—No lo hago, pero al menos estamos dentro.

Aparcaron cerca de la casa. Les abrió la puerta la misma joven que había recibido a los agentes de Homicidios. Los miró con cierta agitación, aunque su voz era templada y tranquila.

—El señor Casillas no se encuentra en estos momentos —repitió deteniéndose en cada palabra.

—Es una pena, porque el asunto en cuestión le interesa más a él que a mí.

Olivia sacó una tarjeta de visita y se la ofreció a la joven.

—Mi nombre es Olivia Marassa, de *El Diario*. Estoy investigando el crimen del polígono. Han llegado a mi conocimiento ciertos datos que me gustaría poder comentar con el señor Casillas.

La mujer se mantuvo impasible salvo por un leve aleteo de las fosas nasales.

—¿Qué datos? —preguntó con curiosidad.

—¿Usted es...? —Olivia no iba a soltar la información fácilmente, ni era su intención lanzarse a preguntar dejando a la vista su inmensa curiosidad. Su táctica era parecer indiferente, como si la conversación con Casillas fuera un puro trámite al margen de que ella publicara lo que sabía, contrastado o no.

Y funcionó.

—Soy Lola, secretaria personal del señor Casillas. Quizá si me dijera qué necesita saber, yo pueda ayudarla sin tener que molestarle. Es un hombre bastante ocupado.

—Bueno... no sé si es buena idea que hable con usted... —Olivia desvió la vista hacia Mario—. ¿Qué opinas?

Lola seguía mirándolos con creciente curiosidad. Se veía en la necesidad de actuar de cortafuegos. Tenía que conseguir que aquella periodista le contara lo que sabía para advertir a Germán, y hacerlo sin soltar demasiada información.

—Está bien —accedió Olivia—. Hemos sabido que la víctima era cliente habitual de este establecimiento. Se llamaba Guzmán Ruiz y se ha relacionado su nombre con el del señor Casillas.

—Sí, Guzmán Ruiz era cliente de La Parada. Imagino que por eso han relacionado su nombre con el de mi jefe.

—No me ha entendido —continuó Olivia con voz despreocupada—. La relación que se ha establecido es de una supuesta amistad entre los dos hombres.

Lola intentó disimular su inquietud adoptando una pose relajada. Metió una mano en el bolsillo del pantalón mientras con la otra apretaba la tarjeta de la periodista. Mario y Olivia intercambiaron miradas y esperaron a que Lola sopesara los pros y los contras de continuar hablando con ellos.

—Se conocían, sí. Pero el señor Casillas conoce a mucha gente.

—Y usted ¿le conocía?

—Sí, sabía quién era, si a eso se refiere.

—Me refiero a si lo conocía... bien —insistió Olivia.

Lola no se inmutó, aunque el comentario estaba hecho con la peor intención. Su contestación fue rotunda.

—No lo conocía íntimamente.

—¿Guzmán Ruiz tenía negocios con su jefe? —se aventuró la periodista.

—Lo desconozco.

Olivia enarcó las cejas.

—¿Lo desconoce? ¿No es usted la secretaria del señor Casillas? —replicó Mario con escepticismo, quitándole la palabra a su compañera.

—Sí, pero mi trabajo consiste en llevarle la agenda y comprobar las reservas del restaurante. Con quién hace o no negocios no es asunto de mi incumbencia.

—Pero tendrá oídos...

—Sí, señorita Marassa, tengo oídos, pero en mi posición la regla de oro es oír, ver y callar. —Lola no era tonta y sabía que la única manera de deshacerse de aquellos dos entrometidos periodistas sería darles carnaza—. Si quieren información de primera mano sobre Guzmán Ruiz, pregunten en Pola de Siero, en la urbanización de las afueras. Vive... vivía allí. Con su mujer y su hijo.

Olivia recogió el testigo que le acababa de lanzar la joven secretaria. Sabía más de lo que estaba dispuesta a contar y quería alejarlos de La Parada.

Miró a Mario y decidió replegar velas, de momento.

—Está bien. Muchas gracias por atendernos. ¿Le dará mi tarjeta al señor Casillas? —preguntó sin mucha convicción Olivia.

—No se preocupe —contestó Lola, ladeando la cabeza y haciendo ver que leía la tarjeta—. En cuanto regrese, le informaré de su infructuosa visita —concluyó poniendo énfasis en las dos últimas palabras.

«No, la secretaria no es nada tonta», se dijo Olivia.

Mario y Olivia subieron al vehículo y salieron en dirección a Pola de Siero.

—¿Qué te parece si nos acercamos a la escena del crimen antes de ir a Pola de Siero? —sugirió ella.

—Está bien. Tengo que hacer alguna foto. Aún no he sacado la cámara.

Mario estaba callado. Demasiado. Condujo en silencio hasta llegar al área industrial. Olivia le indicó la calle donde había aparecido el cuerpo. Salvo por una gran mancha de arena allí donde antes hubo sangre, nadie hubiera imaginado que, hacía pocas horas, un hombre había muerto desangrado en aquella misma acera.

Había camiones de reparto, furgonetas y un ir y venir de vehículos y personas. El polígono había recobrado su actividad normal.

Mario aparcó y salió del coche con la cámara, una Nikon D5. Se encaminó hacia la acera en donde había aparecido el cuerpo sin vida de Ruiz. Disparó varias fotos desde distintos ángulos.

Olivia le observaba en silencio. Reculó hacia la parte alta de la calle principal, allí donde iba a morir la vía. Observó el muro construido con bloques de cemento y la puerta cerrada. Llamó a Mario.

—Saca un par de fotos del muro. Si nos alejamos, se ve un fragmento de la parte trasera de La Parada.

La periodista se preguntó si Guzmán Ruiz se encontraba en aquel punto del área industrial debido, precisamente, a aquella misteriosa puerta.

Mario obedeció a Olivia. Encuadró, disparó, ajustó el enfoque, manipuló el zoom y volvió a disparar. Se alejó del muro y volvió a apretar el disparador.

Olivia se fijó en la cámara. Presentaba una pequeña abolladura en una de las esquinas.

—¿Qué le ha pasado a la cámara? ¿Te has peleado con alguien? —preguntó burlona Olivia.

—Se me cayó ayer mientras la limpiaba —respondió Mario sin dejar de prestar atención a lo suyo.

—Te haces viejo, abuelete.

—Ya soy viejo, pichón.

Tras quince minutos examinando la zona, planteando hipótesis y haciendo todo tipo de conjeturas sobre lo que podía haber pasado, volvieron al vehículo de Mario.

Tocaba llamar a la redacción para cantar lo que tenían y aguantar el mal humor de Dorado.

13

Roberto Dorado estaba a punto de entrar en la reunión de redacción de mediodía cuando sonó el móvil.

Era Olivia.

—¿Qué tienes? —preguntó sin saludar siquiera.

—Directo al grano —apostilló Olivia. Cogió aire—. Tengo el nombre de la víctima.

—¡Estupendo! —exclamó Dorado—. Es una buena noticia porque *El Ideal* y *Las Noticias* ya han sacado una nota en páginas interiores.

—¿Con foto?

—Con foto de archivo del polígono.

—¿Y la información? —planteó Olivia con cierta preocupación.

—La misma que publicamos nosotros. Me da que nos la han fusilado,* a pesar de que citan al gabinete de Prensa de la Policía Nacional.

—Prensa no da detalles. La única información oficial que

---

* «Fusilar un texto», en argot periodístico, consiste en copiar parte o en su totalidad una información publicada por otro periodista sin citarlo.

han facilitado es la aparición de un cadáver en el polígono. Fin de la cita.

—Eso no me preocupa. ¿Cómo se llamaba el muerto?

—Guzmán Ruiz.

—¿Qué sabemos de él?

—De momento, poca cosa. Casado y con un hijo, aunque aún lo tengo que confirmar. Residente en Pola de Siero. Nivel de vida bastante alto. O al menos medio alto, dada la urbanización donde vivía. Y esto te va a encantar —la joven hizo una pausa—: cliente habitual del mayor puticlub del municipio, es decir, putero y muy putero.

—No me jodas, Olivia.

—No tengo intención y menos a esta hora de la mañana.

—¿Está contrastado?

—Sí, por dos fuentes diferentes. Eso sí, no puedo mencionarlas.

—¿Qué más tienes?

—Que era amigo del propietario, un tal Germán Casillas.

—¿Algo de la investigación?

—Deducciones mías. A ver, apareció cerca de una entrada trasera al club. Sabemos que la pasada noche no estuvo en La Parada, con lo cual supongo que lo mataron cuando iba hacia el club de alterne. ¿Qué hacía allí, si no?

—No podemos publicar suposiciones —gruñó Dorado.

Olivia se lo podía imaginar tamborileando con los dedos en la mesa, cavilando a la velocidad de la luz para entrar en la reunión defendiendo la apertura. Porque detrás del mal humor crónico del jefe de sección, se escondía un luchador infatigable: defendía a muerte el trabajo de sus redactores si consideraba que este merecía la pena. No se arredraba ni ante Adaro.

—¿Lo mataron allí o simplemente dejaron allí el cadáver? —inquirió Dorado sin dar tregua a Olivia.

—No lo sé, pero de eso puedo enterarme.

—Pues entérate —espetó— y procura que podamos publicarlo sin tener que hacer suposiciones.

Olivia maldijo en silencio la mala leche de su jefe.

—¿Sabes quién encontró el cadáver?

—Sí, con nombres y apellidos, pero no me autoriza a publicarlos.

—Y, ¿te contó en qué circunstancias lo encontró?

—También. Eso podríamos publicarlo, pero sin mencionar fuentes.

—Está todo cogido por los pelos, Olivia. —Dorado chasqueó la lengua—. Nos podemos pillar los dedos.

—Me voy a acercar a Pola de Siero. Trataré de hablar con la viuda y me daré una vuelta por la zona. Los vecinos quizá hablen.

—Y Mario, ¿qué tiene?

—Fotos de relleno del polígono y de la entrada trasera al puticlub.

Dorado reflexionó durante un segundo.

—Está bien. De momento, mantenemos la apertura.

—Vale, pero no te olvides de mencionarle a Adaro que se olvide del enfoque humano. Este tipo no llevaba una vida ejemplar, por lo poco que sabemos. ¿Vais a meter algo en el digital?

—No, no creo que Adaro quiera dar pistas. ¿Te has cruzado o has visto movimiento de los otros periódicos?

—No, por nuestra ruta no han estado.

—Por ahora, sigue investigando. Esta tarde hablamos.

—De acuerdo. Habla...

Olivia no pudo terminar la frase. Dorado ya había colgado y de dos zancadas se había plantado en la pecera donde siete jefes de sección, un redactor jefe y un director con cara de pocos amigos esperaban expectantes las novedades del crimen más impactante de los últimos años en la zona.

14

La urbanización Villalegre estaba situada a la salida de Pola de Siero, en dirección a Cantabria, en una de las zonas altas de la localidad. Se la conocía como «la urbanización de los depósitos» porque antiguamente los depósitos municipales de agua ocupaban lo que ahora era la piscina de la urbanización.

Se trataba de una calle ancha, de doble dirección, con casas individuales en un lado y adosadas en el otro. El conjunto resultaba abigarrado a pesar de la amplitud de la vía. A Olivia, la urbanización siempre le había parecido presuntuosa, un quiero y no puedo. Los chalets individuales eran construcciones cuadradas de dos plantas, de ladrillo visto, encajonadas en parcelas de dimensiones ínfimas. Y los adosados, una réplica de los individuales, pero divididos en dos.

Mario aparcó al principio de la calle, que a esa hora estaba tranquila.

—¿Sabes en cuál vive? —preguntó mientras apagaba el motor del coche.

—No. Miraré los buzones.

Olivia se bajó. Comenzó por la acera de la derecha, en donde se ubicaban los chalets individuales. Al llegar al cuarto buzón de una de las casas, le hizo señas a Mario para que se uniera a ella.

El fotógrafo se colgó la cámara al cuello y aceleró el paso. Leyó los nombres que se indicaban en el buzón: Guzmán Ruiz y Victoria Barreda.

—Es aquí. Llama al timbre, Livi —pidió Mario.

Olivia tomó aire pues algo le decía que no iban a ser bien recibidos. En realidad, si ella estuviera en la piel de aquella mujer, viuda desde hacía escasas horas, tampoco tendría ganas de recibir a los medios de comunicación. A veces se sentía como un ave de rapiña. En aquel momento, por ejemplo: lista para escarbar sin piedad en el sufrimiento ajeno, para hacerse con los restos, con los últimos vestigios de dignidad de una familia que tenía que sufrir la pérdida de aquel que un día prometió protegerla, y ahora también la insensibilidad y el juicio público de una sociedad que más satisfecha de sí misma se sentía cuanto mayores eran las desgracias ajenas. Y ella iba a sembrar, con sus palabras escritas, la semilla de aquella ignominia.

Por un instante, quiso dar media vuelta y ceñirse al enfoque humano que le había pedido Adaro, aunque para ello tuviera que omitir información y maquillar la realidad.

Mario pareció leerle el pensamiento:

—Livi, si no eres tú, será otro. Al final, todo se acaba sabiendo y mejor que lo cuente *El Diario* y no *El Ideal* o *Las Noticias*, ¿no te parece?

Olivia miró a Mario y, muy a su pesar, asintió con la cabeza.

A veces su profesión era una mierda. Muchas veces. Demasiadas veces.

Aun así, pulsó aquel timbre.

Tras unos segundos, se abrió la puerta principal de la casa. Un niño de unos trece años salió al camino construido con losetas de piedra que iban desde la puerta de acceso exterior hasta la puerta de la vivienda. Caminó los escasos metros que las separaban y abrió la puerta de la finca.

Era desgarbado, de cabello moreno, tez pálida y tenía unos enormes ojos negros avellanados. Se les quedó mirando, sin decir palabra.

—Hola —saludó Olivia—. ¿Está tu madre en casa?

El chaval miró a Mario fijamente, ignorando la pregunta de Olivia.

—Te conozco —dijo señalando a Mario.

—¿Sí? ¿De qué?

—Eres el tío de Nico.

Mario abrió los ojos entre asombrado y curioso.

—Cierto. ¿De qué lo conoces?

—Somos amigos. Vamos juntos al cole. Me ha enseñado fotos.

—Pues encantado...

—Pablo, me llamo Pablo.

—Encantado de conocerte, Pablo.

En ese momento, una mujer de mediana edad, morena, elegantemente vestida salió de la casa. Era de baja estatura y de complexión delgada. Se acercó a Pablo con pasos rápidos y decididos.

—Entra en casa —le ordenó, tocándole con suavidad en el hombro.

El chico obedeció e hizo un gesto con la cabeza en señal de despedida. La mujer siguió a su hijo con la mirada hasta que estuvo dentro de la casa. Solo entonces centró su atención en Olivia y Mario.

—¿Qué desean? —preguntó a la defensiva.

—Somos del periódico *El Diario*...

—¡Déjennos en paz! —espetó Victoria Barreda con hostilidad, pasando a tutearlos de forma deliberada—. No tenéis vergüenza.

—Señora Barreda, solo queremos hacerle unas preguntas para el periódico.

—Me da igual lo que queráis —contestó sin perder la compostura—. No volváis a molestarme, ni a mí, ni a mi hijo.

Clavó la mirada, furiosa, en Mario. Tenía los mismos ojos avellanados y oscuros que Pablo y la barbilla confería determinación a su rostro. Sin decir nada más, cerró la puerta de la finca y regresó al interior de la casa.

Olivia y Mario se miraron. La periodista se encogió de hombros. No era la primera vez que les daban con la puerta en las narices o que los trataban con hostilidad. Al menos, no habían tenido que salir corriendo, se consoló Olivia. Aún recordaba la persecución a pie que habían sufrido hacía unos años, cuando fueron al entierro de una mujer de etnia gitana asesinada de una paliza a manos de su marido. Los hombres del clan quisieron apalearlos a ellos también por intentar sacar una foto del sepelio.

—Bueno, esto era de esperar. ¿No creerías que nos iba a recibir con una sonrisa y una cerveza en la mano? —comentó Olivia con tono de «ya te lo dije».

—No, pero había que intentarlo —se defendió Mario.

—Guarda la cámara en el coche. Y vamos a comer algo en el bar de aquí al lado. ¡Tengo hambre!

—Sí, claro, ahora lo llaman así —respondió Mario con retintín.

Olivia abrió mucho los ojos y lo miró con cara inocente.

—Es verdad, tengo hambre —protestó.

—Eso no lo discuto. Pero la excusa de comer algo justo en el bar de aquí al lado...

—Si además de llenar el estómago nos podemos enterar de algo... ¿qué hay de malo?

Mario levantó las dos manos en señal de rendición. Cuando algo se le metía entre ceja y ceja a Olivia, era mejor no discutir.

15

El bar en cuestión era una vinatería y estaba a escasos cien metros de la urbanización. Se llamaba La Cantina y su especialidad
eran los pinchos. Los había de todas las clases y tamaños; con
pan blanco, de centeno, integral. Incluso tenían una panera de
cristal con pinchos elaborados sin gluten.

Olivia y Mario se acodaron en la barra. Pidieron dos cervezas y un par de pinchos cada uno. La camarera, una mujer de
mediana edad con la cara tan maquillada que Olivia se preguntó
cuánto tiempo emplearía en desmaquillarse, era de las que les
gusta hablar con los clientes. En aquellos momentos discutía
con uno de ellos, un hombre de mediana edad, sobre la amenaza
que estaba sufriendo Europa por los colectivos islamistas. Aún
estaba muy reciente el atentado del Manchester Arena, en el que
habían fallecido veintidós personas.

—No sé adónde vamos a llegar. Londres, París, Niza... Si los
gobiernos europeos no fueran tan permisivos con la entrada de
inmigrantes, otro gallo cantaría —decía la camarera acalorada.

—Yo los metería a todos en un barco y después lo hundiría
en alta mar —contestó el parroquiano dando un sorbo a su bebida—. Por cierto —continuó el hombre—, ¿sabes quién ha muerto?

La mujer negó con la cabeza, sin mucho interés, mientras aclaraba unas copas.

Olivia se puso alerta.

—El hijo de Pascasio —informó el hombre dando otro sorbo.

—¿El hijo de Pascasio? —preguntó la mujer esforzándose en ubicar al tal Pascasio.

—Pascasio, el maestro. El hijo vivía aquí al lado, en la urbanización de los depósitos.

—No caigo —replicó la mujer.

—Sí, hombre... el marido de la gallega. Ruiz.

La mujer abrió los ojos de forma desmesurada, con asombro, y dejó de lavar las copas para apoyar ambas manos, goteando agua, en la barra.

—Aaaah... Pero ¡qué me estás contando!... ¿Cuándo murió? Si ayer estuvo aquí por la tarde.

—Solo sé que apareció muerto. Lo estaban comentando en Correos hace un momento.

—Paraba mucho por aquí. Y la mujer también venía de vez en cuando.

Olivia agudizó el oído. No daba crédito. Si el nombre de la víctima estaba en la calle, era de esperar que también estuviera en la redacción de *Las Noticias*.

«A tomar viento la exclusiva», pensó Olivia con amargura. De repente, se le había quitado el apetito.

—... pero no era trigo limpio —continuó diciendo el hombre de la barra—. Mató a su padre a disgustos.

—Beber, bebía bastante..., eso sí lo puedo asegurar —le contestó la camarera bajando la voz—. Venía casi todos los días y le gustaba darle al cubata.

—Bebía y más cosas que se comentan. Anduvo por Lugo muchos años —prosiguió el hombre—. De aquí tuvo que marcharse cagando centellas antes de que lo lincharan. Si no hubiese sido por el padre, que lo sacaba de los líos... Era un mal bicho —concluyó como si el último calificativo explicara, de manera definitiva y sin dejar lugar a dudas ni a otras deducciones, todas las acciones pasadas de Guzmán Ruiz.

—Pues la mujer es muy agradable y parece muy prudente. Viene a veces con el hijo —apuntó la camarera, que ahora limpiaba la barra con un paño húmedo. «Agradable» no era precisamente la palabra con la cual Olivia hubiera descrito a Victoria Barreda.

—La mujer es por lo menos veinte años más joven que él. Tonto no era, no —continuó el hombre, que hizo un sonido gutural con la boca en señal de falsa complacencia.

A Olivia le pareció que aquel hombre, aunque fuera de oídas, conocía al muerto y no le tenía demasiada simpatía. En realidad, a ella tampoco le gustaba la víctima.

Recorrió el bar con una mirada rápida, mientras se decidía a intervenir en la conversación. El local no estaba demasiado concurrido a aquella hora. Había una pareja sentada en una de las mesas en actitud cariñosa y un grupo formado por tres mujeres en otra, y parecía que ninguno de ellos prestaba atención a cuanto acontecía más allá de su mesa.

—Tonto no debía de ser porque vivía bien. Él era bastante desaliñado en el vestir, pero la mujer y el hijo van siempre de punta en blanco. Y ahí donde viven... —La camarera hizo una pausa mientras calculaba mentalmente el precio del chalet de Guzmán Ruiz y frotó el pulgar con el índice—... barato no es.

—*Na* —rezongó el hombre meneando la cabeza—. Si tenía dinero, te digo yo que no era ganado de forma honrada. De Lugo volvió escopeteado, con la misma prisa con la que se marchó para allá hace treinta años.

Olivia no pudo contenerse más:

—¿Hace mucho que viven aquí? —preguntó dirigiéndose a ellos.

Tanto el hombre como la camarera se volvieron a mirarla. Él la estudió de arriba abajo de forma descarada. La camarera detuvo el brazo con el que sacaba brillo a la superficie de la barra. Tras unos segundos de indecisión, la mujer respondió:

—Unos cuatro años. ¿Y usted es...?

Olivia tiró de la manga de Mario y acortó los diez metros de barra que la separaban de ambos contertulios aproximándose a ellos.

—Soy Olivia Marassa, periodista de *El Diario*. Estamos investigando la vida de Ruiz para un reportaje humano.

El hombre soltó un gruñido y le dio la espalda, mostrando así la opinión que le merecía la prensa.

La camarera, en cambio, abrió sus maquilladísimos ojos, alargó el cuello y se atusó el pelo con ambas manos.

—No sé mucho de su vida. Solamente que venía por aquí a menudo, que bebía cubatas como si fueran agua y que le sacaba unos cuantos años a su mujer —respondió la mujer acercando su rostro al de Olivia—. ¿Lo vais a publicar?

—¿A qué se dedicaba Guzmán Ruiz? —interrogó Olivia, obviando la pregunta de la camarera y dándole un codazo a Mario, que este tradujo enseguida como un «vete al coche a por la cámara».

—No lo sé —reconoció de mala gana la mujer mientras seguía con la mirada a Mario, que salía del local—. ¿De qué murió?

—No se sabe —mintió Olivia—. Apareció muerto esta madrugada en un polígono. Pero se desconocen los detalles. Y la policía no suelta prenda. Tratamos de llenar los vacíos.

El hombre de la barra se mantenía en silencio y de espaldas a Olivia.

—Sebastián, tú lo conocías mejor —instó la mujer al enfurruñado cliente.

—Yo no quiero saber nada de la prensa —rezongó—. Son carroñeros.

—Vamos, hombre. Cuéntales lo que sabes —insistió la camarera.

El hombre se giró poniéndose de frente a la barra, pero sin mirar a la periodista. Tenía el ceño fruncido y parecía meditar la conveniencia o no de hablar con ella.

—Antes dijo que Ruiz tuvo que marcharse a Lugo de joven, que siempre estaba metido en líos. ¿Qué tipo de líos? —inquirió Olivia aprovechando el capote que le había echado la camarera.

—Era un picha brava —contestó Sebastián sin mucho ímpetu.

Olivia sacó su cuaderno de notas del bolso.

—Pero algo tuvo que pasar para que se viera obligado a huir, algo gordo. ¿Dejó embarazada a alguna chica? ¿Menor, quizá?

Sebastián se volvió hacia la periodista. La camarera adelantó la barbilla en actitud expectante y Olivia levantó la vista de su cuaderno, esperando una respuesta que tardó unos segundos en llegar:

—Guzmán Ruiz siguió los pasos de su padre. Era profesor en el colegio de aquí, de Pola de Siero. Hace treinta años de esto. Guzmán estuvo unos años dando clases. Algo pasó. No sé el qué. Pero se comentó que tuvo un lío feo con alguien del colegio.

—¿Hace treinta años? —Olivia estaba sorprendida. No pensaba que la diferencia de edad entre Guzmán y su mujer fuera tan grande. Victoria Barreda no tendría más de cuarenta años. Y por lo que contaba Sebastián, Ruiz debía de pasar ya de los sesenta.

—Sí, Guzmán Ruiz pasaba de los sesenta —confirmó Sebastián siguiendo el hilo de sus pensamientos.

—Cuando habla de lío feo, ¿se refiere a un lío de faldas? —continuó Olivia.

—En realidad, no lo sé. Yo en aquella época andaba más preocupado de estrenarme con chicas de mi edad. Solo sé que hubo bastante revuelo y que se marchó de un día para otro. No volvió por Pola de Siero. Ni cuando murió su padre.

—Hasta hace poco...

—Hasta hace cuatro o cinco años. Volvió casado, con un hijo y se dice que escapando de otro escándalo en Galicia. —Sebastián apuró su bebida—. Cóbrame, Marisa. Es hora de irse.

—Espere... ¿Tiene más familia aquí en Pola de Siero? ¿Amigos?

—No. Solo tenía a su padre y murió hace años —dijo el hombre mientras pagaba las consumiciones—. Y amigos... de su calaña, seguro. Personas normales, como usted y yo, lo dudo mucho. ¿Quiere hacer un reportaje humano? Pues le deseo suerte porque hasta donde yo sé, Guzmán Ruiz era de todo menos humano.

El hombre se encaminó a la puerta sin despedirse. Se cruzó con Mario, que llegaba cargado con su equipo fotográfico.

—¿Has sacado algo en limpio, Livi? —preguntó mientras recuperaba lo que le quedaba de cerveza.

—No te pongas cómodo. Nos vamos.

—¿Ahora? —Mario no ocultó su enfado—. ¿Para qué me has hecho ir al coche a por la cámara?

Estaba levantando la voz. La camarera los observaba con cara divertida.

—¿Os pongo otra? —ofreció sin apartar la vista de ellos.

Olivia suspiró.

—¿Podemos hacer una foto del bar?

—Por supuesto.

—¿La puedo citar?

Marisa lo pensó durante un segundo.

—Sí, por qué no. Me llamo Marisa Palacio y soy la propietaria.

Olivia sacó una tarjeta del bolso y se la ofreció a la mujer.

—Si por casualidad oye algo, ¿me llamará?

Marisa asintió, cogiendo la tarjeta y poniéndola debajo de la caja registradora.

Mario sacó la cámara de la bolsa y disparó un par de fotos del interior del local. Una vez fuera, hizo lo mismo con la fachada del establecimiento.

—Hay que llamar a Granados —decidió Olivia.

—¿Otra vez?

—Sí. Nos tiene que ayudar.

—Lo vas a tener difícil.

—Ya lo sé. Pero hay que intentarlo.

Mario guardó la cámara de fotos y se encaminó al coche.

—Creo que tendrías que llamar a Dorado —sugirió el fotógrafo—. No le va a gustar lo que tienes que contarle.

Olivia caminó en silencio y pensativa hasta que llegaron al coche. Se apoyó en el capó y se dio un momento para respirar profundamente.

—Sí, creo que tienes razón. Primero a Dorado y luego a Granados. Me temo que vamos a necesitar un poco de ayuda si queremos publicar algo digno sin repetir lo que ya contamos en la edición digital. Vamos a mi casa.

La periodista entró en el coche y miró hacia el chalet donde había vivido Guzmán Ruiz con su mujer y su hijo. Una casa bonita, una familia aparentemente normal, una buena vida... todo fachada. Olivia empezaba a pensar que Guzmán Ruiz era una manzana podrida y había muerto por eso.

16

Castro y Gutiérrez entraron en la comisaría con gesto cansado. Subieron a la primera planta donde estaban ubicadas las dependencias del Grupo de Homicidios. Se trataba de una estancia diáfana, con mesas formando una L, de madera clara. Los puestos de trabajo se veían rebosantes de carpetas, expedientes y papeles. No había en aquella sala una sola mesa a la que no le hiciera falta una limpieza.

Nada más entrar en la unidad, un agente de uniforme se acercó a ellos y les hizo entrega de una carpeta.

—El informe forense —dijo sin expresar más emoción que la de librarse del expediente—. También se han comprobado las llaves encontradas en el cadáver. Una de ellas abre la puerta trasera que da acceso al recinto del puticlub.

Los agentes intercambiaron una mirada de satisfacción. Germán Casillas les había mentido. O quizá desconocía que la víctima estuviera en posesión de una copia. Pero ¿cómo un cliente, por muy habitual que fuera, se podía hacer con una llave? Y más del negocio de un hombre tan desconfiado como Germán Casillas. ¿Quizá se la había facilitado una de las putas?

El Tijeras tenía mucho más que contar de lo que había demostrado. Castro se acercó a su mesa y encendió el ordenador.

—Está bien. ¿Ha visto el informe el comisario? —preguntó Castro.

—No, señor.

Castro se acomodó en la mesa y abrió la carpeta. Echó un vistazo rápido al informe.

—¿Alguna cosa más? —interpeló sin levantar la vista de los papeles.

—Estamos investigando los números de cuenta de la víctima, señor.

—Entonces, la juez ha cumplido con las órdenes judiciales. —Fue la ratificación de un hecho que el inspector daba por seguro. La magistrada había dejado muy clara su intención de colaborar en todo lo necesario. Y, al parecer, lo estaba cumpliendo.

—Sí, señor. No ha puesto problemas. También hemos traído el ordenador personal de Guzmán Ruiz. Los informáticos están con él. Según su mujer tenía un teléfono móvil de última generación. Hemos introducido el número en SITEL* La última localización lo sitúa en un radio de cien metros de donde apareció el cadáver. La triangulación no es precisa al centímetro, pero el margen de error es pequeño, aunque seguimos sin encontrarlo. No estaba en los alrededores de la escena del crimen, ni tampoco en su casa, ni en su coche. No hay rastro del terminal. Y también hemos solicitado a la compañía telefónica el registro de llamadas, pero tardarán dos o tres días en mandarlo y, estando el fin de semana de por medio, no creo que nos llegue antes del lunes.

—¿Ya ha aparecido su coche?

---

* Sistema Integrado de Interceptación Telefónica (SITEL). Programa informático utilizado por el CNP que permite acceder a la localización de teléfonos móviles.

—Lo han traído hace una hora. Estaba aparcado en Pola de Siero, en una calle del centro, muy cerca de su casa. Los técnicos están buscando huellas y rastros serológicos. También buscarán en el navegador las rutas que siguió las horas previas a su muerte.

—Quizá habría que remontarse a un par de semanas antes. Nos podría dar una idea aproximada de sus rutinas.

—Sí, señor.

Castro cerró la carpeta y miró al agente, que continuaba impertérrito a la espera de órdenes.

—Gracias. Por el momento, eso es todo, agente —concluyó el inspector.

Gutiérrez no se había pronunciado. Seguía la conversación desde su mesa, ubicada justo enfrente de la de su jefe, mientras revisaba el correo electrónico.

—¡Inspector Castro, a mi despacho!

El comisario, Valentín Rioseco, era un hombre rudo con la palabra y más aún en el trato, que, además, tenía la férrea costumbre de dirigirse a sus subalternos respetando escrupulosamente la jerarquía. La orden aparentemente dirigida solo a Castro incluía también a Gutiérrez, pero al comisario, estando el inspector presente, jamás se le hubiera ocurrido incluir en la frase a un agente de menor rango.

Castro y Gutiérrez se miraron y entraron en el despacho de Rioseco.

Hombre de modales ásperos y directos, no era propenso a andarse por las ramas.

—Ponedme al día —ordenó mientras se sentaba detrás de su escritorio y alargaba la mano para coger el informe que le ofrecía Castro.

—Hablamos con Germán Casillas, el dueño de La Parada. La víctima era cliente habitual. Ayer no fue por allí. La última vez que le vieron fue el martes por la noche. Llegó, cenó y estuvo con una de las prostitutas, Alina Góluvev —explicó Gutiérrez.

—¿La habéis investigado?

—Aún no. Meteremos su nombre en la base a ver qué nos encontramos. Pero hemos hablado con ella. Confirma la versión de Casillas, punto por punto.

Gutiérrez comprobó sus notas y continuó:

—Casillas oculta algo. Se puso nervioso con nuestra visita. Hay una puerta trasera que comunica el recinto de La Parada con el polígono industrial. Según nos dijo, nadie más que él tiene llave de esa puerta. Pero en el llavero de Guzmán Ruiz había una copia.

—¿Puede ser que no sepa de la existencia de esa copia? —preguntó el comisario.

—Es posible, aunque no probable. Casillas es perro viejo. Si la víctima tenía una llave, estoy convencido de que era porque Casillas quería que la tuviera. Allí dentro no se le escapa nada —aseveró el inspector.

—Traed a Casillas. Volved a hablar con él. Y apretadle. ¿Dónde estaba anoche, a la hora en la que se fija la muerte de Ruiz?

—Afirma que no se movió de La Parada en toda la noche. Y que tiene testigos.

—Comprobad esa coartada. Aunque imagino que no sacaréis nada en limpio. Los testigos dirán lo que él quiere que digan. —El comisario se aclaró la garganta.

—Ya hemos hablado con algunos. Un par de «relaciones públicas», como él llama a sus putas, confirman la coartada. Aún tenemos que hablar con una docena más de nombres —aclaró Gutiérrez con rapidez.

—Y Alina Góluvev, que como ya hemos dicho, corrobora su versión.

El tono de Castro dejaba entrever escepticismo.

—Una versión demasiado... perfecta —añadió Gutiérrez.

El comisario se tocó el mentón, en actitud reflexiva.

—Si Guzmán Ruiz era cliente de La Parada, Guadalupe Oliveira tuvo que reconocerle.

El inspector Castro se mostró de acuerdo con el comisario.

—¿Por qué no dijo nada? —inquirió Rioseco.

—Se lo preguntaremos esta tarde. Vendrá a comisaría a prestar declaración en... —Castro miró su reloj de pulsera— menos de dos horas.

—En cuanto al informe forense —dijo el comisario abriendo la carpeta—, lo que ya sabíamos en cuanto a la hora y causas de la muerte. El análisis de tóxicos ha dado negativo. No había rastros de drogas. El contenido del estómago no aporta nada. Tenía una tasa de alcohol que superaba lo permitido: 0,65.

—Así que nuestra víctima estuvo bebiendo antes de morir, y mucho. —El inspector cambió de posición en la silla.

—Eso parece —confirmó Rioseco—. No había ADN, ni fibras, ni rastro alguno en el cadáver. Pero se ha encontrado un pelo de animal en la camisa de la víctima. Están intentando determinar de qué tipo de animal.

—Guzmán Ruiz y su mujer no tienen mascotas —aclaró Gutiérrez frunciendo el ceño.

—No ha de ser necesariamente de una mascota. Podría ser pelo hasta de una ardilla. La urbanización donde vivía la víctima linda con un pequeño bosque. Pero es una pista más a tener en cuenta —enfatizó el comisario.

—Una pista muy endeble. El pelo, sea de lo que sea, pudo transferirse a su camisa de muchas formas y ninguna de ellas delictivas. Aunque es algo —concluyó Castro, que no tenía ninguna gana de entablar una discusión con su superior.

El comisario asintió con la cabeza y cerró el informe.

—De momento, tampoco se ha conseguido nada con las

huellas dactilares extraídas de la farola bajo la que apareció el cadáver. Hay más de un centenar —informó Rioseco—. ¿Cuáles serán los siguientes pasos?

—Queremos hablar con el propietario de la empresa metalúrgica en la que trabajó Ruiz —explicó Castro.

—¿Pensáis que ha tenido algo que ver? —inquirió el comisario mirando a los dos policías.

—Es una línea más de investigación —respondió el inspector—. Esta tarde también hablaremos con la viuda, Victoria... —Castro miró a Gutiérrez pidiéndole ayuda con el apellido.

—Barreda —añadió Gutiérrez.

—Esta mañana no estuvo lo que se dice muy comunicativa. No quisimos presionarla. A ver si esta tarde logramos aclarar algo más sobre las rutinas de su marido.

Castro dudaba de que Victoria Barreda fuera a aportar información de utilidad a las primeras de cambio. Su instinto le decía que la mujer se había cerrado en banda en todo lo referente a su marido. Y eso, en sí mismo, ya le parecía sospechoso.

—Está bien. Mantenedme informado. Yo hablaré con la juez Requena para ponerla al día —dijo el comisario levantándose de la silla y dando por concluida la reunión.

—Sí, señor —contestaron al unísono los dos agentes.

Castro y Gutiérrez salieron del despacho.

—¿Un café? —preguntó Gutiérrez a Castro.

—Te acompaño a la máquina. Vamos a necesitar sobredosis de cafeína en las siguientes horas. —El inspector se encaminó hacia la sala del café pensando en los dobles turnos de los próximos días—. Aún queda más de una hora hasta que llegue Guadalupe Oliveira. Nos da tiempo a ir a ver a los informáticos. Quizá ya hayan sacado algo del portátil.

—Lo que digas, jefe. Pero primero, el café.

17

Agustín Castro era un hombre curtido, cuya experiencia profesional en el Cuerpo Nacional de Policía le había llevado a ver de todo. Pero nadie estaba preparado para contemplar las imágenes que desfilaban ante sus ojos, en ese momento, sin sentir repugnancia. Salvo ser un depravado.

Notaba que le hervía la sangre y le sudaban las manos y, durante unos segundos, en su fuero interno, se alegró de que Guzmán Ruiz estuviera muerto.

Castro estaba sentado delante del ordenador de Ruiz. Los agentes de Delitos Tecnológicos habían conseguido acceder al disco duro de su portátil sin mucha dificultad. En él, habían hallado cientos de fotografías y vídeos de pornografía infantil. El inspector se encontraba visionando las imágenes, todas ellas muy explícitas, la mayoría de una brutalidad que dejaba poco margen a la imaginación, y en las que los protagonistas eran menores —algunos de ellos casi bebés— obligados a mantener relaciones sexuales con uno o varios adultos al mismo tiempo.

—El tío no se molestó en ocultar todo este contenido pornográfico. Lo tenía en carpetas en el escritorio, clasificadas por edades.

Castro se volvió. Quien le hablaba era uno de los agentes de Delitos Tecnológicos, un hombre joven de mirada despierta.

—Tampoco se molestaba en borrar el histórico de las búsquedas que hacía en internet. Casi todas de pornografía —continuó—: En el correo electrónico no tenía nada de interés. Se ve que lo usaba poco. Tampoco hay evidencias de que usara la *dark web*, de lo que concluimos que el material de pornografía infantil que tenía en el portátil se lo pasaron o lo obtuvo de otra manera.

—En su casa no tenía disco duro externo, ni CD, ni *pendrives*.

—Inspector, esas fotos y esos vídeos no se encuentran usando un motor de búsqueda normal. Seguiremos rastreando, pero todo parece indicar que se las pasó alguien que sí navega por la web profunda.

Castro se quedó pensativo. Era pronto, pero hasta ese momento todo parecía apuntar a Casillas y a La Parada. El cadáver había aparecido prácticamente a las puertas del club, Ruiz era cliente habitual de este y el inspector sospechaba que mantenía relación con el dueño. Además, tenía una copia de la llave que abría la puerta trasera del recinto. Y para rematar, era un consumidor de pornografía infantil. Este último hecho, por lo pronto, no podía relacionarlo con Casillas, aunque la experiencia le decía que no era casualidad que ambos, un proxeneta y un pedófilo, se conocieran.

—¡Una buena pieza tu víctima! —exclamó el agente ladeando la cabeza en un gesto de incredulidad.

Castro no contestó. Había dejado de verlo como víctima. No sentía la menor compasión por él y esa emoción podía resultar peligrosa si quería mantener la objetividad y la imparcialidad que la investigación requería. No se podía permitir el lujo de ser juez y jurado. Guzmán Ruiz, en vida, había sido un canalla y, cuando menos, un pedófilo. Y la pedofilia era la antesala a la pederastia. Un mal hombre. Alguien se había tomado la justicia por su mano, obviando el sistema. Ahora estaba seguro de que su muerte estaba relacionada con alguno de sus pecados o de sus vicios.

Y, aunque pensaba que el mundo iba a estar mucho mejor sin Ruiz, su deber era encontrar a la persona que había acabado con su vida.

El inspector salió de su ensimismamiento y carraspeó incómodo. El informático le miraba fijamente, con media sonrisa en la boca. Parecía que le hubiera leído el pensamiento.

—¿Habéis rastreado el GPS del coche?

—Aún estamos en ello —contestó el policía sin perder la sonrisa.

—Bien... cuando tengáis algo, llamadme —pidió de forma brusca el inspector. De repente, se sentía vulnerable y no era una sensación que le gustara.

—Sí, señor.

Castro se encaminó con paso ligero a la sala de reuniones, en donde ya le estaría esperando el subinspector Gutiérrez. En breve llegaría Guadalupe Oliveira. Y esta vez no se conformaría con respuestas vagas. Había llegado el momento de apretar las tuercas a todo aquel que tuviera relación con La Parada.

Y la primera en su lista era Guadalupe Oliveira, alias Clarisa.

18

Olivia estaba inquieta y la conversación con Roberto Dorado no había contribuido a calmarla. La noticia estaba en la calle. El nombre de la víctima, también. Y Dorado había vendido el pescado antes de lanzar la red, de manera que ahora ella tenía que salvar el culo de ambos. Se lo había dejado muy claro:

—Olivia, búscate la vida, pero consíguenos un titular que solo tengamos nosotros —le había dicho a la vez que hiperventilaba al otro lado de la línea—. Me da igual cómo lo hagas, pero quiero una página con nuevos datos y la quiero en exclusiva.

—Pero... —había intentado replicar Olivia sin éxito.

—Pero nada. El «pero» es que hemos sido los primeros en informar del crimen. Y tenemos que seguir siendo los primeros ampliando la información.

—Dorado, no hay comunicados oficiales, la policía no suelta prenda...

—¡Tres cojones me importa! —vociferó el jefe de sección—. Lo que cuenten ellos será una información que maneje todo el mundo. Me interesa lo que puedas averiguar tú y que nadie más sepa. —Olivia podía sentir la tensión de su jefe e imaginar su rostro rubicundo encendido—. No te comportes como una becaria y haz tu trabajo. ¡Investiga!

Qué ingenua había sido pensando que solamente ella tendría el titular del crimen, que llevaría la voz cantante en este caso. «¡Cómo he podido ser tan estúpida!», pensó enfadada la periodista. Llevaba media hora recorriendo su salón de lado a lado.

Nada más abandonar La Cantina, Olivia y Mario se fueron directos a la vivienda de ella para esperar a Granados. Utilizaban su casa como punto de encuentro alternativo cuando no convenía que ciertas fuentes fueran vistas en público con la periodista. Mientras esperaban al agente de la Nacional, el enfado de Olivia había ido creciendo de forma exponencial. Su estado de agitación contrastaba con la disposición calmada de Mario, que estaba abstraído desmontando y limpiando la cámara de fotos con un cepillo y un soplador.

—Vas a desgastar el suelo, Livi —intentó tranquilizarla.

—Es que no me lo puedo creer —protestó Olivia iracunda—. Tanto nadar durante todo el día para ir a morir a la orilla.

—No seas dramática. No es para tanto. Lo único que está circulando es que Guzmán Ruiz, vecino de Pola de Siero, ha aparecido muerto.

—¿Te parece poco? —Olivia se detuvo bruscamente y se encaró con Mario—. Te recuerdo que ese era nuestro titular de mañana.

Él dejó la cámara a un lado y observó a la joven con una mirada que decía «ya está bien de chiquilladas».

—Vamos a ver. Punto número uno: no eres nueva en esto y sabes que el hecho de que se corra la voz con una noticia de este tipo es lo habitual, y más en un pueblo. Lo raro sería que nadie hablara del tema. No todos los días asesinan a un vecino de Pola de Siero. Y te recuerdo que tu apertura en el digital no ha contribuido a mantener la historia en secreto —opinó el fotógrafo mientras volvía a centrarse en su Nikon D5, cuyo obturador intentaba dejar impoluto de polvo con un soplador—. Y punto número dos: nadie sabe, de momento, las circunstancias de la muerte, los detalles... digamos... escabrosos del crimen y representan un buen número de datos con que completar el artículo. Hemos hablado con un montón de gente, Olivia. Sabemos cosas del difunto, más allá de su muerte. Quizá debieras de tirar por ahí.

Mario se quedó en silencio y frunció el ceño mientras cogía el cepillo y lo aplicaba al obturador. Una motita de polvo se resistía a salir del cuerpo de su cámara. Mientras, Olivia recapacitaba sobre lo que acababa de decir su compañero. La periodista se dejó caer en el sofá, junto a Mario. Miró el reloj.

—Alberto se retrasa —se quejó.

Pasaban cinco minutos de las cuatro. Justo en ese instante, sonó el timbre de la puerta.

Alberto Granados tenía mejor cara que la madrugada pasada. Estaba recién afeitado y desprendía un olor a colonia fresca que impregnó el pequeño salón de la periodista. Vestido con unos vaqueros gastados, una camiseta gris y unas zapatillas de deporte, perdía el aire formal y tieso que le confería el uniforme. Era atractivo, a pesar de que el cabello le empezaba a ralear en las sienes.

Granados saludó a Olivia y a Mario y se sentó en una de las sillas de la mesa del comedor sin esperar a que le invitaran. No era la primera vez que estaba en aquel salón y tampoco sería la última.

Miró la emisora con cara de pocos amigos.

—¿Una cerveza? —le ofreció Olivia abriendo la nevera.

—¿Por qué no? —respondió el policía despatarrándose en la silla.

—Necesitamos tu ayuda —soltó ella sin preámbulos y acercándole un botellín.

Alberto cogió la cerveza y torció el gesto en una media sonrisa que daba a entender que ya se lo esperaba. Aun así, no contestó. Se limitó a beber un buen trago directamente de la botella.

—¿Hay novedades? —insistió la periodista.

El agente se revolvió en la silla. Se debatía entre el impulso de ayudar a sus amigos y el deber de mantenerse fiel al cuerpo de seguridad al que pertenecía. Olivia parecía que pudiera leer los pensamientos de Alberto.

—Te propongo un *quid pro quo* —le ofreció ella sentándose frente a él.

—¿Un *quid pro quo*? —El policía levantó las cejas con incredulidad.

—Si tú me consigues cierta información, yo te cuento lo que sé —propuso la periodista.

Alberto se inclinó hacia delante y apoyó los codos en la mesa.

—Acabo de salir del turno de noche, así que hasta el domingo por la tarde no entro otra vez.

—¿Y no puedes dejarte caer por la comisaría y poner la oreja? —preguntó.

—Lo que me pides supone algo más que poner la oreja, Olivia.

Esta entrelazó las manos.

—¡Por favor! —suplicó.

Pareció que lo pensaba durante un minuto. Miró a Mario, que seguía a lo suyo, ajeno, al menos en apariencia, a la conversación.

—¿Tú no dices nada? —inquirió el policía dirigiéndose a Mario.

El fotógrafo se rio y, sin levantar la vista, contestó:

—¿Quién, yo? Yo soy un *mandao*, colega. Lo que diga la *plumilla* va a misa.

Alberto meneó la cabeza dándose por vencido.

—Está bien. ¿Qué necesitas?

Olivia abrió el cuaderno y pasó las páginas hasta dar con la que quería.

—Necesito saber todo lo que puedas decirme sobre el crimen: si lo mataron en donde apareció el cuerpo o si fue en otro sitio y lo trasladaron; ¿cómo llegó? ¿La policía tiene ya algún sospechoso? Por lo visto, era un cliente habitual de La Parada. ¿Tenía alguna chica fija? Aunque me da la impresión de que era algo más que cliente.

—Pareces una ametralladora... No me va a resultar fácil conseguirte la información sin que sumen dos y dos cuando salga publicada. —Granados cogió aire—. Y hay información que, aunque la consiga, no te la podré pasar, si no quiero comprometer la investigación.

—Nosotros hemos hablado con Guadalupe Oliveira y dio a entender que, además de cliente, Ruiz era amigo de Germán Casillas, el dueño del puticlub. También dio a entender que le gustaban jovencitas.

Olivia repasó sus notas y continuó explicando sus hallazgos:

—También hablamos con la secretaria de Germán Casillas, en La Parada. No nos contó demasiado, pero nos facilitó la dirección de Ruiz. Eso prueba que allí lo conocían bastante bien.

—No necesariamente —rebatió Granados—. Solo demuestra que era habitual y que le gustaba hablar. No implica nada más allá de la relación que pueda tener una prostituta con su cliente. Muchos hombres frecuentan la compañía de profesionales solo para que los escuchen.

—Quizá tengas razón. De cualquier forma, yo sigo pensando que era algo más que un cliente.

—Puede ser. Tal y como lo mataron... parece personal... tanto ensañamiento... Quien lo hizo lo odiaba y mucho.

—Entonces ¿se ha descartado el robo?

—¿Tú no lo descartarías? Además, creo que llevaba encima cartera, dinero, llaves... Aparentemente, no le robaron nada.

—Para la edición de hoy necesitaría poder complementar la noticia con algún dato confirmado.

—Está bien... lo intentaré —claudicó Granados.

—Y otra cosa..., estoy pensando...

—¡Ni lo intentes! Cada vez que lo dices, me acojonas.

Esta vez fue Mario el que tomó la palabra. Había guardado la cámara en la bolsa y estaba retrepado en el sofá.

Olivia levantó la cabeza del cuaderno y le guiñó un ojo a su compañero.

—Cuando pienso soy mucho más interesante, guapo.

Granados apuró la cerveza e hizo ademán de levantarse.

—Espera —lo detuvo Olivia—. También hemos sabido que hace años, siendo mucho más joven, pasó algo en el colegio donde trabajaba que lo obligó a salir huyendo de Pola de Siero. Al parecer se marchó a Lugo, donde conoció a su mujer, quien, por cierto, es veinte años menor que él, y donde vivió hasta hace cuatro años, cuando regresó a Pola de Siero.

—¡Caray! Podrías presentarte a inspector de policía —exclamó Granados asombrado.

—Quizá la mujer aún tenga parientes allí. ¿Habría forma de que te enteraras? —continuó Olivia haciendo caso omiso del comentario de Alberto.

—Eso será fácil —aceptó Granados—. Y ahora sí que me voy.

—¿Hablamos en un par de horas? —quiso saber ella.

—Yo te llamo.

Olivia acompañó al agente hasta la puerta. Cuando la cerró, Mario se levantó del sofá.

—¿No estarás pensando lo que me temo que estás pensando? —preguntó con gesto sombrío.

—No sé qué crees que estoy pensando —contestó ella con voz inocente, mientras encendía el ordenador portátil.

Eran casi las cinco de la tarde. Tenía que empezar a plantear la noticia.

—No me parece buena idea, ni es necesario que vayas a Lugo. ¿Qué esperas encontrar allí?

Olivia miró a Mario y se ruborizó sintiéndose como una niña pillada tras una fechoría. A veces le asustaba la empatía que le demostraba. Era como si estuviera dentro de su mente. Era hombre de pocas palabras, siempre lo había sido, observador por naturaleza y, normalmente, cuando afirmaba algo, rara vez se equivocaba. Mario era un hombre templado y concienzudo, apasionado de su trabajo y muy meditabundo. No obstante, esta vez Olivia lo notaba distante, distraído y sin ningún entusiasmo, más allá del mero hecho de seguirla como una triste sombra. Quizá el problema de Nico le estaba afectando más de lo que ella creía.

—Te estás obsesionando con este caso. Tienes aquí suficientes hilos de los que tirar sin necesidad de hacer ninguna excursión a Galicia —continuó Mario con el tono contenido y semblante serio.

—Tengo la sensación de que en Galicia encontraré respuestas —replicó Olivia con voz trémula.

—¿Respuestas a qué? Por Dios Santo... Al tío lo mataron aquí, no en Galicia —estalló Mario.

—Estarás conmigo en que la muerte de este hombre denota mucha rabia. Vivió treinta años en Galicia y al poco de regresar, lo matan y de qué manera —se defendió la periodista de forma apasionada—. Está claro que su pasado pudo seguirle hasta aquí.

—No seas melodramática. No fue al poco de llegar. Hasta donde sabemos, llevaba en Pola de Siero al menos cuatro años.

Si es verdad lo que dices, ¿por qué esperar cuatro años para acabar con él? No tiene sentido —contraatacó Mario perdiendo parte de su compostura.

—Mario, ¿por qué te enfadas? Es natural que sienta curiosidad después de lo que nos han contado en el bar. El tío no era trigo limpio y creo que algo pasó en Galicia. Lo que pasó aquí lo sabemos...

—No lo sabemos con seguridad... Solo lo que nos contó el del bar —replicó el fotógrafo.

—Da igual... fue hace treinta años... Lo que ocurriera entonces tiene menos relación directa con su muerte que lo que pueda haber pasado en Lugo..., al menos, temporalmente hablando, ¿no?

—Creo que esta vez te equivocas.

—Puede ser, pero qué hay de malo en intentar demostrar lo contrario —rebatió Olivia.

—No te voy a convencer, ¿verdad?

—No. Pero para poder hacerlo, necesitaré tu ayuda.

Mario volvió a sentarse en el sofá con resignación. En las últimas horas se le habían acentuado las ojeras. Olivia no quería disgustarlo. Se sentó a su lado y apoyó una mano en su hombro.

Pancho, que hasta entonces no había salido de la habitación de Olivia, se acomodó entre los dos, frotando su lomo contra el brazo del fotógrafo.

—Solo será un día. Y te prometo —levantó la mano derecha— que no me meteré en líos.

Mario sonrió por primera vez en toda la tarde. Cogió a Pancho y lo puso sobre su regazo, acariciándole el lomo. El gato ronroneó y arqueó el cuerpo en señal de satisfacción.

—Está bien —se rindió Mario—. ¿Cuándo quieres ir?

—Depende de lo que descubra Alberto. Aunque, si me consigue nombres y direcciones, mañana mismo.

—¡Mañana! —exclamó el fotógrafo dejando a Pancho en el suelo—. ¿No es muy precipitado?

—No. Cuanto antes, mejor.

—¿Y qué pretendes que haga yo?

—Necesito que intentes hablar otra vez con la mujer de Ruiz. A ver si consigues que te cuente algo sobre su marido. A estas alturas, imagino que ya sabrá por la poli de sus andanzas nocturnas.

—¿Algo más?

—Que estés atento. Déjate caer por la urbanización y por el bar donde estuvimos hoy. Puede que oigas algo. También sería bueno localizar a algún profesor que diera clases en el colegio hace treinta años. Tú estudiaste allí. ¿No conoces a nadie?

—Han pasado muchos años, Livi. Va a ser complicado, pero lo intento.

Mario se levantó, se desperezó igual que hubiera hecho un gato, estirándose cuan largo era, y recogió su bolsa.

—¿Te vas ya? —preguntó Olivia mientras volvía a sentarse frente a su ordenador.

—Sí. Voy a acercarme hasta casa. Quiero colgar las fotos en el servidor. Luego me paso por aquí.

Olivia asintió sin prestar más atención a la marcha de su compañero. Se acababa de conectar a Progressus, el servidor remoto del periódico que le daba acceso a la intranet del diario. Tenía frente a sí una página maquetada con dos fotos y sin faldones de publicidad. Demasiado texto para tan poca información.

Cruzó los dedos y pensó en Alberto Granados y en las dos horas que faltaban para saber si tenía un titular digno o no.

Resopló y comenzó a teclear. Tenía que conseguir esa exclusiva como fuera.

19

Guadalupe Oliveira se presentó puntual en comisaría. El inspector Castro la estaba esperando. Le indicó con amabilidad que se sentara en una silla delante de su mesa.

—Si no está cómoda aquí, podemos pasar a un despacho —le sugirió.

La mujer negó con la cabeza mientras se colocaba el bolso en el regazo y lo apretaba con tal fuerza que los nudillos se le pusieron blancos. Castro notó enseguida el estado de nerviosismo en que se encontraba.

—Señorita Oliveira, está usted aquí en calidad de testigo. No debe estar inquieta. Su colaboración es valiosa para nosotros, ya que fue usted quien encontró el cuerpo y pudo observar detalles que a nosotros se nos han podido escapar —comenzó Castro intentando tranquilizar a la mujer.

Guadalupe se relajó de forma visible, aflojando la presión sobre su bolso y distendiendo los músculos faciales. La mujer soltó un casi imperceptible suspiro de alivio.

—¿Qué desea saber, señor...?

—Soy el inspector Castro. Y mi compañero, el subinspector Gutiérrez —se presentó señalando a Jorge que, en ese momento, estaba sentado a su mesa, aparentemente concentrado en la pantalla del ordenador. Habían acordado ejercer la menor presión posible sobre la mujer y dos policías sentados frente a ella no era el mejor modo de hacerlo—. Ambos nos encargamos de la investigación del caso.

Guadalupe le dedicó una fugaz mirada a Gutiérrez, que ni siquiera levantó la mirada del ordenador, y volvió a centrarse en el inspector.

—Sus compañeros ya hablaron conmigo esta madrugada. Y también hablé con la juez, una señora muy agradable —dijo con voz trémula.

—Sí. Hemos leído la declaración. Pero necesitamos que nos aclare ciertos detalles.

—Lo que necesite.

—Bien. Su nombre es Guadalupe Oliveira y trabaja en La Parada, ¿cierto?

—Sí, señor.

—¿En qué consiste su trabajo?

Guadalupe miró al suelo y vaciló, hecho que no pasó desapercibido al inspector.

—Señorita Oliveira, estamos ante una investigación criminal, tenemos un cuerpo en el depósito brutalmente mutilado. Créame si le digo que su forma de ganarse la vida es lo menos importante ahora.

Ella se recompuso y contestó, levantando la barbilla de modo desafiante.

—Soy prostituta.

Miró a Castro retándole a que juzgara su condición. El inspector hizo caso omiso de la provocación y continuó con las preguntas:

—Según su declaración, anoche trabajó hasta las tres de la madrugada aproximadamente, ¿es correcto?

—Sí.

—¿Qué hizo cuando salió de trabajar?

—Decidí ir caminando a mi casa.

—¿Por qué?

Guadalupe parpadeó dos veces, sorprendida por la pregunta.

—Pues... porque hacía buena noche, me apetecía caminar y mi casa no está demasiado lejos del polígono. Además, resulta más barato que el taxi.

—¿Suele ir caminando a su casa?

—No siempre...

—¿Por dónde salió del recinto de La Parada?

—Por la puerta trasera. Da directamente al polígono.

—¿Siempre sale por ahí?

—Sí. La puerta delantera da a la carretera nacional que conduce a Pola de Siero. Andando supone un rodeo de, al menos, tres kilómetros para llegar al polígono.

—¿Y por dónde accede a La Parada?

—Por la entrada principal. Esa puerta trasera se puede abrir desde el interior, pero desde el exterior hace falta una llave que yo no tengo.

—¿Sabe quién tiene la llave de esa puerta?

—Germán Casillas —contestó Guadalupe con voz vacilante.

—¿Alguien más? —Castro insistió, consciente de que la mujer no estaba diciendo la verdad.

Guadalupe negó con la cabeza, sin mirar a los ojos al inspector. Este respiró hondo y se apoyó en la mesa, entrelazando las manos.

—Señorita Oliveira, entre las pertenencias de Guzmán Ruiz encontramos una llave que abre esa puerta. ¿Alguien más tenía copia de esa llave?

Guadalupe se mantuvo en silencio. No podía hablar más de la cuenta. Si lo hacía, Germán la mataría. Una cosa era la libertad de la que gozaba para ejercer y vivir su vida sin interferencias de su jefe y otra muy distinta morder la mano que le daba de comer. Alina había sido muy clara y persuasiva cuando la llamó por teléfono para pedirle que cerrara el pico. No, no fue una petición. Fue una advertencia, una orden dada con firmeza e intimidación.

¿Qué sabía la policía? ¿Hasta dónde podía callar sin parecer sospechosa o cómplice de lo que fuera que tramaban Guzmán y Casillas?

Castro insistió.

Guadalupe salió de sus meditaciones y miró al policía que trataba de averiguar si aquella mirada decidida y serena podía leer en su interior. Decidió que era mejor contar la verdad.

—Guzmán también tenía llave. De hecho, solía usar esa puerta para entrar en La Parada.

—Hace lo correcto, Guadalupe —intentó tranquilizar a la mujer—. ¿Era habitual la presencia de Guzmán Ruiz en La Parada?

—Escuche, Germán Casillas no puede saber que les he contado nada —suplicó Guadalupe visiblemente nerviosa—. Es capaz de todo. Y ahora mismo estoy muy asustada.

—Usted cuénteme todo lo que sabe. Nosotros podemos protegerla y le aseguro que nada de lo que diga saldrá de aquí. No obstante, tiene que entender que esto es una investigación en curso.

Guadalupe se tomó un segundo para ordenar las ideas.

—Ruiz era habitual. Venía a La Parada dos o tres días a la semana.

—¿Siempre los mismos días?

—No siempre. No tenía días fijos, si a eso se refiere.

—Pero para tener una llave de una entrada trasera debía de ser más que un cliente, ¿no?

—Tenía amistad con Germán. De hecho, dentro del club tenía privilegios. A veces se comportaba como si fuera el dueño.

El inspector Castro ya se imaginaba que Casillas les había mentido cuando afirmó no conocer a Ruiz más allá de su relación como cliente. Pero ¿por qué mentir sobre este punto? ¿Qué importancia podía tener que mantuvieran una relación de amistad? La omisión solo podía significar una cosa: presunción de culpabilidad.

—¿Sabe si Ruiz tenía enemigos?

—No lo sé. No lo conocía bien. No era uno de mis clientes.

—¿Estuvo anoche en La Parada?

—No lo vi. Creo que no.

—¿Y Germán Casillas?

Guadalupe volvió a dudar.

—Tampoco lo vi —contestó casi en un susurro.

—¿No lo vio porque no estaba o no lo vio porque estaba ocupada con un cliente? —insistió Castro. Era un punto importante para intentar desmontar la coartada del Tijeras. Sería la primera persona en reconocer que Casillas no estuvo, como él había asegurado, toda la noche en La Parada.

—Estuve ocupada con un cliente aproximadamente una hora. Pero el tiempo que permanecí en el salón no vi a Germán en ninguna ocasión.

—¿Pudo haber estado en su despacho? —volvió a preguntar el inspector.

—Sí, pero a él le gusta mezclarse con los clientes, con las chicas... Pasa ratos en su despacho. Si hubiera estado, en algún momento de la noche, le habría visto.

El inspector Castro notaba un hormigueo en el estómago. A Casillas empezaba a acabársele la suerte.

—Volvamos a cuando descubrió el cuerpo, imagino que lo reconoció.

—No... quiero decir, sí.

—¿Sí o no, señorita Oliveira?

—En un primer momento, no. Solo vi un amasijo de... carne... y mucha sangre. Pero... pero... después me di cuenta de que era... el señor Ruiz.

—Esta madrugada no comentó nada, ni a mis compañeros de la Judicial ni a la señora juez.

Guadalupe no contestó.

—¿Puedo saber el motivo? —Castro intentó que la pregunta pareciera cordial y no una acusación de omisión de información.

—No lo sé... estaba conmocionada... nerviosa... y en la ambulancia me dieron unas pastillas que me aturdieron... No lo pensé, no lo pensé hasta que llegué a casa y le di vueltas a lo ocurrido.

—Está bien... Cuénteme qué vio o qué pasó desde que salió de La Parada hasta que encontró el cuerpo.

Guadalupe Oliveira le relató, secuencialmente, cómo había bajado la calle, cómo la sorprendió el coche que giró a gran velocidad desde la calle donde estaba el cuerpo, cómo pensó, al ver el bulto tirado en la acera, que se trataba de un saco de basura... hasta que estuvo a la altura del cuerpo y comenzó a correr, perdiendo los zapatos por el camino, hecho este del que no tenía recuerdo. Como tampoco recordaba haber marcado el 112 o haber estado en un vehículo policial hasta que llegó la ambulancia.

—Está todo muy confuso. Siento no ser de más ayuda —concluyó.

—Está siendo de mucha ayuda, señorita Oliveira. ¿Se fijó en el coche?

—Era un coche pequeño y de color blanco. No sabría precisar el modelo o la marca.

—¿Y la matrícula o algún distintivo?

—Me llamó la atención algo del coche, pero no consigo recordar el qué... ya se lo comenté a la señora juez y a la periodista...

—¿Ha hablado con la prensa? —interrumpió Castro con alarma en el tono de voz.

—Esta mañana estuvo una periodista en mi casa. Sabía que yo había encontrado el cuerpo y en qué estado se encontraba. Me estuvo haciendo preguntas... casi las mismas que usted me ha hecho ahora.

El inspector Castro frunció el ceño y no ocultó la preocupación que le embargaba en ese momento. Si la prensa empezaba a meter las narices y a publicar lo primero que pillase, la investigación podría verse gravemente perjudicada.

—Señorita Oliveira, esa periodista ¿le dijo su nombre y para qué medio trabaja?

—Sí, se llama Olivia, creo recordar, y trabaja para *El Diario*.

Castro tomó nota y se prometió tener una conversación con ella.

—Bien, le aconsejo que a partir de ahora intente no hablar con la prensa. Tienden a tergiversar y enredar todo. Y eso puede ser perjudicial para la investigación, por no hablar de que usted puede verse gravemente comprometida.

Guadalupe abrió los ojos de forma desmesurada. Castro pudo leer el miedo en ellos.

—Si recuerda cualquier detalle, llámenos —continuó él infundiendo gravedad a su voz—. Por insignificante que le parezca, puede ser importante, por no decir crucial, para la investigación.

Guadalupe le miraba con ojos de preocupación. ¿Por qué no habría llamado a un taxi? De haberlo hecho, ahora no estaría en esa situación. Estaba asustada como no lo había estado en su vida. Quería llegar a casa y encerrarse. Mejor, hacer las maletas y desaparecer. Cuanto más lejos, mejor, donde no la pudieran encontrar ni Casillas, ni Alina, ni nadie.

—... pero insisto en que esté tranquila. Trataremos de usar la información que nos ha facilitado con toda la discreción posible.

Guadalupe volvió a prestar atención a lo que decía el inspector. No era la mejor opción, pero era la única que tenía. Y, aunque la policía nunca le había gustado —más de uno había pasado por La Parada y no en acto de servicio—, en esos momentos no tenía mucho más a lo que aferrarse.

Con ese pensamiento, Guadalupe pareció relajarse.

Una vez que el inspector acabó de tomarle declaración, y la testigo abandonó la comisaría, el subinspector Gutiérrez se acercó a la mesa de su compañero.

—¿Qué tal? —le preguntó Gutiérrez.

—Bien. De momento, es nuestra mejor baza. Ha desbaratado la coartada del Tijeras. Habrá que pedir a una dotación que vigile su casa durante unos días. Está asustada y me temo que su miedo no es infundado.

—Hablaré con el comisario.

—No, ya lo hago yo. Tú, mientras, lee la declaración y ponte al día.

El inspector se encaminó al despacho del comisario pensando en el siguiente interrogatorio del día, el de Victoria Barreda, mujer de la víctima. Tenía que explicarle a la mujer que acababa de quedarse viuda, sin hacer más mella en su dolor, que el hombre con el que había compartido la vida y un hijo era un pedófilo y muy probablemente un proxeneta.

Castro resopló. A veces odiaba su trabajo.

20

El despacho en el que se encontraban era una estancia diáfana, de paredes blancas y sin ventanas, tan solo amueblada con una mesa de madera rectangular y seis sillas. La habitación solía permanecer vacía y su uso era polivalente: lo mismo se utilizaba para reuniones de equipo como para hablar de forma discreta con confidentes de la policía, o para la toma de declaraciones a testigos con miedo escénico o intimidados por el uniforme de policía.

Hacía casi dieciocho horas que había aparecido el cuerpo de Guzmán Ruiz y no estaban más cerca que entonces de poder demostrar quién o por qué había acabado con la vida del vecino de Pola de Siero. Aunque Castro sospechaba que Germán Casillas y La Parada tenían un papel protagonista en el drama, no había evidencias físicas que situaran a Casillas en el lugar del crimen.

De lo que sí estaba seguro era de que quien había matado a Ruiz lo conocía lo suficiente como para odiarle hasta el punto de quitarle su dignidad más allá de la vida. Había sido un crimen pasional. La ejecución había requerido cercanía e intimidad, señal de que Guzmán conocía y confiaba en su asesino, y no necesariamente de una gran fuerza. Castro ya no contemplaba otro motivo que no fuera la venganza y el odio. Un odio macerado por el tiempo o enraizado de tal manera en el interior del sujeto que la explosión de violencia no había sido sino la culminación de un deseo largamente reprimido. Castro empezaba a pensar que el pasado de la víctima podía ser importante para descubrir al responsable.

A pesar de la violencia del crimen, el inspector no descartaba la participación de una mujer. Con Ruiz inconsciente en el suelo, cualquiera, llevado por un sentimiento de rabia contenida, podía infligir las heridas que presentaba el cadáver.

Castro centró su atención en Victoria Barreda, sentada frente a él en aquel despacho desnudo. Era una mujer de baja estatura y en conjunto atractiva, a pesar de que sus rasgos analizados individualmente se alejaban bastante de los cánones de belleza: ojos oscuros bajo unas cejas espesas, aunque bien depiladas; nariz pequeña y ligeramente aguileña; labios finos y una barbilla que era lo que daba carácter a un rostro enmarcado por una melena negra como el azabache, que le caía en capas por debajo de los hombros. Aparentaba menos edad de la que tenía y una fragilidad que nada tenía que ver con la realidad. Aquella mujer podía ser muchas cosas, pero frágil no era una de ellas.

Cuando le comunicaron el fallecimiento de su marido, el subinspector Gutiérrez reparó en la ausencia de aflicción de la viuda. El inspector no le había dado mayor importancia. Como había dicho la juez Requena, cada cual reacciona al dolor de forma distinta.

Pero Victoria Barreda no había reaccionado entonces. Y seguía sin reaccionar ahora. Su actitud indolente, rayando la indiferencia más absoluta, llevaba a Castro a pensar que quizá la viuda no fuera tan ignorante de las costumbres de su marido como él había pensado.

Estaba sentada muy erguida en una de las sillas, sin mostrar emoción alguna en el rostro. A su lado, su abogado, un hombre moreno, de nariz afilada y ojos pequeños y oscuros, un tal Víctor Anglades, esperaba a que Castro y Gutiérrez comenzaran el interrogatorio. Su actitud corporal denotaba indulgencia con los dos policías, que habían ocupado las dos sillas al otro lado de la mesa.

—Señora Barreda —comenzó Castro en tono conciliador. Bajo el escrutinio del abogado se sentía como un pequeño insecto bajo la lente de un microscopio—, no está aquí como sospechosa, ni como imputada. Está citada para una toma de declaración motivada por los últimos movimientos de su marido, para que nos informe de sus costumbres, sus hábitos, si tenía enemigos... Necesitamos que nos ayude a conocerle mejor. Con frecuencia, es lo que nos conduce directamente a la resolución del caso.

Victoria Barreda ni siquiera pestañeó ante la declaración de intenciones del inspector. Se mantuvo erguida e impasible, con las manos cruzadas por encima de la mesa y la mirada fija en la carpeta que los agentes habían depositado sobre ella.

—Huelga decir que no necesita abogado —continuó Castro, tras hacer una pausa para asegurarse de que la mujer había comprendido sus palabras.

Víctor Anglades carraspeó. Se disponía a tomar la palabra cuando la mano firme y menuda de Victoria Barreda, con un delicado toque, lo frenó.

—He creído conveniente venir acompañada de mi abogado, dada la naturaleza y las circunstancias de la muerte de Guzmán —explicó la viuda en un tono de voz melódico, más propio de una locutora de radio—. Entiendo que tienen que investigar a mi marido y, dada la vida disoluta que acostumbraba llevar, como probablemente ya sabrán, me sentiré más cómoda si mi abogado está presente.

Los dos agentes se miraron sorprendidos por aquella disertación expresada de forma tan directa y llana. Tras las palabras de Barreda había un aviso velado dirigido a los dos policías: no iba a consentir rodeos ni eufemismos. El inspector Castro hizo suyo el testigo que le acababa de pasar la viuda.

—Vayamos al grano, entonces. —Abrió la carpeta que tenía delante—. Señora Barreda, hemos encontrado en el ordenador portátil de su marido fotografías de contenido sexual explícito con menores. ¿Sospechaba de estas tendencias por parte de él?

Víctor Anglades se acercó a ella y le susurró algo al oído. Ella asintió con un gesto apenas perceptible. Se aclaró la garganta y antes de contestar, se tomó unos segundos para ordenar sus ideas:

—Conocí a mi marido con catorce años recién cumplidos. Me fascinó. Me hacía sentir como una princesa. Él me llevaba casi veintidós años. Imagínense, un hombre adulto que me miraba como se mira a una mujer, que se interesaba por mí de verdad. —Victoria Barreda cogió aire, como si le costase un esfuerzo físico enorme continuar hablando—. Pasó lo inevitable. Al poco tiempo de conocerlo, nos acostamos. Fue mi primera vez. Y a esa le siguieron muchas más hasta que cumplí los quince y mis padres nos descubrieron.

—¿No lo denunciaron? —el subinspector Gutiérrez dejó caer la pregunta sin disimular la aversión que le provocaba que no hubieran protegido a su hija de un depredador sexual.

—No. —Victoria Barreda miró a Gutiérrez desafiante—. Mis padres hicieron lo que creyeron mejor para mí en aquel momento. Le obligaron a casarse conmigo. Guzmán no quería escándalos. En aquella época ya ocupaba el cargo de subdirector en un banco. Y aceptó casarse conmigo en cuanto cumpliera la mayoría de edad. ¿Esto contesta a su primera pregunta?

—Aclara que su marido, además de un pedófilo, fue un pederasta, al menos con usted.

—Las relaciones fueron consentidas, inspector. A pesar de

mi corta edad, lo que hice lo hice porque quise —replicó Victoria sin cambiar de actitud.

—Pero era menor de edad, señora Barreda. Y lo que hizo su marido en este país está penado por la ley, aunque usted... consintiera.

Victoria Barreda cerró los ojos. Se tomó unos segundos antes de contestar.

—Sí, aunque yo en aquel momento no lo veía de ese modo. —Abrió los ojos y miró a los dos policías con mirada suplicante—. Tienen que entender que él siempre me trató con respeto y con mucho cariño. Me sentía la mujer más afortunada del mundo. Aunque les cueste creerlo, yo le quería. Muchísimo. ¿Cómo iba a imaginar que...?

—¿Qué, señora Barreda?

A Victoria le costaba continuar. Su actitud fría y hierática estaba dando paso a un talante más expresivo y emocional.

—No tienes por qué responder, Victoria —le recomendó Anglades.

—Lo sé. Pero debo hacerlo, Víctor.

La viuda tomó aire y prosiguió con firmeza:

—Nos casamos una semana después de que yo cumpliera los dieciocho. Esa noche fue la última vez que me tocó. Dejó de mostrar interés por mí. Me costó mucho tiempo y muchas lágrimas asimilar que mi marido ya no... ya no... me deseaba. No es que no me quisiera... es que era demasiado mayor para su gusto. Me había convertido en una mujer y a él no le gustaban las mujeres... prefería...

—A las niñas —concluyó el inspector por ella.

—Sí, así es —afirmó Barreda clavando los ojos en Castro y cerrándose de nuevo como un molusco.

—Dice que no volvió a mantener relaciones sexuales con su marido, ¿el hijo que tienen es adoptado?

Esta vez, fue el subinspector Gutiérrez quien interpeló a la mujer.

—No. El hijo es mío. Guzmán no es... no era el padre. Solo consintió en darle su apellido para evitar habladurías. Lugo no deja de ser un pueblo grande.

—Por lo que veo, tenían una relación matrimonial un tanto peculiar.

Era una afirmación más que una pregunta y la intención provocadora de Gutiérrez no pasó desapercibida para Castro ni para Barreda.

—Teníamos un acuerdo. Yo no me metía en sus asuntos y él no se metía en los míos. Yo le daba a él la imagen de respetabilidad que necesitaba de cara a la galería y al círculo social en el que nos movíamos y él, a mí, una posición económica más que holgada.

—¿Era conocedora, entonces, de las tendencias de su marido? —continuó Gutiérrez.

—Nunca quise saber qué hacía ni con quién. Un hombre tiene necesidades y yo ya no cubría las de mi marido. Imagino que las satisfaría en algún sitio. Le gustaban los clubes de alterne.

—¿Solo clubes de alterne? A usted no la conoció en uno, ¿verdad? —La actitud incisiva de Castro sorprendió a la viuda, que dio un respingo en su silla. Era la primera vez desde que entrara en la comisaría que perdía la compostura.

—¡Victoria, no contestes! —estalló su abogado—. ¡Esto es una provocación! No tienen ningún derecho a insinuar...

—No insinúo nada —atajó Castro—. Me limito a exponer una realidad: Guzmán Ruiz era un pedófilo y también un pederasta que sedujo a su propia mujer cuando esta aún era una niña. Y me pregunto, después de ella, ¿cuántas más niñas hubo y dónde las conocía? ¿Solo frecuentaba clubes de alterne o también rondaba colegios? —El inspector lanzó esta última pregunta mirando directamente a los ojos de la viuda.

Victoria Barreda permanecía impasible. No mostraba más emoción que el desagrado por estar dando explicaciones de su vida privada a dos desconocidos. El inspector no sabía si era una cínica, una cómplice o una superviviente. Sin duda, era una combinación de las tres.

—Inspector, a mi marido le gustaban las niñas. Eso lo sé. Cuando me quedé embarazada, rezaba cada noche para que el bebé fuera un varón. Pero desconozco qué hacía más allá de la puerta de nuestra casa. Sí me lo puedo imaginar, pero sospechar no es delito e imaginar, menos.

Gutiérrez estaba empezando a impacientarse y su enojo ante el cinismo de la viuda era más que evidente. Castro medió con rapidez para evitar lo que probablemente sería una salida de tono del subinspector que solo conseguiría que Victoria Barreda se cerrara en banda.

—¿Mató usted a su marido? —le preguntó Castro a la mujer empleando el tono más neutral del que fue capaz.

—Rotundamente, no —contestó la mujer sin inmutarse.

—¿Dónde estaba usted esta madrugada, entre las doce y las cuatro de la mañana?

—En casa, durmiendo. Y no tengo testigos, dado que mi hijo también estaba durmiendo.

—¿Su marido tenía enemigos?

—¿Usted qué cree?

—Creo que sabe más de lo que nos está contando. —Castro cogió aire y se armó de paciencia. Gutiérrez se removió en su silla—. Creo que quien mató a su marido le conocía. Creo que no fue un robo, no fue un accidente, ni un error. Tampoco fue un daño colateral o una trágica casualidad. Alguien quería a su marido muerto y, por la naturaleza de las heridas, ese alguien lo conocía bien y, si me permite la expresión, le tenía muchas ganas.

—Mi marido no era un buen hombre. Llevaba mucho tiempo por el mal camino. No era de extrañar que tuviera enemigos. Aunque no sabría decirle ni un solo nombre. Nuestros mundos no se cruzaban, inspector.

—¿Cuánto hace que viven en Pola de Siero?

—Poco más de cuatro años.

—¿Y antes de eso?

—En Lugo. Guzmán llevaba ya unos cuantos años allí cuando nos conocimos.

—¿En qué trabajaba su marido?

—Trabajó como subdirector en un banco en Lugo. Cuando vinimos aquí, ocupó un puesto de jefe de administración en una empresa hasta que cerró, hace un año. Ahora no trabajaba.

—¿Por qué dejó el trabajo en el banco?

—Quería volver a su pueblo natal.

—¿En Galicia también frecuentaba clubes de alterne?

—Sí.

—¿Tenía problemas con alguien?

—Que yo sepa, no. Pero, aunque los hubiera tenido, dudo que los hubiera compartido conmigo.

—¿Qué sabe de su marido, de su vida antes de que se conocieran?

—Poca cosa. Nació en Pola de Siero. Tras terminar la carrera, dio clases en un colegio y después se fue a Lugo respondiendo a una oferta en el banco, en donde estuvo hasta que vinimos aquí. No tenía relación con su padre. Yo no lo llegué a conocer, de hecho.

—¿Qué rutinas tenía?

Castro no creía que fuera a conseguir mucho más de ella. Sentía que la viuda ya había declarado todo lo que estaba dispuesta a contar.

—Por las mañanas se encerraba en su despacho y por las tardes salía y no solía regresar hasta la madrugada.

—¿Y ayer? —insistió Castro.

—Ayer estuvo en casa hasta después de comer. Después salió. Y ya no lo volví a ver.

—¿A qué hora salió de casa?

—Serían las cuatro.

Gutiérrez y Castro se miraron. Por lo pronto, no iban a obtener mucho más. Víctor Anglades se removió en su asiento y alisándose la corbata, hizo ademán de levantarse dando por terminada la entrevista.

—La señora Barreda ha respondido a sus preguntas con más honestidad de la que yo le he aconsejado. Espero que valoren su colaboración. Dicho esto —añadió dirigiéndose a su clienta—, creo que es hora de que nos vayamos, Victoria.

Los dos policías no se movieron de su asiento, dejando claro quién dirigía la entrevista. Anglades volvió a sentarse visiblemente azorado.

—Señora Barreda, por ahora es todo. Conforme avance la investigación quizá necesitemos volver a hablar con usted. Le agradeceríamos que si recuerda algo que no nos haya contado, nos lo haga saber. Cualquier detalle puede ser importante.

Castro y Gutiérrez se levantaron al mismo tiempo y Victoria Barreda y Víctor Anglades los imitaron. El abogado murmuró un «buenas tardes, caballeros» apenas audible y Victoria se encaminó a la puerta con andar firme y la barbilla alta, sin decir una palabra más. Cuando estaban abriendo la puerta para salir, Castro les interrumpió:

—Señora Barreda, una última pregunta antes de que se vaya.

Victoria se volvió y mantuvo la mano asida a la manilla de la puerta.

—¿Su marido percibía algún tipo de ingreso en este momento? —preguntó pensando en el lujoso BMW de Guzmán Ruiz.

El inspector creyó vislumbrar una sutil mezcla de astucia y sorpresa al mismo tiempo en los ojos de la mujer.

—Percibía la prestación por desempleo, inspector.

—Me pregunto cómo se puede mantener una casa como la suya y un coche de alta gama con una prestación por desempleo.

—Tenemos ahorros. Mi marido tenía una buena nómina cuando fue subdirector de banco en Lugo. Y el sueldo que ganaba hasta hace un año no era nada despreciable. ¿Alguna pregunta más?

La mujer dejó entrever una media sonrisa de satisfacción. «Se cree muy lista», pensó Castro.

—Nada más, por ahora. Gracias otra vez.

Cuando la mujer y el abogado abandonaron la sala, Gutiérrez soltó una maldición.

—Esa mujer nos toma el pelo. ¡Sabía de sobra a lo que se dedicaba su marido!

—Pues habrá que demostrarlo —le contestó Castro sin perder la compostura—. Están examinando las cuentas de Ruiz y no estaría de más obtener informes de su vida en Lugo. No tiene antecedentes, pero eso no le exime de haber cometido algún error en todos estos años. Igual que la cagó con Victoria Barreda y tuvo que casarse con ella, pudo cagarla con alguien más. También hay que averiguar más de su pasado en Pola de Siero antes de marcharse. Estoy convencido de que no emigró por gusto.

—Me pongo a ello.

Castro recapituló mentalmente toda la información de la que disponían sobre la víctima. Cuanto más investigaban, más se enfangaban de porquería. Cada vez estaba más convencido de que a Ruiz lo habían matado por venganza. Y, para su asombro, empezaba a empatizar con el verdugo mucho más que con la víctima.

21

Germán Casillas parecía un león enjaulado. Tenía el pelo encrespado y dos grandes manchas de sudor le oscurecían la camisa por debajo de las axilas. El rostro, rubicundo y congestionado, se veía tenso y brillante, igual que un globo cuando se infla en exceso.

El despacho, por lo general pulcro y ordenado, parecía un campo de batalla. La caja fuerte estaba abierta y su contenido, esparcido por el suelo sin ningún miramiento. En la mesa de madera bruñida de caoba no quedaba un solo centímetro de superficie donde no hubiera un papel, una carpeta o un archivador. Los cajones de las estanterías que cubrían dos de las paredes de la estancia estaban abiertos y con el contenido desparramado por el despacho.

Casillas caminaba nervioso, de un lado a otro, intentando poner en orden sus pensamientos y tratando, de forma infructuosa, de no perder los nervios. La situación requería tranquilidad y una mente fría, cualidades de las que ahora carecía.

Se había pasado el día recabando y revisando toda la documentación comprometida de La Parada: los libros de registro y de cuentas, en su mayoría contabilidad paralela de la que se encargaba Guzmán Ruiz. Tenía que sacar aquellos papeles del club y esconderlos en un lugar seguro hasta que las aguas se calmaran. A la vista de los acontecimientos, la policía no tardaría en aparecer con una orden de registro. No se conformarían, como en ocasiones anteriores, con pedir la documentación de las empleadas del club para comprobar si tenían los papeles en regla.

Estaba todo en orden excepto una cosa: «la Biblia». Guzmán Ruiz había bautizado así al libro donde dejaba registradas todas las entradas de la mercancía especial: nombre de los clientes, fechas de llegada de la «mercancía», origen, servicios realizados, salidas y devoluciones y las entregas de dinero al «proveedor». Había sido idea de Ruiz ampliar el negocio con este tipo de servicios hacía más de tres años y llevar un registro detallado de todos los movimientos.

Casillas había conocido a Ruiz en La Parada, cuatro años atrás. Hacía poco que vivía en Pola de Siero y buscaba un sitio tranquilo y discreto donde desahogarse y pasar un buen rato, le había dicho. Comenzó a frecuentar el club. Era un cliente que, además de generoso con las consumiciones y las propinas, no daba problemas. Tenía unos gustos muy peculiares: le gustaban las chicas jóvenes y con aspecto aniñado. Casillas tenía mucho cuidado de que sus chicas fueran mayores de edad y tuvieran los papeles en regla. Noreña era un pueblo pequeño y no quería más problemas de los necesarios con la policía que, naturalmente, lo tenía en su punto de mira. Así que pocas putas cumplían los cánones requeridos por Ruiz.

La idea se la planteó Guzmán a Casillas una noche en que se había quedado a tomar una copa hasta el cierre. Se trataba de ampliar el negocio cubriendo demandas como la suya. Le había comentado que la calle estaba llena de hombres con necesidades y gustos especiales. Ruiz se ofreció a conseguir quien proporcionara a las chicas de forma itinerante y puntual, de manera que el grado de riesgo para Casillas y el club fuera mínimo. Además, era una mercancía que se pagaba a precio de oro, y si estaba sin estrenar, más aún. A cambio, Ruiz solo exigía un porcentaje de los beneficios, participar activamente con la gestión de la nueva división del negocio y bufet libre, o lo que es lo mismo, disponer de las chicas sin pasar por caja.

Ruiz era un hombre sin escrúpulos, pero con visión de negocio, especialmente si se trataba de ganar dinero fácil.

Casillas lo valoró, le dio vueltas, analizó los pros y los contras y decidió hablarlo con Alina antes de dar el paso. La rusa se mostró conforme y hasta entusiasmada con la idea de diversificar el negocio.

Decidieron probar suerte durante una temporada. Guzmán se encargó de buscar una casa, a la que llamaban La Finca, donde organizar, de forma discreta y sin riesgo de redadas, los encuentros de los clientes especiales con los menores. No estaba muy lejos de La Parada, en una zona lo suficientemente apartada de cualquier núcleo poblacional, a las afueras de Oviedo. Era una casa lujosamente amueblada, que ofrecía privacidad, pues estaba dentro de una enorme finca (de ahí su nombre) rodeada de muros de más de dos metros de alto. Guzmán llamaba al negocio «la juguetería».

Convinieron con Ruiz en llevar un registro de todos los movimientos al que llamaron «la Biblia». Dicho registro no saldría del club y se mantendría escondido en un hueco creado para tal fin en uno de los rodapiés del despacho de Casillas. El escondite solo era conocido por Ruiz, por Alina y por él mismo. Y ahora había desaparecido. Además del despacho, Casillas había puesto la casa del revés sin éxito, por si a Ruiz se le hubiera ocurrido sacarlo de La Parada. «La Biblia» había desaparecido.

Si ese cuaderno caía en manos de la policía, significaría su ruina y el menor de los problemas sería entrar en prisión, habida cuenta de la chusma ucraniana con la que trataban para traer a los menores. Podía darse por muerto.

Nunca había tenido motivos para desconfiar de Ruiz. Era meticuloso con las transacciones y con las cuentas que le presentaba a Casillas cada mes. Ponía especial cuidado con las anotaciones en «la Biblia». Solía decir que, a las malas, aquel cuaderno podía sacarles de cualquier atolladero. No en vano, en aquella lista de clientes especiales había más de un pez gordo de la política y de la banca. Además, Casillas tenía un seguro muy bien escondido en una falsa pared de su despacho, casi imposible de detectar, por si a Ruiz se le ocurría intentar traicionarle o dejarle al margen del negocio.

Se dejó caer en el sillón detrás de su escritorio. Le temblaban ligeramente las manos y sentía presión en el pecho. Necesitaba un trago. En ese momento, sonó el teléfono de sobremesa, un aparato antiguo de calamita estilo años veinte. Casillas lo dejó sonar, uno, dos, tres tonos. Al cuarto, descolgó el teléfono con gesto brusco y contestó sin gana.

—¿Es usted Germán Casillas?

Era una voz de mujer, aguda y sin titubeos.

—¿Quién lo pregunta? —quiso saber este en tono áspero.

Al otro lado del teléfono se hizo un silencio. Por un momento, Casillas pensó que se había cortado la comunicación. Estaba a punto de colgar, cuando la voz volvió a preguntar por él.

—Yo soy Casillas. ¿Quién es usted? —insistió sin ocultar su enfado.

—Señor Casillas, soy Olivia Marassa, de *El Diario*. ¿Me podría dedicar unos minutos? Es en relación con Guzmán Ruiz, el hombre que apareció muerto esta madrugada en el polígono.

La periodista hablaba deprisa, como si hubiera cogido carrerilla. Casillas tensó el cuello y apretó la mandíbula. Notó cómo le subía la sangre a la cabeza y le latía una vena en el cuello.

—No tengo nada que decir y menos a la prensa —explotó él elevando la voz.

—Hemos sabido que Guzmán Ruiz era cliente de su local y amigo suyo. ¿Es cierto?

Casillas colgó el teléfono sin contestar, arrancó el cable y arrojó el aparato contra la pared, dejando un pequeño descascarillado allí donde había impactado. En ese momento, se abrió la puerta del despacho. Era Alina Góluvev. La visión de la rusa le enfureció aún más. Estaba fresca y relajada. Ataviada con un vestido de gasa estampado en flores que enmarcaba su silueta y unas sandalias de tacón que hacía que sus largas piernas parecieran infinitas, la mujer tenía más aspecto de ir a tomar el té que de afrontar una crisis como la que tenían entre manos.

—¡Ya era hora! —le espetó antes de que ella pudiera saludar.

Alina miró a su jefe y haciendo caso omiso del comentario, se entretuvo contemplando el desorden reinante en el despacho. Lo hizo con calma y sin demostrar nerviosismo ni inquietud.

—¿Qué ha pasado? —inquirió mientras tomaba asiento frente a Casillas. Se acomodó en la silla, con la espalda muy recta y cruzando las piernas en una pose que parecía estudiada.

—¡Qué no ha pasado! —exclamó Casillas sacando un pañuelo y secándose el sudor de la frente.

—¿Es por la visita de los polis? —preguntó Alina con voz calmada.

—¿Has hablado con las chicas? —preguntó a su vez Casillas.

—Sí, con todas. Les he dejado el mensaje muy claro. Anoche estabas aquí, todas te vieron. Y tendrán la boca cerrada. —Alina hizo una pausa antes de continuar—: También vinieron a verme a mí, como me advertiste.

—¿Y?

—Y nada. Me preguntaron si había estado en el local anoche, si habías estado tú, si conocía bien a Guzmán, la última vez que le había visto... Ese tipo de cosas.

—¿Te apretaron?

—No. Se conformaron con la versión que les di. Y, ¿ahora me vas a contar dónde estuviste ayer?

Casillas se levantó y se acercó a un pequeño mueble bar de madera, de cuyo interior sacó un vaso y una botella de whisky. Se sirvió una cantidad generosa y se la bebió de un trago. Llenó el vaso de nuevo y con él en la mano volvió a ocupar la silla.

—Estuve con Sergei.

—¿Con Sergei? ¿Por qué? Con Sergei solo habla Guzmán, para contratar, y yo, para recoger la mercancía. En eso quedamos, Germán. Esa gente no quiere más que un interlocutor y siempre el mismo. —Alina no ocultó su contrariedad.

—Sí, ya sé que en eso quedamos, pero me gusta saber con quién me estoy jugando los cuartos. Soy el que arriesga el culo, el que suelta la pasta y no sé con quién estoy tratando.

—Sabes lo fundamental, Germán. Y tu papel es el más importante: cobras y ganas mucho dinero.

—No me provoques, Alina —advirtió Casillas—. A partir de ahora, seré yo quien trate con Sergei. ¿Eso te va a suponer algún problema?

—Por supuesto que no, Germán —contestó sumisa—. Tú mandas.

—Bien... Ahora tenemos problemas más importantes que ese. Ha desaparecido «la Biblia».

Alina abrió los ojos con asombro y descruzó las piernas, irguiéndose en su asiento.

—¿Cómo que ha desaparecido «la Biblia»? ¡No puede ser! —exclamó la mujer.

—¡No está! Ni aquí ni en La Finca. Tú no lo tienes, ¿verdad?

—No he visto ese cuaderno desde hace semanas. ¿Lo pudo coger Guzmán el martes?

—Imagino que sí. Tú estuviste con él. ¿Notaste algo raro?

—No, estaba como siempre. A esas horas y con una copa de más siempre se ponía... baboso. Y si llevaba el cuaderno encima, no lo vi.

—¿Esa noche fuisteis juntos a La Finca?

—Sí, como siempre.

Alina se quedó pensativa.

—Germán, la policía no lo ha encontrado. Si no, ya hubieran atado cabos. Los tendríamos encima —razonó la mujer intentando calmar a su jefe.

—Eso mismo pienso yo. Pero hay que encontrar ese maldito cuaderno. Si cae en manos de la pasma, estamos perdidos.

—Puedo ir a ver a su mujer... quizá lo llevara a su casa.

Germán miró a Alina y meditó la propuesta. No se perdía nada por preguntarle a la viuda.

—Hazlo. Pero no esta noche. Te necesito aquí. Y, Alina... de momento vamos a ser discretos.

—Ya somos discretos, Germán —replicó Alina.

—Más aún. No quiero tratos con Sergei y su camarilla hasta nueva orden.

—Pero ¿qué hago con las demandas que tenemos comprometidas? Ya han pagado un adelanto —la rusa elevó la voz. Le exasperaba la actitud de Casillas.

—Anularlas. Devuélveles el adelanto. Y a Sergei explícale que tenemos a la pasma encima. Lo entenderá. Le dices que ya le avisaremos cuando esté la cosa más calmada.

—Pero... —intentó replicar.

—Alina, no quiero repetirlo —siseó Casillas—. Nada de ucranianos, ni de pececitos hasta nueva orden. ¿Está claro?

—Muy claro —respondió ella de mala gana.

Casillas se levantó y remetió la camisa por dentro del pantalón.

—Voy a darme una ducha y a cambiarme de ropa. Estate pendiente del salón hasta que baje.

Alina asintió con la cabeza y se levantó. Se acercó a la puerta y estaba a punto de salir cuando su jefe le cortó el paso sujetándola por la muñeca.

—Si esto sale mal, caes conmigo. No lo olvides.

La mujer se desasió de la mano de su jefe y salió sin responder.

22

Olivia colgó el teléfono móvil y maldijo en voz alta:

—¡Será imbécil el tío!

Sus intentos de que Germán Casillas confirmara los datos que obraban en su poder habían sido infructuosos. No solo no había obtenido información, sino que además el tipo le había colgado el teléfono. Sin contemplaciones.

Tampoco había tenido éxito con el gabinete de Prensa del Cuerpo Nacional de Policía. Estaban cerrados como conchas. Ni confirmaban, ni desmentían. No hacían declaraciones.

Volvió a centrarse en la pantalla del ordenador. Ya tenía la apertura casi terminada. De momento, no necesitaba a Casillas. Mario tenía razón. Tenía información suficiente para una buena noticia y, con un poco de suerte y la ayuda de Alberto, la suya sería una información exclusiva, exceptuando la identidad de la víctima y algún detalle más de poca importancia.

Olivia releyó el texto. Estaba todo: las circunstancias del crimen sin entrar en detalles escabrosos, pero dejando claro que había sido una mutilación; las posibles causas del asesinato descartando el robo; la existencia de un posible testigo que había sido visto en un vehículo de madrugada justo antes de que Guadalupe —a la que mencionaba con iniciales— encontrara el cadáver; la vida disoluta de Ruiz; la opinión de la propietaria de la vinatería y para rellenar la noticia, unos pequeños apuntes sobre su infancia en Pola de Siero y de su vida en Galicia. Eso sí, sin desvelar la provincia. Ese detalle de momento se lo guardaba para ella. No quería dar pistas a la competencia y la intuición le decía que en Lugo iba a encontrar respuestas. Casi con seguridad, información interesante.

Miró el reloj. Pasaban diez minutos de las ocho. Granados debería estar a punto de llamar. Y Mario no tardaría en llegar para elegir las fotos. Ya las había subido a la intranet, pero le gustaba seleccionarlas contando con la opinión de la periodista.

Olivia se desperezó. Estaba entumecida. Sonó su teléfono móvil. Un número desconocido.

—¿Quién es?

—Soy Alberto.

—¿Desde dónde me llamas? —preguntó Olivia con curiosidad.

—No pretenderás que lo haga desde la comisaría o desde mi teléfono personal. Me estoy saltando a la torera el código ético, por no hablar de no sé cuántas leyes. No quiero dejar rastro —susurró el policía.

—Alza un poco la voz, ¿quieres? Apenas te oigo —le pidió la periodista.

—A ver... ¿tienes algo para apuntar?

—Sí

—Calzada Das Gándaras, número 57. Es la dirección de los padres de Victoria Barreda: Sebastián Barreda y María del Carmen Mosquera.

—¿Viven los dos?

—Sí.

—¿Qué más me puedes contar?

—No mucho. No he encontrado nada del supuesto incidente ni con profesoras, ni con alumnas, ni con nadie en los tiempos en los que era profesor en el colegio. Si pasó algo, no hubo denuncias.

—¿Se sabe si lo mataron en el polígono?

—Aparentemente, así fue.

—¿Y cómo llegó allí?

—Aún no se sabe. Su coche apareció en Pola de Siero.

—¿Algún sospechoso?

—Ninguno.

La conversación monosilábica de Granados dio a entender a Olivia que la situación lo estaba incomodando. Y tampoco quería quemarlo. Con los nuevos datos facilitados por el policía, podía rematar la noticia de forma muy digna.

—Oye, Alberto, te debo una —agradeció Olivia.

—Me debes más que eso —dijo Granados—. Ten cuidado con cómo lo publicas, Olivia. Me puedes comprometer y mucho.

—No te preocupes.

—Ah, otra cosa. —Alberto hizo una pausa—. El fiambre era un pedófilo de libro.

Olivia contuvo la respiración. Eso sí era un dato jugoso. Aunque por lo que había descubierto hasta ahora de Ruiz, no era algo que le sorprendiera.

—¿Y eso lo sabéis por...?

—Porque tenía porno infantil en su ordenador. Este detalle no es para que lo publiques. Si lo haces, me hundes, porque no lo sabe nadie fuera de la comisaría.

«Mierda con el *off the record*», pensó Olivia.

—Y ha estado la viuda prestando declaración esta tarde en comisaría. No he conseguido enterarme de lo que ha dicho, pero... y esto es lo raro... ha venido acompañada de un abogado.

—¿Es sospechosa?

—De hecho, no. Por eso es raro.

—¿Puede ser que su mujer supiera que su marido era un pedófilo? No sería el primer caso en que la esposa mira para otro lado porque le interesa más que un divorcio.

—No lo sé, Olivia. No te puedo contar más.

Olivia se quedó pensativa. Sí que era raro. El timbre de la puerta la sacó de sus cavilaciones. Se despidió de Alberto con la promesa de mantenerlo informado y abrió. Era Mario. Traía un sobre grande de papel manila en la mano. Se lo tendió a la periodista.

—Toma, es para ti.

—¿Qué es? —preguntó Olivia cogiendo el sobre.

—No lo sé. Estaba en tu puerta.

Olivia lo observó. No llevaba remitente ni destinatario. Era un sobre acolchado de tamaño mediano. Lo abrió y extrajo un cuaderno en cuyas tapas venía adherida una hoja de papel blanco doblada en dos. Olivia depositó el sobre y el cuaderno encima de la mesa del comedor, al lado del ordenador, y abrió la hoja de papel. Mario vio cómo la periodista palidecía de repente. Se acercó a ella.

—¿Qué pasa, Livi? —preguntó con gesto preocupado.

Olivia se sentó en la silla y le tendió la hoja de papel. Mario la leyó: «El cerdo merecía morir. La justicia no es ciega».

Mario soltó el papel como si le quemara en las manos.

—¿Qué coño de broma es esta? —exclamó malhumorado, apartando de un manotazo la hoja de papel y alargando la mano para coger el cuaderno.

Se trataba de una libreta de tapas duras en color negro y de tamaño mediano. En su interior, no había más que páginas y páginas llenas de nombres, fechas, lugares e importes de dinero.

Mario hojeó el cuaderno y se lo pasó a Olivia, quien se levantó y fue hacia la cocina. Trasteó en uno de los cajones hasta que sacó unos guantes de látex de color azul. Se los puso y solo entonces cogió el cuaderno.

—Mario, ¿dónde encontraste el sobre exactamente? —preguntó mientras examinaba el lomo de la libreta.

—Estaba en el suelo, apoyado contra la puerta de tu casa. —Mario permanecía de pie junto a la mesa y cambiaba el peso de su cuerpo de un pie al otro.

—¿Viste bajar a alguien? ¿O en el portal?

—No, a nadie. La puerta del portal estaba abierta cuando me fui y así seguía cuando llegué hace un momento.

—Creo que este cuaderno era de Guzmán Ruiz y la nota se refiere a él. Y mira esto.

Olivia señaló una pequeña mancha parduzca en la cara interior de una de las tapas.

—Esto parece sangre, Mario.

—Pues si es así, deberíamos llevarlo a la comisaría. Puede ser una prueba.

—Estoy de acuerdo contigo. —Olivia reflexionó durante un instante. Miró a su compañero sin ocultar su nerviosismo—. Mario, ¿crees que quien haya dejado esto puede ser el que mató a Ruiz?

El fotógrafo notó la inquietud de su compañera.

—Es posible, Livi. Por eso, cuanto antes vayamos a comisaría, mejor.

—Quien haya sido me conoce, Mario. Me conoce lo suficiente como para saber dónde vivo.

Mario cogió por el brazo a Olivia y la obligó a levantarse de la silla.

—Coge el bolso. Nos vamos ahora mismo.

Olivia se zafó.

—Iremos, pero primero hemos de mandar la apertura y quiero echar un vistazo a esa libreta.

Olivia se sentó al ordenador y abrió las fotos de Mario. Eligieron una imagen en la que se veía en primer plano el lugar exacto donde había aparecido el cadáver, con la acera cubierta de arena para ocultar la sangre y, al fondo, el muro y el perfil de La Parada. Para la segunda foto, decidieron publicar otra vez la que había sacado Olivia con el móvil de madrugada.

Una vez enviada la apertura, Olivia llamó a Roberto Dorado. Le informó de sus planes de ir a Lugo al día siguiente.

—No veo una buena razón para que te marches mañana a Lugo, pero voy a confiar en ti. En todos estos años, tu intuición rara vez te ha fallado —decidió Dorado con resignación, tras varios minutos de discusión con la periodista—. Pero quiero que me informes de forma puntual. Mañana, con tu noticia publicada, Pola de Siero va a ser un hervidero.

—Lo sé. Pero Mario se queda. Él estará pendiente de lo que ocurra aquí. No te preocupes. Tendremos todos los flancos cubiertos.

—Más te vale. Para mañana voy a pedir otra apertura. ¿Tendrás material?

—Sí y mejor que el de hoy —respondió Olivia pensando en el cuaderno que habían dejado en su puerta.

Tras unos segundos de silencio al otro lado, en que Olivia pensó que su jefe ya había colgado, este dijo:

—Por cierto, te felicito por la noticia. Adaro y Carolina están que no mean con la apertura. Y menos mal, porque me han vuelto loco. Me he pasado todo el día de reuniones.

Olivia se mostró gratamente sorprendida. Dorado no era muy dado a dar palmaditas en la espalda. El hecho de que la felicitara significaba que realmente había hecho un buen trabajo.

—¿Va a salir en la edición digital? —preguntó Olivia, aunque ya sabía la respuesta.

—No. Al enemigo, ni agua. Pareces nueva —rezongó el jefe

de sección—. Hasta primera hora de la mañana no lo volcarán en el digital.

—¿Y qué pasa con mi espacio en Comarcas? No doy para todo.

—No te preocupes. Desplazo a Sara para que te cubra.

Sara era la reportera de Cuencas. Cubría las noticias de la cuenca del Nalón. Era una buena periodista, todoterreno y muy avispada. Olivia se mostró conforme con la elección de Dorado.

—Lo hará bien —dijo.

—Lo sé. Y espero que tú también. Mañana hablamos.

Dorado colgó sin despedirse.

Mario ya estaba en la puerta. Olivia cogió su bolso, metió dentro el cuaderno protegido por una bolsa de plástico junto con el sobre y la nota, y salió en dirección a la comisaría. Mientras bajaban en el ascensor, Olivia relató a Mario la llamada de Alberto.

—¿Un pedófilo? ¡Por qué será que no me extraña! —aseveró Mario con cara de repugnancia.

—A mí tampoco. Es más, tengo la intuición de que su mujer lo sabía —observó Olivia.

—Y eso, ¿por qué? —preguntó Mario con interés.

—Porque ha estado en la comisaría y dice Alberto que fue acompañada de un abogado.

—¿Es sospechosa?

—No. Por eso me da que pensar. Creo que algo sabía —insistió Olivia.

—No deberías marcharte con lo que tenemos entre manos —subrayó Mario mientras caminaban hacia el coche.

—Va a ser un viaje relámpago. Mañana a estas horas estaré de vuelta. Y creo que Lugo me va a dar un buen titular —rebatió Olivia.

Mario no contestó. No valía la pena discutir con ella cuando estaba decidida a hacer algo.

—Me preocupa más el hecho de que alguien quiera involucrarme de forma tan directa en este crimen —dijo la periodista apretando el bolso contra ella y sin mirar a su compañero—. Vamos, cuanto antes lleguemos a la comisaría, antes acabaremos con esto.

Ambos se metieron en el coche de Olivia. Ya estaba oscureciendo. Aun así, la temperatura era agradable. El ambiente estaba perfumado. Olía a pino y a hierba recién cortada. Olía a verano. En el norte, territorio de largos inviernos, con la llegada del buen tiempo se inundaban las calles. Las terrazas estaban rebosantes y los ánimos alegres, casi festivos.

En otras circunstancias, el espíritu de Olivia estaría en consonancia con aquella algarabía.

Pero no ese día. La inquietud que sentía era mucho más poderosa que su buen ánimo.

23

Un joven agente asomó la cabeza en el despacho donde horas antes el inspector Castro había entrevistado a Victoria Barreda.

—Una mujer pregunta por usted —anunció.

Castro y Gutiérrez, que estaban enfrascados en la lectura de los informes y el análisis de todas las pruebas del caso, levantaron la cabeza al mismo tiempo.

—¿Qué mujer? —preguntó el inspector.

—Ha dicho que quiere hablar con quien lleve el caso de Ruiz. Que es importante.

—¿Le has preguntado el nombre?

El policía enrojeció hasta la raíz del cabello y se encogió de hombros.

—Está bien —atajó Castro con gesto cansado—. Salgo en un minuto.

El inspector se echó hacia atrás en la silla y se desperezó en un vago intento de desentumecer las piernas y los brazos. Habían pasado más de doce horas desde que les asignaran el caso y cuanto más investigaban menos les gustaba lo que encontraban.

Castro salió de la sala y observó a la mujer menuda que esperaba a la entrada de la unidad, acompañada de un hombre alto de aspecto preocupado. Era una pareja singular. Ella, atractiva, de sonrisa fácil y mirada astuta, parecía inquieta y con más ganas de estar fuera que dentro de la comisaría y él, con semblante serio y mirada impasible, irradiaba una actitud protectora hacia su acompañante, que no escapó al ojo observador del policía.

—Buenas noches. Soy el inspector Castro y estoy al cargo de la investigación del caso del polígono de Noreña. Me dicen que quieren hablar conmigo.

La mujer se adelantó. Hablaba deprisa y con tono nervioso:

—Tenemos algo que podría guardar relación con el caso que están investigando.

Castro observó a la mujer. Vestía de manera informal —vaqueros, camiseta y unas deportivas— y no llevaba maquillaje. El pelo sujeto con una goma en una coleta y ni una sola joya. Sobria, pero bella. Tenía un rostro singular, de tez morena y grandes ojos castaños, labios generosos y una dentadura perfecta. El inspector se detuvo en la contemplación de aquella boca más de lo que hubiera debido. Parpadeó. «¿Qué demonios estoy haciendo? —pensó azorado—. Si empiezo a sentirme atraído por las posibles testigos, es señal de que necesito dormir unas horas. El cansancio me está jugando malas pasadas.»

Carraspeó intentando disimular su turbación. Recuperó la compostura.

—¿Su nombre?

—Me llamo Olivia Marassa, soy periodista de *El Diario*. Él es mi compañero, Mario Sarriá, fotógrafo en el mismo periódico —se presentó.

—Sé quién es usted —la cortó el inspector sorprendido y sin ocultar su enfado—. Ha estado hablando con personas implicadas en el caso, poniendo así en peligro la investigación.

—Yo... yo... —balbuceó Olivia aún más nerviosa de lo que estaba. Mario se adelantó apartándola con suavidad y encarándose con el policía.

—Hemos venido a ayudar con la investigación, no a escuchar reprimendas de patio de colegio —le espetó taladrando con la mirada a Castro.

Castro mantuvo el pulso y tras unos segundos de tensión, soltó el aire y decidió templar los ánimos.

—Está bien. Acompáñenme.

Los condujo a la sala donde se encontraban repasando los informes. Les ofreció una silla. Olivia y Mario se sentaron, uno al lado del otro. Gutiérrez recogió los informes y cerró las carpetas que estaban encima de la mesa.

—Les presento al subinspector Gutiérrez. Nos encargamos del caso juntos. Ellos son Olivia Marassa y Mario Sarriá.

—Hummm... la periodista —fue lo único que dijo Gutiérrez.

Olivia enrojeció y pensó en las consecuencias que tendría su apertura del día siguiente. A Dios gracias estaría a muchos kilómetros de distancia, pues no quería estar en el centro de la ira de aquel inspector.

—Bien, ¿qué deseaban contarnos? —les animó Castro, sentándose frente a ellos y cruzando las manos por encima de la mesa.

Olivia metió la mano dentro del bolso y sacó la bolsa de plástico donde había guardado el cuaderno. Sin prisa, lo colocó encima de la mesa y lo empujó hacia Castro.

—Esta tarde alguien dejó este... este paquete a la puerta de mi casa.

El inspector cogió la bolsa y miró en su interior. A continuación, se dirigió a Gutiérrez:

—Jorge, trae unos guantes, por favor. Y unas bolsas de pruebas.

El subinspector salió de la sala y regresó con dos pares de guantes de nitrilo.

—¿Lo han tocado? —les preguntó Castro mientras se ponía los guantes y sacaba el cuaderno de la bolsa.

—Sí, hasta que nos hemos dado cuenta de lo que teníamos en las manos. Entonces hemos utilizado guantes —respondió Olivia sintiéndose ridícula. «Sí, señor inspector, hemos utilizado guantes, pero antes lo hemos tocado, leído y manoseado. Por Dios, ¿por qué le importaba tanto quedar bien delante de aquel arrogante policía?», pensó la periodista.

—¿Lo han tocado los dos? —insistió el inspector.

—Me temo que sí. Mario fue quien encontró el sobre. Los dos hemos leído la nota y tocado el cuaderno —contestó ella cabizbaja.

—Tendremos que tomarles las huellas para descartarlas.

Ambos asintieron en silencio.

El inspector Castro examinó el cuaderno y la nota.

—Creemos que ese cuaderno podría haber pertenecido a Guzmán Ruiz. Es más, pensamos que la mancha de la tapa interior podría ser sangre.

Castro hojeó el cuaderno con detenimiento. Efectivamente, la mancha en la parte interior de la cubierta parecía sangre. El cuaderno no tenía nada de especial: de tamaño cuartilla, tapas duras de cartón forrado en papel negro, hojas de poco gramaje de color blanco. Sin distintivos ni marca. En cuanto a la nota, estaba escrita a ordenador en un papel DinA4 blanco. A simple vista, sin pistas.

En cuanto al sobre, acolchado en el interior con papel burbuja, era de papel manila y cierre adhesivo. Sin remitente, ni destinatario. Un sobre corriente de los que se adquieren en cualquier oficina de Correos o en cualquier librería.

—Llama a los de la Científica. Diles que les mandamos unas

pruebas para que las analicen y busquen huellas, restos de ADN... Que les den prioridad.

Gutiérrez introdujo el cuaderno, la nota y el sobre en sendas bolsas para pruebas y salió de la sala cerrando la puerta tras de sí.

—Señorita Marassa, ¿qué le hace pensar que este cuaderno podría estar relacionado con el asesinato de Guzmán Ruiz?

—En primer lugar, porque está manchado de sangre. En segundo lugar, porque yo estoy investigando para mi periódico el suceso. Hoy ya ha salido una apertura firmada por mí. En tercer lugar, porque parece un libro de registro, una contabilidad paralela, y sabemos que Guzmán Ruiz trabajó en un banco, sabía de contabilidad y no era trigo limpio. Y en último lugar por la nota, que era bastante explícita —argumentó Olivia.

—Entonces ¿cree que quien cometió el crimen la ha elegido a usted como... intermediaria? —el tono de Castro sonó jocoso.

—No —respondió cortante Olivia. No iba a permitir que se mofara de ella—. Creo que quien haya cometido el crimen quiere que este cuaderno salga a la luz, quiere que le quitemos a Ruiz la máscara de respetabilidad que tiene de cara al público.

—Bien... puede que tenga razón. Pero tiene que conocerla, al menos lo suficiente para saber dónde vive.

—En la comarca me conoce mucha gente, inspector. Llevo más de diez años de reportera en la zona.

—¿Tiene alguna idea o sospecha de quién ha podido dejarle el paquete?

—No, ninguna. Lo dejaron esta tarde apoyado en la puerta de mi casa. Yo estaba dentro, pero no vi ni oí a nadie.

—Cuéntenme la cronología de los hechos de esta tarde hasta que encontraron el paquete.

Olivia miró a Mario de soslayo. Este se mantenía imperturbable y dejaba llevar la iniciativa a su compañera.

—Esta tarde, llegamos a mi casa a eso de las cuatro de la tarde y no vimos nada extraño. Estuvimos allí hasta las seis aproximadamente. A esa hora, Mario se fue a su casa y yo me quedé escribiendo la página de mañana. No oí nada. A eso de las ocho regresó Mario y se encontró con el sobre apoyado en mi puerta.

—¿Vio a alguien, señor Sarriá?

—No —respondió Mario—. El portal estaba abierto cuando me fui y seguía abierto cuando regresé. No me crucé con nadie, ni cuando me iba ni a la vuelta. Cualquiera pudo entrar y dejar el paquete sin ser visto.

—¿Suele estar la puerta del portal abierta?

Esta vez fue Olivia quien contestó:

—Sí, desde hace un par de meses. El pestillo está roto y aún no lo hemos arreglado —se lamentó.

—¿Cuántos vecinos hay en el edificio?

—No pensará que uno de mis vecinos...

—No pienso nada, señorita Marassa —la tranquilizó—, pero necesito conocer todos los datos.

—Somos seis vecinos. Es un edificio de tres plantas y hay dos viviendas por planta. Yo vivo en el tercero.

—Bien, tendremos que ir a hablar con sus vecinos por si hubieran visto algo. Y en cuanto a ustedes —Castro se inclinó hacia delante y apuntó con el dedo a ambos periodistas—, les pediría que dejaran de andar por ahí haciendo preguntas, pero... sería inútil. Así que tomen lo que les voy a decir como un aviso. Están interfiriendo en una investigación de asesinato. El hecho de que indaguen por su cuenta no solo puede comprometer las diligencias, sino que puede ponerles a ustedes en una situación legalmente delicada por no decir... peligrosa.

El inspector recalcó de forma intencionada esta última palabra, deteniéndose en cada sílaba. Quería que fueran conscientes de dónde se estaban metiendo. Mario ni pestañeó. Pero Olivia se removió nerviosa en su silla y carraspeó.

—Quien haya cometido este crimen les ha puesto en su punto de mira —continuó el policía—, y eso no es nada bueno.

Olivia tragó saliva.

—¿Cree que podrían hacernos daño? —preguntó la periodista sin ocultar su inquietud.

—Pienso que lo más seguro y lo más sensato es que se mantengan al margen. —Castro obvió la pregunta de Olivia con toda la intención. No creía que la periodista corriera ningún peligro. Pero un poco de miedo en el cuerpo no le vendría mal, si así conseguía que dejara el trabajo de investigación a la policía.

En ese momento, Gutiérrez entró en la sala y volvió a ocupar su sitio. Se acercó al inspector y le susurró algo al oído.

—Bien —continuó Castro—, y ahora que está todo claro, cuéntenme qué han averiguado sobre el caso.

Olivia y Mario se miraron. No esperaban este giro en la conversación. La sorpresa quedó reflejada en sus rostros, lo que provocó que el inspector Castro se sintiera interiormente satisfecho.

—No estamos obligados a contarle nada de nada —espetó con hostilidad Mario.

—Eso es así... hasta cierto punto. No están obligados a revelarnos sus fuentes. Pero si han descubierto algo que pueda ayudar a la investigación, no contarlo sería un error, además de obstrucción a la justicia.

—Pues le aconsejo que compre mañana *El Diario* y se ponga al día. —Mario se levantó de la silla con brusquedad.

—Espera, Mario —pidió Olivia intentando tranquilizar a su amigo—. Inspector Castro, le contaré lo que hemos descubierto, pero respetaré el anonimato de mis informadores.

Mario volvió a sentarse a regañadientes. Olivia le presionó el brazo en un gesto de complicidad que no mejoró el humor del fotógrafo, pero sí consiguió apaciguarlo.

—Sabemos que fue una prostituta de La Parada, Guadalupe Oliveira, quien encontró el cuerpo y que antes de eso vio un coche salir de la misma calle. También sabemos que Guzmán Ruiz frecuentaba el puticlub como cliente. Pero nos han dado a entender que era amigo del dueño, un tal Germán Casillas.

—No han perdido el tiempo. Siga.

—Hemos descubierto que Guzmán Ruiz no estuvo en La Parada anoche, de manera que no sería descabellado deducir que iba hacia el club cuando lo mataron.

Castro sintió una punzada de preocupación. Ese detalle tenía que haber salido de dentro de la comisaría, nadie más lo sabía. Y el gabinete de Prensa no estaba autorizado a dar ningún tipo de detalle del caso.

—Pudieron dejar el cuerpo allí una vez muerto —soltó con intención Castro. Quería saber cuánto conocía del caso la periodista.

—No..., sabemos..., mejor dicho, creemos que lo mataron allí.

Olivia se dio cuenta del error nada más terminar la frase. Había caído en la trampa del policía. Levantó la cabeza en actitud desafiante.

—Pero ese dato imagino que la policía ya lo conoce —puntualizó la periodista intentando aparentar más tranquilidad de la que sentía. No se perdonaría buscarle problemas a Granados por un desliz de principiante.

—La pregunta es: ¿cómo lo conocen ustedes? —inquirió Castro.

—Inspector, hemos acordado que no revelaré mis fuentes. No obstante, es fácilmente deducible, si tenemos en cuenta que la persona que encontró el cadáver nos describió mucha sangre en el lugar donde estaba el cuerpo.

En la sala reinó el silencio durante unos segundos. Olivia y el inspector Castro mantenían la mirada fija el uno en el otro. El subinspector Gutiérrez miraba a Olivia con gesto de suficiencia y Mario miraba a algún punto de la pared que tenía enfrente, sin demostrar ningún tipo de emoción, pero con el cuerpo tenso como una cuerda de piano.

El momento de tensión pasó. El duelo de miradas quedó en tablas. A Olivia le palpitaban las sienes y notaba el corazón en la garganta, pero mantuvo la cabeza alta y la mirada desafiante hasta que el inspector Castro retomó la palabra:

—¿Han averiguado o deducido algo más?

—Sí, en la tarde de ayer Ruiz estuvo tomando unas copas en un bar cerca de su casa. Solo.

—¿Cómo se llama el bar?

—La Cantina. La camarera nos dijo que era habitual y que bebía bastante. En el bar, un parroquiano al que Ruiz no le caía demasiado bien dio a entender que este volvió a Pola de Siero tan escopeteado como se había ido hace treinta años a Lugo.

—¿Escopeteado?

—Sí, como si en Lugo hubiera pasado algo que le hubiera obligado a salir corriendo de allí. No sabemos más que eso. También habló de un escándalo aquí, de cuando trabajaba de profesor en el colegio de Pola de Siero.

—Vaya... no han perdido el tiempo. —Castro estaba sorprendido y preocupado. Aquella periodista sabía más de lo que hubiera querido. No era prudente tener a una *periodistilla* con tanta información en la cabeza y, lo que era peor, con una capacidad de investigación tan desarrollada. Podía convertirse en un verdadero incordio.

—Y una cosa más —continuó Olivia con indecisión—, no sé si tendrá importancia... Guadalupe dio a entender que a la víctima le gustaban las chicas... jóvenes, muy jóvenes. Y si unimos eso a lo del colegio...

Olivia le tiró el anzuelo a Castro en un vago intento de que el inspector compartiera con ellos la condición de pedófilo de Ruiz. Pero el inspector no picó.

—No saque conclusiones, señorita Marassa. Todo esto que nos ha contado, ¿saldrá publicado?

—No todo. Hay detalles que de momento prefiero guardarme para mí.

—¿Menciona lo que me acaba de contar respecto a los gustos de la víctima?

Castro vislumbró un brillo en los ojos de la periodista que no supo interpretar. Mario, en cambio, supo inmediatamente que el policía, al darle importancia a ese detalle, acababa de darle a Olivia un motivo poderoso para tirar de ese hilo. Y tiraría de él con todas sus fuerzas. Si la policía se preocupaba de que no saliera a la luz, era por algo. Seguramente fuera una de las líneas de investigación.

—No —respondió Olivia de forma escueta.

—Espero que no se le haya ocurrido mencionar el cuaderno en la publicación de mañana.

—No... del cuaderno tampoco hablo...

—... ni hablará. Es una prueba importante en la investigación y no puede salir de aquí, ¿está claro?

Olivia no contestó. Pensaba hasta qué punto podía negarse a publicar la existencia del cuaderno. Era su descubrimiento, su prueba. Una cosa era que colaborara con la policía y otra muy distinta que la policía le coartara su libertad de expresión y decidiera por ella lo que debía y no publicar.

—¿Está claro, señorita Marassa? —insistió Castro. El subinspector Gutiérrez acompañó la pregunta de su jefe con un resoplido de impaciencia.

Olivia miró a Mario y asintió con la cabeza con poco convencimiento.

—Está bien. No publicaré nada sobre el cuaderno hasta que ustedes me autoricen, pero no van a impedir que siga investigando por mi cuenta —manifestó Olivia de modo tajante.

—Eso no lo puedo impedir salvo que su investigación interfiera en la nuestra. No estamos hablando de un pleno municipal, señorita Marassa. Estamos hablando de un crimen.

—Sé de lo que estamos hablando, inspector. ¿Hemos terminado? Porque ha sido un día muy largo y me gustaría llegar a casa.

—Por ahora, es todo. No olvide lo que le he dicho.

En cuanto los policías estuvieron a solas, Gutiérrez no pudo resistirse:

—Además de mirarle el culo, ¿qué te han parecido?

—No te pases, subinspector —advirtió Castro.

—¡Vamos, hombre! Si se te iban los ojos cuando salía. Y has sido muy blando con ella.

El inspector Castro no tenía ningún deseo de discutir con Gutiérrez su forma de interrogar a Olivia Marassa. Cogió su chaqueta con intención de irse a casa.

—Mira, mañana va a ser un día muy largo. Centrémonos en lo nuestro y dejemos de lado, por el momento, a esa periodista.

—Está bien... pero... está buena.

Castro lanzó una mirada fulminante a su compañero, que levantó las manos en señal de rendición.

—Mañana quiero aquí a Casillas. Tiene mucho que explicarnos. Y me gustaría hablar con el dueño de la última empresa donde trabajó Ruiz. También hay que mandar a un agente a La Cantina. A ver qué le cuenta la camarera.

—Que tengamos que ir a la zaga de la periodista...

—Y que investiguen si hubo alguna denuncia por los años en los que Ruiz trabajó de profesor en el colegio de Pola de Siero —pidió Castro haciendo caso omiso del comentario de su compañero. Si había que pisar por donde había pisado antes la periodista, que así fuera—. Y ahora, es hora de irse a casa. Mañana te quiero fresco.

Castro salió de la comisaría pensando más en Olivia que en el caso. Y eso no le gustaba. No le gustaba nada.

24

Viernes, 16 de junio de 2017

«Las chicas buenas van al cielo. Las malas, a todas partes.» Ese siempre había sido el lema de Olivia. Ella era una chica mala que no sabía permanecer quieta. Si no tenía un proyecto en marcha, se las ingeniaba para meterse en uno. Su madre siempre le reprochaba su hiperactividad. «Nena, no te estás quieta ni durmiendo», le decía a menudo.

Aquella mañana Olivia estaba más excitada de lo normal. Apenas había dormido. Los acontecimientos del día anterior habían conseguido preocuparla. Y la entrevista con el inspector Castro no había contribuido a tranquilizarla. Ahora tendría al policía detrás de cuanto publicara y estaba convencida de que no la iba a perder de vista. Iba a tenerlo pegado al culo lo que durara la investigación. Ella intentando conseguir exclusivas sobre el caso y él tratando de que no las publicara. El agua y el aceite. Un verdadero incordio. «Pero un incordio muy atractivo», pensó poniéndose colorada y sintiendo un pequeño cosquilleo.

Olivia había madrugado. Quería ponerse en marcha cuanto antes. Lugo estaba a dos horas y media de camino y su intención era estar de vuelta a tiempo para escribir la noticia. Eran poco más de las ocho de la mañana. Acabó de prepararse, cogió el portátil y el bolso, metió la dirección de los padres de Victoria Barreda en el navegador y, tras comprobar que a Pancho no le faltaba agua ni comida, salió de casa para poner rumbo a la ciudad gallega.

Pero en cuanto pisó la calle y vio el coche, supo que no iba a llegar muy lejos. Contempló entre asombrada y cabreada las ruedas del Golf. Estaban pinchadas. Las cuatro. Soltó el ordenador portátil y el bolso y se acercó a examinarlas de cerca. No estaban pinchadas. Estaban rajadas. El coche estaba apoyado literalmente sobre las llantas, de manera que la defensa delantera de su Golf casi besaba el suelo. Y los neumáticos presentaban un corte profundo y largo.

—¡¡¡Mierda!!! —exclamó impotente.

Cogió el móvil y llamó a Mario. El fotógrafo contestó al segundo tono.

—¡Mario! Necesito tu coche —pidió Olivia sin esperar siquiera a que su compañero saludara.

—¿Y qué pasa con el tuyo? —preguntó Mario sin ocultar su sorpresa.

—Fuera de servicio.

—¿Qué quieres decir con eso?

—Alguien ha rajado las cuatro ruedas de mi coche.

—¡Tienes que ir a la policía! —Olivia podía imaginarse el rostro crispado de su compañero.

—No pienso ir a la policía. Me voy a Lugo tal y como tenía previsto, Mario.

—Pero ¿no te das cuenta? Ayer el cuaderno y hoy el coche... Alguien, probablemente quien mató a ese hombre, te está... te está... vigilando, te está acosando.

—No sabemos si ha sido la misma persona.

—¡Vamos Olivia! ¡¿Qué más necesitas, que te corte el cuello?! —Mario gritaba, algo poco habitual en él.

—Escucha —intentó calmarlo Olivia—. No sé cuál es el mensaje que me quiere transmitir, si es que esto es un mensaje. Pero si voy a la policía, me incautarán el coche y me tendrán toda la mañana en comisaría con preguntas tontas que no sabré responder.

Mario no contestó. Tan solo se escuchaba su respiración agitada al otro lado del teléfono.

—Mario... si no me dejas el coche, le pediré a mi madre el suyo. Pero cuatro ruedas pinchadas no me van a impedir marcharme. Y si lo que quiere esa... esa persona es asustarme, va a tener que esforzarse un poco más —dijo Olivia tratando de aparentar más tranquilidad de la que realmente sentía. En su interior sabía que Mario tenía razón. Y si la idea era asustarla, en realidad, quien fuera que estaba haciendo aquello, lo estaba consiguiendo.

Mario resopló y no dijo nada durante unos segundos. Después, accedió a regañadientes:

—En diez minutos estoy ahí —contestó y colgó el teléfono.

Olivia llamó a la grúa y, mientras esperaba a que llegara, decidió que cuando regresara de Lugo llamaría al inspector Castro o, mejor, pasaría por la comisaría para contarle lo de las ruedas. Visita meramente profesional, claro.

Pero le apetecía volver a ver a aquel policía madurito con un aire a Harrison Ford.

25

—¡Oh, Dios mío! —exclamó Marta Espinosa dejando caer la taza del desayuno al suelo. Penélope y Lola, las dos gatas siamesas que, en ese momento, frotaban el lomo contra sus piernas, con un alegre ronroneo mañanero, dieron un salto en el aire acompañado de un maullido de protesta y huyeron asustadas derrapando en el pasillo.

La cocina empezó a darle vueltas. Se tambaleó hasta la mesa y se dejó caer en una silla. Esperó unos minutos hasta que se le tranquilizó el pulso. Respiró hondo y volvió a acercarse a la mesa, donde momentos antes había estado leyendo *El Diario* en la tablet.

Volvió a leer la noticia. Guzmán Ruiz estaba muerto. Era el hombre que había aparecido asesinado el día anterior en Noreña. Se ajustó la bata y se aproximó a la ventana. Eran las nueve de la mañana y el día prometía ser tan caluroso como el anterior. Sin embargo, estaba helada. Se miró en el reflejo del cristal. Se pasó la mano por el rostro. Por primera vez en muchos meses, sentía paz interior y una especie de satisfacción. Al final, se había hecho justicia. «Justicia divina», pensó notando un escalofrío que le recorrió la espina dorsal.

Cogió aire y fue a despertar a su marido.

Mateo Torres dormía emitiendo un suave ronquido apenas perceptible. Marta se acercó sigilosamente a la cama y lo zarandeó con suavidad.

—Mateo —susurró.

Su marido movió la cabeza buscando mejor postura en la almohada y emitió un sonido gutural de satisfacción.

—Mateo —volvió a llamar Marta aumentando la intensidad del zarandeo.

Él abrió los ojos con pereza y alargó la mano hacia la mesilla de noche para alcanzar el teléfono móvil.

—¿Ya ha sonado la alarma? No me he enterado —medio farfulló el hombre de pelo gris y rostro consumido con el que Marta llevaba casada treinta y cinco años.

—No ha sonado aún, Mateo. —Marta encendió la lámpara auxiliar de Tiffany's y se sentó en el borde de la cama, junto a su marido.

—¿Qué pasa? ¿Ha ocurrido algo? —se sobresaltó—. ¿Los chicos?

La voz del hombre creció en intensidad hasta convertirse en un quejido, agudo e intenso, mientras se erguía y, con un movimiento brusco, intentaba levantarse.

Marta Espinosa le puso una mano en el pecho impidiendo así que se moviera.

—Tranquilo, cariño. Los chicos están bien —le tranquilizó. Notó, por debajo del pijama de su marido, cómo el corazón le latía como un caballo desbocado. No era bueno que se sobreexcitara de aquella manera, pero desde que empezaran los problemas, hacía ya más de un año, no había vuelto a estar tranquilo, hasta el punto de ver cómo se resentía su salud.

Siempre había sido un hombre fuerte, activo y con una salud de hierro. A menudo presumía de que en sus cuarenta años laborales nunca había tenido que quedarse en casa, ni tan siquiera por un catarro. Pero en el último año, Mateo había envejecido, convirtiéndose en un anciano de pelo blanco, cada vez más ralo, y cuerpo enjuto y consumido. Tenía sesenta años y aparentaba diez más. Pero las peores arrugas eran las que no se veían, las del alma.

Había sufrido dos infartos. El último casi le había costado la vida.

—Mateo, escucha. Guzmán Ruiz está muerto.

El hombre la miró con los ojos vidriosos, con expresión de no entender lo que su mujer le estaba contando.

—¡Ha muerto, Mateo! —repitió Marta Espinosa levantando la voz y sujetando a su marido por los hombros—. El cuerpo que se encontró ayer en Noreña era el suyo. Lo acabo de leer en *El Diario*. Viene una noticia muy extensa.

—¿Sufrió? —preguntó él.

Marta se quedó mirándolo. Por primera vez fue incapaz de leer en sus ojos. El rostro de Mateo Torres parecía una máscara de cera, imperturbable.

—El periódico dice que lo mutilaron —contestó con cautela su mujer.

—Se lo merecía, Marta. Merecía sufrir, merecía morir como un perro.

Se quedó abstraído, mirando fijamente a algún punto detrás de su mujer y, tras unos segundos en los que parecía estar asimilando la noticia, solo respondió, sin más movimiento que el de su propia respiración:

—Déjame dormir un poco más, Marta. Por fin voy a poder descansar.

La mujer le pasó una mano por el rostro, acariciándole con ternura. Apagó la luz de la lámpara auxiliar y se levantó para salir de la habitación. Marta Espinosa esperaba de corazón que, a partir de ahora y con la muerte de Guzmán Ruiz, parte de la aflicción que estaba sufriendo su marido desapareciera.

Estaba saliendo de la habitación cuando un pensamiento aterrador la hizo detenerse en seco. Notó cómo le empezaban a sudar las palmas de las manos y un escalofrío le recorría el cuerpo, atravesando sus entrañas como si se tratara de un cuchillo bien afilado.

Marta se giró y volvió a entrar en la habitación.

—Mateo... anteayer... me extrañó que quisieras quedarte a dormir en la casa de la playa... ¿Hubo algún problema?

Mateo se removió ligeramente en la cama. No encendió la luz, de manera que Marta solo vislumbraba su silueta en la oscuridad.

—Fue todo bien, Marta. Se me hizo tarde y no me apeteció conducir.

Hubo un silencio en el que a ella le pareció que solo se oía su respiración y el latir desbocado de su corazón.

—¿Por qué lo preguntas? —la voz de Mateo sonó grave, casi gutural.

—Por nada... descansa.

Marta salió precipitadamente de la habitación, cerrando la puerta tras de sí. No podía respirar. De repente, sentía una fuerte presión en el pecho y comenzó a temblar. Permaneció apoyada en la pared del pasillo, intentando calmarse y recuperar el dominio de sí misma. Se llevó las manos a la cara. La notaba caliente. No podía pensar, no quería pensar en esa posibilidad.

Su marido, no.

Se negaba a dar cabida a la atroz idea que se había colado, furtiva y sibilina como una culebra, en su mente.

Mateo, no.

Marta cerró los ojos e intentó abstraerse de aquel pasillo, de Guzmán Ruiz y su mezquindad, incluso de ella misma.

«¡Mateo, no, por favor te lo pido, Señor, Mateo no!», pensó con insistencia y desesperada, mientras gruesas lágrimas se deslizaban por sus mejillas.

26

Alina Góluvev no esperaba encontrar a una Victoria Barreda combativa, que hiciera frente a sus amenazas sin siquiera pestañear. Se la había imaginado sumisa y dócil, moldeable y de fácil persuasión. La rusa estaba furiosa por el forcejeo y preocupada por el infructuoso éxito de su misión.

Había acudido al domicilio de la mujer de Ruiz a instancias de Casillas. Necesitaba recuperar el cuaderno y si la policía no lo tenía —y ese era el hecho más probable, pues de lo contrario la visita de los dos agentes no hubiera sido tan amistosa— era porque Ruiz no lo llevaba encima en el momento de morir. En ese caso, y puesto que ni Casillas ni ella lo tenían, solo podía estar en un sitio: en casa de Ruiz. De manera que su mujer sería conocedora de la existencia de «la Biblia» o, al menos, permitiría que Alina mirara entre sus pertenencias hasta dar con ella.

Cuando llegó a la urbanización, Alina llevaba ensayado un guion para que la viuda no sospechara de sus intenciones, si se diera el caso de que la mujer desconociera los tejemanejes de su marido y la existencia del cuaderno. Le diría que Guzmán, de forma totalmente altruista y por la amistad que le unía a Casillas, les llevaba las cuentas del club. Y, la noche antes de su muerte, había decidido llevarse el libro contable para revisar unos apuntes. Libro que necesitaban recuperar. «Sí, era convincente», se dijo a sí misma.

Llegó temprano. Pasaban diez minutos de las nueve de la mañana. La calle estaba desierta. Aparcó justo delante de la vivienda de Ruiz, un chalet individual respetable, en una urbanización burguesa respetable, donde nadie osaría sospechar que sus vecinos llevaran una vida que no fuera igual de respetable que el entorno. Seguro que la mitad de ellos son clientes de La Parada. «Putos hipócritas de mierda», pensó con rabia Alina.

Se apeó del coche y vio acercarse a una mujer con paso decidido. Era menuda y vestía de forma elegante. Se detuvo delante de la puerta de la vivienda de Guzmán Ruiz.

—¿Victoria Barreda? —preguntó la rusa.

La mujer se giró al oír su nombre.

—¿Quién lo pregunta? —inquirió con mirada vivaz.

—Me llamo Alina. Era amiga de su marido.

Victoria Barreda miró a la rusa de arriba abajo con gesto despectivo.

—¿Eras una de sus putitas? —escupió con mordacidad la viuda, sin dejar de examinar a Alina, quien se había quedado blanca y sin habla—. No, eres demasiado mayor para sus gustos —añadió Barreda sin esperar a que la otra respondiera.

Alina recuperó la compostura y el habla justo cuando Barreda se giraba y metía la llave en la cerradura de la puerta, para acceder al jardín de la casa, dejando claro que no tenía ningún interés en hablar con ella.

—Su marido se llevó algo que me pertenece —espetó sin preámbulos la rusa elevando a propósito el tono de voz. No iba a permitir que aquella mosquita muerta la despreciara de aquella manera, amparada en un halo de respetabilidad que a las claras no tenía— y, puesto que parece saber bastante bien la clase de hombre que era, quiero que me lo devuelva.

Victoria Barreda se giró lentamente. Miró alrededor como para asegurarse de que nadie observaba aquella conversación. Se adelantó hasta tocar a la rusa y, aunque esta le sacaba una cabeza en altura, Alina pudo notar la ira contenida que emanaba de ella. Retrocedió un poco asustada. Podía sentir el calor que desprendía el cuerpo menudo de aquella mujer.

—No sé qué es lo que te quitó mi marido, pero me importa bastante poco. Él está muerto y nada de su retorcido mundo tiene que ver ahora conmigo. —Barreda agarró a Alina por la muñeca y apretó hasta que la rusa se retorció de dolor—. Y eso te incluye. Me da igual quién seas, pero si eras su amiga, estás tan podrida como lo estaba él. Así que te aconsejo que des media vuelta y no vuelvas a molestarme o te costará muy caro.

Alina se deshizo del apretón y sintió cómo la sangre se abría paso por sus venas, caliente, hirviendo, cómo subía por sus brazos hasta la garganta y de ahí a la cabeza. No supo cómo pasó. Mientras conducía por la calle principal de la urbanización en dirección a la salida, sofocada, malhumorada y sudorosa, se maldijo por haber perdido los nervios. Había sido ella, Victoria Barreda. Ella era la culpable de lo que había pasado. Se masajeó la muñeca. «La muy puta», pensó. La golfa se había defendido, pero ella le había dejado claro que con Alina Góluvev no se jugaba y, sobre todo, que a ella nadie la despreciaba. Casillas no se iba a alegrar cuando le contara que no tenía el cuaderno. Al final, la visita solo había servido para empeorar las cosas.

27

—Les dejé muy claro que no iba a consentir que este caso se convirtiera en un circo. Y eso precisamente es lo que me he encontrado esta mañana. ¡Un circo!

La juez Dolores Requena estaba furiosa hasta el punto de que, tras mantener una acalorada conversación telefónica con el comisario, había ordenado la comparecencia en su despacho, de forma urgente e imperiosa, del inspector Castro, del subinspector Gutiérrez y de los dos inspectores de la Científica, Gabriel Miranda y Alejandro Montoro.

Los cuatro hombres miraban a la juez apesadumbrados. Todos ellos habían leído la noticia de Olivia Marassa. La periodista no dejaba nada a la imaginación. El artículo era extenso y detallado.

—¿Me quieren explicar cómo ha podido enterarse esa periodista de ciertos detalles del caso? —preguntó cada vez más enojada.

Ninguno de los cuatro hombres osó contestar. El inspector Montoro cambió de posición en la silla y carraspeó haciendo que su rostro rollizo temblara como si se tratara de un pudin.

—¿El gabinete de Prensa ha facilitado algún detalle? —insistió la magistrada decidida a llegar hasta el fondo del asunto.

—No, señoría. El gabinete de Prensa no ha hecho declaraciones —contestó Castro con tono calmado.

—Entonces ¿cómo se ha enterado de la existencia de Guadalupe Oliveira? ¿Cómo se ha enterado de que la víctima murió en el mismo sitio donde se encontró el cuerpo? ¿Cómo supo que la víctima había sufrido una mutilación? —La juez gesticuló con ambas manos, elevando la voz con cada pregunta que hacía.

—Le aseguro que no ha habido filtraciones, señoría. Olivia Marassa tiene sus métodos de investigación y se ha negado a revelar sus fuentes. Sabemos que habló con Guadalupe Oliveira. Ella misma nos lo dijo. La propia Guadalupe pudo contarle cómo estaba el cuerpo —respondió el inspector Castro ante la mirada incrédula de la juez.

—¿Me está diciendo que esa periodista, sin nuestros medios, hace el trabajo igual o mejor que nosotros? —preguntó con ironía la magistrada—. ¡No me vengan con historias!

—Le repito que no ha habido filtraciones. Pongo la mano en el fuego por cualquiera de mis hombres.

Esta vez fue Castro el que elevó la voz. No permitiría que se cuestionara la integridad del equipo.

—Yo me ratifico en lo que ha dicho el inspector Castro. De mi equipo no ha salido la filtración... si es que la ha habido, cosa que dudo mucho —aseguró el inspector Montoro con voz menos firme que la de Castro y sin atreverse a mirar a los ojos a la juez. Odiaba las confrontaciones. En su talante no estaba el enfrentamiento.

Dolores Requena pareció darse cuenta de la tensión del ambiente y, tras coger aire, se dirigió a Castro:

—Pues tendrá que controlar a los testigos, inspector, y, sobre todo, tendrá que controlar a Olivia Marassa.

—Se ha comprometido a colaborar. De hecho, ya lo está haciendo —se defendió Castro. ¿O estaba defendiendo a la periodista? Este inquietante pensamiento lo distrajo de la reunión durante unos segundos.

—He hablado con su comisario —continuó Requena—. Me ha puesto al tanto de las novedades.

—Entonces sabrá que alguien dejó un cuaderno con una nota en la puerta de la vivienda de Olivia Marassa —informó Castro recuperando la concentración en lo que se estaba hablando.

—Lo sé. ¿Se están analizando las huellas?

—Sí, estamos en ello —contestó Miranda—, pero aún no tenemos resultados. Lo que sí sabemos es que la sangre del interior de la cubierta pertenece a la víctima.

—¿Qué contiene el cuaderno?

—En una primera valoración, creemos que es un libro de registro contable muy rudimentario. Aparecen compras y ventas de lo que a simple vista parecen muñecas.

—¿Muñecas? —preguntó con voz incrédula la juez.

—Sí. Hay Barriguitas, Mariquitas Pérez, Nancys, bebés Reborn, Barbies, Kent, Juanitos... se repiten los nombres de los muñecos precedidos de una fecha y una hora, y seguidos siempre de un número del uno al trece y de un precio de venta y otro de compra.

»Al lado de cada transacción, aparece siempre lo que creemos que es el nombre del comprador.

—¿Con nombres y apellidos?

—No, señoría. Con nombres de personajes masculinos de cuentos. —Gutiérrez, que había tomado la palabra, carraspeó—: el abuelito de Heidi, Bestia, D'Artagnan, Athos, Portos, Aramis, Cazador...

—¿Y? —Dolores Requena extendió las manos en actitud impaciente.

—Creemos que es un libro donde se reflejan transacciones hechas con... menores.

—¿Prostitución infantil? —preguntó asqueada la magistrada. Solo había una cosa que odiaba más que a un maltratador o a un asesino y era a un pederasta. Dolores Requena creía en la justicia. Es más, pensaba que la justicia era necesaria para mantener el orden social. No creía en los justicieros, ni en el ojo por ojo, pero si dependiera de ella, borraría de la faz de la tierra a todos aquellos depravados que encontraban satisfacción en violar a criaturas que apenas habían empezado a vivir.

—Sí, señoría —contestó Castro con gesto serio—. La víctima era un pedófilo. Hemos encontrado material gráfico en su ordenador que así lo demuestra. De la pedofilia a la pederastia no hay más que medio paso.

—Lo sé, su comisario me ha informado.

—Y le habrá informado de la entrevista que mantuvimos con la viuda, en presencia de su abogado —intervino Gutiérrez con tono belicoso.

—Sí —afirmó Requena haciendo caso omiso de la provocación del subinspector—. Victoria Barreda ha actuado con astucia y precaución. Su abogado le aconsejaría actuar como lo hizo. Por lo que sé, no confesó conocer el delito de su marido. Tan solo alegó sospechas, ¿no es cierto?

—Sí, señoría, pero...

—Pero incluso en el caso de que hubiera confesado ser conocedora de la actitud pedófila de su marido podría estar exenta de delito por el vínculo matrimonial. Con un buen abogado, sería como intentar apagar un fuego con gasolina.

—Señoría, esa mujer... —insistió Gutiérrez.

—Subinspector —atajó la magistrada sin contemplaciones—, si quiere sentar a Victoria Barreda en el banquillo de los acusados, tráigame pruebas que la acusen directamente de la muerte de su marido. Todas las demás elucubraciones son perder el tiempo. El suyo y el mío.

—Sí, señoría —acató Gutiérrez a regañadientes.

—Céntrense en ese cuaderno, señores —aconsejó Requena pensando en las implicaciones que podría tener aquel librito repleto de nombres de muñecas y de ogros—. Es lo mejor que tenemos, de momento. Hay que averiguar quién está detrás, además de Guzmán Ruiz. Si tenía montado un negocio de prostitución infantil necesitaría recursos, dinero, un sitio... algún tipo de organización. ¿Y qué pinta la periodista en todo esto?

—No lo sabemos. Pienso que quien se lo dejó quería que ella lo sacara a la luz —explicó Castro.

—Afortunadamente, no lo ha hecho. Podría haber puesto en serio peligro la investigación.

—No, prefirió traérnoslo a nosotros. Y ha prometido mantener ese dato en secreto. Señoría, está colaborando.

Dolores Requena dio un manotazo en la mesa.

—No la defienda tanto, inspector. Conozco a Olivia Marassa. Y no es el tipo de persona que se quede sentada a esperar a que le suelten unas migajas para su periódico. Puede llegar a ser, y perdónenme la expresión, un grano en el culo.

El inspector Castro asumió la regañina con entereza. Era consciente de que a la juez no le faltaba razón. Olivia Marassa no iba a esperar sentada. De eso estaba seguro. Pero confiaba en que cumpliera con su palabra. Apenas la conocía, pero su instinto le decía que podía fiarse de ella.

—¿Qué más han averiguado? ¿Inspector Miranda? —preguntó dirigiéndose al compañero de Montoro, un hombre delgado y alto, parco en palabras y tan discreto que en ocasiones se olvidaban de que estaba en la habitación.

—Hemos analizado las huellas del BMW de Guzmán Ruiz. Son de su mujer, de su hijo y hemos aislado otras cinco. Unas pertenecen a Germán Casillas, otras a Alina Góluvev y las demás no están en el registro —explicó con voz contundente y clara.

—También sabemos que Casillas poseía una llave de la entrada trasera al club, que era amigo de la víctima y, según Guadalupe Oliveira, la noche del crimen no estuvo en el club a pesar de que él declaró lo contrario.

—¿Y a qué esperan para traérmelo, si todo apunta a él? —preguntó exasperada la juez.

—No tenemos pruebas concluyentes —rebatió Castro—. De hecho, su coartada, a excepción de Guadalupe Oliveira, ha sido confirmada por varias de sus chicas.

—¡Pues consíganlas! Consigan las pruebas —exigió Dolores Requena.

—Hoy lo llevaremos a jefatura. A él y a Alina Góluvev. También vamos a seguir otras vías de investigación.

—Queremos hablar con Mateo Torres, su último jefe. A ver qué nos puede contar de Ruiz —intervino el subinspector Gutiérrez para mencionar una de esas nuevas vías de investigación, si bien él pensaba que iba a ser perder el tiempo. Estaba convencido de que la muerte de Ruiz estaba estrechamente relacionada con su condición de pederasta y con aquel cuaderno.

—Está bien que sigan otras líneas de investigación, pero sin perder de vista hacia dónde apuntan las pistas. Me ha dicho el comisario que han hablado con los taxistas de la zona.

—Sí, sin éxito —confirmó Castro—. Guzmán Ruiz no hizo uso de un taxi para llegar al polígono.

—Eso solo nos deja la opción de que alguien lo llevara en coche. Probablemente su asesino —reflexionó Requena—. ¿Han revisado sus cuentas?

—Estamos en ello. De momento, no hemos encontrado nada de particular.

—Estamos en pañales —afirmó de manera contundente Requena—. Bien es cierto que han pasado poco más de veinticuatro horas desde que se encontró el cadáver, pero debemos agilizar la investigación.

—Tenemos un equipo de más de treinta personas revisando sus cuentas, su ordenador, analizando muestras, tejidos, huellas, comprobando coartadas...

—Sí, sí, sí —interrumpió la juez a Castro de forma despreocupada y recostándose en la silla—. No estoy insinuando que no estén haciendo su trabajo. De hecho, me consta que todas las unidades están involucradas al cien por cien en el caso. Pero necesitamos resultados concluyentes.

Los inspectores de la Científica, Montoro y Miranda, miraban a la juez entre incómodos e impacientes. «Si nos dejaran trabajar en vez de tanta reunión, la investigación se agilizaría el doble», parecían decir sus rostros. No obstante, Montoro se limitó a decir:

—Tenemos unas cuantas muestras en proceso de análisis. Y esperamos que a lo largo del día de hoy tengamos resultados.

—Me alegra oírlo, inspector Montoro, porque es lo que necesitamos: resultados.

Tras establecer una serie de pautas de cara al fin de semana y requerir explicación sobre algunos detalles de la investigación, Dolores Requena dio por concluida la reunión, no sin antes recordarles su disponibilidad para cuanto necesitaran.

—Inspector Castro, espere —pidió la magistrada una vez que los demás habían salido del despacho. El inspector se volvió—. Mantenga controlada a su amiga, la periodista. No quiero problemas, ni más sorpresas. No quisiera verme obligada a medidas extremas.

A Castro le hizo gracia la presunción de inocencia respecto a sus compañeros del que había hecho objeto la juez. Y lejos de sentirse ofendido, se sintió contento porque eso le daba una buena excusa para estar pendiente de Olivia Marassa.

—Sí, señoría. Me ocuparé personalmente de ello —respondió, dando media vuelta y saliendo del despacho de la juez con una sonrisa en el rostro.

28

Castro y Gutiérrez estaban llegando al domicilio de Mateo Torres. Se trataba de una casa de piedra, de una sola planta y con un porche de madera que rodeaba toda la fachada, a excepción de la principal. El inmueble era imponente y estaba ubicado a las afueras de Pola de Siero, en dirección a Noreña, y rodeado de un muro de piedra. Parecía una propiedad grande y lujosa.

No obstante, cuando se abrió la puerta de entrada, les sorprendió el aspecto abandonado que presentaba la finca sobre la que se asentaba la casa. El jardín estaba descuidado y el césped necesitaba con urgencia la acción de una segadora. El camino de entrada estaba orillado por unos setos que antaño habían presentado caprichosas formas geométricas, pero que ahora crecían a su libre albedrío, adquiriendo formas amorfas. Probablemente hacía meses que nadie los podaba.

En la puerta les esperaba una mujer con aspecto regio. A pesar de las profundas ojeras y las arrugas que le cubrían el rostro, aún se apreciaba la belleza que hubo de ser de joven. Era alta y delgada. Lucía un sencillo vestido de algodón y llevaba el pelo, de color oscuro, recogido en un moño flojo, sujeto con un pasador de nácar.

—En cuanto leí esta mañana las noticias, supe que no tardarían en venir. —Fue su modo de presentarse, con una voz profunda y sedosa. Fue una afirmación expresada de manera tan tranquila y contundente como si en vez de esperarlos a ellos hubiera estado esperando al cartero.

—Buenos días, señora Espinosa. Inspector Castro y subinspector Gutiérrez —se presentó Castro mostrándole su identificación.

—Pasen —fue lo único que dijo.

Les condujo hasta el salón, una estancia amplia y fresca ubicada en la parte este de la casa. Les invitó a sentarse en un sofá de piel beige, en forma de U que, junto con la chimenea, presidía el salón.

—Sé por qué están aquí. Guzmán Ruiz —dijo mirando a ambos a los ojos.

—Sí, señora.

—Y querrán hablar con mi marido.

Fue más una afirmación que una pregunta, a la que los dos policías asintieron en silencio. Ninguno dijo nada. Dejaron que Marta hablara, pues era evidente que aquella escenificación respondía a un motivo y querían saber cuál.

—Antes de que hablen con él, es necesario que sepan que mi esposo está muy delicado de salud.

Así que era eso. Les estaba advirtiendo que no presionaran a su marido.

—Mi marido era propietario de una empresa. Próspera. Hasta que contrató a... a Guzmán Ruiz —pronunció su nombre con desprecio. Hizo una pausa. Se alisó una inexistente arruga del vestido y se pasó la mano por el pelo—. Ese hombre arruinó a Mateo. Hundió su empresa, acabó con cuarenta años de trabajo y dejó en la calle a más de cincuenta personas.

—Por eso estamos aquí, señora Espinosa. Queremos saber con exactitud la relación que tenía su marido con la víctima...

—¡¿Víctima?! —exclamó Marta con desdén—. Víctima es mi esposo, inspector.

Castro dejó que la mujer se desahogara e intentó que su voz, al contestar, sonara inocua.

—Señora Espinosa, no estamos aquí para juzgar a nadie. Ni a su marido ni a Guzmán Ruiz. Solo queremos conocer la verdad.

—La verdad es que Guzmán Ruiz mintió, robó, falseó las cuentas de la empresa y llevó a mi marido... a mí... a la ruina.

—¡Marta! Ya es suficiente.

Todos se volvieron a mirar al hombre que acababa de entrar en el salón. Era más alto que su mujer, pero mucho más delgado. Estaba macilento. La piel del rostro se le adhería a los huesos, haciendo que su nariz sobresaliera de forma desmesurada y la hundida cuenca de los ojos cobrara protagonismo en un semblante cadavérico y con aspecto enfermizo. Caminaba encogido y parecía frágil. No así su voz. Sonó profunda y grave. No parecía salir de aquel abatido cuerpo.

Marta Espinosa se levantó como si alguien hubiera accionado un resorte y fue a su encuentro.

—Mateo... son dos agentes de policía. Quieren hablar contigo.

—Sé quiénes son, Marta. Y sé a qué vienen. Está todo bien, ¿de acuerdo?

Mateo Torres le dio un cariñoso pellizco en la mejilla y se acercó a los policías. Les tendió la mano a ambos. Su apretón fue fuerte, algo que sorprendió a Castro y Gutiérrez habida cuenta de la fragilidad que transmitía. Este pareció percatarse de la sorpresa de los dos policías, pues comentó en tono jocoso, mientras se sentaba al lado de su mujer:

—He estado enfermo, inspectores. Pero aún no estoy muerto, ¿saben?

—Le agradecemos que nos atienda, señor Torres.

—No sean condescendientes conmigo, por favor. Saben que no tengo elección, les quiera atender o no. Bien, ¿qué quieren saber?

Fue Castro quien tomó la palabra:

—Lo primero, me gustaría saber si estarían dispuestos a darnos sus huellas dactilares. Nos serían de mucha utilidad para descartarlos como sospechosos.

Ambos se miraron. Marta Espinosa cogió la mano de su marido y la apretó.

—¿No somos sospechosos? —repuso Mateo Torres sin ocultar la ironía.

—De momento, no hay indicios de tal cosa.

—Está bien. No habrá problema. Ambos les daremos nuestras huellas.

—Gracias, señor Torres. ¿Qué relación le unía a Guzmán Ruiz?

—A nivel personal, ninguna. A nivel profesional, fue mi empleado durante tres años. Si están aquí es porque ya saben cómo acabó esa relación.

—Sabemos la versión oficial, pero nos gustaría conocer la suya.

—Contraté a Guzmán Ruiz como jefe de Administración. Tenía un currículum brillante. Y no vi motivos para comprobar sus referencias.

—Mi marido siempre ha sido demasiado confiado —interrumpió Marta Espinosa.

—¿Usted no? —preguntó Gutiérrez.

Marta centró su atención en el subinspector.

—No. Mi marido opina que la gente es buena por naturaleza

hasta que le demuestren lo contrario. Yo, en cambio, desconfío de todo el mundo hasta que me demuestran que son dignos de confianza. Evito decepciones y posibles problemas.

—¿Y le funciona? —preguntó Gutiérrez, más por curiosidad que por necesidad de la investigación.

Marta Espinosa no contestó. Apretó los labios. Permaneció impasible y mantuvo sin pestañear la mirada de Gutiérrez.

—Nos interesa más conocer qué papel jugó Guzmán Ruiz en la quiebra de su empresa, señor Torres —intervino Castro retomando el hilo de la conversación.

—Comenzó a trabajar en la empresa hace cuatro años. Y desde el principio se implicó en el negocio de tal manera que, a los pocos meses, todos los departamentos, Producción, Ventas, Compras... tenían que pasar por él para realizar cualquier transacción. Él daba el visto bueno de cada papel que se movía.

—¿Y era normal que usted delegara hasta ese punto en alguien?

—No, la verdad. Pero aparentemente su sistema funcionaba. En un año, duplicamos la facturación. Empezamos a firmar contratos importantes, incluso fuera de la región. Tuvimos que adquirir dos máquinas, un par de camiones y ampliar un turno para poder responder a la demanda. Guzmán tenía buena mano con los bancos. Firmó ampliaciones de crédito con varios de ellos, a interés muy bueno, para asumir la inversión en maquinaria y vehículos y poder surtir el almacén con stock suficiente que nos permitiera no bajar el ritmo de la producción.

—¿En plena época de recesión? Su principal cartera de clientes dependía del sector de la construcción, sector que desde 2008 está en crisis. Aun así, su empresa empezó a despegar. ¿No le hizo sospechar?

—Semanalmente me mostraba las cuentas, inspector. Todo cuadraba. Los balances cuadraban. La inversión se iba amortizando incluso con mayor rapidez de la prevista. No había motivos para preocuparse, ni para desconfiar.

Esto último lo dijo mirando a su mujer.

—¿Y qué pasó? —preguntó Castro.

—Que todo era mentira. Y que yo pequé de ingenuo o de poco precavido. O de ambas cosas —concluyó Torres con resignación.

—Sigo sin entender cómo pudo cerrar transacciones financieras sin su firma.

—No lo hizo sin mi firma. Le di poderes un año después de empezar a trabajar en la empresa. Y ese fue el error más grave.

—¿Cómo descubrió el engaño?

—Como se descubren todos los engaños. El director de un banco me llamó. Y después de ese, los demás. Teníamos las líneas de créditos al límite. Y no disponíamos de liquidez. Los ingresos no cubrían ni de lejos los gastos. Y eso solo era la punta del iceberg.

Marta Espinosa le apretó la mano y le acarició el brazo como animándolo a continuar.

—Entramos en concurso de acreedores voluntario. Intentamos refinanciar la deuda con los bancos, sin éxito. Yo quería salvar la empresa, los puestos de trabajo... El administrador concursal, en cambio, consideró que la empresa no tenía salvación. En estos momentos, el proceso está en fase de liquidación de... de nuestros bienes.

Castro entendió la razón del abandono del jardín.

—Perdone que insista. Sigo sin entender cómo pudo enmascarar la contabilidad hasta el punto de llevar la empresa a la quiebra. Usted dice que le mostraba los balances contables semanalmente.

—Sí. Pero no eran los de la empresa. Ruiz llevaba una doble contabilidad. La real, por así decirlo, que se cuidaba muy mucho de enseñarme. Y la otra, que era la que me mostraba.

—Y no solo falseó la contabilidad, Mateo. Cuéntales lo del dinero —urgió su mujer.

Castro no sabía si eran los dos unos ingenuos, pues con cada palabra que decían aportaban un motivo para ver a Ruiz muerto, o es que, a esas alturas, ya no les importaba lo que pudieran pensar dos policías de provincia.

Mateo se quedó callado, en actitud pensativa. Estaba valorando si contar o no lo que fuera que hubiera pasado con el dinero.

—Vamos, Mateo. Ahora ya da igual. No están aquí en calidad de inspectores de Hacienda —insistió ella, mirando a los dos agentes. En su mirada había una súplica, una llamada de socorro que no pasó desapercibida a los policías.

—Señor Torres, como dice su mujer, no estamos aquí para juzgar cómo llevó sus negocios, si defraudó o no, no es competencia nuestra. Pero sí lo es descubrir quién mató a Guzmán Ruiz. Y todo lo que pueda contarnos sobre él, sobre su forma de ser y de actuar durante el tiempo que trabajó para usted, puede ser de ayuda. Muchas veces, conociendo a la víctima se llega al asesino.

Torres respiró hondo y decidió confiarse a ellos.

—A excepción de una docena de trabajadores que fueron contratados después de que Guzmán Ruiz entrara en la empresa, los demás llevaban conmigo más de veinte años. Algunos incluso más. No eran meros empleados, eran familia, inspector.

Ni Castro ni Gutiérrez hicieron comentarios. Esperaron a que continuara hablando.

—Cada año, coincidiendo con la paga extra de Navidad, les daba una sustanciosa gratificación. Ese plus anual procedía de dinero... digamos... no declarado a Hacienda.

—¿Una caja B? —preguntó Gutiérrez, que no había dejado de tomar notas durante toda la entrevista.

—Sí. Todos los cobros en metálico y sin IVA se iban guardando en la caja fuerte durante todo el año. Al final del año, yo me quedaba con un veinte por ciento y el resto se repartía entre los empleados. Ese dinero desapareció.

—¿Cómo ocurrió? —preguntó Castro sin emitir juicios de valor. No estaba allí para valorar el comportamiento poco ético con el fisco de Mateo Torres. A decir verdad, casi admiraba a aquel hombre, generoso con sus empleados, que había sabido recompensar el esfuerzo y la lealtad repartiendo dividendos con ellos.

—El día que... digamos... todo se destapó, Guzmán Ruiz no se presentó en su puesto de trabajo. Se ve que, antes de llamarme a mí, los bancos le llamaron a él. Al darse cuenta de lo que iba a ocurrir, desapareció. Estuvo días desaparecido. Ni su mujer sabía dónde se había metido. Y con él, el dinero.

—¿Quién tenía llaves de la caja fuerte?

—Solo él y yo. Y ya sé que es mi palabra contra la suya, inspector, y que otorgarme a mí la presunción de inocencia en el robo es quizá lo difícil. Pero yo no toqué ese dinero.

—¿De cuánto dinero hablamos?

—Doscientos cincuenta mil euros.

Gutiérrez emitió un silbido. Castro le dirigió una mirada de reproche que el subinspector captó sin necesidad de palabras.

—Perdón. Me ha sorprendido la cuantía —se disculpó Gutiérrez—. Es mucho dinero para tener en efectivo en una caja fuerte.

—Sí. Y esto ocurrió en octubre. Aún podía haber habido más, subinspector.

—Tendrá que facilitarnos el nombre del administrador concursal y del juez que instruye el procedimiento.

Mateo Torres asintió, pero fue Marta Espinosa quien se levantó y tras apuntar en una hoja los datos, se la entregó a Castro.

—¿Alguno de sus empleados se mostró especialmente enfadado con Guzmán Ruiz?

Mateo Torres miró al inspector con cara de no haber entendido bien la pregunta.

—Todos estaban furiosos con él —contestó tras unos segundos de vacilación—. Tiene que entender que perdieron el trabajo. Un trabajo, para muchos de ellos, de toda la vida.

—¿Hubo amenazas, enfrentamientos, algún altercado entre Ruiz y alguno de sus empleados?

—Si hubo algo de eso, lo desconozco —mintió Torres evitando mirar al policía.

—¿Podría decirme qué hizo usted la noche del miércoles al jueves? —preguntó Castro en lugar de seguir insistiendo en la anterior pregunta. Sabía que Torres estaba mintiendo. Su respuesta había sido demasiado rápida y su mirada se había vuelto huidiza, por primera vez desde que entrara en el salón. Pero el inspector tenía la suficiente experiencia para reconocer la obstinación cuando la tenía delante.

—Estaba en nuestra casa de la playa. Pasé el día allí. Se me hizo tarde y decidí quedarme a dormir.

—¿Lo puede corroborar alguien?

—Me temo que no. Estaba solo y la casa está un poco apartada del pueblo. No tengo vecinos cerca.

—¿Dónde está la casa?

—En Tazones.

—Eso está a media hora de Pola de Siero.

—Sí.

Mateo Torres, que hasta entonces se había mantenido erguido al borde del sofá, se reclinó hacia atrás. De repente, pareció muy viejo y pequeño dentro de una ropa que, ya de por sí, le quedaba muy grande.

—Yo estuve aquí en casa sola. Cené temprano y me acosté

pronto —intervino Marta Espinosa con rapidez y sin esperar a que le preguntaran.

—¿Han tenido contacto con él últimamente?

—¿Contacto? —repitió ella mirando a su marido con miedo en los ojos.

—¿Lo han visto? —insistió Castro.

—No. Ninguno de los dos hemos visto o hablado con Guzmán Ruiz desde hace más de un año —contestó Torres de forma categórica.

—La hora de la muerte de Ruiz ha sido establecida en torno a las doce de la noche del miércoles —interrumpió Castro—. No vamos a negar que ambos tenían motivos para desear su muerte. Y, por lo que cuentan, ninguno de los dos puede demostrar que estuviera donde dice haber estado.

—Inspector, yo deseaba la muerte de ese bastardo hijo de puta —clamó Torres—. De hecho, me alegro de que haya muerto. Pero si hubiera querido matarlo, ¿por qué habría esperado tanto?

—No lo sé, señor Torres. Y eso es lo que tenemos que descubrir. ¿Tienen vehículo?

—Sí. Está en el garaje.

—Nos gustaría llevárnoslo al laboratorio.

—¿Para eso no necesitan una orden judicial? —saltó Marta como un resorte, echando todo su cuerpo hacia delante y observando a ambos policías con mirada nerviosa. Sus ojos saltaban de un policía al otro y su lenguaje corporal denotaba una ansiedad mal disimulada.

—Sí, en realidad sí. Ya les he comentado que, de momento, no son sospechosos. Pero confiábamos en que colaboraran con nosotros, dado que no tienen coartada para la noche del crimen —explicó Castro.

—No hay problema, inspector. Llévense el coche.

—¡Mateo! —protestó ella.

—Marta, que se lo lleven. No tengo nada que ocultar. Y tú tampoco —aseveró Torres más tranquilo de lo que estaba su mujer.

Marta Espinosa se limitó a colocarse detrás de la oreja un mechón de pelo que se le había desprendido del pasador.

—Les rogaríamos que en los próximos días estén localizables y no salgan del país. Podríamos necesitar hablar con ustedes de nuevo.

—No vamos a ir a ninguna parte, inspector.

Mateo Torres lo dijo con tristeza y con resignación. Se apoyó en el brazo de su mujer para levantarse del sofá. Los policías le imitaron y se encaminaron a la salida. El hombre se despidió de ellos a la puerta del salón y se introdujo en lo que los policías imaginaron sería la cocina de la casa, de donde salieron los dos gatos siameses que corrieron a frotarse contra el pantalón de Gutiérrez.

—Penélope, Lola... sed buenas... venga, adentro —dijo Marta Espinosa empujando a las dos siamesas hacia el interior del salón.

La mujer acompañó a los policías a la salida.

—Mi marido es un buen hombre —dijo casi en un susurro.

No fue una afirmación. Fue una súplica. Una petición de ayuda. ¿O de clemencia?

Castro y Gutiérrez miraron a la angustiada mujer sin saber qué decir. Habían visto a muchos hombres aparentemente buenos cometer crímenes tan atroces como el de Guzmán Ruiz. A veces porque no eran tan buenos. A veces por desesperación. Y otras por odio, venganza o codicia.

Mateo Torres tenía motivos sobrados para odiar a Guzmán Ruiz y desear venganza.

Y Marta Espinosa era tan consciente de ello como ambos agentes.

29

—Tenían motivos, oportunidad y no tienen coartada —sentenció Gutiérrez mientras se encaminaban al coche—. Y me fastidia porque me caen bien. Mejor que Ruiz.

—Y a mí, Jorge. Y a mí. Pero como bien has dicho, tuvieron la oportunidad, tenían motivos sobrados para querer verlo muerto y ninguno tiene coartada.

—Ya, pero ¿por qué esperar un año?

—Vete tú a saber. Pudo haber un catalizador, pudieron encontrarse en la calle y discutir... Ella estaba nerviosa y preocupada por su marido.

—Sí, lo he notado. Sobreprotectora, diría yo.

—Llama a la Científica, Jorge. Que vengan a buscar el coche y saquen huellas y pruebas serológicas.

—También deberíamos hablar con el administrador concursal.

—A ese lo llamo yo. A ver si nos puede recibir esta mañana.

Estaban a punto de subirse al coche cuando sonó el móvil de Castro.

—Al habla el inspector Castro —contestó.

Gutiérrez vio cómo se endurecía el rostro de su compañero.

—¿Cuándo? —preguntó a quien estuviera al otro lado de la

línea, arrugando el entrecejo—. Está bien. Esperen en comisaría. Vamos para allá.

Castro continuó escuchando mientras entraba en el coche. De repente, golpeó el volante con la mano que tenía libre.

—¿Cómo que no está? ¡Maldita sea!

—¿Qué ocurre? —preguntó Gutiérrez cuando el inspector cortó la llamada sorprendido por el mal humor de su compañero. En los años que llevaban juntos rara vez lo había visto perder los nervios.

—Era Mario Sarriá, el fotógrafo. Alguien le rajó las ruedas del coche esta noche a esa maldita periodista. —Hizo una pausa y volvió a golpear el volante—. ¡Será cabezota!

Gutiérrez miraba a Castro con los ojos abiertos como platos. El inspector estaba fuera de sí.

—¿A ella le han hecho algo? —inquirió con cautela Gutiérrez mientras se colocaba el cinturón de seguridad.

—No. ¡Ni siquiera la han asustado! Ha dejado el coche en un taller, ha cogido el del fotógrafo y se ha largado a investigar a Lugo el pasado de Guzmán Ruiz.

A Gutiérrez se le escapó una carcajada que ahogó tan deprisa como había surgido al ver la cara de su jefe.

—No es para tomárselo a risa. La juez Requena nos acaba de pedir... no... nos acaba de ordenar que la atemos en corto. ¡Y ya ves! Eso sin contar con que alguien, y ese alguien puede ser peligroso, está focalizando su atención en ella. Primero el cuaderno y ahora el coche.

—¿Crees que alguien intenta que pare de investigar?

—No. Quien sea quiere que investigue. De lo contrario, no le hubiera dejado el cuaderno.

—¿Entonces?

—No lo sé —contestó Castro pensativo y un poco más tranquilo—. Pero no me gusta.

—Quizá quien le rajó los neumáticos no sea la misma persona. Igual mosqueó a alguien con alguna de sus noticias —razonó el subinspector.

—Puede ser —convino Castro sin mucha convicción.

—Anda... arranca —pidió Gutiérrez—. ¿Adónde vamos ahora?

—A comisaría. Y luego trataremos de ver al administrador concursal. Necesitamos una lista con todos los empleados de Mateo Torres. Son cincuenta posibles sospechosos, si es verdad lo que nos contó.

Gutiérrez resopló con resignación. Tenían por delante otro día muy largo.

30

La autovía A8 estaba tranquila. El cielo estaba limpio de nubes y mostraba un azul intenso que invitaba a perderse entre los acantilados de la costa asturiana, a coger desviaciones y caminos comarcales con olor a campo. A Olivia le hubiera encantado tomar cualquier desvío que la llevara al mar, ese mar con carácter que era el Cantábrico, tan oscuro, tan inquieto, tan incierto y, a la vez, tan bello. Conducía sin exceder el límite de velocidad, con el piloto automático mental conectado.

Conforme avanzaba hacia Lugo, iba dejando atrás la costa e internándose en sus propios pensamientos. Cuanto más reflexionaba sobre el caso, menos entendía las conexiones. Hasta entonces, lo único que tenía claro es que Guzmán Ruiz era una persona ruin y de la peor calaña. Se rio con desprecio pensando en el reportaje humano que Adaro le había pedido que escribiera en un primer momento. Guzmán Ruiz era cualquier cosa menos un ser humano. Era un animal. Peor que un animal. Una alimaña con los peores instintos. Olivia se estremeció pensando en la indefensión de aquellas víctimas, pequeñas, frágiles y sin nadie que las protegiera. O sí.

Quizá la muerte de Ruiz estaba directamente relacionada

con su pedofilia. ¿Había cabreado a alguien? ¿Alguna de aquellas víctimas menudas sí tenía quien la protegiera y ese alguien se estaba tomando la justicia por su mano?

Olivia intentó ordenar sus ideas mientras conducía por aquella autovía que discurría entre montañas.

Alguien había convencido a Ruiz para subirse a un coche que no era el suyo e ir a La Parada. Porque Olivia estaba convencida de que ese era el destino de la víctima. Tenía que ser alguien con quien él se sentía seguro y confiado. Ese alguien no solo había matado a Ruiz. Lo había destrozado. Sin titubeos y sin piedad. Y la forma de abandonar el cadáver, en un polígono, a la vista de todos, medio desnudo... denotaba desprecio. El asesino había tratado a Ruiz como si fuera basura, exponiéndolo al mundo como la escoria que era.

De repente, Olivia vio con claridad la intención del asesino. La puesta en escena iba dirigida a desenmascarar a Ruiz, a despojarlo del carácter humano e inmune que por deferencia se le concede a toda persona objeto de un delito. «El asesino quería que nos costara pensar en Ruiz como víctima, como damnificado. Quiere que lo veamos como el pedazo de mierda que era», concluyó Olivia mientras se acercaba al Alto de Fiouco. Por suerte, a aquella hora todavía no había niebla.

Aún recordaba el accidente en cadena ocurrido en el Alto, por ese motivo, al poco tiempo de inaugurada la autovía. Había muerto una persona y medio centenar más había sufrido heridas de diversa consideración. Recordaba haber leído que la autovía había costado doscientos millones de euros y a ningún ingeniero le había dado la cabeza para diseñar el trazado de aquella vía por una zona menos afectada por las altas presiones, que unidas a la orografía montañosa y a las condiciones meteorológicas de la zona, provocaban nieblas y densas nubes día sí y día también. Los cierres del tramo de autovía al tráfico a su paso por Mondoñedo y el desvío de vehículos a la antigua nacional eran medidas habituales. «País de pandereta», pensó Olivia.

El cielo seguía estando tan limpio como cuando salió de Pola de Siero. Olivia se fijó en los pastos verdes que iba dejando a su paso y en la línea escarpada de las montañas, tan solo interrumpida de vez en cuando por las colosales siluetas de los aerogeneradores del parque eólico de Mondoñedo. Respiró hondo. Le encantaba conducir sola. Le permitía perderse en sus pensamientos cuando se cansaba de perderse en el paisaje, sin necesidad de buscar temas de conversación para evitar silencios incómodos con sus acompañantes.

Treinta años atrás, Guzmán Ruiz había hecho ese mismo viaje huyendo de algo y buscando empezar de cero. Había dejado atrás a su familia y amigos. «Pero el pasado siempre vuelve para ajustar cuentas», reflexionó Olivia. Cuatro años antes, Ruiz había vuelto a huir. Se ve que era una tónica en su vida: escapar.

A Olivia le vino a la cabeza como un destello lo que le dijera Guadalupe Oliveira: vio a un coche huyendo del escenario del crimen. ¿El asesino? ¿Un testigo? ¿Qué pintaba un coche en el polígono a las tres de la madrugada?

Todo eran preguntas y disponía de muy pocas respuestas.

Guzmán Ruiz era bebedor, asiduo al puticlub del pueblo y un pedófilo. Se movía de forma cómoda por el lado oscuro de la vida. En cambio, se había esforzado mucho por mantener una imagen de respetabilidad de cara a la sociedad: una mujer, un hijo, una bonita casa, un nivel de vida burgués. ¿La mujer era conocedora de los delitos de su marido? ¿Los consentía?

Y, ¿qué papel jugaba Germán Casillas en todo el caso? Proxeneta, amigo de Ruiz... Olivia tamborileó los dedos sobre el volante y volvió a pensar en el cuaderno que habían dejado a la puerta de su casa. Había podido leer las anotaciones hechas en él: nombres de muñecas, junto con fechas y cantidades de dinero. Estaba segura de que era una especie de libro de cuentas. Pero los nombres de muñecas le resultaban muy poco inocentes. Tomó nota mental para preguntarle al inspector Castro sobre el particular. Además de pedófilo, ¿Ruiz era un pederasta? ¿Traficaba con menores? Se maldijo por haber entregado el cuaderno a la policía con tanta rapidez. No lo había tenido en su poder el tiempo suficiente como para poder estudiar los apuntes.

—Qué fastidio —se lamentó Olivia en voz alta—. Ese cuaderno era una pista importante para desentrañar el puzle. Y ahora está en manos de la policía y sin posibilidad de volver a echarle un vistazo.

Olivia conectó el manos libres del teléfono y marcó el número de Mario. Contestó al segundo tono.

—¿Cómo vas? —le preguntó dejando notar su malestar.

—¿Aún sigues enfadado?

—¿A ti qué te parece? ¿Cuánto te queda para llegar?

—Menos de una hora. ¿Te estás arreglando sin coche?

—He cogido el de Carmen.

—¿Tu hermana no lo necesita?

—Con lo de Nico, últimamente no sale mucho de casa.

—¿Mi coche ya está en el taller?

—Sí. Pero hasta el lunes igual no lo tienen reparado.

—¡Qué faena! —protestó contrariada Olivia—. Precisamente este fin de semana, con todo lo que tenemos entre manos...

—No te preocupes —la tranquilizó Mario—. Puedes usar el mío. Por cierto, he llamado a ese inspector y le he contado lo del tuyo.

—¿Por qué has hecho eso? —inquirió enojada.

—Porque la policía debe saber que te están amenazando. Alguien te tiene en su punto de mira. Y si tú no te lo tomas en serio, alguien tendrá que hacerlo por ti.

—Estás exagerando. Pero te agradezco la preocupación. ¿Qué te dijo el inspector?

—Mejor no lo quieras saber. El calificativo que empleó para referirse a ti no te gustaría demasiado.

—Bueno, se le pasará.

—Lo dudo.

—Mario, ¿tratarás de hablar con Victoria Barreda? Me da que sabía en qué andaba metido su marido.

—Aunque fuera cierto, no nos lo va a contar, Livi.

—En eso tienes razón. —Olivia resopló recordando lo que le contara Granados—. Si acude a declarar con un abogado cuando este no era necesario, pocas bazas tenemos de que hable con nosotros tan alegremente. ¿Y posibilidades de localizar a alguien del colegio donde trabajó Ruiz?

—Eso va a ser más fácil. De hecho, me pongo con ello ahora mismo.

—Mantenme informada, ¿vale?

—Descuida. Y ten cuidado.

Olivia apenas había colgado cuando sonó su móvil. Era un número oculto. Descolgó.

—¿Señorita Marassa?

Reconoció la voz al otro lado del teléfono.

—Inspector Castro, buenos días.

—¿Se puede saber a qué está jugando? —preguntó Castro de mal humor.

—En realidad a nada, inspector. Ahora mismo solo conduzco —respondió Olivia sin perder la calma. Aquel hombre era insufrible, pensó.

—No puedo ser su niñera —gruñó el policía.

—Yo no se lo he pedido —espetó Olivia.

Hubo un silencio al otro lado de la línea y Olivia supo que el policía estaba sopesando si colgar el teléfono o seguir discutiendo. Castro decidió tender un puente hacia una tregua. Volvió a hablar con el tono mucho más contenido.

—Señorita Marassa...

—Inspector, ¿nos podemos tutear? Me sentiría más cómoda. Puede llamarme Olivia y yo a usted...

Castro titubeó durante un segundo. Al final cedió.

—Agustín. Puede llamarme Agustín.

—Bien. Agustín, me dirijo a Lugo a hablar con los padres de Victoria Barreda e investigar en el pasado de Ruiz.

—¿Y qué esperas encontrar?

—Espero que un titular.

—No es para tomárselo a risa. Alguien está detrás de ti. No sé si porque no quiere que investigues o porque quiere que lo hagas a su manera. Y cuatro ruedas rajadas lanzan un mensaje muy claro.

—¿Investigasteis el pasado de Ruiz en Lugo? —preguntó Olivia intentando cambiar de tema.

—Sí, y no hay nada digno de mención. No tiene denuncias, ni antecedentes. Aparentemente, llevaba una vida de lo más normal. No creemos que su vida en Lugo tenga que ver con su muerte.

—Ya te diré si tienes razón a la vuelta.

—Cuidado con lo que publicas. La juez no está contenta con lo que ha leído hoy en tu periódico. Sospecha que ha habido filtraciones y ha amenazado con tomar medidas.

—Te aseguro que todo cuanto he publicado es cosecha propia. Nadie me ha filtrado nada —se defendió Olivia.

—Ya. —Fue todo lo que dijo Castro. Era inútil entablar ahora una discusión con ella sobre las posibles fuentes de información que manejaba.

Tras colgar el teléfono, sintió un cosquilleo en la boca del estómago y calor en las orejas. Se había sonrosado. Se tocó los mofletes. Los notaba calientes.

De repente, sentía algo parecido a la felicidad. Sonrió. «Venga, baja de las nubes, Olivia», se recriminó. La periodista volvió a centrarse en la carretera. Estaba entrando en la ciudad más antigua de Galicia: *Lucus Augusti*. Lugo.

31

La Calzada Das Gándaras era un camino rural, orillado por campos verdes, huertas y viviendas de una y dos plantas —la mayor parte de ellas en un estado de conservación bastante deficiente— que, gracias al boom de la construcción y a unas cuantas rotondas, había quedado anexado a la ciudad, por un lado y entroncado con la ronda norte, por el otro.

La zona resultaba peculiar, pues a pesar de la cercanía de la urbe y de estar sembrada de altos edificios de ladrillo caravista que daban sombra a las pequeñas viviendas de agricultores, aún se respiraba olor a campo.

El número 57 era una pequeña casa de una planta, adosada por una de sus partes a un reluciente edificio de nueva construcción de tres pisos que deslucía aún más la pequeña vivienda. Olivia se fijó en la construcción. Después de ver el chalet donde vivía Victoria Barreda, se había imaginado una residencia menos abandonada que aquella que tenía delante. La fachada, antaño de color blanco, presentaba desconchones producidos por el paso del tiempo y tanto la puerta como las ventanas de madera necesitaban con urgencia de una mano de barniz. En un lateral, un muro de piedra de poca altura cercaba una huerta en la que se notaba la mano diaria y cuidadosa de alguien y un pequeño jardín igual de pulcro.

Olivia tocó el timbre, un pequeño pulsador redondo que activó un ding-dong melódico que hizo que Olivia evocara su niñez y las visitas a casa de su abuela. El timbre sonaba igual, sin la estridencia de los de hoy en día. Casi como si hubiera estado esperando al otro lado de la puerta la llegada de la periodista, una mujer menuda abrió la puerta.

Asomó tímidamente la cabeza y tras inspeccionar de arriba abajo a la mujer que acababa de llamar, preguntó en gallego lo que Olivia supuso fue un «¿qué desea?».

—Lo siento, no hablo gallego —se disculpó Olivia—. ¿Viven aquí los padres de Victoria Barreda?

—Así es.

—Me llamo Olivia Marassa y soy periodista.

La mujer la miró con curiosidad, en silencio. Olivia continuó, dando por supuesto que estaba frente a Carmen Mosquera, la madre de Victoria:

—He viajado desde Asturias con la esperanza de que me recibieran. Me gustaría hablar con ustedes de su yerno, Guzmán Ruiz. Estamos preparando un reportaje de carácter humano sobre su persona —mintió la periodista.

La mujer, entera vestida de negro, abrió la puerta e invitó a Olivia a que entrara. En silencio, la hizo pasar a un saloncito pequeño y amueblado de forma modesta y anticuada, que probablemente solo usaran cuando tenían visita. La estancia constaba de un sofá de tapicería, protegido con un plástico ajustable; una mesita de centro de hacía décadas, cubierta por un tapete de ganchillo sobre el que descansaban varias figuritas de porcelana y un mueble de dos puertas, con estanterías abarrotadas de cachivaches, regalos publicitarios y más figuritas de porcelana, que hacía las veces de alacena y de mesita para el televisor.

—Siéntese. Voy a buscar a mi marido. —Fue todo lo que dijo aquella mujer a la que Olivia no fue capaz de sacarle el parecido con su hija. Se quedó sola en el salón. Sintió un escalofrío ante tanto silencio. No se oía ni el zumbido de una mosca. La quietud de aquella casa era opresiva. Recorrió con la mirada el salón. No vio ninguna foto de Victoria Barreda ni de su hijo. Tampoco de Guzmán Ruiz.

Pasados unos minutos, la mujer regresó acompañada de un hombre de semblante huraño. Carmen Mosquera y Sebastián Barreda no podían ser más distintos. Ella era delgada y de pequeña estatura —aunque parecía aún más pequeña por sus andares encorvados—, con grandes surcos que cruzaban su rostro, avejentado de forma prematura, y unos ojos pequeños y oscuros que nunca miraban al frente. Él, en cambio, a pesar de no ser mucho más alto que ella, era fornido, con una protuberante barriga que le colgaba por encima del pantalón. Tenía un rostro abotargado, con la piel tan tirante que parecía que fuera a rasgarse, en donde destacaba una nariz ancha surcada por finísimas venas azules. Llevaba una camisa de cuadros de manga corta por donde sobresalían dos brazos tan robustos que quedaban desproporcionados con el resto del cuerpo.

—Siéntate, mujer —le ordenó a su esposa con ademanes bruscos. Carmen Mosquera obedeció sentándose al lado de Olivia. Él, por el contrario, permaneció de pie marcando así los límites de aquella entrevista. Su actitud corporal le decía a Olivia que ni era bien recibida ni le iba a dedicar mucho tiempo. Cruzó los brazos por delante del pecho y esperó a que la periodista comenzara a hablar.

Olivia no perdió el tiempo. Le explicó el motivo de su visita de manera escueta, obviando las verdaderas intenciones y volviendo a repetir la mentira del reportaje humano. Sebastián Barreda pareció relajarse con los motivos esgrimidos por la periodista, mas no cambió de postura. Se limitó a preguntar:

—¿Qué quiere saber de mi yerno?

—¿Qué tal era? —comenzó Olivia.

—Era un hombre como Dios manda —respondió Sebastián, cambiando el peso de su cuerpo de un pie al otro—. Mantenía su casa y a su familia.

Sebastián Barreda acentuó con rotundidad esta última afirmación como si fuera la prueba irrefutable de que cualquier hombre que se preciara solo tenía que llevar dinero a casa. Quedaba eliminada cualquier presunción de maldad si el hombre mantenía su hogar y a su familia y no dejaba opción para cuestionar las inexistentes bondades de Guzmán Ruiz.

—¿Era cariñoso con su mujer y su hijo?

—Eso tendrá que preguntárselo a mi hija —contestó airado Barreda.

—Era un poco distante con ella —intervino tímidamente Carmen Mosquera.

—¡Calla, mujer! —bramó Sebastián encolerizado, pegando un salto hacia su mujer y apuntándola amenazador con el dedo índice de la mano—. Guzmán tenía todo el derecho a tratarla como le viniera en gana. Era su mujer y vivía como una reina gracias a él.

La mujer protegió su rostro con las manos y se encogió sobre sí misma en la esquina de aquel sofá plastificado.

Olivia, en cambio, enfurecida por la escena, no se arredró ante aquel hombre agresivo y autoritario. Sintió lástima por Carmen Mosquera y un repentino impulso de protegerla de aquella bestia que tenía por marido. También sintió pena por Victoria Barreda al imaginar su infancia en aquel ambiente opresivo y violento. Se imaginó a la niña, casi adolescente, hechizada por un hombre mucho mayor que ella, sin pocas o ninguna cosa en común debido a la diferencia de edad, pero que le daba la oportunidad de escapar de aquellos muros, de aquel silencio y de aquel padre cruel e inhumano.

—Por lo que tengo entendido —continuó Olivia con un tono firme e intentando disimular la incomodidad que sentía—, conoció a su hija cuando esta era casi una niña.

—Mi hija se encaprichó de él cuando era una adolescente. No supo comportarse con decencia. —El hombre frunció los labios y el entrecejo como si hablar del tema aún le produjera enojo—. Él consintió en casarse con ella y salvaguardar así su reputación.

Olivia sintió náuseas ante la ofensiva y cruda exposición de los hechos por parte de un padre que no había visto necesario proteger a su hija de un depredador sexual. Es más, que la había entregado a él de forma gratuita y sin condiciones. Miró a Carmen Mosquera y esta bajó la mirada, rehuyendo la suya.

—¿En qué trabajaba su yerno?

—Era subdirector de la oficina principal de un banco. Un buen puesto —respondió Sebastián escuetamente.

—¿Me podría decir el nombre del banco?

—El Banco Galego. Pero no quiero que vaya a molestar a sus compañeros.

—¿Siempre trabajó en el banco? —preguntó Olivia haciendo caso omiso del último comentario de Sebastián Barreda. Eso era precisamente lo que iba a hacer en cuanto saliera de aquella casa.

—Sí. Siempre en el mismo banco. Empezó como cajero.

—¿Sabe con quién se relacionaba?

—Con gente de su posición. Gente de buena familia —lo dijo con orgullo, aunque seguramente Guzmán Ruiz nunca hubiera incluido en su refinado círculo de amistades a su suegro, un hombre rudo y sin pulir.

—¿Tenía enemigos?

—Ninguno. Ya le he dicho que era un hombre recto.

A Olivia le sorprendió oír aquellos calificativos sobre un hombre que había seducido a una menor y que coleccionaba pornografía infantil. Hablaba de su yerno convencido de lo que decía. O bien vivía en *Los mundos de Yupi*, o bien él era de la misma calaña y veía en su yerno un reflejo de sí mismo y, por tanto, irreprochable, pues decir lo contrario sería tanto como reconocer su fracaso como padre, como hombre y, a la vista estaba, como marido.

—Recto, ¿en qué sentido? —Olivia no tenía ningún interés en conocer la opinión distorsionada de Sebastián Barreda sobre el carácter y comportamiento de su yerno, pero sentía un deleite especial en provocar a aquel cavernícola gallego.

Como imaginaba la periodista, el hombre se ofuscó. De repente, todo su rostro se encendió como si fuera una bombilla y dejó caer los brazos, apretando los puños hasta que los nudillos se le pusieron blancos.

—En todos los sentidos —dijo con rabia contenida—. Y me gustaría que se fuera. No tenemos más que decir.

Sebastián se movió acercándose a ella y con ademán brusco, le indicó la salida.

Olivia no insistió. Se había hecho una idea de cómo eran los padres de Victoria Barreda y sentía la necesidad acuciante de salir de aquella casa en donde parecía que no hubiera ni oxígeno para respirar. Además, ahora sabía dónde había trabajado Ruiz en aquella ciudad y era otro hilo del que tirar.

Ya en la calle, Olivia tomó una bocanada de aire. El cielo resplandecía. Se alegró de salir a la luz del sol y, sobre todo, se alegró de alejarse de aquella casa impregnada de tristeza.

No había hecho más que alejarse unos metros de la vivienda cuando Carmen Mosquera la llamó. Olivia se dio la vuelta.

La mujer venía a su encuentro, con paso rápido y furtivo.

—Señorita, Guzmán Ruiz no era un buen hombre.

Olivia se asombró de la franqueza de la madre de Victoria Barreda y de aquel arranque de valentía, aunque su lenguaje corporal decía todo lo contrario. Tenía ante sí a una mujer que ya no esperaba nada de la vida, salvo que se terminase.

—Lo echaron del banco. Por robar —espetó—. Victoria me lo contó.

Bajó la mirada hacia el suelo, como si sintiera vergüenza de lo que acababa de confesar y ladeó la cabeza ligeramente como un pajarillo. Parecía muy frágil.

Antes de que Olivia pudiera responder o darle las gracias por aquella información, Carmen Mosquera se dio la vuelta y se metió dentro de la casa, cerrando la puerta con suavidad.

32

La sencillez del despacho contrastaba con el aspecto rimbombante del hombre con nombre aún más rimbombante que tenían delante: José Manuel Oriol de la Rasilla, administrador concursal del juzgado de lo Mercantil número 2 de Oviedo. El abogado compensaba su baja estatura, apenas 1,60 centímetros, con un aspecto llamativo y excéntrico. Llevaba el cabello engominado hacia atrás, que dejaba a la vista una frente ancha e inusualmente tersa para la edad que aparentaba, no menos de cincuenta. «¿Los hombres también se hacen estiramientos de piel?», pensó Gutiérrez mientras examinaba el traje caro gris marengo de Oriol de la Rasilla. Lo combinaba con una camisa blanca con cuello y puños en color butano a juego con un pañuelo del mismo color que lucía en el bolsillo de la chaqueta y que quedaba eclipsado por el colorido de la corbata, que dañaba la vista. Cerraba el conjunto un reloj de bolsillo cuya cadena colgaba del chaleco.

Castro y Gutiérrez estaban sentados frente a aquel hombrecillo de aspecto esperpéntico —que se parecía más a un galán recién salido de la noche marbellí que a un administrador concursal— gracias a la eficiente intervención de la juez Dolores

Requena. Su contundente y enérgica explicación al juez que instruía el procedimiento concursal de la empresa de Mateo Torres, junto con la sutil recomendación de que la cooperación del juzgado de lo Mercantil en general y del juez instructor en particular, era necesaria para el buen desarrollo de la investigación criminal en curso, dio sus frutos y permitió que José Manuel Oriol de la Rasilla hiciera un hueco en su apretada agenda para recibir y compartir sus informes con los dos policías.

Si estaba contrariado por aquel reajuste de última hora, no lo demostraba. Al contrario, Oriol de la Rasilla parecía tranquilo y satisfecho de poder colaborar en una investigación criminal.

Tras las presentaciones de rigor, en las que el administrador concursal demostró sentirse como pez en el agua ante aquella inusual situación, Castro le puso al corriente, sin entrar en detalles, del motivo de aquella visita. Oriol de la Rasilla se limitó a escuchar y no trató de solicitar más información de la que el inspector le había facilitado.

—Me temo que no consigo ver la relación que pueda tener el procedimiento que administro con el que ustedes se traen entre manos. —Fue todo lo que dijo, con una divertida sonrisa en los labios, cuando Castro terminó de explicarle la situación—. Pero claro, yo no soy policía, ¿verdad? Ustedes dirán cómo puedo ayudarles.

—¿En qué situación se encuentra el patrimonio de Mateo Torres? —Castro fue al grano.

—Ahora, en fase de liquidación —contestó Oriol de la Rasilla.

—¿Fase de liquidación? ¿Se están vendiendo sus bienes?

—Se comienza con una venta directa que parte de una tasación. Si pasados los plazos legales los bienes no se venden, estos salen a subasta pública —explicó—. En venta directa solo se ha vendido un camión y la maquinaria. No es el mejor momento para vender. El resto de los bienes saldrán a subasta pública en breve.

—¿Qué deuda acumuló Mateo Torres?

—Algo más de tres millones de euros.

—¿Con la venta de sus bienes se cubrirá la deuda?

—Depende, inspector. Los bienes patrimoniales del señor Torres, incluyendo la nave donde desarrollaba la actividad que pertenece a la sociedad mercantil, están tasados en ocho millones de euros. Pero en subasta pública se puede hacer una quita* sobre su precio de tasación de hasta el setenta por ciento.

Gutiérrez, que hasta el momento se había limitado a tomar notas, levantó la cabeza del cuaderno y preguntó:

—¿Eso quiere decir que los bienes podrían venderse por el treinta por ciento de su valor?

—Sí, exacto.

—Pero, en ese caso, si no me fallan las cuentas, la deuda no quedaría saldada.

—Con la venta de los bienes de la sociedad concursada, no. Pero en la pieza de calificación el señor Torres, como administrador único de la sociedad, fue declarado culpable y condenado a restituir de forma total el déficit patrimonial de la sociedad concursada. Dicho con otras palabras, lo que no cubra la venta de los bienes de la sociedad, deberá cubrirlo el propio señor Torres con su patrimonio personal, sea este cual sea.

Gutiérrez miró a Castro con cara de no haber entendido nada. «¿Pieza de calificación? ¿De qué habla?», decía la mirada del subinspector.

—Me temo, señor Oriol, que nos tendrá que explicar qué es la pieza de calificación —pidió el inspector con naturalidad.

—La pieza de calificación es la fase del concurso en la que se

* Reducción del precio.

juzga si el administrador de la sociedad concursada causó la insolvencia de la empresa de forma fortuita o mediante dolo. En el caso del señor Torres, se concluyó que así había sido.

—¿Puede ser más específico? —pidió el inspector.

—Mateo Torres, en los dos ejercicios anteriores a la declaración del concurso, no cumplió con la obligación legal de depositar las cuentas anuales en el Registro Mercantil. Este hecho en sí mismo, es decir, la no presentación de la contabilidad, ya es en sí mismo un motivo para una calificación de culpable.

—Él alega que su jefe de Administración, Guzmán Ruiz, falseó las cuentas. Manifiesta que Ruiz llevaba una doble contabilidad.

—Si eso es cierto, no he encontrado evidencias de ello —aseguró el administrador concursal—. He repasado minuciosamente la contabilidad de la empresa y, aparte de una pésima gestión, no he encontrado nada que apoye esas acusaciones.

—¿Qué responsabilidad se le imputó a Guzmán Ruiz en el proceso?

José Manuel Oriol de la Rasilla parpadeó ligeramente como si la pregunta le pareciera poco apropiada.

—Ninguna —sentenció—. Todas las actividades financieras fueron realizadas con poderes otorgados por Mateo Torres. Y como administrador único de la sociedad es responsable del total de las deudas. Además, no sé si saben que está casado con su mujer en régimen de bienes gananciales, de manera que, por desgracia, su mujer también se ve afectada por el proceso.

El inspector Castro pensó en el aspecto enfermizo de Mateo Torres. Sintió lástima por él. Pudo imaginar cómo la pérdida de toda una vida de trabajo, el verse abocado a la ruina a una edad en la que no es fácil volver a empezar de cero, hubiera hecho estragos en su salud física. ¿Y en su salud mental? Torres tenía motivos de sobra para querer ver muerto a Guzmán Ruiz. Ocho millones de motivos.

—¿Quiénes son los principales acreedores de la sociedad de Torres? —preguntó Gutiérrez sacando a Castro de sus reflexiones.

—La mayor parte de la deuda la tienen cuatro entidades bancarias. Se trató de conseguir un acuerdo de refinanciación de la misma en la fase de convenio del concurso, pero sin ningún éxito.

—¿Y los empleados? —insistió Castro.

—La empresa abonó el cuarenta por ciento de las liquidaciones e indemnizaciones por los despidos y el Fondo de Garantía Salarial se hizo cargo del resto.

—¿Notó algún comportamiento, digamos, violento o de resentimiento contra Guzmán Ruiz?

Oriol de la Rasilla parecía divertido con aquella pregunta.

—Inspector Castro, en un proceso concursal, el resentimiento es un sentimiento reservado única y exclusivamente para el administrador concursal. En este caso, yo. La Ley concursal fue concebida para salvar a las empresas de la quiebra. Por desgracia, es una ley que consigue salvar a pocas empresas y el administrador concursal, en vez de salvador, es visto como la figura que llega a la empresa para cerrarla.

Castro se preguntó qué sentido tenía una ley que no era capaz de alcanzar el fin para el que había sido promulgada, pero se guardó de expresar su opinión en voz alta. En vez de eso, preguntó:

—¿Y qué nos puede decir de Mateo Torres? ¿Le parece un hombre capaz de tomarse la justicia por su mano?

—He tratado poco con él. Mi función en este caso fue la de sustituirle como administrador de la sociedad y no le gustó verse desvinculado de la empresa. Pero es un sentimiento normal, diría yo. Ocurre siempre.

Oriol de la Rasilla no estaba dispuesto a emitir un juicio que no estuviera fundamentado con números.

—Señor Oriol, necesitaremos que nos facilite toda la información del procedimiento concursal de la sociedad de Torres.

—Les daré una copia del auto, de la sentencia de la pieza de calificación y de los informes trimestrales con el estado de los bienes y de la deuda. ¿Será suficiente?

—De momento, sí. No le molestamos más.

Los dos policías se levantaron y Oriol de la Rasilla hizo lo mismo, acompañándolos a la salida.

—Les diré una cosa, aunque no es de mi incumbencia y se trata de una opinión personal que deberán tomar como tal. —Castro y Gutiérrez aguardaron en silencio, mirando con curiosidad a aquel peculiar hombrecillo de poca estatura—. No me cabe duda de que Mateo Torres desconocía el estado financiero de su empresa. Cuando una empresa entra en quiebra, los empresarios se protegen: se casan en separación de bienes, no tienen nada a su nombre, desvían fondos... Mateo Torres no hizo nada de eso.

—¿Está tratando de decirnos que es un hombre honesto? —preguntó Castro.

—O eso o el hombre más incauto del mundo.

33

—Un tipo peculiar, ¿no? —Gutiérrez caminaba deprisa. Odiaba la ciudad salvo si era para salir de copas con los amigos. Le resultaba agobiante, perdía la paciencia con facilidad con el resto de los conductores y le resultaba tedioso buscar aparcamiento.

—Sí, pero no nos ha aclarado demasiado —respondió Castro tratando de ir al paso de su compañero—. Nos confirma lo que ya sabíamos: que Mateo Torres está en una situación económica delicada y en un proceso judicial que no tiene pinta de que vaya a acabar bien para él.

—Torres está arruinado. Toda la vida trabajando para que venga un cabronazo y te deje prácticamente en la calle, mientras él se pavonea por ahí con un BMW de casi cien mil euros —arremetió el subinspector notando cómo le invadía un sentimiento de rabia.

—Estás dando por buena la versión de Torres, sin tener en cuenta la del administrador concursal que acaba de decirnos que no ha encontrado evidencias de que Ruiz llevara una doble contabilidad —argumentó Castro con una media sonrisa.

—¡Vamos, hombre! —protestó el subinspector cada vez más acalorado—. Ese tío era de la peor calaña. No hacen falta pruebas para ver que, casi con seguridad, hizo exactamente lo que nos contó Mateo Torres.

—Solo digo que no puedes perder la perspectiva. Ciñámonos a las pruebas. Y estas nos dicen que no hay indicios de que haya robado. Al menos a Torres —razonó Castro, que empezaba a resollar intentando seguir el ritmo, cada vez más acelerado, de su compañero.

Jorge Gutiérrez era un buen policía, pero tenía un carácter demasiado vehemente. Un rasgo que en dosis pequeñas era beneficioso para no dejarse llevar por el desánimo en situaciones adversas, pero que podía resultar peligroso si se le daba alas.

Caminaron en silencio hasta llegar al coche. El calor comenzaba a apretar y Castro sentía la boca seca. Seguían sin tener prácticamente nada. Quedaban muchos flecos por resolver, muchos frentes abiertos y ninguna pista que apuntara a un sospechoso.

—Vamos a acercarnos al laboratorio de la Científica. Quizá ya tengan algo del cuaderno —dijo Castro entrando en el aparcamiento público donde habían dejado el coche.

Estaban saliendo de él cuando sonó su móvil. Descolgó activando el manos libres.

—Inspector, soy el Pulga —saludó una voz cantarina y juvenil al otro lado del teléfono.

—Hola, Hugo. ¿Qué te cuentas, chico?

Al inspector Castro se le alegró el semblante. Hugo, alias el Pulga, era su protegido, uno de sus mejores logros como policía. Lo había arrestado cinco años atrás por vandalismo público, primero, y por intentar robar en un supermercado, después. El Pulga tenía trece años. Vivía con su madre, una mujer honrada que intentaba sacar adelante a su hijo fregando suelos, después de que su marido la abandonara. El chiquillo pasaba mucho tiempo solo, sin la vigilancia de un adulto, y se había juntado con malas compañías, un grupo de pequeños delincuentes que se dedicaban a hacer fechorías solo por matar el aburrimiento. Él era el más pequeño del grupo en edad y en estatura, de ahí que lo llamaran el Pulga. Pero lo canijo que era lo compensaba con una personalidad arrolladora y un carácter indómito.

La segunda vez que lo detuvo, Hugo se mostró hostil y bravucón, dejando bien claro que la autoridad policial para él tenía muy poca, por no decir ninguna, autoridad. Aquel escuchimizado mocoso, al que empezaban a salirle pelillos en el labio superior y que mostraba —con actitud amenazante— a los policías que lo custodiaban sus escuálidos brazos —en los que más que bíceps parecía que se marcaran canicas—, le tocó la fibra al inspector Castro. Probablemente se viera reflejado en aquel muchacho que lo único que necesitaba era que alguien le dedicara algo de tiempo y atención.

Se volcó con él. Logró que dejara de lado aquellas compañías que no hubieran hecho otra cosa que mandarlo de cabeza al reformatorio, consiguió que acabara el instituto y que se enderezara. Le animó a canalizar toda aquella energía en algo positivo. Durante aquellos últimos años, Castro había sido su guía, su mentor y, sobre todo, su amigo.

Ahora trabajaba de ayudante en un taller mecánico en Pola de Siero. A las pocas semanas de empezar en el taller, supo cuál era su vocación: reparar coches.

Castro no tenía hijos y sentía por Hugo lo más parecido al amor que un padre pueda sentir por su hijo.

Gutiérrez miró a su jefe y se le escapó una media sonrisa. A Castro se le ponía una expresión de satisfacción y embobamiento cada vez que hablaba con Hugo.

—Tengo algo para ti, inspector.

—¿Y eso?

—¿No llevas tú el caso del tío que apareció muerto en el polígono?

—Sí, es mi caso.

—Pues tengo información que igual te interesa. Podría ser un testigo.

Hugo lo dijo intentando crear expectación. Castro, de repente, se puso tenso y el semblante se le tornó serio.

—Explícate, Hugo —pidió.

—Vi a tu fiambre discutiendo con un tío el día que lo mataron. Aquí, cerca del taller.

—¿Y cómo sabes que era mi fiambre? ¿Lo conocías?

—No, de nada. Pero he visto su foto en el periódico. Y lo reconocí.

—¿Qué viste exactamente?

—Pues eso —contestó con impaciencia—. Lo vi discutir con otro tío. Pero una bronca de las gordas, ¿eh?

—¿Cómo de gorda? —quiso saber Castro mientras intentaba concentrarse en la carretera.

El tráfico era denso y el inspector maniobraba entre los coches con agilidad. El taller donde trabajaba Hugo estaba cerca de la urbanización donde vivía Guzmán Ruiz.

—Casi se enganchan, inspector. El tío intentó zurrarle al fiambre. Si no fuera porque parecía encontrarse mal, le hubiera solmenado de lo lindo.

—¿A qué hora ocurrió?

—Serían las cinco, porque es la hora a la que paro a fumar un cigarro. Y yo estaba a la puerta fumando.

El inspector Castro torció el gesto, pero se abstuvo de hacer ningún comentario. Hugo ya era mayor de edad y él no era quién para soltarle sermones sobre los perjuicios del tabaco. Había cosas peores que un cigarrillo de vez en cuando.

—¿Qué viste exactamente, Hugo? —preguntó.

—Pues el viejo...

—¿El viejo?

—Sí... el viejo, de repente, se bajó del coche y se abalanzó sobre el otro... el fiambre..., que iba caminando por la acera... lo tiró al suelo...

—Espera, espera... Guzmán Ruiz iba caminando —dijo Castro tratando de ordenar el relato de Hugo— y el otro hombre, que según tú era viejo, iba en coche. ¿Correcto?

—Eso es —corroboró Hugo.

—Y el hombre que iba en coche se detuvo, bajó del vehículo y tiró al suelo a Guzmán Ruiz.

—Tal cual.

—¿Y qué más?

—Pues eso, lo tiró al suelo. Le gritaba y le decía de todo. Que lo iba a matar, que era un cabronazo, un hijo de puta... esas cosas. Parecía que le iba a dar un ataque. Pero entonces el otro se recuperó del susto, se levantó del suelo y le dio un empujón al viejo. Lo cogió por la camisa y le dijo que era patético y que fuera a morirse a casa.

—¿Hacia dónde caminaba Guzmán Ruiz?

—Bajaba en dirección a Pola de Siero.

—¿Y el del coche?

—En dirección contraria, hacia Santander.

—¿Cómo era el viejo?

—Muy viejo, o al menos lo parecía. Alto, muy flaco, pelo blanco... Andaba como encorvado, encogido... ¿Te ayuda?

—Creo que sí. Escucha, ¿podrías pasarte por comisaría para ver unas fotos?

—Sí. A la una salgo a comer. Me acerco a verte.

—Estupendo. ¿Qué tal tu madre?

A Castro le gustaba la madre de Hugo. Era una mujer luchadora y muy trabajadora. Había sacado adelante a su hijo ella sola y, a pesar de las adversidades, no lo había hecho mal.

—Ahora trabaja menos. Con mi sueldo nos arreglamos mejor. Pero sigue siendo igual de pesada —protestó—. Que si no fumes, que si no llegues tarde, que si con quién andas... una lata.

—No hables así de tu madre. Se preocupa. Si no te diera la lata, no sería una madre.

—En eso tienes razón. Oye, tengo que volver al curro. Nos vemos.

Cuando colgó, Castro miró a Gutiérrez.

—¿Qué piensas? —dijo.

—Aparte de que al chico parece irle bien, opino que confirma más o menos lo que nos dijo Victoria Barreda: que Ruiz salió de casa sobre las cuatro el día que lo mataron.

—¿Nada más? —preguntó Castro con intención.

—Por la descripción que ha hecho Hugo del viejo, diría que Mateo Torres nos mintió esta mañana cuando nos dijo que hacía más de un año que no veía a Ruiz.

—Si Hugo lo reconoce en las fotos, lo quiero ver en comisaría.

Entraron en el edificio de la Jefatura Superior de Asturias. El interior era luminoso gracias a los grandes ventanales de la planta baja. Un agente, en el mostrador de recepción, les saludó con la cabeza. Subieron a la segunda planta, que albergaba las dependencias de la Científica. Castro preguntó por los inspectores Miranda y Montoro.

Salió a recibirlos, con su andar desgarbado, Miranda, que iba pulcramente ataviado con una bata blanca con el bolsillo superior lleno de bolígrafos y rotuladores. Les ofreció su mano huesuda a modo de saludo.

—Os íbamos a llamar. Tenemos novedades que serán de vuestro interés —les anunció mientras les conducía al despacho que compartía con el inspector Montoro quien, en ese momento, se encontraba concentrado tecleando algo en su ordenador.

Montoro se levantó de la silla, con cierta dificultad, al verlos entrar. Sus redondas formas entorpecían sus movimientos. Era un hombre rechoncho, con grandes mofletes y una papada imponente. Pero todo lo que tenía de grande lo tenía de concienzudo y bonachón. Miranda y Montoro hacían una peculiar pareja. Como el punto y la i.

—Inspector, subinspector —saludó mirando a uno y a otro.

Miranda se había sentado delante de su ordenador y, sin decir palabra, cedió la voz cantante a Montoro, quien, ajustándose las gafas, comenzó a hablar.

—Ya tenemos los resultados del cuaderno —comenzó el inspector de la Científica sin andarse por las ramas—. Además de la sangre, que ya sabíamos que era de la víctima, hemos encontrado huellas dactilares de cinco personas diferentes.

El inspector Castro cogió el informe que le ofreció Montoro.

—Había huellas de Olivia Marassa y de Mario Sarriá en la tapa, tal y como ya sabíamos, pues ellos mismos aseguraron haber tocado el cuaderno sin guantes. También encontramos huellas de Guzmán Ruiz, algo que se podía esperar. Pero, además, encontramos las de Germán Casillas y de Alina Góluvev. Y los dos están fichados.

Castro y Gutiérrez se miraron y a ambos se les iluminó el rostro con una media sonrisa.

—Suficiente para una orden judicial —sentenció Castro mientras sacaba el móvil para llamar al comisario Rioseco. Le puso al día de las novedades y le urgió para que consiguiera de la juez Requena una orden de registro de La Parada.

—También había huellas de ellos en las hojas del cuaderno. De hecho, solo había huellas de ellos: de la víctima, de Alina Góluvev y de Germán Casillas —continuó Montoro una vez que Castro hubo finalizado la llamada.

—¿Y en el sobre y en la nota?

—En el sobre y en la nota solo encontramos las huellas de la periodista y el fotógrafo —aclaró Montoro.

—¿Habéis analizado la escritura? —preguntó Castro sin mucha esperanza.

—Sí, pero no hemos sacado nada en limpio. El folio es un A4 de 80 gramos de la marca Galgo y no hay marcas en la hoja de las que podamos extraer alguna pista respecto a la impresora. Y otra cosa. —El inspector de la Científica hizo una pausa—: El pelo de animal que encontramos en el cuerpo de Guzmán Ruiz es de gato.

—Mateo Torres tiene dos gatos —puntualizó Gutiérrez levantando la vista de su cuaderno de notas.

—Definitivamente, Mateo Torres se merece un paseo a comisaría —comentó Castro pensativo.

—¿Y qué hay del coche de Torres? —inquirió Gutiérrez.

Montoro parpadeó y lo miró con rostro circunspecto.

—Subinspector, somos rápidos, pero no somos magos. Hace escasamente dos horas que hemos recogido el vehículo para su procesamiento. —Montoro se quitó las gafas, aplicándose en limpiar los cristales con el bajo de su bata—. Date por satisfecho si te podemos decir algo a ultimísima hora de hoy —replicó haciendo hincapié en la forma esdrújula del adverbio de tiempo.

Gutiérrez enrojeció hasta la raíz del cabello. «Menudo error de novato», pensó avergonzado.

En ese momento sonó el móvil del inspector. Su cara cambió a los diez segundos de contestar a la llamada. Le empezaron a brillar los ojos y arrugó el entrecejo, señal de que, fuera lo que fuese lo que le acababan de comunicar, su cerebro ya estaba funcionando para encajar otra pieza del puzle.

—Nos llevamos el informe, Montoro. Muchas gracias por la rapidez. —Fue todo cuanto dijo nada más finalizar la llamada.

—Todo vuestro. Si hay novedades, os avisamos.

Salieron del frescor del edificio al calor de la calle a paso rápido. Esta vez era a Gutiérrez al que le costaba seguir el ritmo del inspector.

Solo cuando Castro se apoyó en la fachada del inmueble y encendió un cigarrillo, se atrevió a preguntar:

—¿Qué ha pasado?

—Que hoy tenemos la suerte de nuestra parte. A ver si nos dura.

34

—¿Se acuerda de Pepe el del Popular? —preguntó Pascual de Marcos.

—Sí, claro —contestó Olivia recordando el fraude cometido en los noventa por el encargado de una sucursal del Banco Popular en Santander. Recordaba vagamente haber leído que aquel hombre logró hacerse con más de treinta millones de euros engañando a los clientes del banco, a los que les ofrecía altas remuneraciones por sus depósitos. Depósitos que nunca llegó a declarar en la contabilidad oficial del banco. Hasta donde sabía Olivia, el dinero nunca apareció y el acusado estuvo fugado de la justicia hasta que el caso prescribió.

—Pues podríamos decir que aquí fue Guzmán el del Galego —continuó De Marcos con sorna.

Olivia se quedó perpleja con el alcance de lo que estaba escuchando. Allí sentada en el sencillo despacho del director de la oficina principal del Banco Galego, en Lugo, su cerebro empezó a funcionar a la velocidad de la luz.

No esperaba que el señor De Marcos, director de la sucursal donde había trabajado Ruiz hasta hacía cuatro años, se prestara a hablar con ella sin mostrar oposición. Había sido muy fácil.

Después de hablar con Carmen Mosquera, había buscado en internet dónde estaba la oficina principal del banco. Se encontraba en el casco histórico de Lugo, dentro de la muralla romana. Olivia decidió aparcar su vehículo en una calle cercana a esta. Había conseguido estacionar con bastante facilidad, a pesar del caótico tráfico de aquella ciudad, en una pequeña plaza, justo enfrente del cuartel de la Guardia Civil. Le llamó la atención que la mayoría de los aparcamientos eran de zona azul, pero lo que más le sorprendió fue que las máquinas expendedoras del ticket estaban apagadas y mostraban un llamativo cartel en donde se leía EN LUGO NO SE PAGA ZONA AZUL. Solo conocía otra ciudad, Mieres, en donde las dos primeras horas de aparcamiento en zona azul eran gratuitas: introducías el importe, la máquina te expedía el recibo y, a continuación, te devolvía el dinero introducido.

En Lugo hacía calor. Había leído que la provincia sufría temperaturas extremas, tanto en verano como en invierno. Olivia estaba sofocada cuando entró en el casco histórico por la Puerta de San Pedro. Se detuvo un momento para contemplar la muralla romana. Era una construcción imponente y de las mejor conservadas del territorio nacional. Constaba de unas setenta torres y de diez puertas que comunicaban el casco histórico con la parte moderna de la ciudad, aquella que se había expandido más allá de aquellos muros milenarios.

Tenía una longitud de más de dos kilómetros y, al igual que la de Ávila, se podía recorrer a pie, pues, a través de unas diminutas escaleras embutidas entre las torres, se podía acceder al paseo del Adarve, popularmente conocido como paseo de ronda. Olivia deseó disponer de más tiempo para poder perderse en aquellos muros defensivos construidos hacía diecisiete siglos con lajas de pizarra, granito y mampostería de piedras y guijarros.

La oficina principal del Banco Galego estaba ubicada en la rúa do Progreso, una de las principales vías del casco histórico. Olivia disfrutó del paseo hasta la sucursal. Recorrió la rúa San Pedro con el deleite de una turista, con paso lento, a pesar de que tiempo era precisamente lo que no tenía y fijándose en los edificios centenarios que enmarcaban aquella angosta calle que bullía de actividad comercial, de turistas que se paraban en cada portal, guía en mano, y de lugareños que caminaban deprisa, demasiado ocupados para contemplar aquellas piedras que les daban sombra cada día.

Al llegar a la altura de unos pequeños soportales, la calle giraba hacia la derecha dando paso a la rúa do Progreso, una amplia avenida adornada con árboles y bancos de madera, en donde los edificios, de repente y de forma un tanto incongruente, cobraban altura y modernidad. La calle estaba repleta de amplias terrazas que, a aquella hora, ya mediodía, estaban muy concurridas de gente disfrutando del vermut.

Olivia caminó apenas cincuenta metros. El Banco Galego estaba anexado a una sucursal de La Caixa. Entró en el establecimiento. A pesar de la algarabía de gente en la calle, la oficina estaba vacía. Se acercó a la cajera, una rolliza mujer de mediana edad con una manicura francesa impecable, y preguntó por el director.

—¿Quién pregunta por él? —quiso saber la mujer a la vez que se levantaba para ir en busca del responsable de aquella oficina.

—Me llamo Olivia Marassa. Es un tema personal.

La mujer, la discreción en persona, aceptó por buena la razón esgrimida por Olivia y, sin más, entró en un despacho situado justo detrás de ella. Salió a los pocos segundos.

—El señor Pascual de Marcos la atenderá enseguida.

Olivia le dio las gracias y entró en un despacho amplio y

ordenado. Tras una mesa de oficina en la que solo se veía un ordenador y un par de bolígrafos con publicidad del banco, se sentaba un hombre ya entrado en años, pulcramente vestido con un traje azul marino de raya diplomática, camisa blanca y corbata rosa fucsia. «Qué chic», se dijo Olivia.

Pascual de Marcos se acercó a Olivia y le estrechó la mano para, después, volver a sentarse tras su escritorio. Su apretón fue firme. «Es un hombre seguro de sí mismo», pensó ella.

—Bien, señora Marassa. ¿Qué puedo hacer por usted?

—Necesito cierta información de un antiguo empleado de esta sucursal.

—Tendrá que explicarme el motivo de esta, digamos, peculiar petición —contestó De Marcos sonriendo.

—En la madrugada del jueves, Guzmán Ruiz, quien fuera subdirector de esta oficina, apareció muerto en circunstancias sospechosas —explicó Olivia, tras decidir ir al grano.

Esta advirtió un matiz de sorpresa en la mirada del director del banco. Pero fue el único atisbo de sobresalto, pues De Marcos mantenía su actitud templada y profesional.

—¿Y qué tiene eso que ver con nosotros? —preguntó el hombre con tono tranquilo y abriendo los brazos como si quisiera abarcar todo lo que había en aquella oficina.

—En principio, nada, señor De Marcos. Estoy aquí en calidad de periodista de *El Diario*, un periódico regional de Asturias, que es la provincia donde residía Guzmán Ruiz en la actualidad. Intentamos averiguar quién era él en realidad de cara a un reportaje de carácter humano.

Pascual de Marcos se mesó el escaso cabello de la cabeza y se alisó la corbata.

—Exactamente, ¿qué la ha traído hasta aquí, señora Marassa? —quiso saber De Marcos con tono cauto.

—Sabemos que trabajó aquí y que fue despedido por robar.

Pascual de Marcos no contestó. Se quedó mirando fijamente a la periodista, sopesando de cuánta información disponía y la conveniencia o no de confirmarla o desmentirla. «Ahora es cuando me va a invitar de forma educada a que salga de su despacho», pensó Olivia con poca esperanza de conseguir más información.

—¿Qué más sabe? —se limitó a preguntar el director del banco.

Olivia decidió ser sincera. Si quería que De Marcos le facilitara información, intuía que tenía que ser honesta con él. Sospechaba que estaba ante un hombre poco común. Y de su respuesta dependía el desenlace de aquella entrevista.

—En realidad, nada —se sinceró Olivia—, por eso estoy aquí. Solo sé que robó. Me lo confesó la suegra de Guzmán Ruiz. Eso y que no era un buen hombre.

Pascual de Marcos pareció decidirse.

—Guzmán Ruiz fue una gran decepción. Y, efectivamente, no era un buen hombre.

—Señor De Marcos, si no le importa, me gustaría grabar nuestra conversación —pidió Olivia. Normalmente no solía utilizar grabadora. Era un invento que, en muchas ocasiones, retraía a los informadores. Un cuaderno y un bolígrafo inspiraban más confianza en los entrevistados o menos miedo a lo que pudiera quedar registrado de cuanto contaban. Pero, en este caso, su instinto le decía que debía grabar.

—Bien. Establezcamos las condiciones de esta entrevista, señora Marassa. De hecho, quiero que conecte la grabadora ya.

Olivia obedeció. Sacó su teléfono móvil y comenzó a grabar.

—Solo le voy a poner dos condiciones, si quiere que sigamos hablando. La primera, no mencionará bajo ninguna circunstancia el nombre del banco. Y segunda, no mencionará bajo ninguna circunstancia mi nombre. En su reportaje, puede referirse a mí como el responsable de la oficina. Estoy a punto de jubilarme y me gustaría salir por la puerta principal y no por la trasera.

—Se lo prometo. Ni su nombre, ni el del banco —accedió Olivia.

—¿Se acuerda de Pepe el del Popular? —preguntó Pascual de Marcos, sin más preámbulos.

—Sí, claro —respondió Olivia.

—Pues podríamos decir que aquí fue Guzmán el del Galego —continuó De Marcos con sorna.

—¿Cuánto dinero robó?

—No llegó a los treinta millones de Pepe el del Popular —contestó De Marcos—. Pero en su momento, se calculó que estafó en torno a los diez millones en un período de aproximadamente quince años, que fue el tiempo que ocupó el cargo de subdirector.

—¿Y cómo lo hizo?

—De la forma más fácil para alguien sin escrúpulos, que trabaja dentro de un banco con un cargo como el suyo y con acceso a todo.

—¿Y en qué consistió?

—Imposiciones a plazo fijo.

—¿Imposiciones a plazo fijo? —repitió Olivia extrañada.

—Exacto. Seleccionó a unos trescientos clientes de los casi treinta mil que tenía la sucursal. Les ofrecía un interés anual del seis por ciento, con pagos trimestrales, por imposiciones de dinero a plazo fijo durante cinco años. Hablamos de cantidades de entre diez mil y veinticinco mil euros. Ruiz era metódico y cada tres meses cada cliente estafado recibía en su cuenta corriente el seis por ciento del dinero desviado a lo que ellos pensaron era una cuenta de plazo.

—¿Adónde desviaba el dinero?

—Ahí está la trama. No lo desviaba. Lo retiraba en efectivo en el mismo momento en el que el cliente realizaba la imposición, sin dejar registro de ello. Es decir, el cliente pensaba que estaba sacando el dinero de su cuenta para meterlo en una cuenta a plazo, cuando en realidad, lo que hacía era sacarlo para meterlo en el bolsillo de Ruiz.

—Pero algún rastro tuvo que dejar, ¿no?

—Ninguno. Ruiz no dejó constancia de ninguna operación extraña en la contabilidad oficial del banco. De hecho, no había traspasos del dinero. Las imposiciones en realidad nunca existieron. Solo había reintegros en efectivo realizados por los clientes, que quedaban reflejados como tales, y los ingresos que les hacía Ruiz trimestralmente.

—¿Nadie sospechó nada durante quince años?

—No, nadie. Es más, Ruiz era un empleado ejemplar. Muy entregado a su trabajo. Incluso en vacaciones venía por la oficina para ver cómo iban las cosas, concertaba citas con sus clientes... Luego supimos, claro, que su dedicación extrema era parte de su negocio. No se podía permitir el lujo de que otro empleado atendiera a cualquiera de sus clientes a riesgo de que se descubriera todo.

—¿Y los clientes?

—Los clientes seleccionados tenían un perfil determinado. Eran personas mayores, en su mayoría, titulares únicos de la cuenta y con ingresos suficientes. Y en el caso de que en un momento dado quisieran recuperar el dinero, Ruiz se limitaba a ingresarles la cantidad de forma inmediata.

—¿Y cómo se descubrió? —preguntó Olivia atónita.

Pascual de Marcos suspiró y se removió en la silla a la vez que se desabotonaba la chaqueta del traje.

—Uno de sus clientes falleció. Y a sus herederos, sus hijos, les llamó la atención un reintegro en efectivo de veinticinco mil euros hecho cuatro meses antes. Fueron a una de nuestras oficinas a informarse y tuvieron el buen tino de no hacerlo en esta.

Al detectarse movimientos irregulares en la cuenta, el departamento de Auditoría inició una investigación contable.

Aquellas revelaciones podían tener implicaciones importantes para la investigación. ¿Cómo era posible que la policía no hubiera descubierto ese hecho? ¿Cómo era posible que Guzmán Ruiz no tuviera antecedentes? Sin conocer el entramado legal, Olivia reconocía en los hechos al menos un delito de falsedad documental y otro de apropiación indebida. En cambio, Castro le había dicho que no habían encontrado nada relevante en el pasado de Ruiz en Lugo. Es más, que no tenía antecedentes penales. ¿Cómo era posible?

De Marcos se adelantó a la siguiente pregunta de Olivia y añadió:

—No hubo denuncias. Se resolvió de puertas para dentro, por decirlo de alguna manera. A Guzmán Ruiz se le aplicó un despido disciplinario con carácter inmediato. Y a los afectados por la estafa se les devolvió el dinero de forma discreta. La mayor parte de ellos nunca supieron que habían estado a punto de perder sus ahorros. De hecho, hubo quien insistió en volver a meterlo a plazo fijo... claro está, a un interés más módico.

—Pero ¿por qué? ¿Por qué lo taparon? —inquirió Olivia atónita con lo que estaba oyendo.

—Por salvaguardar la reputación del banco. Piense que somos una entidad pequeña. ¿Sabe lo que hubiera ocurrido si se hubiera conocido la estafa? Estaba en juego la credibilidad de la entidad. No hay cosa peor que un banco pierda la confianza frente a sus clientes. Un escándalo de esta magnitud hubiera sido la ruina.

Olivia podía entender el razonamiento de De Marcos. ¿Quién dejaría sus ahorros en manos de un banco en donde era tan fácil hacer desaparecer ese dinero? Pero el fraude de Ruiz tuvo que cabrear a mucha gente. Seguro que habían rodado cabezas.

—A nivel interno fue un escándalo, claro. Y tuvo consecuencias. El antiguo director de esta oficina, a quien yo sustituyo, fue prejubilado prematuramente —De Marcos lo dijo con afectación mal fingida—. Pero desde entonces, los sistemas del banco cuentan con «procedimientos cortafuegos» para impedir acciones fraudulentas, obligando a introducir códigos para cualquier operación que se realice. Sin esos códigos, el sistema bloquea la operativa activando una alarma interna —explicó—. Y, además, se realizan auditorías contables internas de forma periódica.

—¿Sabe si hubo alguien que le guardara rencor a Ruiz por lo que hizo?

El hombre soltó una carcajada tan inesperada que hizo que Olivia pegara un brinco en la silla.

—Señora Marassa, no tendría suficiente capacidad en la grabadora para registrar los nombres de todas las personas a las que cabreó Guzmán Ruiz con su estafa. ¿Se sospecha que aquel hecho puede estar relacionado con su muerte?

—Imagino que la policía no descarta nada, señor De Marcos. Pero lo desconozco —contestó Olivia de manera ambigua.

Tras intercambiar con el director sus teléfonos, Olivia Marassa salió a la calle satisfecha con lo que había descubierto. Era más de la una de la tarde. «Me merezco un descanso», pensó Olivia, encaminándose a una terraza con intención de beberse una copa de vino de godello.*

---

* Variedad de uva blanca que crece en el noroeste de España, principalmente en Galicia.

35

Olivia estaba en la gloria. Sentada en una terraza desde la que podía contemplar la belleza de uno de los torreones de la muralla, con el sol acariciándole el rostro, un vino de godello a medio terminar y la satisfacción del trabajo bien hecho. El viaje había merecido la pena.

Era el momento de llamar a Roberto Dorado para ponerle al día.

Dorado contestó de forma inmediata, casi como si hubiera estado pegado al teléfono a la espera de la llamada de Olivia.

—¡Ya era hora! En la reunión de mediodía no he podido más que dar largas —gruñó Dorado sin saludar siquiera—. ¿Qué tienes?

—Pues mucho —contestó Olivia divertida. A veces encontraba satisfacción en provocar a su jefe.

—Venga, Olivia. Que no estoy de humor.

—Está bien. Tengo otra apertura. Y te va a encantar. Guzmán Ruiz fue despedido del banco en el que trabajaba en Lugo por robar.

Al otro lado del teléfono sonó un silbido.

—Explícate —pidió Dorado.

—Guzmán Ruiz empleó el mismo método que Pepe el del Popular para estafar en torno a diez millones de euros.

—Espera, Olivia. Voy a avisar a Adaro, a Ángel Espín y Carolina Vázquez. Tienen que oírlo. Es un bombazo.

El teléfono enmudeció. Durante unos segundos, Dorado mantuvo a Olivia en espera. Imaginó a su jefe atravesando la redacción corriendo en busca del redactor jefe y de la jefa de Regional.

—Olivia, estamos todos. Te pongo en manos libres.

—Hola a todos. Resulta que Guzmán Ruiz era un ladrón. Robó diez millones de euros con el método de los plazos fijos.

Olivia les explicó de forma detallada el entramado financiero que había montado Ruiz para estafar el dinero. Cuando terminó la explicación, las reacciones no se hicieron esperar.

—¿Se puede publicar tal cual, Olivia? —Era Adaro, el director, quien hablaba.

—Sí. Es más, lo tengo grabado. El director, De Marcos, solo puso dos condiciones que hay que respetar: no mencionar ni su nombre ni el del banco.

—No hay problema —aceptó Adaro—. Pásanos la grabación. Se la haré llegar al departamento jurídico. Te pido una apertura.

—Está bien. Os la paso por correo.

—¿Cuándo vuelves? —inquirió Dorado con urgencia.

—Ahora mismo cojo el coche.

—Olivia, ¡buen trabajo! En cuanto llegues, ponte a escribir —ordenó Adaro dando por finalizada la improvisada reunión.

—Olivia, espera. No cuelgues —le pidió Dorado con tono excitado. Olivia oyó cómo volvía el murmullo de fondo de la redacción, señal de que Dorado ya estaba fuera del despacho—. ¿Has leído *El Ideal* o *Las Noticias*? —preguntó.

—No he tenido tiempo aún, la verdad. ¿Nos han pisado? —preguntó Olivia preocupada.

—No, al contrario. Van a rebufo nuestro. En la edición de papel se limitan a contar más o menos lo mismo que el día anterior. Y en la digital, te siguen fusilando de forma descarada. Han conseguido una foto de carnet de Ruiz que han publicado en pequeño, a modo de detalle.

Olivia se sintió satisfecha. La sensación de ir por detrás también la conocía y no era agradable. Y menos teniendo a Roberto Dorado como jefe.

—Adaro está que no mea —continuó Dorado emocionado—. Es el tema estrella. No habla de otra cosa, así que procura no cagarla, ¿de acuerdo?

«Vaya —pensó Olivia resignada—, se acabaron las palmaditas en la espalda.»

—Trataré de estar a la altura de las expectativas —ironizó.

La conversación se alargó unos minutos más en los que Olivia le explicó cómo quería la maquetación de la noticia, sobre todo porque no contaba con fotografías con las que ilustrar el texto. Tendría que tirar de archivo, de manera que tampoco podían tener protagonismo excesivo en el cuerpo de la noticia. Ultimó los detalles con Dorado y se despidieron.

Olivia apuró lo que le quedaba de la copa de vino y pagó la consumición.

Se disponía a abandonar la mesa con cierta pereza porque el día y su estado de ánimo la invitaban a holgazanear, cuando sonó el clic característico cuando le entraba un correo electrónico en el móvil.

Lo abrió con despreocupación. El asunto del correo la hizo estremecerse y el contenido provocó que vomitara hasta el desayuno de esa mañana.

36

El inspector Castro estaba entusiasmado con el descubrimiento que los agentes de Delitos Tecnológicos habían hecho tras rastrear el GPS del BMW de Ruiz. Apenas eran las doce de la mañana y ya tenían varias líneas de investigación abiertas. Una de ellas, la posibilidad de poner al Tijeras y a su socia-relaciones públicas-chica-para-todo, Alina Góluvev, a la sombra. Quería verlos sudar cuando les preguntara qué hacían sus huellas en un cuaderno —que probablemente fuera una agenda de tráfico sexual infantil— manchado con la sangre de Ruiz.

Con una sonrisa de satisfacción en la cara se concentró en lo que el agente de la unidad le estaba contando.

Tres días a la semana, Ruiz acudía a una dirección a las afueras de Oviedo, incluso en alguna ocasión hasta dos veces al día. Tras comprobar los datos, habían averiguado que se trataba de una casa que había sido alquilada hacía tres años por una sociedad sin actividad mercantil.

—Y adivine quién aparece como socia y administradora única de la sociedad —dijo el agente que una hora antes había llamado a Castro para informarle de las novedades.

—Ilústreme, agente.

—Alina Góluvev.

—¡Vaya con la relaciones públicas! —exclamó Gutiérrez.

Castro se frotó la barbilla en actitud pensativa.

—¿La sociedad seguro que no tiene actividad?

—No, señor. Absolutamente ninguna.

—¿Y los pagos del alquiler?

—No se hacían a través de la sociedad —explicó el agente consultando sus notas—. Según el propietario de la vivienda, el primer día de cada mes recibía un ingreso en su cuenta bancaria.

—¿Transferencia bancaria?

—No, señor. Ingreso en efectivo.

—¿Y los gastos generales? ¿Agua, luz?

—Están incluidos en el precio del alquiler. El titular de los recibos es el propietario de la vivienda.

—Bien. Ya es hora de traer a Casillas y a Góluvev.

Castro se encaminó con paso decidido al despacho del comisario Rioseco. Llamó antes de abrir la puerta, más por inercia que por cortesía, pues no esperó a que el comisario le invitara a entrar.

—Comisario, ¿cómo va la orden de registro? —preguntó sin preámbulos.

—Buenos días, inspector —saludó con sarcasmo el comisario, mientras dejaba de lado los papeles que estaba leyendo—. Está solicitada a la juez Requena. Prometió agilizarla.

—Casillas y Góluvev están implicados en la muerte de Ruiz. Primero, sus huellas en el cuaderno manchado con la sangre de Ruiz y ahora esa casa, alquilada por Góluvev.

—¿Su cuartel de operaciones?

—Si no me falla el instinto, diría que sí. No creo que la tuvieran alquilada como vivienda de vacaciones. Comisario, necesitaremos una orden de registro también para la casa —pidió Castro temiendo que este se negara a molestar a la juez Requena por segunda vez en menos de una hora.

—Está bien —concedió Rioseco, a quien no le pasó desapercibido el gesto de sorpresa del inspector—. Confío en tu instinto, inspector. Rara vez te falla, y, habida cuenta de los últimos descubrimientos, yo diría que hay indicios más que suficientes para volver a molestar a la juez.

—Gracias, comisario.

El inspector salió del despacho y llamó a Gutiérrez.

—Jorge, a la sala. Vamos a ver todo lo que tenemos mientras la juez prepara las órdenes de registro. Trae el expediente completo.

Una vez allí, extendieron los informes sobre la mesa.

—A ver —comenzó Castro frotándose los ojos—, ¿qué tenemos hasta ahora? Empecemos por orden.

Gutiérrez abrió el informe del forense.

—Guzmán Ruiz apareció muerto en el polígono La Barreda, por emasculación. Presentaba una contusión en la nuca, lo que nos indica que el asesino o asesinos lo dejaron inconsciente antes de la... carnicería. La cantidad de sangre encontrada en el lugar donde estaba el cadáver parece indicar que lo mataron allí.

—Por lo que nos han contado, esa noche no estuvo en La Parada. De manera que se dirigía hacia el club, por la puerta trasera —continuó Castro—. ¿Por qué por la puerta trasera, si tenía acceso total al club?

—Para que no le vieran entrar —especuló Gutiérrez.

—O para que no vieran entrar a su acompañante, es decir, a su asesino. ¿Y eso qué nos sugiere?

—Que tenían una cita secreta con alguien dentro y querían pasar desapercibidos para los demás.

—Y que Ruiz conocía a su asesino o, cuando menos, confiaba en él, se sentía lo suficientemente seguro como para llevarlo a La Parada. Además, no había señales de lucha en el cadáver. La agresión le cogió desprevenido. El asesino es alguien a quien conocía —concluyó Castro.

—Además, hay otro detalle que me intriga —continuó el inspector—. La forma de matarlo y la posición del cuerpo. El asesino escenificó el crimen: en la calle, bocarriba, con los brazos en cruz, desnudo, con los testículos en la boca... lo dejó expuesto.

—Como si quisiera dejar un mensaje.

—De hecho, ha estado dejando mensajes desde entonces... la nota y el cuaderno con la sangre y las huellas de Casillas y Góluvev. Su muerte está relacionada con las tendencias sexuales de Ruiz. Creo que el asesino quiere que sepamos que era un pederasta. Y por eso lo mató.

—Entonces ¿tenemos que buscar a una posible víctima o a los familiares de una víctima? —preguntó Gutiérrez, quien no había dejado de apuntar las ideas expuestas en su cuaderno.

—Tenemos que investigar esa vía.

—¿Y los demás sospechosos? Casillas, Góluvev, Mateo Torres...

—No podemos descartar a ninguno, Jorge. Casillas y Alina Góluvev, como poco, sabían lo que se traía entre manos Ruiz y probablemente participaban en ello. Y Mateo Torres y su mujer tenían motivos para querer verlo muerto y, además, no tienen coartada. Eso por no mencionar que todos nos han mentido. Según Guadalupe Oliveira, Casillas no estaba en La Parada a la hora de la muerte de Ruiz, y Torres, si Hugo lo identifica, habría visto a la víctima el mismo día de su muerte.

—¿Y Victoria Barreda?

—Tampoco podemos descartarla. Vivía con un depravado. Estoy seguro de que conocía los tejemanejes de su marido. Pero ¿hasta qué punto miraba para otro lado? Y Ruiz, ¿la dejaba en paz a ella y a su hijo, como Barreda nos quiso hacer creer?

Castro dejó las preguntas en el aire y Gutiérrez las plasmó en su cuaderno. Cada vez había más señales de interrogación.

—¿Qué han dicho los vecinos de Barreda y Ruiz?

—Nada inusual o de utilidad. El matrimonio no daba que hablar. Discretos, de perfil más bien bajo. Rara vez se les veía juntos. Según los vecinos, Victoria Barreda se dedica a su hijo y a su hogar. Y Guzmán Ruiz apenas se relacionaba con el vecindario.

—Sigamos —pidió Castro.

—No podemos olvidarnos de los trabajadores de la empresa de Torres, inspector. El cierre tuvo que cabrear a más de uno.

—Apúntalo. A ver si esta tarde sacamos tiempo para ir a visitar a alguno de ellos.

Gutiérrez repasó el informe forense antes de continuar.

—En el cuerpo no se encontraron huellas ni rastros de ADN, a excepción de un pelo de gato. Tampoco se halló el arma del crimen que, por el corte limpio de las heridas, el forense dictamina que podría tratarse de un cuchillo de hoja lisa y muy afilada. Del tipo de un bisturí.

—El informe también dice que la emasculación fue limpia, hecha con precisión —añadió Castro.

Gutiérrez hizo un gesto de asco con la boca. Recordó las heridas de Ruiz y pensó que aquella imagen podía ser cualquier cosa menos limpia. El inspector retomó la palabra haciendo caso omiso del gesto de repugnancia de su compañero.

—El corte limpio y la precisión me despistan. ¿Alguien con conocimientos médicos? No sé cómo encaja eso en el puzle. —Castro se reclinó en la silla y cruzó los brazos sobre el pecho. Se sentía como en uno de esos juegos de escape en donde solo hay una salida y muchas puertas falsas que no llevan a ninguna parte—. Y el pelo de gato... Mateo Torres tiene gatos. Habría que coger una muestra y compararla con la hallada en el cuerpo.

El subinspector puso cara de póquer y Castro se quedó pensativo, mirando a algún punto más allá de la pared de aquella sala de entrevistas.

—Ruiz no presentaba drogas en el organismo. Pero sí una cantidad de alcohol importante —siguió repasando Gutiérrez.

—Toma nota de que tenemos que hablar con la dueña de La Cantina. Olivia Marassa dijo que Ruiz había estado allí tomando algo la tarde antes de su muerte.

—No hay testigos, a excepción de Guadalupe Oliveira y el conductor del vehículo al que vio y al que aún no se ha localizado. —Gutiérrez se metió el bolígrafo en la boca—. Aunque este pudo ser un testigo o el propio asesino.

—Suponiendo que quien conducía el vehículo fuera el autor del crimen, si la muerte de Ruiz ha sido fijada en torno a medianoche, ¿qué hacía el asesino en el lugar del crimen a las tres de la madrugada? —preguntó Castro.

—¿Volvió para recrearse? ¿Se le olvidó algo? ¿Perdió algo y volvió a recogerlo?

—Luego está el cuaderno con la nota y la sangre. Y la destinataria... Olivia Marassa. ¿Por qué ella?

La pregunta fue lanzada al aire más de forma retórica que para obtener una respuesta. Castro sabía perfectamente que el asesino quería una puesta en escena pública. Quería notoriedad y que se supieran las lindezas de Ruiz. Y Olivia Marassa era una herramienta fundamental para obtener la publicidad deseada. El problema era que la periodista no era dócil y, aun sin apenas conocerla, sabía que llevaría la investigación como a ella le pareciera mejor y no al ritmo que le marcara el autor del crimen. Porque a esas alturas, Castro estaba convencido de que quien había asesinado a Ruiz era la misma persona que había dejado el cuaderno en la puerta de la mujer y que había rajado las ruedas de su coche.

—Ahora que ya han acabado con él los de la Científica, en Delitos Tecnológicos tratarán de averiguar algo sobre su contenido, las anotaciones... Aunque si se fía de mi opinión, inspector, huele a prostitución infantil a kilómetros.

—Les va a encantar echarles el guante a Casillas y a Góluvev. Y a mí también. Dos mierdas menos en la calle —espetó Castro con tono despectivo.

El inspector comenzó a impacientarse. La juez Requena estaba tardando en extender las órdenes de registro. Se apoyó en la mesa y tamborileó los dedos sobre la superficie.

—Está bien —concluyó—. Hay que apretar a Casillas. Si estaban metidos en prostitución infantil, cosa que no dudo, se tenían que relacionar con gente peligrosa. Hay que conseguir nombres. Y si tenían negocios con ese tipo de gente y algo se torció, pudieron matar a Ruiz a modo de aviso para los otros dos.

—Es otra posibilidad. No obstante, sin hablar con Casillas, no tenemos más que conjeturas y pistas que no llevan a ninguna parte. —El subinspector Gutiérrez resopló y comenzó a ordenar, en sus correspondientes carpetas, todos los informes y fotografías que había extendido sobre la mesa, mientras configuraban un resumen de todas las evidencias.

Un agente llamó a la puerta y sin esperar respuesta asomó la cabeza.

—Inspector, Hugo está aquí.

Castro sonrió y se levantó de la silla.

—Dile que pase.

Un joven desgarbado y escuchimizado entró en la sala con paso rápido y fue directamente a palmear la espalda de Castro. Nada de abrazos, ni de sentimentalismos. Él no hacía esas cosas. Mostrar los sentimientos era de nenas. Hugo palmeaba la espalda o chocaba los nudillos cuando alguien le importaba. A la única persona a la que permitía un acercamiento físico más allá de lo formal era a su madre, y porque no le quedaba otro remedio, a riesgo de recibir una colleja.

Hugo sentía un afecto especial por Castro. Era lo más parecido a un padre que había tenido. Había cuidado de él y de su madre sin pedir nunca nada a cambio. Con el tiempo, Hugo había descubierto que el inspector le importaba hasta el punto de esforzarse en no decepcionarlo.

—¿Qué tal vas, chico? —preguntó Castro apretándole el hombro en señal de saludo, pues sabía que era reacio al contacto físico.

—Tirando —contestó sin perder la sonrisa—. Tengo poco tiempo, inspector.

—Acércate. Quiero que mires unas fotos y me digas si reconoces al hombre que viste discutir con Ruiz.

Castro extendió encima de la mesa las fotos de varios fichados, mezcladas con las de Casillas y Mateo Torres. Hugo se acercó a la mesa y miró las fotos con detenimiento.

—Es ese tío —dijo señalando la foto de Mateo Torres.

Castro y Gutiérrez se miraron.

—¿Estás seguro? —insistió Castro.

—Vaya que si lo estoy —confirmó.

—Bien, gracias, Hugo. Escucha, ahora vuelve al trabajo. Te llamo esta tarde, ¿de acuerdo?

—Lo que tú digas, inspector. Aunque creí que esto iba a ser más interesante. Tenía la esperanza de ver una rueda de reconocimiento o algo así.

—Tú ves muchas películas, chico.

Castro acompañó a Hugo a la salida. Estaba a punto de entrar en la sala otra vez cuando sonó el móvil. Era Olivia Marassa. Sintió un cosquilleo en el estómago y cuando descolgó el teléfono una sonrisa de satisfacción iluminó su rostro. Sonrisa que se borró de su rostro una vez que hubo escuchado a la periodista.

37

El inspector Castro no entendía una sola palabra de cuanto le estaba diciendo Olivia Marassa. La mujer no paraba de gritar incoherencias. Se alejó del murmullo de la comisaría, saliendo a la calle, para intentar oír mejor.

—Cálmate, Olivia. No te entiendo —pidió Castro.

—¡Está muerta! ¡Tienes que ir a su casa! ¡Está muerta! —gritó ella jadeando.

—¿Quién está muerta? ¿De qué hablas, Olivia?

—¡Victoria Barreda está muerta! —volvió a gritar a la vez que sollozaba de forma histérica.

El inspector Castro quedó paralizado.

—¿Cómo que Victoria Barreda está muerta? —Castro no daba crédito y su asombro se reflejó en su rostro. Se llevó la mano a la frente y enarcó las cejas de tal manera que casi rozaron el inicio del cabello.

—Alguien... alguien... me ha mandado una fotografía en la que aparece Victoria... cubierta... cubierta de sangre —balbuceó Olivia con histerismo.

—¿Quién te mandó la foto?

—¡No lo sé! —bramó Olivia fuera de sí.

—Está bien. —El inspector Castro intentó sonar tranquilo—. ¿Dónde estás tú? —preguntó preocupado por el estado emocional de la periodista.

—Sigo en Lugo. Pero ahora mismo salgo para allí.

—¿Estás en condiciones de conducir?

—Sí.

—Te llamo en cuanto sepamos algo.

El inspector Castro colgó el teléfono y entró en la comisaría corriendo. Irrumpió en el despacho de Rioseco sin llamar.

—Comisario, tenemos un problema.

Este levantó la vista del informe que estaba estudiando.

—¿Otro más? —preguntó con resignación, soltando el bolígrafo y cruzando las manos en actitud expectante.

—Me acaba de llamar Olivia Marassa. Alguien le ha enviado una foto en la que se ve a Victoria Barreda ensangrentada. Según la periodista, parece muerta.

Valentín Rioseco parpadeó.

—¿La crees? ¿No será una estrategia para marearnos en busca de una exclusiva?

—Comisario, estaba muy nerviosa. Y sería absurdo por su parte inventarse algo así. Deberíamos ir a casa de Victoria Barreda —pidió Castro.

—Llévate a Gutiérrez y a dos agentes más. Y llámame en cuanto sepas algo. Si es como dices, habrá que avisar a la juez.

—Sí, comisario.

Castro salió del despacho dando grandes zancadas. Sentía el pulso acelerado y un puño en la boca del estómago. Su instinto le decía que ya era tarde para la viuda de Ruiz.

—Gutiérrez, vamos. Vosotros dos, conmigo —ordenó dirigiéndose a su compañero y a dos agentes que se encontraban repasando datos en la pantalla de su ordenador—. Avisa a Miranda y a Montoro. Puede que les necesitemos.

El subinspector cogió su chaqueta y preguntó, a la vez que marcaba el número de la Científica.

—¿Qué ocurre?

—Tenemos otro cadáver.

38

El espectáculo era dantesco. El cuerpo de Victoria Barreda yacía en el suelo del salón, sobre un gran charco de sangre. No obstante, era evidente que no la habían matado en donde habían depositado el cuerpo, sino en el sofá, que aparecía cubierto en su totalidad por una gran mancha oscura. Si el cuerpo humano tiene cinco litros de sangre, Victoria Barreda los había perdido casi todos, además de los ojos y la lengua, que reposaban, como si de un adorno se tratara, sobre la enorme mesa de madera que presidía el comedor de la vivienda, justo al lado de un jarrón de lirios blancos que impregnaban la casa con un intenso olor dulzón.

Castro recorrió el cuerpo de la mujer con la mirada, intentando comprender la carnicería que tenía delante. Se estremeció al mirarle las cuencas de los ojos vacías y negruzcas por la sangre ya seca. Victoria Barreda, que hasta ese momento había sido sospechosa de encubrir a su marido, estaba tumbada bocarriba, con el cabello, apelmazado por la sangre, cuidadosamente colocado en forma de abanico, los brazos cruzados sobre el pecho, las manos entrelazadas y las piernas cerradas, en actitud piadosa, casi clemente. El asesino se había molestado en colocarla de manera que mantuviera cierta dignidad. ¿Una muestra de respeto? ¿O solo un mensaje? El inspector se acuclilló, con cuidado de no pisar la sangre, y examinó el cuerpo de cerca.

La mujer de Ruiz estaba vestida con una camisa beige y un pantalón de color chocolate. Castro se fijó en que iba calzada con unos zapatos de salón tipo *stiletto* en el mismo color que los pantalones. «Vestida para morir», pensó Castro con pesar. El rostro no mostraba señales de angustia, ni de miedo. La posición del cuerpo sugería placidez. Si no fuera por la sangre, que le recorría la barbilla desde la boca, y por la oquedad de las cuencas, parecería dormida.

Desde la llamada de Olivia los acontecimientos se habían precipitado. El descubrimiento del cadáver de la viuda de Ruiz no había hecho más que agrandar las lagunas que tenía el caso. Media hora después del hallazgo, la vivienda se había llenado de agentes de la Científica, coordinados por Montoro, que parecían hormigas sincronizadas en busca de huellas, muestras serológicas y las evidencias que pudiera haber en la escena del crimen. Nadie hablaba. Pero todos sabían lo que tenían que hacer de forma sistemática. Parecía una coreografía protagonizada por hombres vestidos con fundas blancas, que iban de un lado para otro de la casa aplicando polvos magnéticos para la extracción de huellas dactilares, con bolsas de pruebas, luminol, tubos de ensayo con anticoagulante, tiras adhesivas, papel absorbente y palillos de algodón. Coreografía eficientemente orquestada por Montoro, que se movía de un lado para otro con milimetrada diligencia, marcando pautas, haciendo observaciones, dando directrices a su equipo y supervisando el marcado y almacenaje de las pruebas para su traslado al laboratorio.

El único ruido que se oía era el del flash de la cámara fotográfica, cada vez que se disparaba para dejar constancia de aquel desbarajuste.

La juez Requena y el médico forense aún no habían llegado, de manera que tanto el cuerpo como los órganos extraídos no podían ser manipulados aún.

Gutiérrez estaba fuera de la vivienda, en donde se había concentrado una veintena de personas atraídas por el ruido de las sirenas y la llegada del coche fúnebre. También detectó la presencia de un par de medios de comunicación. «Carroñeros», pensó el subinspector con desprecio. En ese momento, distinguió a Mario Sarriá que intentaba abrirse paso hacia el cordón policial. Tenía el rostro desencajado y en cuanto localizó a Gutiérrez lo llamó a en voz alta.

Gutiérrez dio orden de que le dejaran pasar.

—Subinspector —dijo jadeando—, tengo que hablar con el inspector Castro. ¡Ahora mismo! —exigió el fotógrafo.

—Espere aquí y no se mueva —le ordenó Gutiérrez, dándose la vuelta y dirigiéndose al interior de la vivienda en busca de Castro.

Este aún se encontraba acuclillado junto al cuerpo de Victoria cuando el subinspector se acercó a él.

—Mario Sarriá está fuera. Quiere hablar contigo y parece nervioso —dijo Gutiérrez intentando no mirar el cadáver.

Castro se levantó y se dirigió a la salida.

—Señor Sarriá, ¿qué puedo hacer por usted?

Mario Sarriá le tendió el teléfono móvil.

—Olivia me ha pedido que le enseñe esto —explicó con urgencia.

Castro cogió el móvil y miró la imagen que ocupaba toda la pantalla. En ella se veía el cuerpo de Victoria Barreda tal cual lo acababa de contemplar hacía unos segundos. Con razón la periodista estaba tan alterada cuando lo llamó para avisarlo del posible asesinato de la mujer. Podía tratarse de un montaje, de una broma de mal gusto. Desgraciadamente, la foto era real y el cadáver, también.

—Me la mandó Olivia desde su móvil —explicó Mario—. Me pidió que se la trajera.

—¿Dónde está Olivia? —preguntó.

—Todavía no ha llegado —respondió el fotógrafo.

—Llámela y dígale que vaya a jefatura y me espere allí. Y no es una petición amistosa —resaltó Castro.

—La llamo ahora mismo. ¿Qué está pasando, inspector? ¿Por qué tiene Olivia la foto de Victoria Barreda muerta? —Mario Sarriá estaba nervioso, inquieto y su rostro mostraba una preocupación que el inspector Castro sentía como propia. No sabía las respuestas a sus preguntas. No sabía ni siquiera qué pensar. Le devolvió el móvil al fotógrafo. Necesitaba el de Olivia para tratar de rastrear la IP desde donde se había enviado la fotografía al móvil de la periodista. En realidad, necesitaba mucho más que eso. Necesitaba saber que Olivia estaba bien y que no corría peligro.

—Quiero que usted también vaya a jefatura —pidió Castro, haciendo caso omiso a las preguntas del fotógrafo—. Espérenme allí los dos. Y no se muevan hasta que yo llegue. No puedo garantizar su seguridad fuera de los muros de comisaría, ¿entendido?

—¿Cree que corremos peligro? ¿Olivia está en peligro? —La ansiedad de Mario iba en aumento.

—Ya no sé qué creer —confesó aspirando de forma larga y prolongada—. Pero el hecho de que su compañera esté en el punto de mira de un asesino no es buena señal. Haga lo que le digo.

Mario Sarriá asintió con la cabeza, sin insistir más y resignado ante el hecho de que, de momento, nadie le iba a dar explicaciones de aquella situación rocambolesca que estaba empezando a volverse peligrosa para su compañera.

El inspector Castro se encaminaba hacia el interior de la vivienda cuando hizo su aparición la juez Requena, seguida discretamente por su secretario y por el médico forense. La juez no traía cara de buenos amigos. Al llegar a la altura del inspector, se detuvo.

—Más tarde me tendrá que explicar qué motivos tenía para entrar por la fuerza en una vivienda particular sin haber solicitado siquiera una orden judicial. —Requena no estaba de buen humor—. Espero que tuviera un buen motivo porque, si no es así... me temo que está en un buen lío.

—Sí, señoría. —Castro no sentía ningún deseo de discutir con la juez y mucho menos en aquel instante.

—Y ahora, díganos qué tenemos —pidió la juez entrando en la vivienda y sin esperar respuesta.

El inspector suspiró y entró en la vivienda detrás de la juez y del médico forense, que se dirigió sin perder tiempo hacia el cuerpo.

—Recibimos un aviso del posible ataque a Victoria Barreda. Nos presentamos en la casa y la encontramos tal y como la están viendo. Ya estaba muerta cuando llegamos.

—Al doctor Flores ya lo conoce —dijo Requena mientras recorría con la mirada la actividad humana dentro de la casa—. Se encargó de la autopsia de Guzmán Ruiz.

Pero el doctor Flores ya no atendía. Se arrodilló junto al cuerpo, abrió su maletín y comenzó a sacar el instrumental para una primera inspección del cuerpo. Examinó las cuencas de los ojos y después abrió la boca del cadáver.

—Los ojos y la lengua están encima de la mesa. Nadie los ha tocado —informó Castro.

Flores levantó la vista primero hacia Castro y luego hacia la mesa. Se izó de su posición y se dirigió hacia donde le indicaba el inspector. No tocó nada. Se limitó a inspeccionar los órganos. Después se acercó al sofá y siguió el rastro de sangre que había dejado el cuerpo de Victoria al ser arrastrado. Volvió a acercarse al cuerpo con expresión ceñuda.

—Díganles a los agentes de la Científica que pueden procesar la mesa —señaló a la vez que sacaba de su maletín dos frascos dentro de los cuales introdujo, con sumo cuidado y haciendo uso de unas pinzas, la lengua y los ojos encontrados en la mesa.

Gutiérrez, siguiendo las indicaciones del médico forense, se aproximó a Montoro, quien asintió en silencio.

—Doctor Flores, ¿qué opina? —preguntó Requena al médico, que volvía a estar arrodillado junto al cadáver.

—A primera vista, por la lividez del cuerpo y la gran cantidad de sangre, diría que murió desangrada. Pero hay algo que me intriga. Aunque las heridas que presenta el cadáver son... brutales, no justifican tanta pérdida de sangre.

—¿Qué quiere decir? —repuso la juez.

—Que las heridas que presenta el cadáver no son suficientes para una hemorragia de tal magnitud —explicó a la vez que intentaba mover el cuerpo para comprobar la existencia de otras heridas—. Inspector, póngase unos guantes y ayúdeme a moverla —pidió.

Mientras Castro se hacía con los guantes, el médico forense fotografió el cuerpo.

Entre los dos lo movieron con mucho cuidado. El forense buscó bajo la ropa heridas abiertas o incisiones y le examinó la cabeza apartándole el pelo. No encontró nada.

—No puedo adelantar nada más. —Se levantó dirigiéndose a la juez, que se había mantenido en un segundo plano, observando al médico—. Evisceración ocular y lingual y gran pérdida de sangre.

—¿Ni la hora de la muerte? —inquirió Requena.

—De momento, no. Necesito tenerla en la mesa de autopsias. Lo siento —se disculpó Flores mientras se quitaba los guantes y recogía el instrumental dentro del maletín.

—¿Cuándo se pondrá con ella? —preguntó la magistrada con impaciencia mal disimulada.

—En cuanto llegue al Anatómico.

—Quiero que le dé prioridad absoluta —urgió Requena—. Es el segundo cadáver en menos de dos días. Necesitamos respuestas cuanto antes.

—Intentaré tener un informe preliminar a última hora de esta tarde.

La juez Requena ordenó el levantamiento del cadáver y después se acercó a Castro.

—Le veo en jefatura en quince minutos, inspector. Tenemos que hablar —ordenó la juez en un tono que no admitía réplica.

El inspector Castro buscó a Gutiérrez en cuanto la juez se hubo marchado.

—Jorge, tengo que volver a Oviedo. Necesito que te quedes y hables con los vecinos. Quizá alguno viera algo —suspiró—. Hoy va a ser otro día largo.

—Sí, jefe. ¿Se avecina tormenta?

—Más o menos. Habrá que capear el temporal como buenamente podamos.

De repente, Castro cayó en la cuenta de que Vitoria Barreda tenía un hijo y no había rastro de él.

—Jorge, ¿el hijo de Victoria Barreda?

—Estaba en el colegio. Una vecina ha ido a recogerlo.

—Llama a Asuntos Sociales. Hasta que avisemos a sus abuelos, tendrá que estar tutelado por ellos. Y hay que hablar con él. Estará muy asustado, pero hasta donde sabemos, él es el último que vio a la víctima con vida. Quizá notó si su madre estaba nerviosa o preocupada o puede que observara algo fuera de lo común.

—¿Es necesario, jefe? El chico tiene que estar conmocionado. Acaba de perder a su madre y a su padre.

—Lo es, Jorge.

Castro se dirigió hacia la salida. En cuanto abrió la puerta, maldijo interiormente la morbosa naturaleza de la gente. A pesar de que hacía más de una hora que habían llegado, la calle de la urbanización seguía atestada de curiosos. Parecía una romería.

—Jorge —llamó—, ordena que dispersen a la gente. Se acabó el circo.

Y sin esperar respuesta, salió al calor de aquel luminoso y soleado día de mediados de junio que hacía presagiar un verano muy poco típico del norte.

39

Mario Sarriá se encontraba en el despacho de Matías Adaro, quien no dejaba de pasear de un lado a otro como un león enjaulado. Se había quitado la chaqueta del traje y llevaba la corbata floja. Roberto Dorado, sentado junto a Mario, estaba lívido.

—¡La mujer de Ruiz, muerta! ¡Y Olivia paseando el culo por Galicia! —exclamó furioso el director del periódico—. ¡Llevábamos la voz cantante! ¡Y ahora se va todo al traste!

—No todo, Matías... De hecho...

—¡Cállate, Mario! —interrumpió Adaro—. No la defiendas más. Esta chica va a acabar conmigo. ¿Cuántos medios viste a la puerta de la casa?

—Tres o cuatro... pero escucha...

—Pero nada. ¡La noticia está aquí!

Adaro cada vez estaba más alterado. Estaba despeinado y parecía que los ojos fueran a salírsele de las órbitas.

—Autorizamos a Olivia a ir a Lugo. De hecho, la información de la estafa al Banco Galego es una información de primera. Tú mismo lo dijiste hace menos de una hora —contestó Dorado, a quien no le parecía justo el arrebato de Adaro contra la periodista, máxime recordando la llamada de Olivia desde Lugo y la euforia que había demostrado el director del diario con la información de la estafa financiera.

—La culpa es mía por transigir con las ideas peregrinas de esa chica —espetó el director cada vez más encolerizado.

—Las ideas peregrinas de esa chica te han dado muchos titulares, Matías, y nunca te he oído quejarte —saltó Mario, que no estaba dispuesto a que Adaro crucificara a Olivia por hacer su trabajo exactamente como se esperaba que lo hiciera.

—¿Quién iba a imaginarse que matarían a la viuda? —intermedió Dorado—. Si no fuera por eso, hoy volveríamos a abrir el periódico con una exclusiva.

—Pero ¡la han matado, Roberto! ¡Y no tenemos nada porque no estábamos donde deberíamos haber estado, que es en Pola de Siero!

Mario carraspeó y se removió incómodo en su silla.

—Sí, tenemos una exclusiva cuando Olivia autorice a publicarla. De hecho, aunque ella lo autorice, no sé si legalmente podremos hacerlo —dijo Mario.

Adaro se detuvo en seco y fue a sentarse detrás de su escritorio.

—¿De qué demonios hablas, Mario? —preguntó con voz contenida.

Roberto Dorado y Matías Adaro miraban fijamente al fotógrafo, que sacó el teléfono móvil del bolsillo, buscó la fotografía que le había enviado Olivia y se la enseñó al director del periódico.

—¡Por Dios Santo! —exclamó, entregándole después el teléfono a Dorado, quien se limitó a tragar saliva y a pasarse la mano por la frente.

Durante unos segundos, ninguno de los tres hombres abrió la boca. Adaro se mesó el cabello con talante nervioso, Dorado depositó el teléfono sobre la mesa y comenzó a jugar con un bolígrafo y Mario miraba a uno y otro en actitud expectante. Fue Mario quien rompió el hielo:

—Olivia está citada en jefatura. Estará al llegar. Y yo también. De hecho, ya debería estar allí. Solo he venido a enseñaros el material en persona.

—¿Os han citado a los dos? ¿La policía sabe que tenéis esta foto? —preguntó Adaro.

—Sí. —Mario tragó saliva. Era consciente de las implicaciones que conllevaba lo que iba a contar—. Fue Olivia quien avisó a la policía de la muerte de Victoria Barreda.

—Dios mío... ¿Pretendes decir que quien mató a esa mujer envió la foto a Olivia?

—La policía sospecha que sí. Necesitan procesar el móvil de Olivia.

Mario se cuidó de no hablarles del cuaderno que alguien había dejado en la puerta de Olivia, ni del ataque al coche de la periodista.

—Está bien. Pásame la foto por correo electrónico y vete a la comisaría —decidió Adaro—. Pero cuando salgáis de allí, quiero veros en mi despacho. A los dos —puntualizó.

—Bien —contestó Mario, a la vez que se levantaba de la silla—. Matías... alguien quiere convertir a Olivia en noticia. Y eso no es bueno.

—Nadie va a convertir a Olivia en noticia, Mario. Vete y luego hablamos.

El fotógrafo no estaba tan seguro de las palabras del director del periódico. Conocía demasiado bien los mecanismos del cuarto poder cuando se trataba de conseguir el mejor titular.

Cuando Mario se hubo marchado, Adaro llamó por línea interna a Carolina Vázquez y a Ángel Espín. El redactor jefe y la jefa de la sección de Regional entraron en el despacho. Carolina miró sin disimulo su reloj.

—Solo son las dos de la tarde. ¿No es muy temprano para una reunión de cambios? —preguntó la mujer con tono sarcástico, sin esperar a sentarse. Estaba acostumbrada a los cambios de última hora. Era el pan de cada día en el rotativo. Pero era en la reunión de las nueve de la noche donde se decidía la portada y se planteaban las posibles modificaciones, si es que las había. No antes de la hora de comer. Que el director del periódico los convocara con urgencia en su despacho a las dos de la tarde solo podía significar una cosa: algo muy gordo había pasado.

Adaro esperó a que los dos periodistas se sentaran. Abrió el correo electrónico y descargó la fotografía que Mario le acababa de enviar desde su teléfono móvil. En respuesta a la pregunta de Carolina, giró la pantalla del ordenador mostrándoles la imagen de Victoria Barreda, tirada en el suelo, con la mirada hueca y rodeada de sangre.

Carolina soltó un grito y se llevó las manos a la boca. Espín se desabrochó un botón de la camisa incapaz de articular palabra.

—Esto es lo que tenemos —comenzó Adaro—. Victoria Barreda fue encontrada sin vida hace apenas dos horas, en su casa. Olivia recibió esta foto en su móvil, antes de que encontraran el cuerpo. De hecho, ella dio el aviso a la policía del ataque a la mujer de Guzmán Ruiz. Todo parece indicar que se la mandó el propio asesino.

—¡Por el amor de Dios! ¿Y Olivia está bien? ¿Dónde está? —preguntó Carolina con preocupación.

—Olivia está llegando a la comisaría, si no ha llegado ya, para prestar declaración. Además, muy posiblemente le incauten el móvil para tratar de rastrear desde dónde se envió la imagen —explicó Adaro.

—¡Tenemos una bomba, Matías! —exclamó Espín emocionado y ya recuperado de la primera impresión.

—¡Por el amor de Dios, Ángel! —increpó Carolina indignada por la frivolidad del redactor jefe—. ¿Qué coño te pasa?

—¿No estarás pensando en publicarlo? —Esta vez fue Dorado el que habló dirigiéndose a Adaro, que observaba cada una de las reacciones de los periodistas.

Espín miró a Dorado con sorpresa, como si hubiera dicho una atrocidad.

—¿No pretenderás que metamos la foto en un cajón? —espetó Espín.

—Acabas de prometerle a Mario que no la publicarías, Matías —repuso Dorado, haciendo caso omiso de la provocación del redactor jefe.

—Lo que le prometí a Mario fue no convertir a Olivia en noticia, Roberto. Y eso lo voy a cumplir —contestó el director con tono contenido.

—Pero ¡es inmoral! ¡Esa mujer tiene familia, tiene un hijo pequeño! —imploró Dorado perdiendo los nervios.

—¿Desde cuándo tienes la moralidad tan sobrevalorada? —preguntó sarcásticamente Espín.

—Yo estoy con Roberto —defendió Carolina intentando parecer más tranquila de lo que en realidad estaba—. No podemos publicar la foto de esa mujer. Es indigno siquiera que lo estéis pensando.

—¿Por qué? ¿Porque está muerta? —insistió el redactor jefe—. ¿Sería más digno describir lo que le han hecho con palabras? ¿Es menos moral la imagen que las palabras? ¡Sois unos hipócritas!

Ángel Espín estaba acalorado y no dio muestras de ocultar la indignación que le provocaba tanta sensiblería por parte de sus compañeros.

—¡Basta! Lo primero que vamos a hacer es convocar al departamento jurídico. Más allá de consideraciones morales o éticas, tenemos que valorar las implicaciones legales que pudiera tener para el periódico la publicación de esta imagen —sentenció Adaro.

—Entonces ¿para qué nos has convocado? —preguntó Espín desconcertado—. Sabes de sobra lo que dirán esos abogados, que no tienen ni puta idea de lo que es vender un periódico.

—Para que mantengáis en previsión la historia, incluida la foto. Reservad el espacio en primera, una página a color, pero tened preparado un plan B, en el caso de que nuestros abogados desaconsejen su publicación —concluyó el director del periódico en un tono que no admitía réplica—. Seguiremos hablando en la reunión de última hora.

Espín hizo amago de protestar, pero se contuvo. Carolina Vázquez y Roberto Dorado se limitaron a asentir con la cabeza. Dorado se levantó bruscamente y salió del despacho dando un portazo.

—Carolina... habla con él. Quiero discreción. No comentéis nada con nadie, ¿estamos? —ordenó el director del periódico, dando por concluida la reunión.

Matías Adaro levantó el auricular del teléfono y llamó al departamento jurídico, por segunda vez en menos de una hora. Los despachos del equipo de abogados se encontraban en el mismo edificio que la redacción, una planta más arriba, aunque él evitaba subir a aquella zona del edificio.

—Óscar, soy Adaro. Necesito que vengas a mi despacho con urgencia. Tenemos un problema de cojones.

Adaro se quitó la corbata. Había empezado a sudar. Decir que aquel era un problema gordo era quedarse corto. Sabía que el departamento jurídico era más papista que el Papa cuando se trataba de proteger los intereses legales del rotativo. Intereses que chocaban directamente con los de redacción que, por norma general, eran menos arcaicos, en aras de la necesidad impuesta por el consejo de dirección de vender periódicos y quitarle zonas de venta a la competencia.

Adaro trataba de mantenerlos alejados de la redacción todo cuanto le era posible.

Pero, en esta ocasión, prefería sentirse como Poncio Pilatos y lavarse las manos.

Aquella foto era una patata caliente. Y estaba deseando pasársela a los chupatintas del periódico. Que ellos decidieran si aquella imagen se convertía en ríos de tinta o en ríos de sangre.

40

El ambiente en el despacho de Rioseco estaba cargado de tensión. Dolores Requena estaba sentada muy erguida frente a la mesa del comisario. A su lado, con gesto cansado, Castro escuchaba a la juez sin poder quitarse de la cabeza el cadáver de Victoria Barreda y a Olivia Marassa. Aún no había llegado. Estaba preocupado. Más de lo que quería reconocer. Calculó la hora a la que lo había llamado para avisarlo de la muerte de la viuda de Ruiz. Aún estaba en Lugo cuando hizo la llamada. Habían transcurrido más de dos horas. Tenía que estar a punto de llegar. No podía dejar de pensar en lo alterada que se mostró. ¿Estaba en condiciones de conducir? Se maldijo por no haber pensado en la posibilidad de que la periodista estuviera demasiado conmocionada para conducir sola más de doscientos kilómetros.

—... me gustaría oír una explicación, comisario.

La voz de la juez y el carraspeo de Rioseco sacaron a Castro de sus reflexiones.

El comisario volvió a carraspear. Cogió aire y con voz tranquila expuso lo acontecido desde que el inspector recibiera la llamada de Olivia Marassa. La juez escuchaba con gesto impasible.

—Estamos ante una situación muy irregular, comisario. Existen unos procedimientos judiciales y nada justifica que sus hombres se los salten a la torera.

—Señoría, considero que la situación estaba más que justificada —protestó el inspector Castro.

—¿Usted cree? —Requena se giró mirando a Castro con gesto severo—. ¿Y si hubiera sido una falsa alarma o una broma? Estamos hablando de un allanamiento.

—Pero ¡no lo era! ¡Victoria Barreda estaba muerta! —Castro elevó el tono de voz.

—¡Inspector! —atajó el comisario—. Tu ímpetu y esfuerzo para resolver este caso es encomiable. Pero su señoría tiene razón.

—Comisario... —intentó protestar Castro.

Rioseco levantó la mano acallando al inspector.

—En todo caso, señoría, la responsabilidad es mía. Yo di la orden a mis hombres de intervenir.

—Comisario, por lo que estoy viendo, se nos acumula el trabajo a usted y a mí —señaló la juez suspirando—. Que les sirva de advertencia. Los procedimientos están para cumplirlos y los cauces legales, por poco que les gusten, también. Y ahora no perdamos más el tiempo. Tengo dos órdenes judiciales de registro.

La juez Requena sacó de una carpeta de piel los mandatos y se los entregó al comisario.

—Traigan a Germán Casillas y a Alina Góluvev, exprímanles y pongan ese club y la vivienda de Oviedo patas arriba —ordenó la juez.

Rioseco salió del despacho para dar las órdenes pertinentes.

—Y ahora —retomó la palabra Requena—, vamos al grano. Inspector, usted fue el primero en llegar a la escena del crimen. ¿Qué vio?

—Cuando llegamos, tanto la puerta que da acceso a la finca como la puerta principal de la casa estaban abiertas. No vimos a nadie por los alrededores.

—¿Qué hora era?

—La llamada de Olivia Marassa se produjo a la una y cuarto pasadas. Nosotros llegamos al domicilio de la víctima en torno a la una y media. —Castro hizo una pausa para ordenar sus ideas—. Enseguida vimos que Victoria Barreda estaba muerta. La casa estaba ordenada. Quien fuera no revolvió nada. Llamamos al comisario, este a la Científica, a usted y al médico forense.

—¿Cree que este asesinato está relacionado con el de su marido?

—No me cabe la menor duda —respondió Castro sin pararse a pensarlo—. Victoria Barreda sabía de las acciones delictivas de su marido. Y miraba para otro lado.

—¿Está seguro de eso?

—No —admitió el inspector—. Ella no lo reconoció cuando la interrogamos. Pero estoy seguro de que sabía más de lo que nos contó.

—No es suficiente.

—Señoría, al principio pensé que el asesinato de Ruiz podía estar relacionado con sus tendencias delictivas. Es más, llegué a pensar en un ajuste de cuentas. Si se dedicaba a la prostitución infantil...

—Hecho que aún hay que demostrar —le interrumpió la juez.

—Hay bastantes evidencias, señoría. El cuaderno es una de ellas.

—Siga.

—Como decía, si se dedicaba a la prostitución infantil, tuvo que relacionarse con gente de mala calaña y sin escrúpulos. Un negocio que salió mal, que tratara de engañar a la gente equivocada, chantaje... Es gente que no se anda con bobadas y es de gatillo fácil.

Castro tomó aire y cambió de posición en la silla.

—Continúe, inspector —le animó Requena.

—Pero ahora, empiezo a pensar que es algo personal. Es más, hoy hemos sido testigos de una meticulosa puesta en escena.

—¿A qué se refiere?

—A Victoria Barreda le sacaron los ojos y le cortaron la lengua. Creo que la mataron porque vio lo que hacía su marido y calló, cuando tendría que haber denunciado. Pero el asesino, en el último momento, o bien sintió remordimientos o compasión por ella. De ahí la cuidadosa colocación del cuerpo.

—En cambio, con Guzmán Ruiz hubo más ensañamiento —apostilló Requena.

—Con Guzmán Ruiz no hubo remordimiento ni compasión, señoría. Al contrario, el asesino quiso degradarlo, deshumanizarlo. Lo dejó expuesto a propósito.

La magistrada no había dejado de tomar nota de cuanto estaba planteando el inspector. Se tomó un tiempo para hacer la siguiente pregunta:

—Y, ¿qué pinta Olivia Marassa en todo esto?

—No lo sé, señoría. Se ha visto en medio sin ella pretenderlo.

—Me cuesta creer esa falta de pretensión por su parte a la que hace referencia, inspector. Conozco un poco la trayectoria profesional de la señorita Marassa y le aseguro que es un perro de presa cuando se trata de conseguir una noticia.

—En este caso, el protagonismo le ha venido impuesto —rebatió Castro—. Le dejaron el cuaderno en la puerta de su casa anoche. Esta mañana ella tenía planeado ir a Lugo, para investigar el pasado de Guzmán Ruiz, y su coche apareció con las ruedas rajadas. Y ahora la fotografía del cuerpo de Victoria Barreda.

Dolores Requena arqueó las cejas. Desconocía que habían atentado contra la periodista.

—¿La señorita Marassa necesita protección, inspector?

—No lo sé. No sabemos quién rajó los neumáticos. Pudo ser el autor de los crímenes, pero pudo ser también una fuente enfadada o alguien a quien cabreara con alguno de sus artículos.

—En cualquier caso, está en el punto de mira y eso, inspector, y más tratándose de una periodista, es peligroso para la investigación. Y para ella, también.

—Señoría, estoy casi convencido de que quien le ha estado dejando pruebas del caso no pretende hacerle daño.

—¿Y qué pretende en su opinión, inspector? —El tono de Requena distaba mucho de ser agradable. Se encontraba ante un caso complicado, con dos muertes en poco espacio de tiempo, escasas evidencias y pocas pistas, y los medios de comunicación llevaban casi dos días con titulares del «asesino del polígono». Lo que no necesitaba era una periodista, con fama de no tener escrúpulos a la hora de conseguir una noticia, metida en el mismo epicentro del caso y en posesión de pruebas cruciales para la investigación. Dolores Requena empezaba a sentir ardores de estómago y dolor de cabeza solo de pensar en las consecuencias si aquello llegaba a saberse.

—Que lo haga público.

—¡Estará de broma! —La juez elevó el tono de voz. Sonó como una soprano desafinada que no hubiera calentado la voz.

—Me temo que no. —El inspector Castro deseaba estar equivocado pero, después de lo de ese día, estaba convencido de que la misma mano que había matado a Guzmán Ruiz y, casi con toda probabilidad, a Victoria Barreda, había informado a Olivia con el único fin de que lo publicara. Era un plan osado e inteligente si el objetivo era desacreditar a Guzmán Ruiz. Y cada vez estaba más convencido de que el propósito era ese—.

Me atrevo a afirmar que el autor de los crímenes es la misma persona que envió el cuaderno y la foto a Olivia Marassa. Y la elección de la periodista no ha sido al azar.

—¿Qué quiere decir? —Requena cada vez estaba más inquieta.

—O bien la conoce o bien conoce su reputación de... como dice usted... perro de presa.

—No voy a consentir que se filtren esos datos, inspector. Hay un secreto de sumario implícito en la investigación.

—Lo sé, señoría. No es necesario que me lo recuerde —se defendió Castro, molesto por la nada sutil insinuación de la magistrada—. No obstante, Marassa no ha hecho intención de hacer público nada de lo mencionado. Bien podría haber publicado la existencia del cuaderno y no lo ha hecho. Creo que está asustada.

—Mejor. Un poco de miedo en el cuerpo no le vendrá mal. Y a nosotros, tampoco.

Dolores Requena se tomó unos segundos para reflexionar. Necesitaba atar en corto a Marassa mientras durase la investigación. Y la ocasión le brindaba una oportunidad de oro.

—Quiero que la vigile —ordenó tras meditar todas las opciones posibles.

—Está bien. Hablaré con el comisario. Destinaremos una dotación.

—No —contestó con rotundidad la juez—. Quiero que la vigile usted personalmente.

Castro se sobresaltó por la propuesta de la juez. No era un poli de guardería, ni una niñera, ni tenía tiempo para custodiar a una periodista entrometida que, desde que la conocía, no le había traído más que quebraderos de cabeza. Y el gesto de su rostro debió de traslucir todos esos pensamientos, uno tras otro y sin pausa, porque la magistrada se apresuró a decir:

—Ha habido filtraciones internas desde que comenzó esta investigación —argumentó Requena de forma calmada y dando énfasis a la palabra «filtraciones»—. No sabemos quién es el desafortunado agente que se ha ido de la lengua. No podemos permitirnos más deslices de ese tipo. Si no fuera del todo necesario no se lo pediría, inspector.

—Pero... —intentó protestar Castro.

—En estos momentos y en vista de la repercusión y de la envergadura del tema que tenemos entre manos, solo me fío de usted para tal cometido, inspector.

—Mi equipo es de confianza, señoría.

—Y no lo dudo —respondió Requena, entrelazando las manos por encima de la mesa y dejando entrever una impasibilidad corporal que decía a kilómetros «no voy a tolerar un no por respuesta»—. Pero, para este asunto, el más indicado es usted.

—¿Y qué tendría que hacer? —preguntó resignado a la autoridad de la mujer que tenía delante.

—Tenerla cerca. No hace falta que la engañe. Ha sido objeto de un ataque. Es motivo suficiente para que tenga vigilancia y protección policial. Conviértase en su sombra.

—¿Y la investigación? —repuso Castro incrédulo por el giro de la conversación.

—Tiene un equipo de primera y, como ha dicho, de fiar. —Era una afirmación que no admitía réplica—. Delegue, inspector. Coordine la investigación. Pero no es necesario que baje al ruedo. Al menos, en las instrucciones preliminares. No sé si me he explicado con claridad.

—Claro y meridiano —contestó Castro con sorna.

—En ese caso y si me disculpa —dijo la juez levantándose con gesto cansado—, presiento una tarde más que movida. Regreso al juzgado.

Castro se despidió de la juez y maldijo interiormente a Olivia Marassa. «Maldita periodista», pensó cada vez más enojado. Nunca se había permitido influencias externas que pudieran abstraerle de su cometido como policía del Grupo de Homicidios. Por eso no estaba casado, ni tenía pareja ni ganas de tenerla. Hubieran supuesto distracciones que, en determinados momentos, no se podía permitir. No le gustaba dar excusas ni tener que dar explicaciones cuando su trabajo le absorbía tanto que ni dormía, ni comía, ni aparecía por su casa en días. Su vida era su trabajo. Y no permitía invasiones de ningún tipo. Olivia Marassa era ahora una invasión. Tendría que dejar las entrevistas y la toma de declaraciones a Gutiérrez y al resto del equipo porque él estaría cuidando de una periodista que no sabía estarse quieta.

«¡Maldita Olivia! Ya tendrías que haber llegado. Ni que volvieras en bicicleta», se dijo, mirando su reloj, antes de encaminarse a la máquina del café, con semblante serio y preocupado.

41

Olivia no estaba segura de cómo había llegado a la Jefatura Superior. Después de recibir la fotografía y de hablar con el inspector Castro, había comenzado a correr hacia el coche. Los transeúntes la miraban como si estuviera loca. Y probablemente la cara que mostraba mientras atravesaba el casco antiguo de Lugo, desencajada por la impresión de haber visto a Victoria Barreda desmadejada, ensangrentada y muerta, era lo más parecido a la de una desquiciada.

Mientras corría hacia el coche notaba en la garganta un regusto a óxido. Olivia siempre había pensado que así debía de ser el sabor de la sangre. Cuando estudiaba la carrera de Periodismo en Madrid, solía salir a correr a primera hora de la mañana. El ejercicio le sentaba bien, tanto a nivel físico como a nivel mental. Cuando corría, concentrada en el ritmo, en las pulsaciones, sin ninguna distracción más allá de la música que, a veces, escuchaba conectada a su móvil, su cuerpo se convertía en una máquina de precisión en donde solo había lugar para la respiración. Desconectar, desconectar. Un paso, otro. Izquierda, derecha. Unos metros más. Venga, Olivia, hasta el siguiente cruce. Cualquier problema, el estrés por los exámenes, la frustración por haber sido tan tonta de enrollarse con aquel tío y esperar a que luego la llamara para tomar un café... todo desaparecía. Todo excepto el sabor metálico que notaba en la garganta —Olivia fantaseaba que era la sangre que, harta de oxigenar aquel cuerpo acelerado, pugnaba por salir por el primer orificio que encontrase—, el bombeo del corazón que le subía hasta las sienes y, cuando empezó a fumar, la quemazón de los pulmones. Pero tras la carrera, su mente se reseteaba y su cuerpo se convertía en un recipiente dócil y relajado.

Ahora no fantaseaba. Lo notaba en la garganta y en la boca. El sabor metálico no era producto del vómito al ver la fotografía de Barreda. Era su sangre que empujaba con todas sus fuerzas hacia su cabeza. Notaba el bombeo a la altura de los ojos y de las sienes. Se le nublaba la vista y las piernas le temblaban. Pero aquel cuerpo suyo había tomado el mando y la obligaba a correr como en su vida lo había hecho. Corría, un pie, otro, más rápido..., pero ella se sentía como una espectadora, sin control, obediente a las órdenes que su cerebro enviaba a sus extremidades inferiores para acortar la distancia hasta su coche.

Cuando se sentó al volante, apenas podía respirar. La voz le salía entrecortada cuando llamó a Mario para pedirle que le llevara al inspector Castro la foto que acababa de mandarle por WhatsApp. No le dio ninguna explicación. No tenía tiempo para eso.

Arrancó el vehículo y puso rumbo a Oviedo. Cuando paró el coche delante de la jefatura fue como si despertase de un trance. Ya había llegado. Pero ¿cómo? Solo recordaba haber sorteado el tráfico entre maldiciones e improperios, pues todos los vehículos de Lugo parecían haberse puesto de acuerdo para ponerse a circular justo en el momento en el que ella quería salir de la ciudad. En cuanto se alejó del centro, su cerebro, de forma automática, se había puesto a los mandos del coche.

Mientras Olivia subía las escaleras recordó el radar de tramo a la altura de Mondoñedo o ¿era casi llegando a Lugo? «Mierda —pensó—, estar está y me lo he comido fijo.»

Olivia apartó de su mente la futura multa por exceso de velocidad en cuanto vislumbró a Castro y su rostro descompuesto. Él, nada más verla, fue a su encuentro con semblante entre preocupado y malhumorado.

—Pensé que no llegabas —le espetó el inspector mientras la cogía por el brazo y la conducía hasta la sala donde la había interrogado el día anterior.

—Gracias por la preocupación. He venido en cuanto he podido dejar de vomitar. Estoy sin comer y son casi las cuatro —protestó Olivia cabreada por la brusquedad del policía.

—Perdona. —Castro suavizó el tono dándose cuenta de que el malestar que sentía no era culpa de Olivia. Estaba preocupado por ella y eso le enfurecía más de lo que estaba dispuesto a reconocer, eso sin contar la tarea que le acababa de encomendar la juez Requena. Necesitaba distancia con la periodista y no pegarse a ella como una lapa, que era precisamente lo que iba a tener que hacer en las siguientes horas o días. Por un lado, le atraía la idea de conocer mejor a aquella mujer cabezota, imprevisible e incontrolable. Pero, por otro, le aterraba. No quería ni necesitaba perder la cabeza por nadie. Y temía que si se acercaba demasiado a ella acabaría quemándose—. Déjame tu móvil, por favor. Hay que procesarlo —pidió de la forma más amable de la que fue capaz.

Olivia sacó el teléfono del bolso y se lo dio. Castro abrió el correo electrónico y entró directamente en el que le habían enviado a Olivia con la foto. Era un correo con un breve texto «¿Qué más necesitas para contar la verdad? No has utilizado el cuaderno. Seguro que esto te gusta más», con la foto como único adjunto y en el asunto, en letras mayúsculas, «IMPOR-

TANTE. PUBLICAR». Eso le daba a Castro la razón: quien estuviera detrás de aquellos mensajes quería a Olivia viva y escribiendo. Al menos, de momento. Aun así, ese convencimiento no consiguió tranquilizarlo. La dirección desde la que se había enviado —lajusticianosciega@gmail.com— con toda probabilidad había sido creada de forma expresa para enviar la fotografía. El inspector dudó que rastreando el correo se pudiera obtener algún dato útil. Cualquiera podía crearse una cuenta de Gmail, con datos falsos y para un único uso. La única esperanza era saber desde dónde se había enviado el correo electrónico.

—¿Tardarán mucho? Necesito el móvil para trabajar.

Castro salió de la sala con el móvil en la mano sin pararse a contestar a Olivia. Era fundamental que en Delitos Tecnológicos rastrearan la IP desde donde se había enviado la imagen.

—Cuéntame todo desde el principio —pidió cuando hubo regresado a la sala.

—No hay mucho que contar. Acababa de salir de hablar con el director de un banco. Estaba tomándome un más que merecido vino cuando me entró un correo electrónico en el móvil. Lo abrí, vi la foto, vomité y te llamé. Por ese orden. —Olivia estaba cansada y con ganas de irse a casa. Tenía mucho que hacer y no quería pasar la tarde en comisaría dando explicaciones.

—Imagino que no conoces al remitente —señaló Castro obviando el sarcasmo de la periodista.

—No. No está en mi libreta de direcciones. ¿La justicia no es ciega? Suena bastante a *vendetta*, ¿no crees?

Castro no hizo comentarios. La periodista tenía razón. Alguien se estaba tomando la justicia por su mano. Pero ¿de qué se vengaba? ¿Una estafa empresarial? ¿Un engaño? ¿Una transacción que salió mal? ¿El abuso de un niño? Había demasiadas opciones y muy pocas pistas.

—¿Sabes dónde está tu compañero? Le había citado aquí y aún no le he visto el pelo.

Olivia se mordió el labio inferior y bajó la mirada.

—Mario está en Gijón, en la redacción del periódico.

—¿Y qué demonios hace allí?

—Yo le pedí que fuera... con la foto.

—¡Por Dios santo, Olivia! —estalló Castro levantándose de la silla con brusquedad—. ¿Estás loca? ¡Cómo se te ocurre! ¡Estás violando el secreto de sumario de una investigación en curso!

—¡Eh! Yo no estoy violando nada, puesto que no pertenezco a la investigación. Y todos los datos que manejo, inclusive esa foto, los he conseguido por mi cuenta, al margen de la investigación oficial.

—¿Eres consciente de la que se puede liar si publicas esa foto?

—No pienso publicarla, inspector. Nunca he tenido intención de hacerlo. Sería inmoral, por no decir rastrero.

Castro estaba perplejo. Aquella mujer lo estaba volviendo loco.

—Yo me debo a quien me da de comer —continuó Olivia ante la mirada atónita del policía—. Si llegara a saberse que estoy en posesión de esa imagen y que se la oculté al periódico, podría costarme el puesto.

—Pero la publicarán, Olivia.

—No lo harán —rebatió ella convencida.

—¿Cómo estás tan segura? —preguntó Castro con escepticismo.

—Porque el departamento jurídico del periódico no lo permitirá. Si se publica esa foto, *El Diario* estaría violando, como poco, el derecho a la intimidad de la víctima. Se arriesgaría a una demanda de las gordas. Y si lo sé yo, créeme que los abogados del periódico también. —Olivia se masajeó las sienes con los dedos. Tenía ojeras y el tono apagado de la piel decía a gritos que el cansancio había hecho mella en ella—. Yo he hecho mi trabajo y he cumplido con mi deber entregando el material. Ahora, los abogados harán el suyo. Y aquí paz y después gloria. Todos contentos y nadie perjudicado.

—Espero que tengas razón. Por tu bien y por el mío.

—Conozco los mecanismos del periódico, inspector. Confía en mí.

—Está bien. ¿Qué has conseguido en Lugo?

—Pues no te vas a creer lo sinvergüenza que era Guzmán Ruiz.

—Me hago una idea.

Olivia le contó con detalle la estafa que había urdido Ruiz al Banco Galego durante años y la desaparición del dinero, una vez descubierto el fraude.

—Pero Ruiz no tenía antecedentes penales.

—Porque nunca se denunció. El banco corrió un tupido velo por miedo al escándalo y a las repercusiones que hubiera tenido para la entidad. Despidieron a Ruiz y restituyeron, de forma discreta, el dinero en la cuenta de los clientes.

—¿Hubo algún damnificado por la estafa, además del propio banco?

—No. El único cliente conocedor del hecho, que fue gracias al que se descubrió el pastel, fue indemnizado por el banco. Pero hubo despidos. El anterior director de la entidad fue despedido.

—¿Cuándo ocurrió esto?

—Hará cuatro años. Fue el motivo por el que Ruiz regresó a Pola de Siero.

—Es otra espita más.

—¿Después de cuatro años? ¿En serio? La venganza se sirve fría, pero en este caso estaría helada. Y, ¿por qué atacar a su mujer? No tiene sentido.

Castro se frotó los ojos. Ciertamente no tenía sentido. Pero nada en aquel caso lo tenía. Normalmente hubieran investigado al entorno más cercano de la víctima, es decir, familia y amigos. Pero Ruiz no tenía entorno más allá de su mujer, que ahora también estaba muerta, y su hijo. En cuanto a amigos, Germán Casillas, más que un amigo, Castro lo consideraba un socio en el negocio de prostitución infantil, que casi con toda seguridad regentaban entre los dos. La unidad de Delitos Tecnológicos ya estaba informada y, si bien ni Ruiz ni Casillas aparecían en ningún listado de pederastas ni pedófilos, el material encontrado en el ordenador de Ruiz, sumado al cuaderno con lo que parecían transacciones de menores, daba una idea bastante clara de lo que se traían entre manos.

—... y esto lo voy a publicar.

La voz clara y contundente de Olivia sacó a Castro de sus meditaciones.

—¿Que vas a publicar el qué? —preguntó Castro a la ofensiva.

—Lo de la estafa al banco. Esa información es mía y va a ser parte de lo que publique en la edición de mañana —señaló Olivia levantando la barbilla en actitud desafiante.

—Me gustaría que no lo hicieras. Pero... como dices, esa información es tuya y no seré yo quien te impida... en fin, hacer tu trabajo.

El inspector Castro hizo un ademán con la mano en señal de resignación.

—Y tú, ¿qué me puedes contar sin violar el secreto de sumario? —inquirió Olivia.

El inspector soltó una carcajada.

—Absolutamente nada, Olivia.

—Vamos... te he proporcionado una pista importante... dos, de hecho, si tenemos en cuenta el cuaderno que te traje ayer. No he publicado ni eso, ni voy a publicar la foto. Dame algo que pueda contar sin comprometerte y sin poner en peligro la investigación. ¿Se sabe la hora de la muerte? ¿La causa? ¿Hay algún sospechoso?

—Solo sabemos lo que tú ya sabes. Que Victoria Barreda está muerta. Asesinada. Como su marido. No conocemos la causa de la muerte, ni el motivo, ni evidencias de momento.

Olivia resopló. «Este hombre es insufrible», pensó.

En ese momento, asomó la cabeza Gutiérrez.

—Inspector, Mario Sarriá acaba de llegar. Y necesito hablar contigo. Es importante.

Castro se levantó y salió de la sala.

—Tengo a una testigo que asegura haber visto a un hombre a primera hora de la mañana delante de la puerta de la casa de Victoria Barreda —soltó Gutiérrez bajando la voz—. Es una vecina. Ha quedado en venir esta tarde a dar una descripción detallada.

—Bien. Al fin, algo de luz. Avisa al comisario mientras yo acabo con la periodista. ¿Sabes cómo van los registros?

—Solo sé que ya traen a Casillas y a Góluvev.

—Perfecto. Que los bajen al calabozo y avisa a los de Delitos Tecnológicos. Dile al fotógrafo que pase.

—Se te acumula el trabajo, jefe.

—No sabes hasta qué punto —respondió Castro pensando en la nochecita que le esperaba como poli de guardería.

42

En el mismo momento en el que Castro intentaba meter en vereda a Olivia y a Mario, un angustiado Germán Casillas era conducido en un zeta a la Jefatura Superior de Asturias. Decir que sudaba era quedarse corto. Todo su cuerpo transpiraba, impregnando el coche de un olor agrio y denso. El olor del miedo.

En su cabeza se agolpaban todas las posibilidades, que no eran muchas, de salir impune de aquella situación. Su corazón galopaba, respiraba con dificultad y era incapaz de centrar la mente en lo importante: tejer una mentira creíble y demostrable. Eso no sería un problema. Hablaría con su abogado y este hablaría con sus chicas. Pero estaba Alina. Alina no era dócil. Y tampoco leal. La única lealtad que conocía era la del color del dinero.

Habían encontrado el cuaderno. Los dos policías que lo habían esposado le acusaron de prostitución infantil y trata de menores. Le habían mirado con asco y desprecio. Pero no podrían demostrar nada. No podían relacionarlo con el negocio que tantos beneficios le había reportado en los últimos años. «Maldito Guzmán», pensó Casillas. En el cuaderno no aparecían nombres. La idea de utilizar nombres de muñecas para los menores y de personajes masculinos de cuentos infantiles para los clientes había sido brillante. Nadie podría relacionar al inocente Geppetto con el primogénito de la cuarta generación de la ilustre familia Torosona, filántropos, mecenas del arte asturiano, industriales de éxito desde tiempos de Alfonso XIII; ni a Bestia, con el diputado en la Junta General del Principado por Izquierda Liberal, o a Portos, con el accionista mayoritario de la empresa más importante a nivel nacional, con sede central en Asturias, de energías renovables. La lista de hombres de renombrada reputación asociados a un personaje de ficción infantil era larga en aquel cuaderno. Sería un escándalo si se llegaran a relacionar los nombres reales con sus degenerados álter ego.

Y luego estaban las pruebas que había atesorado durante aquellos años como seguro de vida contra Ruiz y contra toda aquella clientela, que tenían tanto de ricos y afamados pilares de la sociedad como de depravados. Nadie sabía de su existencia. Ni siquiera Alina. Y estaban bien escondidas en su despacho, a la vista de todo el mundo en realidad, pero ni siquiera la policía sería capaz de encontrar el escondite.

Casillas transpiraba por cada poro de su piel. Le corría el sudor por la frente, por las axilas. Lo notaba bajar por la espalda y por la oquedad allí donde acababa su pecho y empezaba la curva de su cada vez más prominente barriga.

Pero al menos había esperanza. No le llevaban detenido por asesinar a Ruiz. De eso, los agentes no habían dicho nada. Solo por el cuaderno. Solo por el cuaderno. «Venga, tranquilo. Esto tiene fácil solución. Cara, pero fácil», pensaba Casillas para darse ánimos mientras el zeta llegaba a las dependencias policiales.

Ánimos que se le atragantaron en cuanto vio a Alina, que bajaba de otro vehículo esposada. Casillas y ella se cruzaron las miradas. La de él, torva. La de ella, verde y rasgada. Casillas empezó a temblar. La mirada de la rusa no presagiaba nada bueno.

43

Angelines estaba emocionada. Era la primera cosa interesante que le ocurría desde que su hija, Ana, la había apuntado, para darle una sorpresa, a un viaje a Benidorm, hacía ya tres años. Claro que aquello no se podía comparar con ser testigo de un asesinato. Esto superaba con creces cualquier viaje a la playa, aunque se tratara de Benidorm. A pesar de haber disfrutado como nunca, incluso se había atrevido a hacer toples como si fuera una jovencita, pensó ruborizándose, y de bailar hasta que le dolieron los pies, la emoción de ser protagonista de un crimen era, con mucho, lo más excitante que le había ocurrido en su vida.

Cuando se lo contara a Flori, Josefa y Carmina, su grupo de amigas, iban a ponerse verdes de envidia. Ella había sido testigo del más que posible asesino de su vecina, Victoria. Con lo guapa que era... Un poco sosa, sí, porque apenas se relacionaba con los vecinos más allá de un «buenos días» o un «buenas tardes» si te la cruzabas en la calle. Pero guapa y elegante. Nada que ver con el hosco de su marido, que ni guapo, ni joven, ni elegante, ni educado, ni nada de nada. No sabía qué vería en él, pero, como se suele decir, siempre hay un roto para un descosido.

Con estos pensamientos, Angelines caminaba presurosa hacia la comisaría. Se había acicalado cuidadosamente para causar buena impresión. Había elegido el vestido estampado de flores, sus mejores sandalias de verano y el bolso que le había regalado Ana las Navidades pasadas, uno tipo *clutch* de Bimba y Lola que aún no había tenido oportunidad de estrenar. Aquella era una ocasión tan buena como cualquier otra. Se había esmerado ante el espejo, tanto con el peinado («menos mal que ayer fui a la peluquería a teñirme y a ahuecar», pensó satisfecha) como con el maquillaje.

Mientras se acercaba al edificio de color arena, en donde una marabunta de policías trabajaba a contrarreloj para despejar dudas y encontrar evidencias que les llevara al autor de los crímenes de Ruiz y su mujer, Angelines repasaba mentalmente la declaración que había hecho a aquel policía tan majo por, si tenía que repetirla, no incurrir en contradicciones. A veces era propensa a adornar un poco la realidad. No por inventar, porque ella no era dada a faltar a la verdad, pero a veces, las cosas contadas con algo de aderezo sonaban mejor, menos cotidianas.

El policía que había estado hablando con ella, además de ser un joven muy guapo, era muy agradable. A sus setenta y tres años podía presumir de tener una salud de hierro. A veces le dolían un poco las articulaciones, sobre todo las de las manos. Y en días de calor, se le hinchaban los tobillos. Pero tenía la cabeza como la de una veinteañera y una memoria de elefante. Así que pudo contarle al policía, con pelos y señales, cómo había visto al asesino de Victoria Barreda.

Angelines seguía un horario diseñado al milímetro. Ya en vida de su difunto Jenaro, su día a día se guiaba por una estricta rutina que rara vez se saltaba, ni los domingos ni los días de guardar. A las siete y media sonaba el despertador, se levantaba y se preparaba un desayuno a base de zumo natural, un café descafeinado con leche y dos tostadas con mantequilla y mermelada de melocotón. Mientras tomaba el desayuno, escuchaba la radio. Así se había enterado de la muerte de su vecino, el rarito de enfrente, que se pasaba el día entrando y saliendo a altas horas de la noche. Ya lo decía ella: ese ritmo de vida no podía traer nada bueno. Y con una mujer y un niño pequeño.

Eso en sus tiempos no pasaba. Un hombre como Dios manda se recogía en casa a la hora de cenar y hasta el día siguiente no volvía a salir. Salvo emergencias.

Después de desayunar, arreglaba la habitación, lavaba a mano las prendas íntimas que había usado el día anterior, limpiaba el polvo al resto de la casa y se aplicaba con esmero a sacar brillo a los sanitarios del baño. Angelines presumía de tener la casa como los chorros del oro. El ritual de limpieza venía seguido de una ducha y a las once, puntual como un reloj, bajaba al centro de Pola de Siero a hacer recados. Por lo general, los recados se limitaban a entrar en la gran tienda de los chinos a curiosear gangas que nunca adquiría y a comprar fruta, verdura, algo de carne y, dependiendo del precio, un poco de pescado. Todo en pequeñas cantidades, pues a la vuelta no quería ir excesivamente cargada.

Una vez a la semana, limpiaba los cristales y, ese día, bajaba un poco más tarde al centro, solo a dar un paseo por el parque. Y en eso estaba cuando lo vio. Limpiando los cristales del salón. Le extrañó, pues aquellos vecinos de la casa de enfrente apenas recibían visitas. Y no era una hora apropiada para reuniones sociales. Tampoco se trataba del cartero. Ella conocía de sobra al cartero. Llevaba diez años dejándole la correspondencia en el buzón.

«¿Qué hora era, señora?», le había preguntado el policía, sentado en el sofá de cretona e intentando centrar la conversación en el misterioso visitante y no tanto en las tareas domésticas de la buena mujer.

«Las nueve de la mañana, agente —había contestado ella muy segura—. Acababa de arreglar la habitación y estaba empezando a darle jabón a los cristales», como si este hecho por sí mismo hiciera irrefutable la hora en cuestión.

«¿El hombre entró en la vivienda?»

«Yo no lo vi entrar, mire usted. Lo vi llamar al timbre y esperar. Como nadie le abrió, volvió a insistir. Y luego, yo seguí a lo mío, ¿sabe? Tenía mucho que limpiar antes de poder bajar a Pola de Siero y no me dedico a fisgar la vida de los demás. Pero seguro que fue él. Cada vez que pienso que pudo llamar a mi timbre en vez de al de Victoria, se me ponen los pelos de punta», había explicado Angelines, más presa de la emoción que del miedo.

«¿Podría describirlo?», había preguntado el policía.

Angelines había hecho un esfuerzo de memoria porque la casa de Victoria Barreda quedaba justo enfrente de la suya, con lo cual solo había podido verlo de espaldas y, durante un momento, de perfil. Pero podía dar una descripción más o menos detallada. «Era alto, buen mozo, de raza blanca —esto lo había oído en las series policíacas americanas. Especificar la raza era importante, más ahora con la cantidad de emigrantes que había—, vestía como los jóvenes de hoy en día, con una camiseta que parecía vieja y unos vaqueros gastados. Era joven, pero no tan joven como usted, agente. ¿De verdad no quiere un cafetito?»

El policía le había hecho un par de preguntas más de rigor antes de pedirle que acudiera a la comisaría a primera hora de la tarde a prestar declaración y a que mirara unas fotografías, por si reconocía en ellas al hombre que había visto frente a la vivienda de Victoria. Angelines aceptó, no sin cierto fastidio, pues eso suponía que tendría que perderse el capítulo de la telenovela —y ahora estaba en lo más interesante—, y casi con seguridad, la posibilidad de ver a sus tres amigas esa tarde. Además, la comisaría estaba en Oviedo y a ella la capital no le entusiasmaba. Solía perderse y las distancias eran mayores que en Pola de Siero. Suspiró. Pero ella era una buena ciudadana y todo fuera por solucionar un crimen.

Angelines entró en la comisaría esgrimiendo una amplia sonrisa que dejaba al descubierto sus diminutos dientes. Pero la satisfacción se le atragantó en cuanto vio al policía con el que había hablado aquella mañana. Estaba hablando con otro policía mayor que, por cómo gesticulaba, supuso que sería de rango superior, y junto a ellos, un hombre y una mujer se estaban despidiendo de ambos en actitud cordial.

Angelines se echó a un lado cuando la pareja pasó junto a ella. Se giró al verlos pasar y tragó saliva. De repente, notaba la boca seca. Agarró con fuerza su bolso y estaba a punto de salir tras ellos, porque no comprendía nada, cuando una mano le tocó el hombro.

—Buenas tardes, Angelines. Gracias por venir. La estábamos esperando. —Gutiérrez saludó a la mujer con entusiasmo.

—¿Por qué me han hecho venir si ya tenían al asesino? ¡Y lo dejan marchar! —exclamó Angelines apretando el bolso contra el pecho.

—¿De qué habla? —el subinspector frunció el ceño.

—El asesino. Acaba de salir por esa puerta —señaló indicando la de la comisaría.

—¿Se refiere al hombre al que vio esta mañana frente a la casa de Victoria Barreda? —preguntó Gutiérrez con incredulidad mal disimulada.

—Sí, joven. El mismo que viste y calza. Estaba hablando con usted y con aquel otro policía. —Señaló a Castro, que se acercaba a ellos en ese momento—. ¿Es que no es el asesino?

—¿Está segura de que el hombre que vio usted es el mismo que estaba hablando ahora conmigo y con el inspector Castro?

—insistió Gutiérrez obviando la pregunta de la mujer, que cada vez se mostraba más confundida.

—El mismo. Soy vieja, pero ni soy ciega ni estoy senil —contestó ofendida Angelines.

—¿Qué ocurre? —El inspector Castro se había acercado a ellos.

—Señor, tenemos un problema. Angelines es vecina de Victoria Barreda y acaba de reconocer a Mario Sarriá como el hombre que estaba esta mañana frente a la casa de la víctima.

44

—¿Se puede saber cómo se te olvidó comentarle al inspector que estuviste en casa de Barreda? —preguntó Olivia de mal humor.

—No se me ocurrió. Estaba demasiado ocupado llevando tu macabra foto de un lado para otro —se defendió Mario sin ocultar su malestar. Había sido un descuido por su parte y ahora la policía sospechaba de él.

—Pero estuviste allí, Mario. En casa de una víctima de asesinato, el mismo día del crimen. O bien ya estaba muerta o a punto de morir y ¡¿no te pareció importante comentarlo?! —exclamó Olivia levantando la voz.

—No, Olivia. Ya te expliqué que no vi a Victoria Barreda. Si no lo has olvidado, antes de irte a Lugo me pediste que tratara de volver a hablar con ella. Y eso hice. Llamé al timbre un par de veces y nadie me abrió, ni contestó. Esperé unos diez minutos antes de irme y no vi a la mujer de Ruiz.

Acababan de salir de comisaría cuando un acalorado inspector Castro les había interceptado antes de que pudieran subirse al coche. Por la cara del policía, Olivia supo enseguida que se trataba de algo serio. Castro instó a Mario a entrar en el edificio y, sin dar explicaciones, lo condujo a una sala de interrogatorios. Estuvieron dentro casi una hora hasta que lo dejaron marchar. Durante ese tiempo, Olivia llamó al periódico y puso al corriente a Adaro de lo que estaba pasando. La llamada desencadenó otra al departamento jurídico y, a su vez, un desplazamiento apresurado de uno de los abogados del periódico a la Jefatura Superior de Asturias. Tras una hora prestando declaración, habían dejado marchar a Mario. El hecho de haber estado delante de la puerta de la víctima, aun con la declaración de Angelines, no demostraba nada, había dicho el abogado. Y sin más pruebas no podían retenerlo.

Mario salió del edificio cabizbajo. Las indicaciones del abogado del periódico fueron claras y contundentes: Mario se tomaría unos días de descanso, lo que se traducía en que quedaba apartado de los focos mediáticos hasta nueva orden o hasta que las cosas se aclararan. Para el periódico, una cosa era pisarle titulares y exclusivas a la competencia y otra muy distinta que uno de sus fotógrafos se convirtiera en un titular por ser sospechoso de homicidio.

—Es muy fácil, Olivia. Que cotejen mis huellas y mi ADN. Jamás he estado en esa casa. No he pasado de la puerta de entrada a la finca.

—No estoy dudando de ti, Mario. Ni te estoy pidiendo explicaciones —contestó Olivia sorprendida por la repentina declaración de su compañero—. Pero deberías habérselo comentado a Castro.

—No te preocupes, Mario —intentó tranquilizarlo Carmen, su hermana—. En cuanto vean que no hay nada que te relacione con esta muerte, te dejarán en paz y podrás volver al trabajo.

Después de salir de la comisaría, Mario había decidido ir a casa de su hermana. Olivia quiso acompañarlo. Tenía que hablar con el periódico y, sobre todo, tenía que escribir más de una página para la edición del día siguiente, pero no podía dejar a su compañero solo en aquel trance. De paso, pensó, saludaba a Carmen, a la que hacía semanas que no veía.

Aún no eran las seis de la tarde. Tenía tiempo para tomarse un pequeño respiro. Estaba siendo un día largo y agotador.

—Tengo una idea. ¿Por qué no os quedáis a cenar? A Nico le encantará, Mario —propuso Carmen, intentando animar a su hermano.

—Yo no puedo, Carmen. Aún tengo que trabajar un rato —se disculpó Olivia—. Y estoy deseando coger la cama. ¿Y Nico cómo está?

Carmen se acercó a la ventana del salón, desde la que se divisaba todo el parque de Pola de Siero. Siempre le había encantado aquel lugar, diseñado para el disfrute de la burguesía de finales del siglo XIX y principios del siglo XX, con sus dos calles, ejes principales del parque, pensadas para el paseo, y sus jardines, bellamente diseñados, ideados para la contemplación. Disponía de un templete de música de forma octogonal construido en hierro y de un palacio —el palacio del Marqués de Santa Cruz— de arquitectura palaciega barroca, que había sido rehabilitado para albergar la oficina de turismo del municipio y que daba empaque a lo que antaño fueron sus jardines y su huerta, hoy integrados en el entorno. Carmen se deleitó con la fuente que lo coronaba en su parte más alta, y cuyos chorros asemejaban la cola de un pavo real. Desde la ventana no alcanzaba a ver el estanque de los patos, el rincón favorito de Nico. Podía pasarse horas contemplando a aquellos palmípedos parduzcos, que a ella nunca le habían hecho gracia. Nico. Su querido Nico. Parecía que hubiera sido ayer cuando su niño de mofletes regordetes y sonrosados la agarraba fuerte de la mano, como si con ello nada malo le pudiera pasar. ¿En qué momento había decidido dejar de aferrarse a ella? ¿Por qué dejó de sentir la necesidad de su mano, de su protección?

—Va mejorando —contestó con lentitud—. La medicación ayuda, claro. Le mantiene tranquilo.

—¿Está muy medicado? —Olivia sentía un cariño especial por Carmen y por Nico. Los consideraba familia. Cuando llegó a Pola de Siero, la acogieron con el mismo cariño que lo había hecho Mario, hacía ya casi quince años. Le costaba entender lo que estaba pasando con el pequeño y el hermetismo con que Carmen estaba capeando el problema. Salvo por lo poco que le contaba él, apenas sabía qué estaba ocurriendo y Carmen se cerraba en banda cada vez que salía el tema a relucir.

—Le han prescrito ansiolíticos. —Carmen hizo una pausa sin dejar de mirar por la ventana—. Le disminuyen el nivel de ansiedad.

—¿Os ha dicho algo el psicólogo?

—Nada nuevo. Se lesiona porque el dolor físico mitiga la angustia.

—Pero ¿qué le provoca esa angustia?

—No lo sabemos. Y Nico no habla. Se muestra taciturno en cada sesión.

—¿Y tú cómo lo llevas, Carmen?

Carmen se apartó de la ventana y se sentó junto a Mario en el sofá. Era tan alta como él, pero a pesar de tener solo tres años más que su hermano, parecía mucho más mayor. Tenía la comisura de los labios y el entrecejo surcados de finas arrugas que le conferían más edad de la que en realidad tenía, además de la piel y la mirada apagadas. Tampoco ayudaba la dejadez evidente que mostraba, con el pelo, encrespado y sin brillo, recogido en un moño sin ninguna gracia. En las sienes empezaban a aparecerle canas y las uñas de las manos casi habían desaparecido.

—Como puedo, Livi. No es fácil ver cómo tu hijo de trece años sufre, se desmorona, se deteriora mentalmente, y no poder ayudarlo.

Olivia no fue capaz de responderle. Qué le dices a una madre que lucha por no perder a su hijo, en una batalla para la que no hay más armas que la propia voluntad del pequeño. Y Nico, por los motivos que fueran, había perdido esa voluntad y las ganas de vivir.

—Ahora está durmiendo. En realidad, duerme mucho. Desde la última crisis, le han aumentado un poco la medicación y le provoca bastante somnolencia.

—¿Y eso es bueno? ¿Que duerma tanto es recomendable? —preguntó Olivia sorprendida, pues siempre había oído que lo que menos ayudaba a los enfermos de depresión era la cama. También recordaba haber leído hacía tiempo que una de las mejores medicinas para curar los trastornos de ansiedad era el ejercicio físico.

—De momento, sí —contestó Carmen sin mucha convicción—. Hay que ir poco a poco. ¿Y cómo va vuestra investigación? Lleváis dos días muy ocupados, ¿no? —dijo cambiando bruscamente de tema y palmeándole a Mario en la pierna.

—Mal. Soy sospechoso —gruñó Mario.

—Vamos, Mario. Sabes que no tienen pruebas ni fundamentos para sospechar de ti —rebatió Olivia—. Hemos descubierto muchas cosas y casi todas malas sobre Guzmán Ruiz, Carmen. Era un degenerado y un ladrón.

—¿Un ladrón? —se sorprendió Carmen abriendo mucho los ojos.

—Sí. Robó un montón de pasta en el banco donde trabajaba en Lugo. No era trigo limpio.

—Tu compañero no se prodiga mucho en explicaciones. Me tiene en ascuas y, si quiero enterarme de novedades, me obliga a leer el periódico —rezongó la hermana de Mario dándole una cariñosa colleja en la cabeza.

—Me acojo al secreto profesional —bromeó él levantando ambas manos en señal de rendición.

El ambiente de repente parecía más distendido que hacía media hora. Tanto Mario como Carmen parecían relajados por primera vez desde que habían llegado a la casa. Olivia puso al día a la hermana de Mario sobre los últimos acontecimientos. Carmen escuchaba con atención y solo interrumpió a Olivia para hacer un par de observaciones. Cuando Olivia terminó de contarle lo sucedido desde la madrugada del día anterior, Carmen se echó hacia atrás en el sofá y se quedó pensativa.

—Pero hay detalles que sabéis desde ayer y que aún no habéis publicado. ¿Os estáis haciendo viejos o es que os están censurando los chupatintas del periódico?

—Si te refieres al cuaderno, no hemos dicho nada en el periódico. Es una prueba en la investigación que la policía ya nos ha requisado, y no es prudente que se haga mención pública de ella, al menos de momento. Podríamos incurrir en obstrucción a la justicia —contestó Olivia poniendo los ojos en blanco—. Aunque si te soy sincera, tampoco hemos intentado vender esa historia al periódico.

—¿Y la foto?

—Esa sí... Ya está en manos del periódico, pero no creo que se publique.

—¿Por qué?

Olivia miró sorprendida a Carmen. La consideraba más conservadora y menos dada a la exposición pública gratuita de las miserias ajenas.

—Porque probablemente el departamento jurídico no quiera exponerse a una demanda por violación de la intimidad de Victoria Barreda. Si hubieras visto la imagen, lo entenderías, Carmen. No es agradable, créeme. De hecho, no deseo que la publiquen.

—Pensé que los periodistas apostabais siempre a favor del interés público por encima de cualquier otra consideración moral o ética —alegó Carmen con cierto retintín.

—Digamos que, a veces, el fin no justifica los medios. Digamos que, a veces, no todo vale. Y digamos que, a veces, los periodistas también tenemos un poquito de conciencia, moralidad, ética o llámalo como quieras —contestó Olivia un poco molesta por la insinuación de Carmen. Mario asistía divertido a la conversación con media sonrisa en la boca. Sabía que aquellas disertaciones sobre ética periodística nunca llevaban a ninguna parte. Y él ya era gato escaldado.

—Pues me alegra oírte decir eso, Olivia. Porque, si te soy sincera, ha habido ocasiones en que he llegado a pensar que los periodistas no teníais límites con tal de publicar una exclusiva. —Olivia supo que, aunque pluralizara, Carmen se refería a ella en particular. No era la primera vez que tenían aquella discusión. Si de Carmen dependiera, en el diccionario de la Real Academia de la Lengua aparecería «ave carroñera» como definición de periodista.

Olivia no tenía fuerzas para discutir sobre ética periodística y tampoco ganas de hacerlo con ella. Cogió aire y se frotó los ojos. De repente, recordó que aún no le había preguntado a Mario si había localizado a algún profesor de la época en la que Guzmán Ruiz daba clases en el colegio de Pola de Siero. Después de la espiral de acontecimientos de las últimas horas, lo que el día anterior parecía un buen filón de información ahora se le antojaba superfluo y sin relevancia. ¿Qué más daría lo que ocurriera hacía treinta años en el colegio de Pola de Siero? Y, después de tanto tiempo, ¿quién se iba a acordar?

Aun así, preguntó, sin excesivo entusiasmo. Quería llegar a casa, escribir el artículo y meterse en la cama.

—No he localizado a nadie —dijo él sin demasiado interés—. Tampoco he investigado demasiado, la verdad. Después de ir a casa de Victoria Barreda, me acerqué al colegio. Resulta que no queda nadie de aquella época.

—¿Ni un solo profesor? —preguntó Olivia incrédula.

—Han pasado treinta años, Livi. Los que no se han jubilado, se han trasladado a otros centros.

—Otro callejón sin salida —afirmó resignada.

—Carmen, yo por aquella época era un crío, apenas me acuerdo. Pero, tú ¿no recuerdas a nadie? ¿Te acuerdas de Guzmán Ruiz?

Carmen pareció pensarlo durante unos segundos. Finalmente, negó con la cabeza.

—No me acuerdo de él. Y ahora mismo no sabría deciros el nombre de un solo profesor o profesora. El colegio no fue mi etapa favorita. Ahora que, si me preguntáis por la facultad, os podría decir el nombre de un par de profesores que no estaban nada mal —respondió con tono jocoso.

—En fin, ya pensaremos en eso mañana. Por hoy ya basta de investigar. Ahora toca escribir.

Olivia cogió su bolso y tras despedirse de los dos hermanos, puso rumbo a su casa. Miró el reloj. Eran casi las siete. Se hacía tarde.

45

El inspector Castro no tenía ninguna prisa por interrogar a Germán Casillas y a Alina Góluvev. Hacía más de una hora que estaban encerrados en el calabozo de la jefatura provincial. Habían llegado por separado, cuando llevaba diez minutos interrogando a Mario Sarriá. Angelines había reconocido sin ninguna duda al fotógrafo como la persona que había estado delante de la puerta de Victoria Barreda. Aunque le había visto de espaldas y, durante unos segundos, de perfil, se había mantenido firme en su declaración.

Mario había confirmado su presencia delante de la vivienda de Barreda, aunque negó haber entrado en la casa ni haber visto a la víctima. Bien, las pruebas confirmarían su afirmación. Mientras tanto, y como su abogado le había recordado, no tenían nada para retenerlo. Solo la prueba de que había estado allí, y eso no era delito. El fotógrafo tampoco tenía una coartada sólida que justificase dónde había pasado el resto de la mañana. Según había declarado, tras la visita infructuosa a casa de Barreda, se había dirigido al colegio de Pola de Siero. Tras esto y hasta que había vuelto a la escena del crimen con la fotografía de Olivia, nada. En el colegio habían confirmado la visita de Mario. Se había interesado por profesores que hubieran trabajado en el centro en los años ochenta, tal y como había declarado Mario. En el colegio también habían confirmado que Victoria Barreda había llevado a su hijo al colegio en torno a las nueve. Lo cual, y hasta tener el informe preliminar del médico forense, fijaba la muerte después de esa hora, además de confirmar lo que el fotógrafo había declarado: que cuando estuvo en casa de Barreda no había nadie en casa.

—Jorge, ¿han llegado los de la unidad de Delitos Tecnológicos? —preguntó Castro mientras recogía los informes del caso para ir a interrogar a Germán Casillas. Habida cuenta de la implicación del Tijeras en un posible caso de prostitución infantil, había coordinado la detención con la unidad dedicada a perseguir los delitos sexuales a menores.

—Sí, inspector. Ya están aquí. Están esperando a que vayas —contestó Gutiérrez con aspecto cansado.

—Pues vamos allá. Que suban a Casillas.

Castro y Gutiérrez se encaminaron a la sala de interrogatorios en donde ya los estaban esperando dos inspectores de Delitos Tecnológicos. Se saludaron cordialmente y decidieron que Castro dirigiría el interrogatorio. Los agentes de Delitos Tecnológicos, tras analizar el cuaderno, estaban convencidos de que se encontraban ante la prueba tangible de una red de tráfico de menores, aunque ese mismo convencimiento les llevaba a la conclusión de que Casillas y Alina no eran más que unos meros intermediarios dentro una organización mucho más compleja. Y querían hincarle el diente al cabecilla, no a los peones. Así que dejarían que Castro les apretara las clavijas con el asesinato de Ruiz y Barreda y, cuando estuvieran contra las cuerdas, ellos intentarían llevarlos a su terreno.

La sala de interrogatorios era pequeña y austera, tan solo equipada con una mesa metálica atornillada al suelo y cuatro sillas. Los interrogatorios se grababan en vídeo y la recogida de las imágenes se realizaba con un moderno equipo instalado al otro lado del espejo, que separaba la sala de interrogatorios de la sala de escucha. Cuando Castro entró en la estancia, Casillas continuaba sudando profusamente y se cubría la cabeza con ambas manos, apoyando la frente sobre la mesa. Levantó la mirada hacia el policía. Unas profundas ojeras le surcaban los ojos. No tenía buen aspecto y ya no había rastro de la chulería que había demostrado el día anterior en La Parada. «Es un animal acorralado», pensó Castro, mientras tomaba asiento frente a él, con toda la parsimonia de la que pudo hacer gala. Quería ponerle nervioso. Más aún de lo que ya estaba.

—Bueno, Germán, en el fondo guardaba la esperanza de que no nos viéramos en este trance.

—No he hecho nada, inspector. Esto raya el acoso —se quejó Casillas sin mucho convencimiento.

—Verás, Germán. Resulta que tenemos un cuaderno con tus huellas y la sangre de Guzmán Ruiz. —Castro lo dejó caer, dando por hecho de forma consciente que Casillas sabía de qué cuaderno hablaba y que él sabía el motivo por el cual sus huellas y la sangre de la víctima compartían superficie.

Casillas se revolvió en la silla y se pasó una mano por el rostro. Castro se mantuvo en silencio mientras abría la carpeta con el expediente de la investigación. Casillas intentaba ordenar sus ideas. Los pensamientos se sucedían frenéticamente por la mente. El cuaderno. ¿Dónde habían encontrado el cuaderno? En el club, no. Lo había buscado por todas partes. Había puesto el local patas arriba. ¿Y la sangre de Ruiz? Eso quería decir que lo llevaba encima cuando lo mataron y que quien lo hizo se lo llevó. Pero ¿cómo había llegado a manos de la policía? ¿Y por qué se lo habría llevado Ruiz? Sabía de sobra que eso era transgredir las normas. El cuaderno nunca debería haber salido del club.

Ese había sido el trato cuando decidieron poner en marcha el negocio de trata de menores. No obstante, pensó Casillas intentando tranquilizarse, aunque le relacionaran con el cuaderno, este en sí mismo no tenía ningún valor. No serían capaces de traducir las anotaciones. No podrían demostrar nada. Sin los vídeos, el cuaderno no valía nada, se repitió. Y los CD no los encontrarían nunca. Estaban bien escondidos. El panel falso en la pared de su despacho estaba tan bien disimulado que ni Ruiz ni Alina sabían de su existencia, ni, por supuesto, la de las grabaciones.

—¿Te has quedado mudo, Casillas? —preguntó Castro sin levantar la vista del expediente.

—No tengo nada que decir —contestó con hostilidad.

—En cambio, yo creo que sí tienes mucho que decir. Para empezar, podrías explicarme qué hacían tus huellas en el cuaderno. Un cuaderno manchado con la sangre de una víctima de asesinato.

—No tengo nada que ver con el asesinato de Guzmán Ruiz.

—Me temo que eso no es suficiente. Hay pruebas que dicen lo contrario.

Casillas tragó saliva. Castro cruzó las manos sobre la carpeta y miró directamente a Casillas.

—¿Y bien? —insistió el inspector.

—¿Qué pruebas? —inquirió nervioso.

—Para empezar, el cuaderno con la sangre. Tu coartada para la noche del crimen tampoco se sostiene. Un testigo asegura que no estabas donde declaras haber estado.

—Pues ese testigo miente —escupió Casillas con desprecio—. Puede preguntar a mis empleadas... le dirán que estuve en el club toda la noche.

—Ya lo hemos hecho, Casillas. Y resulta que ahora parecen no estar tan seguras de haberte visto allí.

Casillas no dijo nada.

—¿Dónde estuviste entre las doce y las tres de la madrugada del jueves?

—En el club —insistió Casillas con cabezonería.

—Ambos sabemos que eso no es cierto. Pero tú sabrás lo que haces. Veremos qué nos dice Alina. Seguro que ella es más lista que tú. ¿Y esta mañana? ¿Dónde estabas?

—En el club, hasta que han venido a detenerme —respondió Casillas.

—¿Alguien lo puede corroborar?

—Mi asistente, Lola. La conoció ayer, ¿recuerda? ¿Por qué tanto interés?

—Porque esta mañana alguien ha matado a Victoria Barreda, la mujer de Guzmán Ruiz.

Casillas abrió los ojos como platos, dejando entrever sorpresa y quizá miedo.

Castro observó el estupor de Casillas. O era un buen actor o realmente estaba sorprendido por la revelación de la muerte de Victoria Barreda.

—Yo no sé nada de eso —balbuceó el Tijeras—. Ni de la muerte de Ruiz.

—No hay prisa, Casillas. Tenemos setenta y dos horas por delante antes de llevarte ante la juez. Tres días en el calabozo seguro que te refrescan la memoria.

En ese momento, se abrió la puerta de la sala y Gutiérrez asomó la cabeza.

—Inspector, necesito hablar contigo. Es importante.

Castro se levantó con lentitud y salió de la sala.

—Han encontrado algo en la casa de las afueras de Oviedo. Y también en el club —informó Gutiérrez con tono nervioso.

—¿De qué se trata? —Castro rezó para sus adentros deseando que se tratara del arma de los crímenes.

—Han encontrado un sistema de grabación oculto en la casa y docenas de discos en el club.

—¿Qué tipo de grabaciones?

—Tan solo han visionado un par de CD. Pero en ellos se veía... se trata de... se trata... —balbuceó Gutiérrez cambiando el peso de su cuerpo de un pie al otro, con evidente incomodidad.

—Venga, hombre, que no tenemos todo el día —urgió el inspector.

—Son grabaciones de relaciones sexuales de hombres adultos con niños. Ruiz sale en uno de los discos. Es asqueroso —expuso Gutiérrez con desprecio y con el rostro congestionado por la rabia.

—¿Y dices que los encontraron en La Parada? —preguntó Castro haciendo caso omiso del estado de ánimo del subinspector.

—Sí, en el despacho de Casillas. Estaban escondidos en un hueco, tras un panel falso de la pared. Ha sido suerte. Si no llega a ser porque un agente tropezó y cayó sobre la pared, el escondite hubiera pasado inadvertido.

—Está bien —contestó Castro volviendo a entrar en la sala de interrogatorios.

—¿Desde cuándo chantajeabas a Ruiz? —espetó el inspector sin esperar a sentarse.

—¿Chantaje? Ahora sí que se le ha ido la pinza, inspector —escupió con desprecio.

—Verás, Casillas. Estás metido en un lío de cojones. De momento, hemos encontrado el equipo de grabación en la casa de Oviedo... sí, esa casa que, casualmente, estaba alquilada a nombre de Alina; y las grabaciones, en tu despacho.

Germán Casillas se quedó pálido y sintió que el corazón se le iba a salir del pecho. De repente le costaba enfocar al inspector, al que veía borroso, como si estuviera detrás de un cristal empañado, y un calor sofocante comenzó a subirle desde el estómago hasta el pecho.

—Te conviene empezar a hablar. Las pruebas encontradas hasta ahora te relacionan directamente con un delito de corrupción de menores, abuso sexual, pedofilia, posesión de pornografía infantil... eso sin contar que eres el principal sospechoso del asesinato de Ruiz.

—¡Yo no he matado a nadie! —chilló el hombre desesperado—. ¡No he abusado de nadie y mucho menos de niños!

—¡Pues explícame qué hacías en posesión de esos vídeos! —le escupió Castro intentando intimidarlo lo suficiente para que se derrumbara—. Y no me digas que no sabes de qué vídeos te hablo o que alguien los colocó allí para involucrarte, porque estoy seguro de que tus huellas estarán por todos ellos.

Germán Casillas se hundió en su asiento. Se pasó la mano temblorosa por la frente, intentando secarse el sudor que se deslizaba hacia los ojos y la nariz. Estaba hundido, acabado. Pensó con rabia en su mala suerte y maldijo el día en que conoció a Guzmán Ruiz. El malnacido estaba mejor muerto.

46

—¡Lo tenías casi a punto! ¡El cabrón estuvo a punto de derrumbarse! —exclamó Gutiérrez con frustración.

—Tú lo has dicho, casi —replicó Castro—. Casillas está al límite y con los nervios de punta. Pero eso no es suficiente. Y, de momento, ninguno de los dos ha abierto la boca más que para pedir un abogado.

Ni Alina Góluvev ni Germán Casillas estaban colaborando. Se habían cerrado en banda y se negaban a declarar en comisaría. Los habían interrogado durante dos horas. Casillas se había mostrado nervioso e inquieto. En cambio, Alina se había comportado con una frialdad y una calma que rayaba lo patológico. Ni siquiera había pestañeado cuando el inspector Castro le había enumerado los delitos a los que se enfrentaba. Su actitud imperturbable tan solo sufrió un leve cambio, solo perceptible para un ojo experto en lenguaje corporal, cuando el inspector le habló de los vídeos. Castro no supo interpretar si la sorpresa, bien disimulada, se debía al hecho de que hubieran encontrado las grabaciones o a que desconocía su existencia. Ella tenía coartada para la muerte de Ruiz, pero carecía de ella para la de Barreda. En cambio, Casillas tenía coartada para la de Barreda y no para la de Ruiz. ¿Habrían actuado en equipo? Él pudo matar a Ruiz y ella a Barreda. Pero, a la hora en la que alguien había dejado el cuaderno en casa de Olivia aseguraban estar en el club, juntos. No tenía pruebas suficientemente sólidas para imputarles los dos crímenes. Y Castro estaba convencido de que estaban relacionados, de una u otra forma.

Las pruebas en contra de ellos en lo relativo a la prostitución infantil eran suficientes para llevarlos ante la juez, pero Castro tenía esperanzas de encontrar evidencias que los relacionaran con el crimen de Ruiz y su mujer, y podía retenerlos en el calabozo hasta el lunes.

Eran las ocho de la tarde y aún no había llegado el informe forense de Victoria Barreda. Tampoco sabían nada del inspector Montoro. Se había comprometido a llamar al final de la tarde. Castro miró impaciente el reloj. Apagó su ordenador. Estaba cansado y aún le quedaban unas cuantas horas antes de poder llegar a casa. Tal y como se había comprometido con la juez Requena, quería asegurarse de que Olivia Marassa estaba bien, así que había decidido hacerle una visita a domicilio. Miró alrededor buscando con la mirada a Gutiérrez. Lo localizó sentado en su mesa y enganchado a su teléfono móvil. También tenía aspecto de necesitar con urgencia una cama. El subinspector colgó el teléfono y se acercó a Castro.

—Era el inspector de la Judicial de la comisaría de Pola de Siero. Han hablado con una veintena de antiguos empleados de Mateo Torres. Todos han confirmado, más o menos, lo que nos contó él y, al menos, una decena de ellos han señalado a un compañero que estaba más que enfadado con Guzmán Ruiz. Se llama Sergio Canales.

—¿Se mostró violento con Ruiz verbal o físicamente?

—Según dicen, casi llegaron a las manos en un par de ocasiones, antes de la quiebra, por diferencias sobre cómo se tenía que gestionar el almacén de la empresa. Le han citado para mañana en la comisaría de Pola de Siero. Y Mateo Torres vendrá mañana aquí con su mujer, tal y como pediste.

—Está bien, pero no creo que esta línea de investigación nos lleve a ninguna parte.

—Sigues empeñado en que Casillas tuvo algo que ver, ¿no?

Castro no contestó, ya que en ese momento sonó su teléfono móvil. Miró la pantalla. Era el inspector Montoro.

—Pensé que te habías olvidado de mí —bromeó Castro.

—Ya sabes que siempre cumplo con mi palabra, inspector. ¿Por dónde quieres que empiece?

—Espera. Pondré el altavoz para que escuche el subinspector Gutiérrez.

Castro le hizo señas a Gutiérrez para que se dirigiera a la sala de reuniones. Una vez dentro, se sentaron uno junto al otro y Castro depositó el móvil en la mesa. Gutiérrez sacó su cuaderno de notas.

—Dispara, Montoro —pidió Castro.

—Empezaré por las huellas.

Se oyó el crujir de una hoja de papel al otro lado de la línea.

—Hemos procesado varias huellas, tanto en el interior de la casa como en las enmarcaciones de las puertas exteriores y los timbres. Ninguna coincidía con la de tu fotógrafo, a excepción de una encontrada en el timbre exterior. También había una huella de la periodista.

Eso coincidía con lo que ambos le habían contado. Habían tratado de hablar con la viuda de Ruiz en dos ocasiones. La primera, ambos, ayer. La segunda, Mario, esta mañana. Nada nuevo.

—¿Y de Germán Casillas o de Alina Góluvev?

—Tampoco. Ni dentro, ni fuera.

El inspector Castro sintió una profunda decepción. Aunque

el hecho de no encontrar huellas también podía significar que habían usado guantes o que se habían esmerado en limpiar muy bien el escenario. Sin esperar comentario alguno por parte del inspector Montoro, continuó:

—En el resto de la casa solo había huellas del hijo, de ella y del marido. Se ve que tenían poca vida social. —El inspector de la Científica hizo una pausa—. Había una huella parcial en la manilla de la puerta principal de la casa y otra, coincidente con esta, en el mando del grifo de la cocina. Las hemos pasado por el CODIS, pero no hemos encontrado coincidencias.

—O sea que el asesino se lavó en el fregadero de la cocina —dedujo Castro.

—O lavó el arma —aventuró Gutiérrez.

—Con la cantidad de sangre que había en el escenario del crimen, es imposible que no se manchara con la sangre de Victoria Barreda —argumentó Castro empezando a perder la paciencia.

—Hemos procesado el desagüe y el propio fregadero y había restos de sangre de la víctima —afirmó Montoro confirmando el razonamiento de Castro—. También hemos analizado todos los cuchillos que había en la casa: ni rastro de sangre, solo huellas de Barreda.

—Así que el asesino se llevó el arma —constató Gutiérrez.

—Desde luego, en la casa no estaba —apostilló Montoro.

—¿Y habéis mirado en la basura?

—Por supuesto, inspector. En la casa y en los contenedores que hay en los alrededores de la vivienda.

—¿Y qué habéis encontrado?

—Basura. Nada de utilidad.

—Pero tiene que haber algo más. No fue un crimen limpio —se exasperó Castro.

—Aún estamos procesando evidencias que no sé si nos llevarán a alguna parte. Estamos analizando unas fibras de color verde, recogidas en el sofá donde se supone que la mataron, pero aún no hemos conseguido saber a qué corresponden. Estamos pidiendo favores, inspector, para poder darte más datos. El laboratorio está colapsado y, a pesar de ello, estamos trabajando a marchas forzadas —se defendió Montoro al notar el tono irritado de Castro.

—Lo sé, y te agradezco el esfuerzo —se disculpó este consciente de que la Científica no tenía la culpa de que el autor del crimen hubiera sido tan meticuloso.

—Otra cosa... las cerraduras de las dos puertas, tanto la exterior como la principal, no estaban forzadas.

—O sea que Victoria dejó entrar a su asesino. Lo conocía.

—Eso parece. En cuanto sepa algo más, te llamaré. Aún estaremos un buen rato en el laboratorio.

Se despidieron de Montoro. Estaban a punto de salir de la sala cuando irrumpió el comisario Rioseco con unas hojas en la mano.

—Por fin ha llegado el informe preliminar forense. Echadle un vistazo —ordenó dejándolo en la mesa.

El inspector Castro dedicó unos minutos a leerlo con detenimiento. Cuando terminó, se lo pasó a Gutiérrez, que hizo lo mismo.

—¿Y bien? —preguntó el comisario, con cara de estar esperando que ambos policías le dieran la solución al acertijo del asesinato de Victoria Barreda.

—Según el forense, Barreda murió sobre las once de la mañana. Para esa hora, Casillas tiene coartada confirmada. Mario Sarriá, no. Tuvo tiempo de sobra para ir al colegio y volver sin que nadie le viera. Y Alina no tiene coartada. Pero dentro de la vivienda no se han encontrado huellas de ninguno de ellos.

—En el cuerpo se han encontrado altas concentraciones de

benzodiacepina, lo que explica que en el cuerpo no hubiera signos de lucha, y de heparina que fue, probablemente, la sustancia que provocó la exanguinación de la víctima —continuó Gutiérrez—. No obstante, solo se ha encontrado la marca de una sola punción en el cuello, probablemente de la inyección de heparina. Y en el estómago, café.

—En resumen, que la drogaron con un psicotrópico, probablemente diluido en café, para mantenerla quieta mientras la mataban y la heparina, ¿para qué? ¿Para acelerar la muerte? —resumió Rioseco.

—En realidad —matizó Castro—, según el informe, murió desangrada y no por la evisceración de la lengua y los ojos. Esos traumatismos por sí solos no causaron la muerte de Victoria Barreda. La heparina la mató.

—¡Estamos ante un loco! Primero, le corta los huevos al marido y luego le saca los ojos a la mujer —exclamó Rioseco.

—No —contestó con rotundidad Castro, con la mirada perdida en algún punto más allá del comisario.

Rioseco parpadeó dos veces sorprendido por la respuesta del inspector.

—¿Cómo que no? Son dos crímenes rocambolescos y de una crueldad extrema.

—Estamos ante una persona con mucha rabia y un sentimiento de odio y dolor tan fuerte que necesita que sus víctimas sientan lo mismo. No es un loco. Hay premeditación, organización... una preparación previa. No creo que sea locura. Más bien creo que es venganza, resentimiento... un ojo por ojo. —El inspector Castro hizo una pequeña pausa—. Y, además, posee conocimientos médicos —concluyó.

—Estoy de acuerdo con el inspector Castro. A Victoria Barreda le sacaron los ojos de forma casi quirúrgica, sin dañar el nervio óptico. Y la lengua presentaba un corte limpio. El forense apunta como posible arma del crimen un bisturí o similar. Igual que en el caso de Ruiz. Los cortes eran limpios, sin desgarros —añadió Gutiérrez.

—La heparina y la benzodiacepina son medicamentos de prescripción médica o de uso hospitalario —señaló Castro—. Será una labor titánica, pero se podría hacer un rastreo de las recetas en las farmacias de la zona.

—En Pola de Siero hay dos farmacias. En Noreña, una. Y no estaría de más hablar con el ambulatorio de Pola de Siero. Y con el hospital. Imagino que tendrán un inventario de los medicamentos, y más los de este tipo.

—No es morfina. —Castro dudaba de que seguir la pista de los medicamentos los llevara a buen puerto—. El control sobre este tipo de fármacos no creo que sea tan riguroso. La benzodiacepina se receta como tranquilizante, para dormir, y respecto a la heparina, cualquiera que haya sufrido un traumatismo ha tenido que inyectársela, en la dosis justa por supuesto, para evitar trombos.

—Un médico o un enfermero también tendrían fácil acceso a esos medicamentos. Y los conocimientos necesarios para las amputaciones que presentaban los cuerpos —aclaró Gutiérrez.

—¿Pensáis que pueda tratarse de un médico?

—Desde luego, es una posibilidad —asintió Castro.

—Es una idea descabellada. Entre los sospechosos no hay ningún médico —protestó el comisario tironeando de una de sus cejas.

—De momento, no. Pero aún tenemos que profundizar en los vídeos encontrados. Podría tratarse del padre de uno de esos niños o de un cliente al que estuvieran chantajeando —respondió Gutiérrez estremeciéndose al recordar las grabaciones.

—¿La mujer también? —preguntó Rioseco incrédulo.

—No es muy plausible —contestó el inspector lentamente—. Pero recordemos que la viuda sabía más de lo que contaba.

—Victoria Barreda no fue agredida sexualmente, según el forense. Y el cadáver no presentaba hematomas ni contusiones. Tampoco se han encontrado restos bajo las uñas de la víctima. —Gutiérrez repasó el informe por si hubiera algún dato más de interés.

—Eso era de esperar. El cuerpo de Barreda no tenía signos de lucha.

El inspector Castro se echó hacia atrás en la silla, en actitud pensativa.

Cogió su teléfono móvil y marcó el número de Montoro. Al primer tono de llamada, el inspector de la Científica respondió con la voz de quien lleva más de doce horas al pie del cañón, al ritmo de un Ferrari en un circuito, y que necesita descansar.

—Montoro, en el estómago de Victoria Barreda se ha encontrado café. ¿Encontrasteis alguna taza con restos de café o una cafetera en la casa?

Castro escuchó en silencio la respuesta. Tras un minuto de conversación, le dio las gracias y colgó el teléfono.

—La Científica procesó dos tazas de café y una jarra de cristal que estaban en el lavavajillas.

—¿Y? —preguntó Rioseco ansioso.

—Ni un rastro. El lavavajillas estaba en la función de «secado» cuando lo abrieron. Las tazas y la jarra estaban limpias. Ni rastro de la droga, ni huellas, ni nada. La temperatura a la que lavan esos aparatos, aún en un programa corto, destruye cualquier evidencia que pueda haber.

—Ahora que sabemos que Victoria Barreda conocía a su asesino, pues le dejó entrar y le ofreció un café, es decir, la relación era cordial y no desconfiaba de él, deberíamos indagar más en las relaciones personales de ella: amigos, enemigos, posibles amantes, compañeros de colegio... entre ellos hay una persona con la que se relacionaban tanto ella como su marido y que los odiaba lo suficiente para querer verlos muertos a ambos.

—Estamos dando por hecho que es un hombre —aventuró Castro.

—Bueno... el tipo de heridas... las mujeres son más de venenos, son más sutiles —contestó el comisario descartando la idea con un movimiento de la mano, como si espantara una mosca invisible.

—Eso son paparruchas, comisario —soltó Castro—. No hay peor enemigo que una mujer resentida. En realidad, para infligir las heridas que tenían las víctimas sólo se necesita destreza y maña. No fuerza. Recordemos que ambas estaban inconscientes o drogadas cuando las mutilaron.

—En eso tienes razón —admitió Rioseco muy a su pesar. Prefería pensar que la brutalidad era más inherente en el hombre que en la mujer. La experiencia le decía que Castro tenía razón. Al final, el ser humano, hombre o mujer, lleva en sus genes la crueldad. Y el hecho de que esta se desarrolle en mayor o menor medida no depende del género de la persona sino de las intenciones, de la necesidad y del carácter de la propia persona.

—Mañana deberíamos hablar de nuevo con los vecinos de Victoria, con el colegio donde estudia su hijo, con el bar donde tomaba café, con los comercios donde hacía la compra... Quizá nos puedan dar una idea de con quién se relacionaba —propuso Castro.

—Eso ya lo ha hecho la Judicial hoy inspector —atajó el comisario. No quería dar vueltas a algo que no las tenía y mucho menos dar a entender que la Policía Judicial no había hecho bien su trabajo. Había que hilar muy fino para no despertar susceptibilidades y la propuesta de Castro no era el mejor camino para tal fin.

—Lo sé, pero lo estábamos enfocando mal. Hemos dado por hecho que el asesino era un hombre. Y las preguntas se han hecho en virtud de ese convencimiento. Los testigos quizá también hayan pensado en masculino. Si sabemos enfocar las preguntas desde otro ángulo, quizá alguien haya visto u oído algo que no haya sabido interpretar como importante. Hay que volver a hablar con todos ellos.

El comisario Rioseco se tomó unos segundos para pensar en la propuesta de Castro.

—Está bien. Pero informad a la Judicial de los motivos de esta nueva batida y que os echen una mano.

—Sí, señor —contestaron ambos policías al unísono.

—Ya es hora de irse a casa —concluyó Rioseco mirando la hora y levantándose de la silla—. Mañana estaré aquí. Tenedme informado.

Cuando el comisario abandonó de la sala, Gutiérrez cerró el cuaderno.

—¿Hace una cerveza? —sugirió mientras se desperezaba.

—Hoy no, Jorge. Aún tengo que resolver un asunto antes de ir a casa.

—¿Una cita con la periodista? —preguntó con sorna el subinspector.

—Déjate de bromas que no está el horno para bollos. Te veo mañana en la comisaría de Pola de Siero. A las ocho en punto te quiero allí —contestó Castro dejando claro que no era de su incumbencia el carácter del «asunto» en cuestión.

—A sus órdenes, inspector —respondió Gutiérrez con socarronería y una media sonrisa.

El inspector Castro resopló sin mostrar enfado. Gutiérrez era lo más parecido que tenía a una familia, a excepción de Hugo, por supuesto. El paso de compañero a amigo se había forjado a fuego lento. Sin prisas, sin condiciones y sin apenas darse cuenta. Le costaba mucho esfuerzo enfadarse con él. Y le costaba mucho más no poder compartir con él, de momento, el torbellino de emociones que estaba experimentando por el «asunto Olivia Marassa». Por momentos quería encerrarla en el calabozo y tirar la llave al río y al segundo siguiente quería abrazarla, protegerla, pasar tiempo con ella, conocerla... un sentimiento que nunca antes había experimentado por ninguna mujer.

Castro se puso colorado y notó calor en las orejas. Gutiérrez, que no había dejado de observarlo, soltó una carcajada.

—Buena suerte con ese «asunto», inspector. Mañana nos vemos —se despidió con retintín, saliendo de la sala y cerrando la puerta tras de sí para no oír la respuesta de Castro, que seguramente no habría sido nada cortés.

47

Pancho miraba a su dueña desde el respaldo del sofá, con los ojos entrecerrados y un movimiento de cola lento y perezoso. Hacía dos días que la echaba de menos. No es que fuera muy dado a caricias y lisonjas. No necesitaba atención continua y los achuchones le producían la misma sensación que una piscina llena de agua: un agobio que hacía que se le erizara el lomo y se le dilataran las pupilas. No. Él prefería la independencia a la que le tenía acostumbrado Olivia, un pacto tácito entre los dos. Él no exigía mucha atención por parte de su dueña y se dejaba rascar detrás de las orejas de vez en cuando y, a cambio, ella le permitía libertad de movimientos por la casa, atendía sus necesidades alimentarias y dejaba que la observara trabajar, subido en la mesa, junto a su ordenador portátil.

Pero lo de los dos últimos días había sido demasiado hasta para él, que se jactaba de ser un gato independiente y con poco apego a los humanos. Olivia se mostraba distraída, apenas estaba en casa y cuando se dignaba aparecer ni siquiera lo llamaba. Actuaba como si él no estuviera. No le rascaba la cabeza, ni le acariciaba el lomo. Tampoco se estaba luciendo con los horarios de la comida. Y para colmo, aquella tarde lo había bajado de la mesa en dos ocasiones, sin contemplaciones ni lisonjas. En aquel momento, Pancho observaba a su dueña con parsimonia felina, pensando cómo vengarse por tal descortesía. A lo mejor, decidía hacerse las uñas en su cojín favorito.

Olivia por su parte había terminado las dos aperturas. Se sentía satisfecha con el resultado, pues además de la muerte de Victoria, que saldría en todos los medios regionales, estaba segura de que la noticia del fraude al banco sería publicada en exclusiva.

Cuando llegó a casa llamó al periódico. Pidió hablar con Adaro directamente. Estaba nerviosa por la decisión que hubiera tomado el departamento jurídico respecto a la publicación de la foto y de la información del fraude al banco.

Estaba convencida de que la foto sería censurada. Era demasiado brutal, demasiado explícita, incluso para un periódico cuya línea editorial se jactaba de la libertad de prensa en aras del interés general. Pero ¿y si se equivocaba? ¿Y si resultaba que decidían publicar la foto a pesar del riesgo de exponerse a una demanda? ¿Conocía ella, tan bien como pensaba, los mecanismos del rotativo? ¿Y si no era así? ¿Y si había pecado de soberbia?

Cuando Adaro se puso al teléfono y le comunicó con pesar la decisión del departamento jurídico, Olivia respiró aliviada.

—Lo siento, Olivia. No podemos publicar la foto. Nos lo han prohibido. Demasiado incorrecta políticamente hablando —explicó Adaro con cinismo—. No quieren exponerse a un aluvión de reacciones que pongan en duda la moralidad del diario. Y, por supuesto, no quieren exponerse a una demanda que rascaría los bolsillos de la junta directiva por vulnerar la intimidad de la víctima.

Olivia escuchó al director sin perder la calma. Esa era exactamente la reacción que esperaba. Respiró hondo. Había estado conteniendo la respiración sin darse cuenta de ello.

—¿Y la información del banco? —quiso saber la periodista.

—Tenemos vía libre.

—¿Con mis condiciones?

—Sí. No se mencionará ni el nombre del banco, ni el de la persona que te facilitó la información —aseguró el director—. La grabación es una garantía en caso de demanda por difamación, si se diera el caso.

—Está bien. ¿Qué espacio tengo?

—Tienes maquetadas las páginas en Progressus. Dos aperturas en Regional. La muerte de Victoria Barreda también va en primera, a media página por arriba.

—¿Y las fotos? —preguntó Olivia preocupada. Se había olvidado por completo de las imágenes con las que ilustrar las noticias. Y no había hablado con Mario de ello. Maldijo en voz baja por aquel despiste tan poco profesional.

—Mario ha colgado en la plataforma fotografías de esta mañana de los exteriores de la casa de la viuda, cordón policial, mirones, la policía, el coche fúnebre y todo eso. Servirán como sucedáneo. Y para la noticia del banco podemos utilizar una foto de relleno, por ejemplo, foto general de una calle de Lugo o de la muralla.

—¿Será suficiente? —inquirió poco convencida. Las imágenes genéricas no informaban y una foto tenía que transmitir tanto o más que el texto. Por desgracia, muchos lectores se limitaban a leer el titular y a mirar las fotos. Como mucho, si el titular era impactante, leían la entradilla y poco más.

—No. La imagen ya sabes que prima siempre sobre el texto. Pero es lo que tenemos —contestó Adaro con resignación.

—Está bien. Como tú dices, es lo que hay.

—Ponte a escribir —pidió el director—. En una hora tenemos la reunión para las reconversiones. Si hay cambios, te llamará Dorado.

Olivia se puso a escribir nada más colgar con Adaro. En una hora había redactado las dos aperturas. Le resultó muy fácil hilvanar los datos de que disponía, ordenándolos temporalmente en el cuerpo de las noticias, dando prioridad a lo más nuevo, para que el lector pudiera seguir los acontecimientos cronológicamente. Releyó dos veces las aperturas antes de darles visibilidad en la plataforma. Para cuando terminó, Dorado la llamó para decirle que las reconversiones planteadas en la reunión no afectaban a sus temas. De manera que, a las nueve y media de la noche, Olivia apagó el ordenador, se dio una ducha que le tonificó los músculos, agarrotados de la tensión de todo el día, puso música —*La Primavera* de Vivaldi— y se sentó en el sofá, con una cerveza bien fría en la mano, a la sombra de Pancho, que la observaba con mirada lánguida desde el respaldo.

La edición del día siguiente estaba resuelta. Pero ahora tenía que estrujarse el cerebro para conseguir la del domingo. Debía encontrar a alguien que hubiera estado en el colegio en la época en la que Ruiz era profesor. Estaba convencida de que el pasado de Ruiz era determinante para esclarecer su asesinato. Pero contaba con muy pocos datos. Alberto Granados seguía de descanso y hasta el domingo no se incorporaba. No quería comprometerlo más. Ya había abusado de su confianza pidiéndole datos de una investigación criminal sujeta a secreto de sumario. Tendría que buscar otra forma de conseguir información.

El timbre del telefonillo la sobresaltó. Miró el reloj. Las diez de la noche. No esperaba a nadie. Y Mario no había quedado en pasar por casa. Tras unos segundos de vacilación, el timbre volvió a sonar, esta vez con insistencia.

Olivia se desperezó y contestó, tras lo cual corrió a mirarse en el espejo del baño. Se pasó un cepillo por el pelo y cambió la camiseta que llevaba puesta por otra más nueva. «Podía estar mejor», pensó. Pero no daba tiempo a más. Se volvió a mirar en el espejo de cuerpo entero de su habitación. «Pasable», volvió a pensar nerviosa. Aprobó el reflejo que le devolvió el espejo, el de una mujer que rayaba la mediana edad, pero que aún conservaba un aspecto juvenil, vestida con unos pantalones cortos que dejaban a la vista unas piernas bien torneadas y una camiseta de tirantes de color blanco que realzaban el bronceado de su piel. A pesar del cansancio que sentía, no parecía tener muchas ojeras.

Corrió a abrir la puerta en cuanto sonó el timbre.

—¡Inspector! —exclamó bromeando—. ¡Qué sorpresa!

—Señorita Marassa, solo quería asegurarme de que estaba usted bien. Tiene que decirle al presidente de la comunidad que arregle la cerradura de la puerta del portal.

—Pero ¿no habíamos quedado en tutearnos? —preguntó Olivia invitándolo a pasar—. ¿Una cerveza o sigues de servicio?

Castro se sentía como pez fuera del agua. Inseguro. Estaba pisando terreno al que no estaba acostumbrado. Las relaciones personales no eran lo suyo y con el sexo contrario, menos. «Demasiado resbaladizo», pensó.

—Una cerveza estaría bien, gracias —contestó de forma escueta.

Olivia fue a la nevera a por la bebida.

—Como puedes ver, Agustín, estoy perfectamente —dijo Olivia poniendo énfasis en el nombre de pila del inspector.

—Me alegra comprobarlo, Olivia.

—¿Qué te trae por aquí? ¿Necesitas interrogarme? —planteó Olivia con socarronería.

—Si fuera el caso, te hubiera citado en comisaría —respondió Castro poniéndose a la defensiva—. Después de lo del coche, me quedo más tranquilo sabiendo que no has tenido ningún contratiempo más.

—No he tenido ningún contratiempo más —confirmó la periodista, que tuvo ganas de preguntarle, aunque se contuvo, si era así de solícito con todos los testigos.

—Y quería devolverte el móvil —añadió él entregándole el teléfono.

—¡Me acabas de alegrar el día! —exclamó Olivia cogiendo el smartphone—. Sin el teléfono, soy como un cojo sin muletas. ¿Os ha servido de ayuda?

—No mucho, la verdad.

Se hizo un silencio incómodo entre los dos, que rompió Olivia.

—¿Te quieres sentar? —le preguntó invitándolo a ocupar el sofá.

—No sabía si te encontraría en casa. Quizá tengas planes para salir —tanteó mientras se sentaba—. Tendría que haber llamado antes —se disculpó Castro con torpeza, sintiéndose ridículo por la situación. Olivia se sentó a su lado en el sofá, con una pierna cruzada cómodamente bajo la otra, la cerveza en la mano y una mirada penetrante que intentaba leer en la mente de él para averiguar la verdadera razón de aquella visita informal.

—No tengo planes —se apresuró a decir Olivia—. De hecho, me disponía a preparar algo de cena.

La invitación quedó flotando entre los dos. Castro no quiso darse por aludido a riesgo de parecer pretencioso.

—En realidad, estoy aquí a petición de la juez Requena —confesó atropelladamente—. Está preocupada por tu seguridad y me pidió que no te perdiera de vista. No quiere otro cadáver y menos el de una periodista.

—Vaya, ¡y yo pensando que esto era una cita! —se lamentó Olivia con tono jocoso.

El inspector Castro se puso colorado hasta la raíz del cabello y a punto estuvo de atragantarse.

—Aunque esta sea una misión oficial, tendrás que cenar, ¿no? —insistió Olivia—. O ¿no se os permite?

Castro hizo ademán de contestar, pero ella le atajó:

—Relájate, que no te voy a comer. Preparo algo rápido y, mientras, te cuento lo que vas a leer mañana en mi periódico.

Olivia se levantó sin esperar respuesta y se encaminó a la cocina. Castro la siguió sintiéndose tan inseguro como un quinceañero. Se sentía confuso y enfadado consigo mismo por no ser capaz de controlar la situación. Olivia le provocaba al mismo tiempo atracción y rechazo. Si bien reconocía que el rechazo era producto de la propia atracción que sentía por ella.

—¿Te apetece una ensalada y una pizza? Algo sencillo y rápido.

Olivia se movía con agilidad por la cocina, mientras sacaba los ingredientes para la ensalada, le puso al corriente de la información que saldría publicada al día siguiente. La mayor parte Castro ya la conocía, pues ella misma se la había contado por la tarde, en comisaría.

—¿Y la fotografía? —preguntó Castro con miedo de la respuesta de ella.

—No se va a publicar —confirmó Olivia—. Te lo dije. Sé cómo funcionan.

—Has arriesgado mucho.

—En eso, tienes razón —confesó ella sin dejar de picar las verduras para la ensalada—. El farol pudo salirme mal. Pero era una posibilidad ínfima.

—Hubiera sido bastante catastrófico si hubieran decidido publicarla. Sobre todo, para ti —dijo Castro apuntándola con el botellín de cerveza.

—¿Para mí? —Olivia dejó el cuchillo en el aire y miró a Castro con sorpresa.

—La juez Requena, a la que, por cierto, no le caes demasiado bien, te hubiera metido en una celda y hubiera tirado la llave al mar —contestó el inspector, que empezaba a sentirse cómodo.

—Yo no recuerdo haberle hecho nada a esa juez.

Olivia apoyó una mano en la cadera y puso cara de estar haciendo memoria.

—Cree que eres como un pitbull.

—¿Eso ha dicho? —quiso saber Olivia mientras reanudaba el manejo del cuchillo.

—Me temo que sí. Literalmente. —Al inspector se le escapó una carcajada al ver la cara de asombro de ella—. Aunque creo que no le gustan demasiado los periodistas. Y si te soy sincero, a mí tampoco —reconoció, dando un trago a la cerveza.

—Policía y periodismo no son buena combinación. Eso lo reconozco. Y también reconozco que tenernos como moscas cojoneras metiendo las narices, a veces puede resultar molesto...

—... y entorpecedor. Ponéis en riesgo las investigaciones más veces de las que pensáis —interrumpió él.

—Eso no es muy justo. A veces también ayudamos. Te recuerdo el caso de Trashorras. La vinculación de José Emilio Trashorras y los explosivos con los atentados del 11M se descubrió en la redacción de un periódico. La clave fue descubierta por dos periodistas.

—Pero esa es la excepción. Por norma general, entorpecéis más que ayudáis. No todo vale, Olivia, ni siquiera en aras de la libertad de expresión.

—Te aseguro que hay un código ético y algunos lo seguimos al pie de la letra —contestó apuntándole con el cuchillo.

—¿Un código ético? —inquirió Castro enarcando las cejas y con tono irónico—. ¿No me digas? ¿Y en qué consiste? ¿En saltarse todas las normas?

—Verás. —Olivia dejó el cuchillo en la encimera y se acercó a él—. Un buen periodista busca una noticia, no la provoca. Y cuando olfatea el rastro de algo que puede ser de interés público, lo persigue, tira del hilo y mueve cielo y tierra hasta que consigue la información que, por cierto, siempre contrasta antes de publicarla. Un buen periodista respeta los *off the record* y la confidencialidad de sus fuentes. —Olivia hizo una pausa y miró fijamente al inspector, que le mantuvo la mirada sin pestañear—. Y, sobre todo, un buen periodista no se vende a intereses políticos ni económicos, ni se deja amilanar por amenazas ni chantajes. Un buen periodista investiga, contrasta y publica.

—Y tú eres una buena periodista —afirmó Castro sin dejar de mirarla a los ojos.

—Sí, lo soy. —Olivia fue categórica.

—Eres una idealista. Sabes tan bien como yo que eso no es posible desde el momento en que vuestro sueldo lo paga una línea editorial o, lo que es peor, los anunciantes.

—Es difícil, eso es cierto —reconoció la periodista volviendo a la cocina—. A veces, chocamos con los intereses... digamos políticos y económicos del medio. Y a veces, el propio medio trata de que no hagamos pupa a esos intereses con nuestras informaciones. Pero te aseguro que yo practico la honestidad informativa, a pesar de que me haya costado el ostracismo lejos de la redacción central. Se puede hacer, Agustín. Y como yo, hay otros. Te lo aseguro.

—Además de idealista, ingobernable. Menuda pieza estás hecha —se mofó Castro poniendo los ojos en blanco.

—Digamos que no soy conformista. —Olivia colocó los ingredientes en un bol de madera y comenzó a aliñar la ensalada. Encendió el horno e introdujo una pizza—. Oye, estoy preocupada por Mario. ¿Realmente lo tenéis en la lista de sospechosos?

El inspector Castro suspiró.

—Sabes que no puedo comentar eso contigo, Olivia.

—Por favor... Lo han apartado hasta que todo se aclare. Solo dime si de verdad sospecháis de él.

—Estuvo en casa de la víctima casi al mismo tiempo que se

cometía el asesinato y no dijo nada. —Castro omitió decir que no habían hallado huellas ni rastros de ADN del fotógrafo en el interior de la casa—. Y no tiene coartada para gran parte de la mañana, incluida la hora de la muerte de Barreda.

—¡Oh, vamos! —exclamó Olivia cogiendo una botella de vino tinto de una alacena—. Mario no mataría a una mosca. Además, ¿qué motivos podría tener? Es absurdo.

Castro se encogió de hombros dando a entender que no era evidencia suficiente la fe ciega que ella tenía en su compañero.

—Confías demasiado en él —aseveró.

—Es mi familia, Agustín.

Olivia abrió la botella de vino, sirvió dos copas y le ofreció una a Castro. Con las copas en la mano, se sentaron en el sofá a esperar a que la pizza estuviera lista. La noche era cálida y el ambiente agradable gracias a la brisa que entraba por la ventana abierta del salón.

—Mira. —Cogió su teléfono móvil y buscó una foto—. Además de mi madre, ellos son mi familia.

Le mostró la imagen en donde aparecían Mario Sarriá, una mujer con cierto parecido al fotógrafo, y que supuso sería su hermana, y un niño moreno, con mirada risueña y sonrisa fácil, que aparecía en medio de los dos y agarrado a la cintura de ambos con gesto despreocupado.

—Son Mario, su hermana Carmen y Nico, hijo de Carmen y sobrino de Mario.

El inspector observó la foto y le devolvió el teléfono a Olivia.

—Cuando llegué a Pola de Siero tras terminar la carrera, Mario me adoptó, por decirlo de alguna manera. Y su hermana hizo lo mismo. Y de eso hace ya más de quince años. No hay nada que no hiciera por ellos, ¿entiendes? Son buena gente. Mario es muy buena gente.

—¿Y tu madre? —El inspector Castro no había tenido nunca

una relación de amistad tan estrecha con nadie. Su compañero, Jorge Gutiérrez, era lo más parecido, pero nunca había dejado que sus sentimientos por él, un instinto de protección, de confianza y de camaradería que no había experimentado por nadie, afloraran. Pondría su vida en manos de Jorge, pero dudaba que este fuera consciente de ello. Nunca se lo había dicho. Y se cuidaba mucho de que se le notara. Y luego estaba Hugo. Lo de Hugo era diferente. Sentía por aquel chiquillo (que ya no lo era, con sus dieciocho años cumplidos) un cariño difícil de describir con palabras. Por un momento, pensó en la posibilidad de que Hugo fuera sospechoso de un crimen. ¿Reaccionaría como Olivia? ¿Con esa fe ciega en él? Probablemente sí, reconoció para sí mismo. Conocía al muchacho, lo quería y sería capaz de remover cielo y tierra para mantenerlo a salvo, incluso de la ley.

—Mi madre vive en Oviedo —explicó Olivia sin apasionamiento, devolviendo a Castro a la realidad de aquel apartamento que, en esos momentos, olía a pizza cociéndose en el horno—. Es viuda desde hace años y ha rehecho su vida, no sin dificultad. Ahora, es bastante independiente. Tiene sus amigas, sus partidas de parchís, sus viajes anuales al Mediterráneo... Solo me requiere cuando me necesita, lo cual es en no pocas ocasiones. Y suele ser bastante inoportuna. —Olivia se rio y a Castro aquella risa, fresca y abierta, le pareció lo mejor que le había pasado en todo el día.

—¿Y tú? —preguntó Olivia tras dar un largo sorbo a su copa de vino—. ¿Tienes familia?

Castro no estaba acostumbrado a hablar de ello. De hecho, su vida privada —la escasa que tenía— era un tanque blindado. Dudó si eludir la pregunta. Aunque sabía que esquivar a la periodista solo provocaría una mayor curiosidad. Y no podía olvidar que era un perro de presa.

—No tengo —contestó de forma escueta, rezando para que esa respuesta le sirviera.

—Vamos, todo el mundo tiene.

Obviamente, tendría que esforzarse un poco más.

—Familia de sangre no tengo. Mis padres murieron, no tengo hermanos, con lo cual tampoco sobrinos. Tengo dos primos carnales, uno por parte de madre y otro por parte de padre, ambos viviendo en Madrid, pero con los que no tengo más contacto que a través de la típica felicitación por Navidad. Ni siquiera conozco a sus hijos.

Olivia puso cara de incrédula.

—¿Amigos? —insistió—. Todo el mundo tiene amigos, aunque solo sean amigos de copas, compañeros de taberna.

—Mi trabajo no me permite socializar demasiado. Y yo tampoco me permito distracciones, si te soy sincero. —En un arranque de sinceridad, que horas más tarde achacaría al vino, claudicó—. Aunque alguno hay.

Castro le contó a Olivia su relación con Hugo, cómo lo había conocido y cómo había hecho suyo un papel, el de padre, que no le correspondía, pero al que el chiquillo se había aferrado como si de ello dependiera su vida. También le habló de Jorge y de una relación que, sin intromisiones afectivas, iba más allá del compañerismo.

Olivia escuchó en silencio, sin interrumpir y asombrada por la capacidad de aquel hombre, tan irritante y aséptico en apariencia, para encariñarse sin levantar sospechas sobre sus sentimientos. Le resultó fascinante la facilidad con que interponía barreras entre él y las personas a las que quería, y su habilidad para que no se dieran cuenta de sus verdaderos sentimientos. Olivia concluyó que se conducía así porque en realidad él no quería reciprocidad, no deseaba ser objeto de los mismos sentimientos, pues de esa manera nunca habría decepción, ni culpa, ni excusas, ni compromisos. Se protegía de sí mismo. Y así se lo hizo saber a Castro.

—¿Ahora también eres psicoanalista además de *periolistilla*?

Castro se notaba un poco afectado por el alcohol. De lo contrario, no se hubiera atrevido a bromear de aquella manera con ella. Olivia se levantó y fue a comprobar el horno.

—La pizza ya está —anunció.

Pusieron la mesa entre los dos y cuando estuvieron sentados, Olivia se atrevió a pronunciar en voz alta la idea que le había estado rondando toda la noche en la cabeza.

—Quiero hacerte una propuesta —dijo, pinchando un trozo de lechuga.

El inspector Castro dejó el trozo de pizza que acababa de coger a medio camino entre el plato y su boca.

—Ahora que ya sabes que soy de fiar —continuó Olivia—, podríamos aunar fuerzas.

—¿Que yo sé que eres de fiar? —repitió Castro dando un bocado a la porción de pizza.

—Sí. Claro. Te estás comiendo mi pizza y yo no preparo pizza para cualquiera. —La observación hizo que, inconscientemente, el inspector Castro soltara el trozo en el plato como si le hubiera quemado en la mano.

—Tranquilo, solo te estoy proponiendo que compartamos lo que vayamos descubriendo.

—Eso no es posible, Olivia. —Castro reaccionó como si le hubieran pinchado. Olivia se dio cuenta de que el inspector se había puesto tenso como la cuerda de una guitarra. Trató de tranquilizarlo, pues era consciente de que lo que estaba proponiendo iba en contra de su ética profesional. Un inspector de policía, y más uno inmerso en una investigación criminal, no podía vulnerar el secreto de sumario y mucho menos con una periodista.

Olivia mordisqueó una porción de pizza mientras ponía en orden sus ideas.

—Verás... Yo estoy investigando por mi cuenta. He descubierto hechos que vosotros ni os hubierais imaginado y que os están ayudando a seguirle la pista a la figura de Ruiz.

Olivia hizo una pausa. Castro no se inmutó.

—No he tenido reparo en ponerte al día de todo cuanto he averiguado. Cuando me has pedido que no publicara algo, he respetado tu petición.

—¿Me estás pidiendo que te cuente los detalles de la investigación? —preguntó Castro con semblante serio.

—Sí. Recuerda que muchos ya los conozco —indicó Olivia.

—Y no te he preguntado cómo los conseguiste —advirtió el inspector.

—Nunca te lo diría —contestó ella—. Aunque me llevaras esposada. Ya te he dicho que tengo integridad.

—¿Y piensas que eso es motivo suficiente para que viole mi código ético y profesional?

—En realidad, sí. —Era una afirmación sin artificios. La respuesta de Olivia, por escueta y por todo lo que implicaba, dejó perplejo a Castro. Le pedía sin ambages que confiara en ella, que se tirara a la piscina sin flotador, a él, que no sabía nadar. Durante una fracción de segundo, Olivia creyó que Castro se iba a levantar de la mesa y se iba a ir. Había dejado de masticar y la miraba como quien mira un bicho raro. Temió haber ido demasiado lejos y se apresuró a añadir:

—Te prometo que todo cuanto me cuentes, cuanto hablemos, será extraoficial, no saldrá de aquí. Pero conocer algún detalle me puede ayudar a comprender mejor el caso. Y quizá en mis pesquisas me hayan revelado algo que, sin conocer el contexto de la investigación, yo no le haya dado la debida importancia. —Olivia había expuesto su argumento sin atreverse a respirar, por miedo a que en esa nanofracción de tiempo en que cogiera aire, él se fuera, dejándola con un palmo de narices—. Me gustaría poder ayudar, Agustín. Mi opinión sería de gran valor, ya que estaría fundamentada en el análisis de los hechos desde otra perspectiva.

Castro no respondió. Se limitó a coger la copa de vino y a apurar lo que quedaba. Se sirvió más y se pasó una mano por el cabello.

—Sería una relación simbiótica y en la sombra. Te lo juro —apuntó ella, casi en un susurro, levantando la mano derecha y juntando los dedos índice y corazón.

—Te contaré lo que sabemos —contestó él tras un largo minuto en el que Olivia no se atrevió ni a respirar—. Pero como traiciones mi confianza, como se te ocurra publicar algo de lo que hablemos, seré yo quien te lleve al calabozo, Olivia. No solo pondrías en riesgo la investigación, sino también mi puesto.

—Fíate de mí. No te arrepentirás —le pidió Olivia mientras aplaudía emocionada.

Castro deseó con todas sus fuerzas que aquella promesa fuera cierta.

—¿Cuándo empezamos? —preguntó ella impaciente.

—La pizza está buena y el vino, también —afirmó él, resignado al ímpetu de Olivia—. ¿Qué tal en los cafés?

Olivia levantó su copa para brindar por lo que esperaba fuera una relación más que simbiótica.

48

Guadalupe Oliveira llevaba dos días sin trabajar. Germán Casillas había llamado a la mayoría de las chicas para decirles que en unos días no aparecieran por el club. Al menos, hasta que las cosas se calmaran. Por supuesto, había llamado a las más veteranas. Las más jóvenes seguirían yendo a prestar sus servicios. Eso había sido el día anterior. Ahora la cosa era distinta.

Casillas y Alina estaban detenidos y el club, precintado por la policía. Eso significaba una larga temporada en secano. Guadalupe, lejos de deprimirse, y a pesar de la falta de perspectivas a corto plazo, sintió alivio al enterarse de la clausura del local. Llevaba tiempo planteándose la posibilidad de dejar la profesión que le había pagado las facturas desde hacía más de veinte años. Ser puta le había dado más de un sinsabor, pero también le había permitido independencia económica y una pequeña bolsa de caudales.

Había comenzado en el negocio más antiguo del mundo por decisión propia y, al principio, hasta por convicción. Hacía veinte años. Era joven, incauta y sexualmente activa. Por qué no cobrar por algo que, de todos modos, iba a hacer por gusto y gratis. Quería ganar dinero rápido. Y al principio, había sido rápido... y fácil. Podía elegir con quién se acostaba y a qué precio. Conforme pasaba el tiempo, dejó de ser tan rápido y tan fácil. Comenzaron a menguar las tarifas y las posibilidades de elección a la misma velocidad a la que aumentaban las dificultades para mantenerse en el candelero. Quien estaba dispuesto a pagar las tarifas a las que ella estaba acostumbrada exigía, ante todo, cualidades físicas que ensalzaran la vanidad masculina.

Quien paga mil euros por un vino de calidad espera que le sirvan un Vega Sicilia y no un Don Simón en tetrabrik. Solo que, al contrario que el vino, que cuanto más añejo, más caro, el valor económico de las putas se devalúa conforme cumplen años.

Los caballeros no las prefieren rubias. Los caballeros las prefieren jóvenes, con carnes prietas, piel firme, un culo duro y un par de tetas bien puestas. Y Guadalupe ya distaba mucho de esa descripción, a pesar de conservarse bastante bien. Tras pasar los últimos años dando bandazos, cada vez con menos clientela de calidad y con mayor riesgo de tener que echarse a la calle, en La Parada había encontrado un reducto en donde ganarse la vida de forma poco ambiciosa, pero sin sobresaltos. Casillas no era trigo limpio, pero sabía llevar el negocio y trataba bien a sus chicas.

Guadalupe miró por la ventana de su apartamento. La noche estaba clara y el aire perfumado. Los dos últimos días había estado preocupada e inquieta. En realidad, se sentía cansada. Su cuerpo y su mente le pedían un cambio. Y este era el momento. La detención de Casillas era el empujón que necesitaba. Aún estaba a tiempo de reconducir su vida.

«Adiós, Clarisa, adiós. Hola, Guadalupe», pensó con una sonrisa en la boca, mientras se servía una copa de vino blanco. Era una sensación agradable verse libre de obligaciones y, sobre todo, pasar la noche en casa, con el mismo horario que el resto de los mortales. Se lo tomaría como unas vacaciones, reflexionó. Hacía años que no disfrutaba de tiempo para ella. «Quizá un cambio de aires no me venga mal», planeó mientras asomaba el rostro por la ventana. Fuera solo se oía el sonido de los grillos.

El grillar de los pequeños insectos le trajo a la memoria un recuerdo muy viejo, pero tan nítido que notó el olor a salitre y a algas. Evocó un pequeño restaurante de paredes encaladas y ventanas pintadas en color añil situado frente al mar Mediterráneo, en Las Negras, un pequeño pueblecito pesquero enclavado en el Parque Natural del Cabo de Gata, en Almería. Aquel verano, el último antes de convertirse en puta, había sentido paz y algo parecido a la felicidad, rodeada de las gentes sencillas del pueblo y embriagada por el compás lento del tiempo. Guadalupe cerró los ojos y estiró el cuello, sacando el rostro por la ventana. Casi podía sentir la brisa marina. Aún podía recordar el contraste de colores, tan brutal como bello, de aquel paraje almeriense. El azul intenso del mar frente al gris de las formaciones rocosas que daban sombra al pueblo y el verde de los pequeños huertos. «Definitivamente, he de volver a Almería», decidió.

—¡Oh, Dios mío! —exclamó de repente, llevándose una mano a la boca.

Apretó la copa contra el pecho y esta vez la memoria no la hizo viajar a un pueblecito de la costa andaluza, sino al polígono de Noreña, al momento exacto en que había visto aquel coche girar bruscamente desde la calle donde había aparecido el cuerpo de Guzmán Ruiz y a aquello que le llamó la atención del vehículo.

49

—Parece que has visto muchas series policíacas —exclamó el inspector Castro mientras despejaba la mesa en donde habían cenado.

Había sido una velada muy agradable. El vino tinto había fluido más de lo que acostumbraba y la conversación con Olivia, para su sorpresa, había discurrido más allá de la investigación. Castro se había permitido hablar de sí mismo sin apasionamiento, de sus años en el Cuerpo Nacional de Policía, de sus logros y de sus fracasos personales —sin ahondar en ellos, a pesar de reconocer que abundaban más los segundos que los primeros—, de su ostracismo social autoimpuesto en aras de su trabajo, que ocupaba la totalidad de su tiempo, de Hugo, de Jorge... Se había dejado llevar por el ímpetu de Olivia y, por qué no reconocerlo, por los efectos del vino. Se había sentido cómodo hablando de todo y de nada y escuchando a la periodista hablar de sus años de universidad en Madrid, de su regreso al hogar tras el fallecimiento de su padre, de su futuro profesional truncado cuando estaba empezando a despegar, del resentimiento que había sentido hacia su madre por no ser capaz de sobreponerse como hacía todo el mundo («yo era —había dicho ella—

muy egoísta. Solo pensaba en mí y en mi gloriosa carrera en Madrid. Pequé de falta de sensibilidad y es algo de lo que, aún hoy, me arrepiento»), de los años en los que se sintió prisionera en su propia casa... Pero, sobre todo, se había sentido cómodo con Olivia, aunque hubieran estado en completo silencio. Y eso le sorprendió tanto que no sabía cómo digerirlo.

Olivia había sacado una cartulina blanca, un rotulador negro y un bloc de notas adhesivas de distintos colores. La mitad de la cartulina estaba llena de ellas con anotaciones. Cuando Olivia depositó el gran cartón en la mesa, Castro pudo observar que era un esquema, más o menos detallado, de la investigación de ambos asesinatos. Olivia había etiquetado cada información conseguida: en pósits de color amarillo, las pistas y evidencias; de color azul, las dos víctimas, cuyos nombres había escrito en letras mayúsculas; de color verde, los «trapos sucios» de las víctimas, sus secretos tanto del pasado como del presente; de color naranja, los posibles sospechosos y en color rosa, los interrogantes y las lagunas.

Castro se maravilló de la cantidad de información de la que disponía la periodista y de cómo, según su esquema, todo apuntaba al pasado de Guzmán Ruiz, a su tendencia pedófila y pederasta —en uno Olivia había escrito «sedujo a su mujer cuando era una niña»— y a su relación con Germán Casillas.

—¿Rellenamos los espacios en blanco? —preguntó ella sentándose en una de las sillas y apoyando los codos en la cartulina.

El inspector se sentó y se pasó una mano por la barbilla. Estaba a punto de violar una diligencia judicial y el secreto de sumario pero, aunque en un primer momento la idea planteada por Olivia de compartir información le pareció descabellada, ahora estaba deseando poner sus puntos de vista encima de aquella cartulina y escuchar la opinión de ella.

—Dejemos clara una cosa —puntualizó Castro antes de empezar—. Lo que te cuente hoy aquí bajo ningún concepto puede salir de esta cartulina. Huelga decir que no podrás mencionárselo a nadie. —Hizo una pausa—. Ni siquiera a Mario.

—Te lo prometo. ¿Empezamos?

—Ya conoces las circunstancias de la muerte de Ruiz —aseveró Castro—. Pero lo que no sabes es que le dejaron inconsciente de un golpe en la cabeza, antes de emascularlo. Apareció en el polígono y lo mataron allí. Hora de la muerte, medianoche. Se descarta el robo. Entre sus pertenencias no hemos encontrado su teléfono móvil. Suponemos que iba en dirección a La Parada cuando lo mataron, dado que esa noche no apareció por el club. Y suponemos que iba acompañado de su asesino, a quien creemos que conocía, pues no había señales de lucha en el cadáver.

—¿Cómo llegó allí? —preguntó Olivia cogiendo una nota amarilla.

—En su vehículo, no. Apareció aparcado en Pola de Siero, no lejos de su casa. Y en taxi, tampoco. Hemos hablado con todos los taxistas de Pola de Siero y Noreña. Posiblemente, en el mismo coche de quien lo mató.

—¿Encontrasteis huellas, restos de ADN? —quiso saber Olivia mientras rellenaba con letra pequeña y apretada la nota que había titulado «PISTAS RUIZ».

—Solo un pelo de gato en la ropa de Ruiz.

Olivia subrayó la palabra «gato».

—El cuerpo lo encontró Guadalupe Oliveira sobre las tres de la madrugada. —Olivia repasó ahora sus notas—. Me comentó que el coche que había visto a esa hora tenía algo que le había llamado la atención. ¿Ha recordado qué era?

—De momento, no.

—¿Habéis localizado el coche?

—¿Un coche pequeño y blanco, del que no sabemos la matrícula ni el modelo? —Por el tono irónico de Castro, Olivia dedujo que no y lo anotó.

—Pudo ser un testigo o el propio asesino —señaló Olivia.

—Si hubiera sido un testigo, ¿por qué no ha dado señales de vida? —razonó él.

—¿Miedo, quizá? —Olivia escudriñó el rostro de Castro—. No crees que fuera alguien que pasara por allí, ¿verdad? Piensas que era el asesino —inquirió apuntándolo con el rotulador—. Pero no tiene sentido, ¿por qué iba el asesino a volver a la escena del crimen tres horas después?

—A buscar algo —sentenció Castro—. Se le olvidó o perdió algo... no sé... el arma del crimen, por ejemplo... y volvió a buscarlo —especuló el policía dándose cuenta de que era una conjetura que aún no había analizado en profundidad con su equipo.

—Tenía que ser algo muy importante para arriesgarse tanto —adujo la periodista con poca convicción.

—También rastreamos el navegador del coche de Ruiz y nos condujo a una casa, a las afueras de Oviedo, alquilada por una sociedad que, a su vez, está a nombre de Alina Góluvev, una de las chicas de Germán Casillas.

Olivia cogió otro papelito, esta vez de color naranja, y apuntó los nombres de Casillas y de Alina.

—¿Qué relación tiene Casillas con esa tal Alina y con Ruiz?

—Creemos que eran socios. Los tres.

—¿Del club? —se sorprendió la periodista.

—No exactamente. —Castro titubeó. Cogió aire y lo soltó con fuerza—. En la casa organizaban encuentros sexuales entre adultos y menores de edad.

Olivia dejó caer el rotulador y el policía observó cómo se le dilataban las pupilas, si bien no supo interpretar si por la sorpresa o porque esa información para ella, ahora mismo, era como una papelina para un drogadicto en fase de desintoxicación, es decir, intocable. Hubo un entendimiento tácito, un silencio entre los dos que no requirió de ninguna advertencia.

—El cuaderno que encontraste es un libro donde están reflejadas las transacciones, con claves, por supuesto, y en La Parada hemos encontrado grabaciones... de... de esos encuentros. —El policía tragó saliva—. Yo no he visto las imágenes, pero al parecer Ruiz sale en uno de los vídeos participando de los abusos.

—¡Hijo de puta! —exclamó la periodista—. ¿Pensarás que soy un monstruo si te digo que me alegro de que esté muerto? —confesó con rabia.

—No. Pensaré que eres humana, Olivia. Si te soy sincero, yo también siento alivio al pensar que hay un monstruo menos en la calle.

Olivia cogió el rotulador de nuevo y cogió otro papel amarillo.

—¿Pudieron matarlo Casillas o Alina?

—Casillas tuvo la oportunidad. No tiene coartada para la noche del crimen. Ella, sí.

—¿Y el móvil del crimen?

—Conociendo las costumbres de Ruiz en el pasado... ¿lo intentó engañar? ¿Le estaba robando? ¿Casillas chantajeaba a Ruiz con los vídeos y tuvieron una pelea que acabó mal?

Mientras Castro exponía las hipótesis, Olivia anotaba y luego colocaba cada papel en la cartulina.

—¿Y qué me dices de la gente a la que estafó en Lugo?

—Están los compañeros de la Judicial de allí investigando esa vía. Pero hasta el momento, no hay nada.

—¿Así que solo sospecháis de Casillas? —preguntó Olivia con intención.

—No.

—¿Qué no me estás contando? —Olivia sonrió con picardía.

—Ruiz llevó a la quiebra una empresa de Pola de Siero. De mala manera. Dejó a mucha gente en la calle y al propietario en la ruina. Se llama Mateo Torres. —Hizo una pausa para dar énfasis a lo que iba a decir—. Tiene dos gatos y la tarde del asesinato se le vio discutiendo con Ruiz. Y tampoco tiene coartada.

—¡Vaya!

—Y eso sin contar unos cuantos flecos que estamos investigando: empleados de Torres a los que no les sentó bien quedarse en el paro, quizá alguien relacionado con los menores que prostituían, la mafia con la que se relacionaban para traer a esos menores, alguno de los hombres grabados en los vídeos. Quizá Ruiz conocía la existencia de esos vídeos y era él quien chantajeaba...

—Muchos frentes abiertos. —Olivia resopló. Cuanto más color cobraba la cartulina, menos claro veía el caso. Y cada vez había más pósits naranjas y rosas que amarillos—. Luego está mi teoría, que aumentaría la lista de sospechosos —añadió ella.

—¿Y es?

—Cuando Ruiz trabajó como profesor en Pola de Siero, pasó algo que provocó que escapara con el rabo entre las piernas y no regresara hasta pasados treinta años.

—¿Y piensas que ese algo o alguien ha estado esperando pacientemente treinta años para vengarse? —cuestionó el policía con escepticismo.

—Ya te lo diré. Es mi tarea para mañana —respondió Olivia haciendo caso omiso del tono artificioso del policía—. A veces, las venganzas se gestan durante años y basta un detalle insignificante para convertir a una persona en un monstruo, en un asesino.

—Un detonante —añadió él.

—Sí. Algo que ha cambiado en algún momento del presente cercano. Si damos con ese cambio, daremos con el autor de los crímenes.

El inspector Castro tomó nota de esa idea. La naturaleza humana tiene una simiente primitiva y animal que, la mayoría de las veces, está latente, contenida por los comportamientos sociales y morales aprendidos de niños. Pero, otras, ese muro se resquebraja, se rompe y el animal que habita en nosotros dormido, agazapado, se despierta y se impone, devorando el raciocinio, la moral y al ser humano. El asesinato rara vez es un hecho aislado. Constituye el culmen de una serie de acontecimientos, pasados o presentes, grandes o insignificantes, pero siempre de trascendencia para quien comete el crimen.

—¿Pasamos a Victoria Barreda? —sugirió Castro frotándose los ojos.

—Era una de mis sospechosas —comentó Olivia señalándole la cartulina que presentaba un tachón sobre el nombre y levantándose después a preparar café. Mientras se peleaba con una moderna cafetera de cápsulas, el inspector expuso los hechos.

—Hora de la muerte: sobre las once de la mañana. La drogaron con benzodiacepina, con lo cual no había signos de lucha. Como ya sabes, le sacaron los ojos y le cortaron la lengua, probablemente con la misma arma con que mataron a Ruiz: un bisturí o similar. Y después le inyectaron heparina. Se desangró en cuestión de minutos.

Olivia volvió a la mesa con dos capuchinos. Se tomaron unos segundos para paladear el café, cuyo aromático olor inundó la habitación. El inspector continuó hablando:

—Victoria Barreda conocía al asesino. Le invitó a café. Y las puertas no estaban forzadas.

Olivia observaba a Castro con expresión atenta y rodeando la taza caliente con las dos manos.

—Se han encontrado unas huellas parciales que no aparecen en el CODIS y unas fibras que aún se están analizando. Y los cortes tanto de Barreda como de Ruiz fueron hechos por una mano firme y con cierta destreza con este tipo de arma o una mente con ciertos conocimientos de anatomía. Al margen de eso, nada.

—¿Un médico? —inquirió Olivia. Esa era una buena pista.

—Es una posibilidad. Delitos Tecnológicos está analizando las grabaciones. Tratan de reconocer a los menores y también a los hombres que aparecen en ellas. Puede que entre ellos haya algún médico.

—No lo dices muy convencido.

Castro chasqueó la lengua.

—Es que no lo estoy. Tengo la sensación de que es mucho más sencillo que todo esto —dijo abarcando con los brazos la cartulina en la que no había sitio para una nota más—. La misma mano mató a los dos. Estamos ante una venganza. Simple y llanamente. El mensaje y el correo lo demuestran.

—¿Qué mensaje? —inquirió ella con sorpresa.

—El de la nota que dejaron con el cuaderno. Decía algo así como que el cerdo merecía morir y que la justicia no es ciega.

—Cierto, lo había olvidado. Como la dirección del correo electrónico —meditó Olivia, mientras añadía una anotación en uno de los papeles amarillos pegados en la cartulina—. De manera que están relacionados.

—Creemos que sí. Mismo *modus operandi*, casi con seguridad la misma arma y el mismo mensaje: «La justicia no es ciega».

—Pero entonces... hay que buscar a una persona que no tuviera coartada para ninguno de los dos crímenes.

—Da la casualidad de que Casillas tiene coartada para la muerte de Victoria Barreda. Estaba en La Parada, rodeado de policías que ejecutaban un registro en el club —confirmó el policía con gesto cansado.

—Entonces, queda descartado —aventuró Olivia apresurándose a tachar a Casillas como sospechoso.

—No necesariamente. —Olivia dejó el rotulador en el aire—. Alina no tiene coartada. Pudieron hacerlo en equipo. Son socios. ¿Y si uno mató a Ruiz y la otra a Barreda?

—¿Y Mateo Torres y su mujer? —preguntó Olivia.

—Jorge y yo estuvimos con ellos, en su casa, hasta las diez más o menos —confirmó Castro.

—Pero a Barreda la mataron a las once. ¿Pudo darle tiempo?

—Es una posibilidad que tendremos que comprobar, pero es poco probable. Él está enfermo. Ella está en mejor forma. Aun así, son dos personas de cierta edad. Y no disponían de vehículo. Hubieran tenido que ir andando y viven en el extremo opuesto a la vivienda de Barreda.

—Pues estamos apañados —bromeó Olivia apurando el café—. Menos mal que aún tienes que investigar a los pederastas de los vídeos y a los trabajadores de Torres.

—Hay otra persona que no tiene coartada para esta mañana, Olivia —señaló Castro cauteloso, sin atreverse a mirar a Olivia.

—¿Quién? —preguntó Olivia echando un vistazo rápido a la cartulina. Se fijó en los papeles naranjas.

—No está ahí —aseveró el inspector siguiendo la mirada de la periodista, quien de repente comprendió con una claridad meridiana. Se levantó de la silla, como si hubieran activado un resorte bajo sus piernas, y se encaró al policía.

—¿No estarás hablando en serio? —espetó ella de mal humor. De repente, había dejado de sentirse cómoda.

—Tiene coartada hasta las diez de la mañana. A partir de esa hora, no puede demostrar dónde estuvo. Según él, buscando información que tú le habías pedido, en el polígono y en su casa, pero no hay nadie que pueda confirmarlo.

—Estás equivocado.

—¿Sabes dónde estuvo la madrugada del jueves? —preguntó Castro.

—¿Me estás interrogando? —quiso saber Olivia a la defensiva.

—No. Quiero que trates de abstraerte, que intentes ser objetiva. ¿Sabes dónde estuvo?

—En casa. Durmiendo. Y vive solo, de manera que no tendrá testigos. —Olivia se había puesto a caminar en círculos pequeños, como un león enjaulado. Se detuvo y miró a Castro fijamente, retándole a que la contradijera—. Pero deberías preguntárselo a él.

—Lo haré. Mañana. Te rogaría que no le pusieras sobre aviso —pidió el policía.

—Si lo conocieras, ni siquiera contemplarías la posibilidad. ¿De verdad crees que es necesario? —era una pregunta retórica, pues Olivia sabía que Castro llegaría hasta el final, independientemente de lo que ella opinara y sin atender al terremoto emocional que pudiera provocar.

—Tengo que hacer mi trabajo, Olivia. Tienes que entenderlo. Y Mario no tiene coartada, sus huellas estaban en el cuaderno. De hecho, lo encontró él. Se le vio merodeando delante de la casa de Barreda.

—Pero ¡no tiene motivos! —exclamó Olivia impotente.

—Que tú sepas —sentenció él—. Si no fuera tu amigo, ¿no serían indicios suficientes para poner su nombre en una nota naranja? —planteó el inspector señalando la cartulina. Olivia volvió a sentarse en la silla. Reconocía que él tenía razón, a pesar de la presión que notaba en la boca del estómago.

En ese momento, Pancho, que había estado enroscado en la habitación de su dueña, hizo su aparición en el salón y de un salto, ágil y ligero, aterrizó encima de la mesa. Castro dio un respingo.

—Te presento a Pancho, mi compañero de piso —dijo Olivia sin mucho entusiasmo.

Castro miró al gato y a Olivia. A Olivia y al gato. Y se le aceleró el pulso.

«Y además, el fotógrafo está en contacto con un gato.» El pensamiento se abrió paso en su mente a cámara lenta. Le pasó la mano por el lomo al felino y cerró el puño. Sin que Olivia se diera cuenta, sacó un pañuelo de papel del bolsillo y frotó la mano contra él. Al día siguiente, Montoro tendría pelo de Pancho para comparar con el encontrado en el cuerpo de Ruiz.

Miró el reloj. Estaba cansado y, aunque estaba disfrutando más de lo que estaba dispuesto a reconocer, necesitaba descansar.

—Es tarde. Son casi las dos de la mañana. Me ha gustado comentar contigo el caso, pero es hora de irse a casa —había dicho Castro sin ceremonias, sin adornos ni ñoñerías, antes de irse.

Olivia también había disfrutado de la velada, no solo por haber podido meterse de lleno en la investigación, sino por él, por aquel hombre serio, centrado y tan absolutamente irritante y cabezota. Pero le gustaba. «Me gusta. Me gusta mucho.» Olivia se sorprendió con ese pensamiento. Sintió un cosquilleo a la altura del pecho. Hacía mucho tiempo que no le gustaba nadie. Se entretuvo pensando en el inspector mientras se desnudaba para meterse en la cama. Hasta que se acordó de Mario. Reflexionó sobre lo que Castro había dicho. Tuvo que reconocer, de mala gana, que la madrugada del jueves no había podido localizar a su amigo fotógrafo, a pesar de haberle llamado en repetidas ocasiones. Y eso le había extrañado, pues Mario rara vez apagaba el teléfono móvil. Y el golpe en la cabeza de Ruiz. La cámara... estaba abollada. «Dijo que se le había caído al suelo —recordó—. Se le resbaló y cayó al suelo», repitió machaconamente.

Olivia cerró los ojos con fuerza. No quería pensar en Mario.

50

Sábado, 17 de junio de 2017

El inspector Castro saboreó el café, fuerte y aromático, mientras observaba a Gutiérrez a través de los ventanales de la moderna cafetería, cerca de la comisaría. Acodado en la barra, lo vio cruzar la calle con andar ligero y expresión despreocupada. Se fijó en el atuendo de su compañero. Unos pantalones Dockers tostados y una camisa Burberry en color chocolate, de manga larga, que el policía llevaba remangada hasta los codos. A Castro le llamaba la atención la pulcritud de la que hacía siempre gala en cualquier circunstancia y el atractivo que emanaba de su persona. Y lo que más admiraba de él era que parecía no darse cuenta de la impresión que causaba. Especialmente en el sexo femenino.

Aunque el calor empezaba a apretar, Gutiérrez parecía fresco, como recién salido de la ducha, a pesar de que llevaba ya más de dos horas al pie del cañón. Aquella mañana, Castro había delegado la responsabilidad de coordinar la reunión con la Judicial de Pola de Siero. Él tenía que ver a Montoro. El pañuelo con el pelo del gato de Olivia le había quemado en el bolsillo desde la noche anterior. Necesitaba soltarlo. Y eso había hecho a primera hora de la mañana.

—¿Otro gato más? —le había preguntado Montoro introduciendo el pañuelo que le acababa de entregar Castro en una bolsa de pruebas—. Aún no he cotejado las muestras de pelo de los gatos de Mateo Torres.

—¿A qué hora te llegaron esas muestras? —inquirió Castro.

—A última hora de la tarde. Estuvimos a tope. —El inspector de la Científica sacó un rotulador del bolsillo de su bata de trabajo—. ¿Cómo etiqueto esta prueba?

—En realidad, no hay cadena de custodia. —Montoro se le quedó mirando con cara de «¿estás de broma?»—. Lo cogí de forma poco convencional. Pertenece al gato de Olivia Marassa.

—¿La periodista? —repuso sorprendido—. No pensaba que fuera sospechosa.

—De momento, etiquétalo así. Sin número —pidió sin dar más explicaciones—. Y en función de los resultados, ya veremos.

—Está bien. Supongo que sabes lo que haces —aceptó Montoro marcando la bolsa.

—¿Tendrás los resultados hoy? —quiso saber Castro con impaciencia.

—¿De todas ellas? ¿De los tres gatos? —Montoro enarcó las cejas y enarboló la bolsa con el pelo de Pancho.

—Sí. De las tres.

—Intentaré tenerlas. —Tomó aire y lo soltó de golpe—. Y no me preguntes si hay novedades porque no las hay.

Al ver la cara de decepción del policía, Montoro añadió:

—Pero las habrá. Y serás el primero en conocerlas, inspector.

Mientras él estaba con el inspector de la Científica, Gutiérrez se encargaba en Pola de Siero de organizar el trabajo con los agentes de la Judicial. Había mucho que hacer durante todo el día y necesitaban toda la ayuda que pudieran conseguir para volver a revisar las pistas, hacer una nueva tanda de preguntas a los vecinos de Victoria Barreda, visitar las tres farmacias existentes entre Pola de Siero y Noreña, además de entrevistarse con sus empleados, sin olvidar el ambulatorio. Eso sin contar con que esa mañana había que volver a hablar con Mateo Torres y su mujer y con Sergio Canales, el que fuera empleado de Torres. Demasiado trabajo para tan pocos efectivos, lo que hacía que las jornadas fueran interminables y los ánimos se caldearan con facilidad.

Gutiérrez entró en la cafetería y fue directamente hacia Castro. Pidió un café solo y se sentó en un taburete de metacrilato y acero inoxidable, que parecía hecho más para ser expuesto en una galería de arte que para sentarse.

—¿Y bien? ¿Qué tal la reunión? —preguntó Castro sin esperar a que Gutiérrez se sentara.

—Como la seda. —Cogió el café que le acababan de servir y le echó azúcar—. Creo que hoy podremos cubrir unos cuantos frentes que teníamos previstos. Dos agentes se dedicarán a las farmacias y al ambulatorio.

—¿Llegó la orden judicial para poder comprobar las recetas?

—Sí. La juez está trabajando rápido. Y esta mañana a primera hora ya tuvo a Rioseco una hora al teléfono para que la pusiera al día —contestó el subinspector riendo.

—¿Un sábado?

—Ya ves, la mujer es incombustible. Quiere estar al pie del cañón.

—Eso nos viene bien. ¿Y nosotros?

—Para nosotros he dejado los interrogatorios de esta mañana: Mateo Torres y Sergio Canales. Y la vinatería donde se le vio con vida por última vez. ¡Ah! Y llamó la asistenta social. Vendrá con Pablo Ruiz a comisaría a última hora de la mañana.

—¿Aquí a Pola de Siero o a la Jefatura Superior?

—A Pola de Siero.

—Con el niño quiero hablar yo.

—Ya lo suponía.

—Pues pongámonos manos a la obra. ¿Por dónde empezamos? —Castro apuró su café, dando a entender que ya era hora de irse. Gutiérrez, en cambio, no modificó su postura y removió el suyo con parsimonia.

—Por la vinatería. En cuanto lleguen Torres y Canales, nos avisarán.

—Ayer estuve en casa de Olivia Marassa —espetó Castro. Lo dijo intentando que el tono sonara neutro, pero le traicionó el timbre de voz.

A Gutiérrez le brillaron los ojos y se le escapó una risita que hizo que el inspector se pusiera tenso.

—Vaya, ¿ese era tu asuntillo de anoche? —se jactó, bebiéndose el café de un trago.

—Vamos, te lo cuento por el camino.

Ya en el coche y en dirección a la urbanización, Castro le contó sus sospechas sobre Mario y la obtención de la muestra de pelo del gato de Olivia. Omitió el intercambio de información que había tenido con la periodista, pero sí le comentó la necesidad de profundizar en el hecho de que el autor de los homicidios hubiera regresado a la escena del crimen, de lo que se podía deducir que el coche visto por Guadalupe no fuera el de un testigo o una casualidad, sino el propio asesino. Gutiérrez le escuchaba con atención, sin hacer preguntas.

—¿Vas a traer a Mario Sarriá a la comisaría?

—Sí. Quiero saber dónde estuvo la madrugada del jueves.

Durante unos minutos, ninguno dijo nada. Cada uno inmerso en sus propios pensamientos.

—Olivia está convencida de que el pasado de Ruiz en Pola

de Siero podría tener que ver con el crimen. Como algo que ha permanecido latente —confesó el inspector.

—¿Has comentado el caso con ella? —se sorprendió Gutiérrez girando bruscamente el cuerpo entero hacia su compañero.

—No —mintió agarrando el volante con fuerza—. Pero ella tiene sus propias teorías. Y es muy tozuda.

—¿Vas a investigar esa vía? ¿La del pasado de Ruiz?

—De momento, no. La va a investigar ella. —Sonrió, ante la mirada atónita de Gutiérrez—. Pero la idea en sí misma me intriga, ¿sabes? Ella opina que el motivo del asesinato, la venganza... odio... rabia... ha estado ahí, escondido, durante mucho tiempo. Y que un hecho del presente, un cambio quizá imperceptible o intrascendente para el resto de los mortales, ha provocado que ese sentimiento aflorara, desencadenando esta consecución de muertes.

—¿Y tú qué opinas?

—Que sin pruebas no tenemos nada y dará igual lo que yo opine.

Habían llegado a la entrada de la urbanización, en donde aparcaron. Se encaminaron hacia La Cantina, ubicada junto a un edificio de cinco plantas que daba sombra a aquel grupo de casas unifamiliares.

—Hoy te veo... no sé... relajado —bromeó Gutiérrez antes de entrar en La Cantina—. ¿Me vas a contar los detalles? ¿No querrás que me crea que estuvisteis toda la noche hablando de Ruiz? —se mofó.

—Si te lo contara, tendría que matarte —contestó Castro.

51

—¡Por el amor de Dios, madre! ¡Hablé contigo el miércoles!
—protestó Olivia empezando a perder la paciencia.

—¡Precisamente, hija! Hoy es sábado y no sabía nada de ti
—le recriminó a Olivia su madre—. Ni tú de mí, dicho sea de
paso. Me podía haber pasado algo.

—No seas dramática —contestó Olivia resoplando.

Doña Elena se movía de un lado para otro de la casa, ahue-
cando un cojín aquí, enderezando un tapete allá y quitando con
el plumero el polvo —inexistente, pues la madera brillaba como
recién encerada— de los muebles que encontraba a su paso.

—Olivia, te olvidas con mucha facilidad de que tienes una
madre. He tenido que hacer algo muy mal en esta vida para que
me trates con ese desdén. —Doña Elena agitó el plumero en el
aire para enfatizar, por si no lo había dejado lo suficientemente
claro, lo desafortunada que se sentía en ese momento.

Olivia puso los ojos en blanco. «No puedo con ella. Cuenta
hasta diez, Olivia. Mejor, hasta veinte», se dijo. Cada sábado,
desde la muerte de su padre, Olivia comía con su madre. Aquella mañana había decidido saltarse la tradición. Tenía mucho que
investigar y las comidas con su madre —aperitivo, comida y so-

bremesa con partida de parchís— le robaban un tiempo del que no disponía, ese sábado, para dedicarle.

Doña Elena era absorbente. A pesar de haber rehecho su vida con rigurosas rutinas que incluían reuniones sociales, partidas de parchís y viajes, se negaba a soltar la mano de su hija. Su necesidad de atención filial —en opinión de Olivia, fingida, pues más que atención, lo que deseaba su madre era control sobre ella— asfixiaba a la periodista que, en más de una ocasión, había rehusado coger el teléfono para llamarla. Deseaba una relación normal con su madre, con la madre que había sido antes de la muerte de su padre, independiente, fuerte y decidida.

—El teléfono funciona en las dos direcciones, ¿sabes? —apostilló ella.

—¡No te atrevas a ser sarcástica conmigo, Olivia! —Doña Elena detuvo su trajín y, sin disimular su agitación, se atusó el cabello, cardado como recién peinado en peluquería, y cruzó los brazos en actitud de quien espera una disculpa.

Olivia conocía a su madre y sabía, por experiencia, que era inútil discutir con ella. Suspiró y cambió de tema.

—Hoy no podré quedarme a comer, madre —anunció Olivia—. De hecho, los últimos dos días han sido de locura. Y si te calmas, quizá te cuente los detalles —añadió para apaciguar a su madre, que había arrugado el ceño y fruncido los labios, gesto que Olivia sabía reconocer cuando estaba a punto de soltar una perorata con chantaje emocional incluido.

Para sorpresa de Olivia, doña Elena no dijo nada. Dejó el plumero encima de la mesa del comedor y se alisó la falda. La periodista suspiró aliviada. Aquella batalla estaba librada y, de momento, con un tanto para ella.

—Bien, al menos tomaremos el aperitivo. ¿Te sirvo un martini? —preguntó doña Elena a su hija dirigiéndose al aparador.

—Son las diez de la mañana, madre. Preferiría un café.

Doña Elena entró en la cocina. Olivia la oyó moverse con rapidez, abrir armarios, la nevera, conectar la cafetera, el repiqueteo de las cucharillas contra las tazas y el zumbido del microondas. Al cabo de diez minutos, apareció en el salón con una bandeja de madera y el café recién hecho. Se sentó junto a ella en el borde del sofá, con las piernas juntas y los pies cruzados. La madre de Olivia sirvió dos tazas y, solo después de revolver los azucarillos, habló:

—¿Y bien? ¿A qué has venido entonces? —preguntó.

—A verte. ¿A qué si no? —respondió Olivia. Se recostó en el sofá con la taza en la mano—. ¿Has leído estos días el periódico?

—Sí. —Doña Elena escudriñó el rostro de su hija—. ¿Es tan horrible como has escrito?

—Peor. Ambos crímenes son espeluznantes. A veces la realidad supera la ficción y te aseguro, mamá, que esta es una de ellas.

Doña Elena la miró y colocó su mano sobre la rodilla de su hija. Apretó como si con ello pudiera infundirle un ánimo que sospechaba no sentía. Aquel gesto provocó una sonrisa en Olivia.

—Estoy bien, mamá. Cansada, pero bien. Han sido días... intensos.

—Cuéntame los detalles. Al menos, hasta donde puedas contarme.

Olivia relató los acontecimientos desde la madrugada del jueves, omitiendo la información que le había facilitado el inspector Castro. También le contó las circunstancias de la aparición del cuaderno, le habló de la pedofilia de Ruiz, de su viaje a Lugo y de la estafa al banco, de la impresión que le habían causado los padres de Victoria Barreda y de la recepción por mail de la fotografía del cadáver de la mujer. Se guardó de contarle el contratiempo sufrido con las ruedas de su coche, pero sí le comentó las sospechas que recaían sobre Mario. Su madre no la interrumpió, ni siquiera parpadeó. Tan solo se echó la mano al cuello, en una ocasión, y a los labios, en otra.

—Lo de Mario no me lo creo. Ese chico es incapaz de matar a una mosca. —Fue todo cuanto dijo.

—Yo tampoco quiero creerlo, madre. Pero supongo que todo se aclarará.

Olivia no podía imaginar a Mario esgrimiendo un arma blanca contra un ser humano y, mucho menos, infligiendo las heridas tan brutales que presentaban los cadáveres. Además, ¿qué motivos podía tener? Y todo crimen está motivado por un móvil. ¡Si ni siquiera conocía a Guzmán Ruiz! Nunca, en todos los años que conocía a Mario, le había oído hablar de Ruiz ni de su mujer. Mario no conocía a Guzmán Ruiz, pero su hijo Pablo, recordó Olivia, sí conocía a Mario. «Eres el tío de Nico. Te he visto en fotos», rememoró la periodista. ¿Y si lo conocía de algo más que de fotos? ¿Y si existía un nexo entre Mario y el matrimonio asesinado? Pero ¿cuál?

Olivia apartó esos pensamientos de su cabeza. No iba a dudar de Mario. Hasta que se demostrara lo contrario, y para eso tendría que haber pruebas sólidas, su amigo era inocente.

—¿Y qué vas a hacer? —preguntó su madre como si le hubiera leído el pensamiento.

—Seguir investigando y descubrir la verdad. —Olivia dejó la taza sobre la bandeja y se levantó—. De hecho, debería irme ya.

—Esta visita ha sido más corta que la de un médico —protestó su madre acompañando a Olivia a la puerta.

En ese momento, sonó el móvil de la periodista. Era Mario. Tras dos minutos de conversación con el fotógrafo, colgó.

—Tengo que irme —anunció besando a su madre—. Mario ha localizado a una antigua profesora del colegio de Pola de Siero. Y está dispuesta a hablar conmigo.

52

La Cantina estaba vacía de clientes. Tras la barra, una mujer exageradamente maquillada se afanaba por pinchar un barril de cerveza. En cuanto vio a los dos hombres, se apresuró a arreglarse el pelo y a mostrar una amplia sonrisa que dejaba al descubierto unos dientes irregulares y manchados por el tabaco.

—¿Qué les sirvo?

Castro y Gutiérrez se identificaron.

—¿Es usted la propietaria del bar? —preguntó el inspector.

—Vi-na-te-rí-a —recalcó la mujer.

—¿Cómo dice? —inquirió perplejo.

—Es una vinatería, no un bar —aclaró la mujer ofendida por el desconocimiento de aquel policía, por muy inspector que fuera. Castro se preguntó qué diferencia podía haber entre una cosa y la otra. Quizá debería salir más, pensó—. Y sí, soy la propietaria.

—¿Su nombre?

—Marisa Palacio. Vienen por lo de ese hombre, el marido de la gallega. El que apareció muerto en el polígono. —La mujer apoyó una mano en la cintura. No era una pregunta, sino la constatación de un hecho.

El inspector asintió. Su compañero sacó el cuaderno del bolsillo y se apoyó en la barra dispuesto a tomar nota.

—El jueves estuvo una periodista hablando con usted —comenzó Castro— y le contó que Guzmán Ruiz estuvo aquí la tarde del miércoles.

—Sí, es cierto.

—¿Podría precisar la hora?

—A última hora de la tarde. Serían las ocho.

—¿Estuvo solo?

—Siempre venía solo. Aquella tarde no fue la excepción. —Marisa se apoyó en la barra y trató de leer lo que escribía Gutiérrez.

—Por lo que dice, deduzco que venía a menudo.

—Todos los días, de hecho. No hablaba demasiado. Era bastante raro —contestó Marisa chasqueando la lengua.

—¿En qué sentido?

—Llevaba viniendo por aquí un par de años. Se sentaba en la barra, en aquella esquina. —La mujer señaló la parte más apartada de la barra—. Se limitaba a beber y a hablar por teléfono.

—¿Nunca vino acompañado?

—Ni siquiera por su mujer. Pobrecita, he leído lo que le ha pasado. Con lo agradable que era.

Castro obvió el comentario. Aquella mañana había leído los periódicos. Todos hablaban de la muerte de la mujer de Ruiz.

—Volvamos a la tarde del miércoles, ¿cuánto tiempo permaneció Guzmán Ruiz aquí?

Marisa reflexionó durante unos segundos. Arrugó el entrecejo como si eso la ayudara a recordar.

—Quizá un par de horas. Bebió bastante. Cuando salió por esa puerta —Marisa señaló la puerta de local con un movimiento de cabeza— iba «cargado», ¿saben?

Eso confirmaba los resultados de los análisis toxicológicos, el alto contenido de alcohol en la sangre de Ruiz.

—¿Habló con alguien mientras estuvo aquí?

—Ya le digo que no hablaba con nadie. Pero habló por teléfono. —Marisa estiró el cuello por encima de la barra y bajó el tono de voz—. De hecho, se citó con alguien.

Gutiérrez y Castro se miraron sorprendidos por aquella revelación.

—¿Qué quiere decir? —se interesó Castro sintiendo un cosquilleo en el estómago.

—Pues que alguien lo llamó por teléfono y Ruiz quedó con ese alguien. ¿Qué va a querer decir citarse con alguien? —contestó la mujer con impaciencia y mirando al policía como si no entendiera a qué venía la pregunta.

—¿Y no le pareció importante compartir esa información con la policía? —La actitud de aquella mujer rayaba la idiotez.

—Bueno, lo estoy haciendo, ¿no? —repuso con descaro.

—Tres días después, señora —espetó Castro.

—¿Por qué me iba a parecer importante? —rezongó con obstinación—. Yo no estoy pendiente de lo que hacen o dicen mis clientes.

—Salvo que este cliente en particular apareció muerto al día siguiente —insistió Castro—. ¿Mencionó algún nombre?

—Si lo mencionó, yo no lo oí. Solo alcancé a oír y por casualidad, porque no me dedico a escuchar conversaciones ajenas, cómo quedaba con alguien para esa noche. Nada más.

Marisa cruzó los brazos por delante de los pechos, haciendo que estos tomaran una forma extraña, como si quisieran salírsele por encima del escote. Todo en ella decía «se acabó la conversación» y Castro supo que no tenía más tela que cortar en aquella vi-na-te-rí-a.

—Le agradecemos su colaboración, señora Palacio —dijo Castro no sin cierto sarcasmo.

Salían de La Cantina cuando sonó el teléfono del inspector.

—Señor —dijo una voz al otro lado—, soy el agente Vázquez, de la Judicial. Tenía usted razón.

—¿Respecto a qué? —preguntó extrañado Castro.

—Respecto a la conveniencia de volver a interrogar a los vecinos de Barreda. Tenemos algo, señor.

El inspector Castro escuchó con atención y Gutiérrez se dio cuenta por la expresión de su rostro de que a su jefe le acababan de alegrar el día.

53

Tardaron apenas cinco minutos en llegar a uno de los chalés adosados de la urbanización, ubicado frente a la vivienda de Victoria Barreda. El acceso estaba orillado por un pequeño jardín, de apenas cuatro metros cuadrados, muy cuidado. El agente Vázquez estaba esperándolos a la puerta.

—Está dentro, señor. Un poco nerviosa. Ayer hablamos con la propietaria. No nos mencionó que tenía una asistenta. Imagino que porque no tiene papeles. Solo viene de ocho a diez de la mañana cada día, a excepción de los domingos.

—Está bien. Vamos.

Los tres policías entraron en la casa. Se dirigieron directamente al salón, conducidos por el agente Vázquez. Allí, sentada en una silla, les esperaba una mujer, latinoamericana y de mirada huidiza. Se apretaba los puños contra el pecho y parecía nerviosa.

—Señora Ramos, estos son el inspector Castro y el subinspector Gutiérrez, de Homicidios. ¿Podría repetirles a ellos lo que me ha contado a mí? —pidió el agente Vázquez dirigiéndose a ella con voz amable y tranquilizadora.

La mujer, Amelia Ramos, treinta y tantos, colombiana y residente en España —de manera ilegal— desde hacía apenas un año, los miraba con la expresión de un animal acorralado. Estaba aterrada. Castro no sabía si les temía a ellos —había oído que en Sudamérica la policía no era un cuerpo del que uno se pudiera fiar— o su miedo residía en la posibilidad de que la devolvieran a su país.

No quería tener problemas, repetía la mujer mientras apretaba los puños contra el pecho con tanta fuerza que los nudillos se le habían tornado blancos. «Yo soy muy feliz en su país, estoy muy amañada* acá. Camello** de forma honrada, no robo, limpio para vivir», repetía.

—No va a tener problemas, señora Ramos. Solo queremos que nos cuente lo que vio ayer —intentó tranquilizarla Castro, quien se sentó en una silla a su lado. Le cogió los puños, fuertemente cerrados, y se los abrió, colocándole las manos encima de la mesa—. Debe tranquilizarse, ¿de acuerdo? ¿Quiere un poco de agua?

La mujer asintió con la cabeza. Castro hizo una señal a Gutiérrez, quien se dirigió a la cocina. Cuando regresó con el vaso y se lo ofreció a la mujer, esta bebió con avidez.

—Bien, ahora cuénteme lo que vio —volvió a pedir Castro.

—Vi a la vecina de enfrente discutir con una mujer —explicó Amelia intentando mantener las manos quietas encima de la mesa.

—¿A qué hora fue eso, señora Ramos?

—Serían poco más de las nueve. Quizá las nueve y cuarto.

—¿Dónde estaba usted?

—Acá, en el salón. Limpiando. Oí voces fuera y me acerqué

---

* Expresión colombiana: «sentirse a gusto».
** Expresión colombiana: «trabajar», entendido el trabajo como algo duro y agotador.

a esa ventana —señaló un enorme ventanal a sus espaldas—. Desde ahí se ve la calle y la casa de la señora Barreda.

El inspector Castro se levantó y caminó hacia la ventana. Tal como decía la mujer, desde esa posición se veía la puerta que daba acceso al jardín de la casa de la víctima, además de una buena panorámica de la calle principal, tanto a la izquierda como a la derecha.

—Continúe, señora Ramos —la animó sin moverse del sitio. Gutiérrez continuaba de pie, apoyado contra la pared, tomando notas.

—Se estaban... cascando.* —Al ver la cara de extrañeza del policía, trató de explicarse—. ¿Cómo dicen ustedes?... Forcejeando.

—¿Forcejeando? —El inspector Castro regresó a sentarse junto a la mujer—. ¿Se peleaban?

—La señora Barreda tenía agarrada a la otra mujer por la muñeca, y le hacía daño porque gritó. La otra mujer se soltó y empujó a la señora Barreda. Luego intentó agarrarla, pero la señora Barreda se zafó de ella. —Amelia hizo una pausa y bajó la vista hacia un punto invisible de la mesa—. Tras esto me aparté de la ventana. No era asunto mío y no quería que me vieran... en fin, fisgando —se disculpó—. Al poco rato, volví a mirar, pero ya no estaban.

—¿Oyó lo que decían?

—Solo fragmentos sueltos. Las ventanas estaban cerradas —explicó Amelia con voz trémula.

—¿Qué oyó?

—A la señora Barreda no la oí, aunque parecía muy brava, pero la otra gritaba. Estaba furiosa. Amenazaba con acabar... con acabar... —Amelia se detuvo y cogió aire—. Dijo: «Acabaré

* Expresión colombiana: «pelearse».

contigo, zorra». También la acusó de no querer entregarle algo que era suyo. La señora Barreda le contestó, pero no conseguí entenderlo.

—¿Cómo era la otra mujer? —El inspector Castro rezaba para que Amelia fuera capaz de dar una descripción lo más detallada posible.

Ella se llevó una mano a la garganta y se quedó pensativa. Reflexionó durante unos minutos.

—Era muy linda. Joven. Bastante alta. Desde luego, era mucho más alta que la señora Barreda. —Se concentró. Se notaba que estaba haciendo un esfuerzo por recordar los detalles—. Iba vestida bastante elegante pero muy... llamativa. Minifalda, tacón alto, blusa muy escotada. Pelo largo. No sé... parecía una modelo.

Gutiérrez carraspeó. Castro desvió la mirada hacia él. Ambos tenían a la misma persona en la mente. Y sin cruzar una palabra, se entendieron.

—¿Algún detalle que le llamara la atención? —Castro notaba un hormigueo que le subía desde el estómago hasta el pecho. Estaban a punto de conseguir algo. Su instinto le decía que estaban cerca, aunque seguían sin aproximarse a la conexión, al hecho que había marcado el punto de inflexión entre la persona y el animal.

—Era extranjera —contestó Amelia con seguridad—. Arrastraba las palabras.

A Castro le brillaron los ojos.

—Después de eso, ¿vio usted a alguien?

—No. A las diez me fui y no vi a nadie. No me crucé con nadie y nada me resultó extraño —soltó de carrerilla la mujer, más tranquila. Probablemente era la segunda vez que le preguntaban lo mismo.

—Le agradecemos su colaboración, señora Ramos. Pero vamos a necesitar que se acerque a la comisaría para ver unas fotografías, por si puede identificar a la mujer que vio discutir con Victoria Barreda.

Amelia Ramos hizo amago de protestar y miró a Castro con gesto preocupado.

—El agente Vázquez la acompañará a la comisaría y después la traerá de vuelta —se adelantó el inspector sin darle oportunidad a negarse.

—Diez a uno a que la mujer misteriosa es Alina Góluvev —aventuró Gutiérrez cuando estuvieron en la calle.

—Diez a uno a que tienes razón. —Castro aceleró el paso—. Pero se nos sigue escapando algo, Jorge. Nada encaja.

—Porque nos faltan piezas del puzle, inspector.

—Al contrario... Tengo la impresión de que tenemos piezas de más. —Castro se detuvo de golpe haciendo tropezar a su compañero—. Llama a Mario Sarriá —pidió—. Quiero verlo en la comisaría de Pola de Siero esta mañana.

—Sí, general, a la orden, mi general —bromeó Gutiérrez sin éxito, pues su jefe reanudó la marcha sin inmutarse—. Inspector, cuando empecemos a unir las piezas, daremos con el quid de la cuestión.

Lejos de calmar los ánimos de Castro, este parecía más agitado y serio.

—Jorge, tengo la sensación de que «el quid de la cuestión», como tú lo llamas —se detuvo y miró a su compañero con semblante preocupado—, lo tenemos... no... lo hemos tenido delante de las narices desde el principio. Y no conseguimos verlo.

54

Olivia tenía calor. No era por los 25 grados que marcaba el termómetro del coche. Una temperatura inusualmente alta en Asturias para la hora que era y para el mes en el que estaban. El calor de Olivia provenía del interior de su cuerpo. Le sudaban las manos y sentía que le ardía el rostro. Además, sentía una inquietud que se le había agarrado al pecho con tanta fuerza que no era capaz ni de inhalar el humo de un cigarrillo.

No dejaba de pensar en el pósit naranja con el nombre de Mario. El sencillo gesto de haber pegado aquel pequeño papel en la cartulina blanca era una deslealtad hacia su amigo. Se sentía como una traidora. Su lado angelical le estaba recriminando sus dudas respecto a Mario desde la noche anterior, y lo hacía en forma de palpitaciones, sudores y sofocos. Su lado demoníaco le susurraba al oído que se dejara llevar por su instinto, y empujaba sus neuronas hacia la cámara de fotos abollada, la presencia de Mario en casa de Barreda la mañana de su muerte, su móvil desconectado la madrugada en que mataron a Ruiz, su actitud taciturna y malhumorada de los últimos días y su oportuno encontronazo con el cuaderno a la puerta de su casa.

—¿Oportuno? Fue casualidad, Olivia —le susurró su «ángel».

—Una casualidad más que oportuna —contraatacó su «demonio».

Olivia subió el volumen de la música. Estaba entrando en su calle. Allí había quedado con Mario y allí estaba él, puntual, delante de su portal. Aparcó de una sola maniobra, un poco más abajo. Por el espejo retrovisor vio acercarse a su compañero, que venía a su encuentro.

—¿Todo bien? —preguntó a modo de saludo.

—Sí. ¿Y tú?

—He estado mejor —reconoció Mario, que tenía cara de haber dormido poco—. Me acaba de llamar el subinspector Gutiérrez. Quieren hablar conmigo... otra vez.

Olivia no dijo nada. Castro ya le había anunciado la noche anterior su intención de volver a interrogar a Mario, pero aun así sintió que se le aceleraba el pulso. De repente, sintió miedo por su amigo.

—Vamos a llamar a Adaro para que te manden un abogado, Mario. —Olivia metió la mano en el bolso para sacar el teléfono móvil, pero Mario la detuvo.

—No, Livi. Solo empeoraría las cosas con el periódico. Y no me hace falta. No me han detenido —intentó bromear.

—No se te ve preocupado.

—¿Por qué habría de estarlo? Ellos solo hacen su trabajo y yo no he hecho nada. —El fotógrafo se encogió de hombros y Olivia se dio por vencida.

Mario le facilitó los datos de contacto de una mujer que había sido profesora en el colegio de Pola de Siero. Se llamaba Ángela Pascual. Jubilada desde hacía casi diez años, había impartido clases de literatura a varias generaciones de niños. Vivía en Pola de Siero. Y estaba encantada de poder hablar con la periodista.

—¿Cómo lo has conseguido? —preguntó Olivia emocionada.

—Yo también sé hacer mi trabajo, pichón —contestó Mario—. Pregunté en el Ayuntamiento. Hay mucho dinosauro, ¿te habías fijado alguna vez?

Olivia rio con ganas. Las dotes de investigación de Mario siempre habían sido un tanto peculiares. Pero funcionaban.

—Me dije: por la media de edad seguro que hay quien recuerde a algún profesor de aquella época —continuó—. Y así era. Una de las secretarias de Intervención me llamó esta mañana. No solo recordaba a la señora Ángela Pascual, sino que aún mantiene contacto con ella.

Olivia aplaudió y felicitó a Mario por la ingeniosa ocurrencia que había tenido. Esperaba que la entrevista con la antigua profesora fuera fructífera, pues Dorado ya la había llamado para recordarle que tenía una página sin publicidad para ese día. Y una página entera sin faldones eran muchas líneas que llenar.

—Te invito a algo, venga. Hay que celebrar lo buen detective que eres. —Olivia agarró por el brazo a Mario y se encaminaron hacia el centro de Pola de Siero.

55

—La fotografía de Victoria Barreda fue enviada desde el portátil de Victoria Barreda —informó un agente de Delitos Tecnológicos.

—¿Sin ningún género de duda? —preguntó un sorprendido y decepcionado Castro.

—Ninguna, señor. Hemos rastreado la IP. La dirección de correo electrónico se creó desde el portátil de Barreda y el correo se envió desde el mismo terminal.

«Otro callejón sin salida, ¡maldita sea!» fue lo primero que pensó el inspector en cuanto colgó el teléfono. A continuación, marcó el número de Montoro.

—No —le dijo muy a su pesar—, en el portátil no había huellas. Lo habían limpiado concienzudamente.

El subidón que había experimentado cuando Amelia Ramos había reconocido, en las fotografías que le habían mostrado en la comisaría, a Alina Góluvev como la mujer que había discutido con Barreda, se había esfumado con tanta rapidez y tan abruptamente que en ese momento Castro se sentía desfondado. Y aún no era mediodía.

—Señor, acaba de llegar Mario Sarriá. Y Mateo Torres y Sergio Canales ya están aquí —anunció Gutiérrez, entrando en el despacho donde se encontraba Castro. Este estaba en la planta de la Policía Judicial y se lo habían cedido al inspector mientras durara la investigación. Era una habitación pequeña e impersonal, dotada tan solo de una mesa de madera de formica y tres sillas, desparejadas entre sí, que ya habían visto mejores tiempos. Las paredes estaban desnudas y en una mesita auxiliar metálica descansaban dos carpetas cubiertas de polvo.

—Se nos acumula el trabajo. —Castro miró el reloj con impaciencia—. Con Torres y con Canales habla tú, Jorge. Que te apoye alguien de la Judicial. Con Mario Sarriá ya hablo yo. Dile que pase —pidió abriendo la carpeta con los informes del caso, que descansaba encima de la mesa.

—Sí, señor.

Gutiérrez volvió al cabo de dos minutos con Mario, que tomó asiento en una de las sillas frente a él. Se arrellanó en ella y cruzó los brazos y las piernas, adoptando una posición cómoda y relajada.

—Tengo algunas preguntas que hacerle, señor Sarriá —comenzó el inspector sin mirarle. Se entretuvo repasando la declaración que había firmado el fotógrafo el día anterior—. Ayer usted declaró que después de ir a buscar a Victoria Barreda sin éxito, fue al colegio a interesarse por antiguos profesores, ¿es correcto?

—Sí, así fue. —Mario permanecía impasible.

—Y tras salir del colegio, más o menos a las diez de la mañana, declaró que se acercó de nuevo al polígono y, después, se fue a su casa hasta que recibió la llamada de Olivia y nos vino a enseñar la fotografía a casa de la fallecida, a eso de las dos de la tarde.

—Cierto.

—Bien, Victoria Barreda falleció en torno a las once de la mañana. Eso nos deja un margen de una hora, entre las diez y las once, durante la cual no tiene quien corrobore su versión. —Castro levantó la mirada de la declaración y la clavó en Mario. Creyó vislumbrar un amago de sonrisa en el rostro del fotógrafo y eso le incomodó. Cualquier persona en su situación estaría cualquier cosa menos tranquila y, mucho menos, desafiante.

—¿Necesito una coartada, inspector? —Mario se adelantó y apoyó los codos encima de la mesa. Mantuvo la mirada del inspector, sin inmutarse.

El inspector eludió la pregunta y volvió a concentrarse en los papeles que tenía delante.

—¿Dónde estuvo entre las doce y las tres de la mañana del jueves?

—En mi casa. Durmiendo. —Si estaba sorprendido por la pregunta, no lo demostró.

—¿Vive solo?

—Sí. ¿Por qué me hace estas preguntas? ¿Qué importancia tiene dónde estuviera el jueves? —espetó Mario con hostilidad. Ya no aparentaba tanta tranquilidad. El inspector se fijó en una vena que le latía en la sien derecha. De repente, se dio cuenta de las implicaciones de la pregunta y se levantó bruscamente de la silla—. ¿No estará pensando que yo maté a ese hombre? —exclamó irritado.

—Ha tenido la oportunidad en ambos crímenes —contestó Castro.

—Pero no conocía a Ruiz ni a Barreda. ¡Está usted loco! —voceó haciendo amago de salir del despacho.

—Siéntese, señor Sarriá —ordenó el inspector.

Mario se detuvo en seco con la mano puesta en la manilla de la puerta. Durante dos segundos, no se movió. Finalmente, se giró y volvió a sentarse. Miró a Castro con la mandíbula tan apretada que los músculos se le marcaron afeándole el rostro.

—¿Estoy arrestado? —preguntó con la voz tensa.

—No. Si lo estuviera, llevaría esposas y no le hubiéramos pedido amablemente que viniera a comisaría. —Castro cambió de posición en la silla, satisfecho por haber conseguido romper la coraza de aquel hombre. Tanta flema en un caso tan cruento como el que tenía entre manos le producía aversión—. ¿Qué coche tiene?

—Un Renault.

—¿Color?

—Negro.

—Apunte aquí la matrícula —le pidió el inspector acercándole una hoja en blanco y un bolígrafo. Este dato, al menos, sería fácil de comprobar, se dijo Castro.

Mario cogió el bolígrafo con parsimonia y apuntó el número, tras lo cual empujó el folio hacia el policía.

—¿Qué relación tenía con Guzmán Ruiz y Victoria Barreda?

—Ya le he dicho que no los conocía —insistió Mario levantando las manos con gesto de impaciencia.

—Usted estudió en el colegio de Pola de Siero, ¿verdad?

—Sí.

—Más o menos en la época en la que Ruiz trabajaba como profesor allí.

—Probablemente. Pero yo era un niño. No me acuerdo de él.

—¿Y me tengo que fiar de usted cuando dice que no le recuerda?

—No puedo demostrarlo, inspector. Solo tengo mi palabra y, como no llevo esposas, entiendo que usted tiene lo mismo. —El tono de Mario fue sarcástico—. ¿Han encontrado mis huellas en las escenas del crimen, mi ADN, algo aparte de conjeturas? —A Castro, la pregunta le sonó a provocación.

—Sus huellas están en el cuaderno —le recordó el inspector.

—¡Porque lo encontré yo! —gritó.

—Muy oportunamente —sentenció Castro.

—¿Qué quiere decir?

—Que quizá el cuaderno no lo dejó nadie. Sabemos que estaba apoyado en la puerta de Olivia solo porque usted lo dijo. Pero quizá el cuaderno estuvo siempre en su poder y el simular que lo encontraba solo fue una treta para justificar sus huellas en él.

—Tiene usted mucha imaginación, inspector. Y, hasta el momento, ninguna prueba. Como mucho, alguna circunstancial. —Mario había recuperado la compostura. Miraba al inspector con la barbilla levantada, en actitud desafiante—. Y, si no estoy arrestado, me gustaría irme.

En ese momento, sonó el teléfono móvil de Castro. Era Montoro. Notó que se le aceleraba el pulso y rezó para que esa llamada pudiera arrojar algo de luz, porque, muy a su pesar, todo cuanto tenía eran sospechas, pero ninguna evidencia que las apoyara. Y solo con sospechas no podía retener a Mario Sarriá.

—No se mueva. Aún tengo un par de preguntas —le pidió antes de salir del despacho para atender la llamada.

—Montoro, dime qué tienes —pidió el inspector sin saludar.

—Tengo los resultados de la fibra que encontramos en casa de Victoria Barreda: se trata de una fibra de polipropileno o, lo que es lo mismo, un polímero termoplástico —soltó el inspector de la Científica quien, al no obtener respuesta por parte de Castro, continuó con la explicación—: Es un material que sometido a altas temperaturas se vuelve moldeable. El problema es que tiene usos muy diversos.

—¿Por ejemplo?

—Se utiliza en la industria del embalaje, en la fabricación de envases reutilizables, en papelería, en la industria textil...

—¿En la industria textil? —Castro interrumpió a Montoro. Acababa de tener una idea de a qué podía haber pertenecido aquella fibra—. ¿Por ejemplo, una bata de hospital?

—Sí, podría ser. Del tipo desechable.

Montoro hizo una pausa y al otro lado de la línea se oyó cómo pasaba las hojas de un informe.

—También tenemos los resultados del coche de Mateo Torres.

—¿Y?

—Limpio como una patena. Ni huellas, salvo las suyas y las de su mujer, ni rastros de sangre ni de ADN. Nada de nada.

—¿Algo más? —preguntó Castro.

—Sí, un consejo —Montoro hizo una pausa al otro lado de la línea—. Las muestras del pelo de gato...

—Dime que tienes algo —cortó el inspector, que se puso tenso.

—Tengo una coincidencia con el pelo encontrado en la ropa de Ruiz. Y aquí es donde te voy a dar el consejo. —Montoro carraspeó intentando buscar las palabras adecuadas—. Te recomiendo que trates de conseguir la muestra que me trajiste esta mañana por medios más ortodoxos.

—La muestra de esta mañana, ¿coincide?

—Una coincidencia perfecta. El pelo encontrado en la ropa de Ruiz y el pelo que trajiste pertenecen al mismo gato —confirmó Montoro con voz cantarina.

—Me acabas de alegrar el día y no sabes de qué manera —admitió Castro satisfecho, deseando colgar para quitarle a Mario Sarriá la sonrisa del rostro—. Montoro, ¿estás seguro de que no hay ninguna coincidencia de las huellas parciales que encontrasteis en casa de Barreda?

—Ninguna.

—¿Las cotejasteis con las de Mario Sarriá?

—Sí. Las cotejamos con todas las que me habéis pasado desde que empezó este condenado caso. Y no coinciden ni con las de Mario Sarriá, que ya teníamos porque estaban en el timbre de la calle, ni con las de nadie relacionado con el caso.

—Al menos tenemos el pelo de gato. Ya es algo —dijo resignado.

—Castro, no olvides mi consejo. La cadena de custodia está por algo y este pelo de gato no sería admisible como prueba en un juzgado. Ya sabes... —le recordó Montoro, dejando la frase en el aire.

—Sí, me encargaré de ello, Montoro. Te debo una —agradeció el inspector, colgando el teléfono.

Buscó a Gutiérrez con la mirada y no lo encontró. Probablemente estuviera hablando aún con Torres o con Canales. Hizo señas a un agente para que se acercara y le indicó que le acompañara.

Ambos entraron en el despacho. El agente se quedó en la puerta y Castro se situó de pie detrás de Mario.

—¿Puedo irme ya? —preguntó levantándose y mirando alternativamente a uno y a otro.

—Sí, señor Sarriá. Se va a ir, pero con nosotros, a la Jefatura Superior. Está arrestado —dijo Castro observando la transfiguración del rostro del fotógrafo. La transformación pasó de la incredulidad al estupor y, de ahí, al miedo—. Póngale las esposas —pidió Castro al agente.

—¿Qué está haciendo?

—Demostrarle que, además de conjeturas y palabras, ahora tengo pruebas que le sitúan en la escena del crimen de Guzmán Ruiz.

56

La sala del café parecía un horno. La habitación no tenía ventilación y tampoco aire acondicionado. Gutiérrez estaba apoyado
contra la pared, con una botella de agua en la mano. A pesar de
la temperatura de la sala, parecía fresco y relajado. No así Castro, que no dejaba de pasear de un lado al otro de la habitación,
con gesto preocupado.

—Nos falta la conexión de Sarriá con las víctimas. —El inspector aceleró el paso—. Hay un nexo de unión y algo se nos
escapa, Jorge.

—Tampoco conocemos la motivación de los crímenes —añadió el subinspector bebiendo lo que quedaba en la botella—. No
tenemos ni móvil, ni conexión. Por no tener, no tenemos ni arma
del crimen. Solo el pelo de un puto gato.

—También tenemos la oportunidad, Jorge. No tiene coartada para ninguno de los dos crímenes.

—¿Tú crees que con lo que tenemos la juez concederá la orden para registrar la vivienda del fotógrafo?

—Espero que sí. El comisario puede ser muy persuasivo.
—Castro se detuvo y se apoyó en la pared junto a Gutiérrez—.
Ponme al día. ¿Qué has conseguido de Torres y de Sergio Canales?

Gutiérrez sacó el cuaderno del bolsillo trasero de sus pantalones. Hojeó las anotaciones y ordenó sus ideas.

—A ver... Mateo Torres reconoció haberse peleado con Ruiz. Ayer mintió para no disgustar a su mujer. Asegura que se preocupa en exceso desde que sufrió los infartos. No consideró que fuera un detalle importante. —Gutiérrez levantó la vista del cuaderno y frunció los labios. Su gesto decía que no daba crédito a esta última declaración.

—¿Y por qué lo atacó?

—Fue un impulso. Dice que lo vio caminando y —pasó una página del cuaderno—, leo literalmente, «tan tranquilo, con ese aspecto arrogante y engreído, después de lo que había hecho», le cegó la ira. Cuando se quiso dar cuenta, estaba encima de él. Asegura que no sabe qué le pasó.

—Que su animal rugió... —musitó Castro.

—¿Qué? —Jorge clavó la mirada en su jefe, sorprendido.

—Nada... cosas mías. Continúa, Jorge.

—Poco más. Después de irnos nosotros, permaneció en casa con su mujer hasta que llegaron los de la Científica a recoger el coche, a eso de las doce.

—Es una coartada endeble, porque su mujer sería capaz de cualquier cosa para protegerlo, pero coartada, al fin y al cabo. Y si no podemos desmontarla...

El inspector Castro cambió el peso del cuerpo de un pie al otro. Se tomó unos segundos para reflexionar.

—Si te soy sincero —confesó— no veo a Torres cometiendo los crímenes. Demasiado... frágil, y no solo hablo de fragilidad física.

—Eso es porque te cae bien —bromeó Gutiérrez.

—Puede ser. ¿Y Sergio Canales?

—Ese es harina de otro costal. —Chasqueó la lengua—. Es un tío del tamaño de un armario. No tiene nada de frágil. Y con muy mala leche, de los de mecha corta. No se cortó en decir lo que pensaba de Ruiz, nada bueno, por cierto. Lo acusó de ladrón, estafador y, cito textualmente —hizo una pausa buscando la cita—, «un hijo de puta sin conciencia que se merecía lo que le ha pasado».

Castro silbó, enarcando las cejas.

—Una pieza que besa por donde pisa Torres que, según él, es una persona como Dios manda.

—¿Y hasta dónde llega esa lealtad? —preguntó el inspector, más para sí mismo que para su compañero.

—Antes de que la empresa entrara en quiebra, Canales se enfrentó con Ruiz en unas cuantas ocasiones. Lo ha reconocido abiertamente, inspector. En una ocasión llegó incluso a cogerlo por el cuello de la camisa. La cosa no fue a más porque los separaron. Pero ha reconocido que se quedó con ganas de reventarle la cara.

—¿Qué provocó esos enfrentamientos?

—Canales sospechaba que Ruiz recibía sobres de algunos proveedores a cambio de garantizarles pedidos.

Castro enarcó las cejas. Esa forma de actuar cuadraba a la perfección con el carácter de la víctima.

—¿Y por qué sospechaba tal cosa?

—Porque en cuanto llegó Ruiz, los proveedores cambiaron y los mismos materiales empezaron a comprarse a precios mucho más elevados.

—Lo normal es comprar a la baja y no al contrario.

—El problema es que tiene coartada, tanto para la madrugada del jueves, estuvo en casa con su mujer, sus dos hijos y su suegra, como para la mañana de ayer: estaba en el trabajo.

—Habrá que confirmarlas.

—Ya están en ello. Pero me temo que dice la verdad. Créeme si te digo que lo de la suegra es una coartada infalible. ¿Qué suegra se prestaría a mentir por su yerno? —bromeó Gutiérrez soltando una carcajada—. Además, Canales es más del tipo que machacaría la cabeza a su víctima y dejaría todo el escenario sembrado de evidencias. Sin premeditación. No le veo planificando el crimen.

—¿Han sacado algo de las farmacias?

—De momento un buen montón de recetas. Los de la Judicial están con ellas. Si encuentran algo, nos avisarán. Pero tardarán un buen rato. No te imaginas la cantidad de medicamentos que se expiden en un solo día. Imagínate en dos meses.

Castro se irguió. Se frotó los ojos y se pasó la mano por la frente. Estaba sudando. El calor en aquella habitación empezaba a ser insoportable.

—En cuanto hablemos con Pablo Ruiz nos vamos a la jefatura. —Castro abrió la puerta de la sala. De repente se sentía mal, abotargado y con la imperante necesidad de aire fresco.

—Tiene que estar a punto de llegar —le recordó el subinspector echando una ojeada rápida al reloj.

Ambos salieron al calor, menos sofocante, del pasillo. Castro se dirigió al despacho, que en ese momento le pareció mucho más deprimente que antes. Se sentó al escritorio y Gutiérrez se dejó caer en la silla en donde poco antes había estado sentado Mario Sarriá. Ambos parecían derrotados.

Castro deseó estar en cualquier parte menos allí, sentado en aquel despacho gris, sin ventilación, sudando como un cerdo y esperando por la verdadera víctima de aquellos crímenes.

57

Pablo Ruiz Barreda tenía los mismos ojos —oscuros y grandes— y la misma boca —pequeña y bien formada— que su madre. Según el expediente, tenía trece años, pero sentado en aquel anodino despacho, junto a la asistenta social, encogido y con aquella mirada, más propia de un animal herido, no aparentaba más de diez. Estaba pálido y asustado. Se mostraba silencioso y contrito y, a pesar de los intentos de la asistenta social —una mujer entrada en años y en kilos, carillena, agradable y de carácter afable— por hacer que se sintiera cómodo, Pablo parecía que estuviera a miles de kilómetros de allí, retraído, como si su mente se hubiera cerrado a todo cuanto le rodeaba.

La asistenta social les había comentado que no había dicho una sola palabra desde que llegara al centro en donde había pasado la noche. En una situación tan traumática, era una reacción normal, había comentado la mujer. Lo mejor y más recomendable para el menor era no atosigarle demasiado con preguntas, ni forzarlo a hablar más allá de los límites que él mismo marcara, les previno, más como advertencia de que no iba a consentir que pusieran al niño en una situación estresante que como consejo.

—Hola, Pablo. Soy el inspector Castro —se presentó el policía con amabilidad. No quería que el niño se sintiera intimidado— y necesito hacerte unas preguntas.

Pablo le miró. Estaba entumecido por dentro. Se sentía como cuando su madre le llevó al dentista para tratar una caries. El dentista le había puesto una inyección en la encía y, al momento, había dejado de sentir los labios y la punta de la nariz. Ahora se sentía igual, como si el cuerpo no fuera suyo. Oía las voces de la gente en un segundo plano, igual que cuando uno metía la cabeza debajo del agua y le llegaban los sonidos del exterior distorsionados.

Aquel policía quería hacerle unas preguntas. Pero él no sabía qué había podido ocurrir. Estaba en el colegio. Su madre estaba bien. Le había prometido llevarlo esa tarde al cine a ver la última entrega de *Piratas del Caribe*. Se estremeció y las ganas de llorar le pulsaron en la garganta hasta el dolor físico. «No tenía que haber dejado a mamá sola», pensó.

—Pablo, cariño, el inspector necesita tu ayuda. ¿Te encuentras con fuerzas para contestar a sus preguntas? —le planteó la asistente social, con tono dulce.

Pablo levantó la mirada y asintió en silencio. La mujer indicó a Castro, con un leve movimiento de cabeza, que prosiguiera.

—Pablo, me gustaría que me contaras lo que hicisteis tu madre y tú ayer por la mañana —pidió.

El pequeño se miró las manos, que había mantenido cruzadas sobre el regazo.

—Mamá me despertó a las ocho. Como todos los días. Le pedí que me dejara quedarme en casa. Pero mamá quería normalidad. Eso me dijo. Me dijo que la vida continúa y que no nos podemos bajar de ella al primer contratiempo —explicó el pequeño—. Me vestí y desayunamos juntos. Después, me acompañó al colegio. No la vi más.

Esto último lo dijo con voz temblorosa, controlando las lágrimas que pugnaban por salir. Quería llorar, pero no podía abandonarse al llanto, porque si lo hacía ya no podría dejar de hacerlo nunca.

—¿A qué hora llegasteis al colegio, Pablo?

—A las nueve. A mamá le gusta ser... le gustaba la puntualidad.

—¿Te acuerdas de cómo iba vestida?

Pablo cerró los ojos, haciendo un esfuerzo por recordar la ropa que llevaba su madre el día anterior. Era curioso porque podía rememorar su olor, a jazmín, casi como si la tuviera al lado. En cambio, intentaba visualizarla en su mente, tal y como la había visto ese día, y no conseguía que la imagen tuviera nitidez.

—Creo que llevaba una camisa y unos pantalones. Pero no eran vaqueros, eran de señora mayor. No recuerdo el color —explicó Pablo con ansia en la voz.

—No te preocupes, no es muy importante —le tranquilizó Castro—. ¿Notaste si estaba inquieta?

—Estaba normal. Imagino que estaría triste por lo de mi padre, pero, delante de mí, no lo demostraba.

—¿Conocías a sus amistades, Pablo?

—No tenía muchas amigas —constató—. No le gustaba juntarse con las madres de mis compañeros. Y en Pola de Siero creo que no conocía a nadie. Siempre estaba sola... o conmigo —aclaró el niño con tristeza.

—¿Sabes si tu madre tenía pensado ver a alguien ayer por la mañana?

—No lo sé. No comentó nada de eso —contestó Pablo haciendo un esfuerzo por recordar si su madre había dicho algo, sin éxito. A veces, cuando su madre hablaba, él no escuchaba lo que decía. Ahora se arrepentía.

—¿Viste a alguien que no conocieras o que te resultara sospechoso cerca de casa cuando os dirigíais al colegio? —preguntó

Castro sin mucha esperanza de que el niño pudiera aportar algún dato relevante.

—No.

—¿Recibió alguna llamada o llamó a alguien mientras estuviste con ella? —El inspector sabía que en el historial de llamadas del móvil de Victoria Barreda no había llamadas entrantes ni salientes de ese día, pero no descartaba que ella misma hubiera borrado el registro.

—No.

—En el trayecto al colegio, ¿os parasteis a hablar con alguien? ¿Alguien se acercó a vosotros?

—La madre de un compañero. Justo cuando habíamos llegado al colegio.

—¿Pudiste oír de qué hablaron, Pablo?

—De nada, en realidad. Una conversación típica de mayores. Qué tal estás y esas cosas. Y de quedar a tomar algo.

—¿Ese día? ¿Recuerdas si se citaron para tomar algo ese día?

—No creo que quisieran quedar en realidad —explicó Pablo frunciendo el ceño—. Me pareció más la típica frase de cortesía... como para quedar bien, pero sin ninguna intención de hacerlo, ¿entiende a lo que me refiero?

—Sí, Pablo. Te explicas muy bien —contestó Castro sonriendo—. ¿Conoces el nombre de esa mujer?

—Claro. Es la madre de un compañero de clase —confirmó el niño de forma categórica, como si fuera impensable no conocer a las madres de sus amigos.

—Voy a necesitar que me des su nombre. Y el nombre de su hijo... de tu compañero de clase.

Pablo obedeció y el inspector apuntó los nombres que le facilitó.

—De la madre no sé el apellido —se disculpó el niño preocupado por no ser capaz de ayudar más a la policía. En realidad, no sabía cómo podía ayudar. Si al menos hubiera estado más atento, quizá habría visto en las cercanías de la casa a quien había atacado a su madre. Se lo imaginaba agazapado, esperando la ocasión de encontrarla a solas, y se maldecía por no haber insistido más para quedarse en casa. Si se hubiera quedado, su madre seguiría viva.

—Has sido de mucha ayuda, Pablo —mintió Castro viendo la desolación que reflejaba el rostro del pequeño. Su declaración no aportaba luz ninguna a la investigación. Era de esperar. Habría sido un golpe de mucha suerte que el niño hubiera visto o advertido algo.

—¿De verdad? —preguntó ansioso el pequeño.

—Por supuesto y te lo agradezco mucho. Ahora tengo que hacerte unas preguntas sobre tu padre.

Pablo se puso tenso. La asistenta social se irguió en su asiento e hizo ademán de intervenir con cara de pocos amigos. El inspector le hizo una leve señal con la mano y se apresuró a añadir:

—Será un par de preguntas nada más.

La mujer pareció relajarse y consintió con una leve inclinación de la cabeza. Tocó el brazo del niño para animarlo a responder.

—¿Sabes si tu padre tenía muchos amigos?

—De mi padre no sé mucho. Si los tenía, nunca los vi. —El tono de Pablo había cambiado de forma sutil. Castro notaba en él resentimiento.

—¿Te llevabas bien con él? ¿Teníais buena relación?

Pablo dudó si mentir o contestar la verdad. Y la verdad era que no le gustaba demasiado su padre. Nunca había sido cariñoso con él, era distante y, la mayoría de las veces, actuaba como si él no existiera. A su madre esa actitud le molestaba y, por eso, discutían a menudo. Su padre solo se mostraba cordial y amigable cuando alguno de sus amigos venía a casa a jugar. Entonces fingía ser un buen padre, cariñoso y afectivo.

Pablo miró al inspector Castro a los ojos y supo que, si mentía, aquel policía lo sabría inmediatamente. Decidió contar la verdad.

—No. Yo no le gustaba demasiado —lo dijo con lentitud y con tono resignado—. Prefería a mis amigos —explicó con rencor.

—¿A qué te refieres? —insistió Castro.

—Mi padre no me hacía ningún caso. En cambio, con mis amigos cambiaba. Se comportaba como debería hacerlo conmigo. Era guay.

—¿Guay?

—Sí. Por ejemplo, a mis amigos les molaba el coche de mi padre. Y él siempre se ofrecía a llevarlos y a dejarlos conducir un rato.

—¿Y a ti no te dejaba? —Castro trató de que su tono de voz sonara intrascendente. No quería hacer notar las implicaciones que podía tener aquella información.

—A mí, nunca. Ni siquiera me llevaba con él cuando se iban a conducir —protestó Pablo.

La asistente social cambió de posición en la silla y miró a Castro, una mirada con intención que, además de advertirle «no siga por ahí», ponía fin a las preguntas del inspector. Este claudicó a la fiera mirada de la mujer y dio por terminada la toma de declaración del hijo de Victoria Barreda, no sin antes pedirle que elaborara una lista con los nombres de los amigos que habían conducido el coche de su padre. El niño escribió en una hoja aquella lista de nombres y se la tendió al policía.

Cuando Pablo y la asistente social se hubieron ido, Castro echó un vistazo rápido a la lista antes de guardarla en el bolsillo del pantalón para entregársela a Delitos Tecnológicos. Tendrían que hablar con todos aquellos niños. Luego, repasó en silencio la declaración del pequeño. Nada relevante. Salvo por la manifiesta hostilidad que Pablo había demostrado hacia su padre, un hecho que tampoco extrañaba al inspector, habida cuenta del tipo de vida que llevaba Ruiz, y la más que sospechosa actitud complaciente de Ruiz con los amigos de Pablo, poco más había sacado en limpio.

58

—¿Cómo que no hay orden de registro? —El inspector Castro no daba crédito a lo que el comisario Rioseco acababa de decir. Sentado tras la mesa, repantigado en la silla, con las manos cruzadas sobre el regazo, jugueteaba con los dedos pulgares, girándolos uno sobre el otro, y miraba al inspector con semblante serio. Se abstuvo de contestar a su inspector, que seguía mirándolo expectante y a la espera de una explicación que no llegaba.

—Comisario, necesitamos esa orden judicial. Estamos a esto de pillarlo —insistió Castro juntando los dedos índice y pulgar delante de las narices del comisario.

—En realidad, estamos a la misma distancia que hace dos días, inspector —le rebatió muy a su pesar.

Rioseco se levantó de la silla y se acercó a Castro, que continuaba sentado en la silla con rostro de incredulidad. Se apoyó en la mesa y cruzó los brazos por delante del pecho. Confiaba, siempre había confiado, en el criterio de su inspector. Era un hombre íntegro, honesto, templado y pragmático que nunca se desviaba de los hechos probados y, rara vez, por no decir nunca, se saltaba los procedimientos. Su infatigable capacidad de trabajo solo era superada por su elevada escala de valores. Pero en este caso, Castro estaba demostrando una vehemencia que, mal orientada, podía poner en riesgo la investigación. Y Castro no la estaba enfocando en la dirección adecuada. Rioseco respetaba a su inspector y era un respeto consolidado por más de veinte años de trabajo en común y trabajo bien hecho, con investigaciones rigurosas, concienzudas y bien fundamentadas.

—Tenemos a tres sospechosos en los calabozos. Tres, inspector —apuntó el comisario poniendo énfasis en la última frase—. Y los dos sabemos que es poco probable que los tres actuaran en equipo para matar a Ruiz y a Barreda. Todos han tenido oportunidad en alguno de los dos crímenes, todos podrían tener motivos, a excepción de Mario que, hasta el momento y que sepamos, ni siquiera conocía a las víctimas. —Rioseco hizo una pausa—. Pero aún no hemos podido relacionar a ninguno de ellos con los crímenes. Solo tenemos coartadas que no se sostienen.

El inspector quiso protestar, pero él continuó sin dejarlo hablar:

—Cuando hablo de relacionarlos, me refiero a hacerlo con pruebas físicas irrefutables. Pruebas que no tenemos —sentenció el comisario tratando de no perder los nervios—. No tenemos pruebas, no tenemos el arma del crimen, no tenemos evidencias que sitúen a ninguno en la escena del crimen.

—Tenemos los vídeos, que estaban en poder de Casillas y en los que, al menos en uno, se ve a Ruiz abusando de un menor.

—Eso demuestra que Ruiz era un pederasta y un violador de menores y Casillas, un proxeneta, que traficaba con menores y al que le gustaba mirar. Y los de Delitos Tecnológicos los tienen bien agarrados por esos crímenes. Tanto a Casillas como a Alina Góluvev. Pero no demuestra que sean unos asesinos.

—¿Y el pelo de gato? —preguntó Castro—. Eso debería ser suficiente para registrar la vivienda de Mario Sarriá. Le sitúa en la escena.

El comisario suspiró. Que tuviera que explicarle a Castro las implicaciones que podía acarrear una prueba recogida sin respetar la cadena de custodia le demostraba que estaba obcecado. Y la obcecación no era la mejor amiga de la objetividad.

—No, inspector. Sitúa el pelo del gato de la periodista en la escena. ¿Olivia Marassa es sospechosa? —preguntó con sarcasmo Rioseco—. ¡Oh! Déjame adivinar. No. No es sospechosa y, sin embargo, el pelo es de su gato.

El inspector Castro miraba al frente con el cejo fruncido. Olivia no era sospechosa. Nunca lo había sido. Aunque no tenía coartada para el crimen de Ruiz, tenía una a trescientos kilómetros para el de Victoria Barreda.

—Mario Sarriá ha estado en su casa. El pelo se le adhirió a su ropa y este se la transfirió a Ruiz —insistió Castro. No estaba dispuesto a rendirse.

—O el pelo se adhirió a alguien que frecuenta el domicilio de la señorita Marassa, y no creo que Mario Sarriá sea el único que visita esa casa, y este se lo transfirió a la víctima.

—¿Qué sugieres? —inquirió el inspector con impotencia.

—Que sigas investigando. Que amplíes tus miras más allá del fotógrafo. Lo que sabemos es que alguien que ha tenido contacto con ese gato, o lo que es lo mismo, con Olivia Marassa, estuvo lo suficientemente cerca de Ruiz como para transferirle el pelo. Investiga quién pudo ser. —Rioseco hizo una pausa. No quería parecer condescendiente, ni creía necesario darle lecciones de cómo dirigir una investigación a uno de sus mejores inspectores, pero tampoco podía dejar que este se quedara bloqueado en aquel punto que, de momento, no llevaba a buen puerto—. Y si aun así, sigues convencido de que Sarriá mató al matrimonio, demuéstralo más allá de toda duda.

Volvió a rodear la mesa y se sentó tras ella, arrellanándose en la silla. Castro lo miraba en silencio, contrariado, pero sin atreverse a insistir más.

—La juez ve indicios, sospechas y, como mucho, pruebas circunstanciales donde tú ves hechos probados. Y eso no es suficiente para una orden de registro —concluyó el comisario—. No te voy a explicar la opinión que le merece a Requena el método que has empleado para obtener la muestra de pelo coincidente con la recogida en la escena del crimen.

—Está bien, señor. Seguiré investigando —claudicó, sin mucho convencimiento—. Pero me gustaría mantener a Mario Sarriá en arresto preventivo.

—Te doy hasta mañana, inspector. Si mañana no consigues nada más convincente, lo soltaremos —sentenció.

El inspector asintió en silencio. De nada servía insistir, pues tampoco estaba en la mano del comisario aquella orden. Se levantó y, con un leve movimiento de cabeza confirmando que había entendido las órdenes, abandonó el despacho.

59

Estaba tan nerviosa que le costaba respirar. No había pegado ojo en toda la noche. La imagen del vehículo le martilleaba el cerebro. Cerraba los ojos y veía el coche —las luces traseras, la forma, el color y aquella pegatina— como si lo tuviera delante de los ojos. Había llamado a la Jefatura Superior y allí le habían dicho que el inspector Castro estaba en la comisaría de Pola de Siero. Había llegado allí esperando encontrarlo. Necesitaba verbalizar el recuerdo, traspasárselo a aquel policía y quitarse aquel peso de encima. Pero no fue así. El inspector Castro acababa de regresar a la Jefatura Superior en Oviedo, le había dicho un agente con cara de novato desde detrás del cristal de una garita con un cartel que ponía INFORMACIÓN.

Aquel agente hizo una llamada y le informó de que un agente de la Judicial la atendería enseguida. Llevaba más de diez minutos esperando y la ansiedad iba en aumento. Si se hubiera acordado antes, quizá la mujer aún estuviera viva. Se sentía responsable de aquella última muerte. Y ahora necesitaba compartir lo que sabía pues, quizá con ello, además de conseguir que atraparan al responsable, consiguiera aplacar su conciencia. Había sido demasiado débil cuando, en realidad, debería haber hecho un esfuerzo por recordar. Tendría que haber estado a la altura de las circunstancias, pero se había escondido tras la autocompasión y se había quedado paralizada por el miedo a que la creyeran responsable por haber encontrado el cuerpo o a que la juzgaran por su forma de ganarse la vida. Probablemente ella era la única testigo de la huida del criminal. Porque estaba segura de que aquel vehículo iba conducido por el autor de los crímenes.

Pero ahora recordaba. Lo recordaba con total claridad y no estaba convencida de querer contárselo a nadie que no fuera el inspector Castro. Él no la había juzgado. Había sido comprensivo y paciente con ella. La había tratado como a una mujer y no como a una puta.

Un agente vestido de paisano se acercó a ella.

—Señorita Oliveira, soy el agente Castaño. El inspector Castro no se encuentra en la comisaría, pero puede hablar conmigo.

Guadalupe dudó. El agente percibió ese segundo de titubeo.

—Señorita Oliveira, todo cuanto me cuente será trasladado a Homicidios, al inspector Castro. ¿Me acompaña?

Ella se levantó y siguió al agente hasta un despacho en el primer piso de la comisaría.

—He recordado un detalle del coche que vi saliendo del polígono la noche que encontré el cuerpo de Guzmán Ruiz —informó Guadalupe sin preámbulos, en cuanto se acomodó en una silla—. En la parte trasera, justo encima de uno de los faros, había una pegatina con la imagen de un indalo.

—¿Un indalo? —preguntó el agente con cara de no comprender.

—Sí. Es el dibujo de un hombre primitivo con un arco sobre su cabeza. Se encontró en una cueva en Almería. Es como un amuleto, protege contra la mala suerte.

El agente seguía sin comprender. O al menos, eso le pareció a Guadalupe, que se adelantó en la silla y le pidió al policía una hoja y un bolígrafo. Con trazo seguro dibujó un muñeco con líneas sencillas —una línea para el cuerpo, dos líneas en forma de V invertida para los pies y otras dos para los brazos—, coronado por una media circunferencia.

—Esto, agente, es un indalo. —Le acercó el dibujo al policía—. Y en Almería es un símbolo.

El agente Castaño cogió la hoja y observó el dibujo con detenimiento.

—El vehículo que vio llevaba una pegatina con este dibujo en la parte trasera —repitió Castaño con cierta condescendencia. No era una pista crucial, desde luego. Y no veía la importancia—. ¿Algo más?

—Sí. Estaba colocada encima del faro derecho trasero.

—Me refería a si ha recordado algo más sobre el coche.

—Era blanco... pero eso ya lo había dicho. Era pequeño y no tenía culo.

—¿Cómo que no tenía culo? —Castaño enarcó las cejas.

—Pues eso... tenía morro y no tenía culo.

—No era una berlina, entonces.

—Si usted lo dice —contestó Guadalupe—. No entiendo de coches, agente. No sé qué modelo era, ni la marca. Pero lo que sí sé —recalcó golpeando la mesa con el dedo índice— es que, si lo vuelvo a ver, estoy segura de poder reconocerlo.

—Por desgracia, no disponemos de una rueda de reconocimiento de vehículos sospechosos —se jactó Castaño, reprimiendo una risa.

—¿Se ríe de mí? —Aquel policía era un idiota. Guadalupe se puso tensa y notó cómo le subía calor al rostro—. Esto no es una broma, ¿sabe? Un hombre y su mujer han muerto. Y yo le estoy dando una pista que, por lo que veo, ni siquiera piensa investigar. —Se levantó—. Y lo que es peor: hace que parezca un chiste.

El agente se levantó apresuradamente con el semblante demudado por la reacción de Guadalupe Oliveira y consciente de que había metido la pata.

—Señorita...

Ella salió del despacho sin mirar atrás y asegurándose de dar un portazo al cerrar. Estaba tan enfadada que podría haber abofeteado a aquel imbécil pagado de sí mismo.

Salió a la calle y el calor del exterior le golpeó el rostro. ¿Y ahora, qué? Tenía que hablar con el inspector Castro. Sacó un cigarrillo, lo encendió y aspiró el humo que viajó por su garganta y, antes de llegar a los pulmones, quedó atascado en la laringe provocando que Guadalupe se atragantara, tosiera y tuviera que doblarse para recuperar el dominio de sí misma. Jadeó. Tosió. Volvió a toser. Se llevó las manos al pecho y notó que comenzaba a sudar. Se estiró. Volvió a mirar. No estaba equivocada. Estaba allí.

Al final, no haría falta una rueda de reconocimiento de vehículos sospechosos, pensó nerviosa, mientras tiraba el cigarrillo y volvía a entrar en la comisaría con paso apresurado.

60

El inspector Castro salió del despacho de Rioseco contrariado y de mal humor. No esperaba que la juez fuera a denegar la orden de registro para la vivienda de Mario Sarriá, ni mucho menos que el comisario apoyara la decisión de la magistrada.

Fue en busca de Gutiérrez. Lo encontró en su mesa, rodeado de papeles y fotografías. Ya no lucía el aspecto fresco y despreocupado de aquella mañana. Tenía el pelo revuelto y la camisa arrugada.

—¿Y bien? —preguntó en cuanto vio a Castro acercarse.

—No tenemos orden. La juez no considera que haya pruebas suficientes que justifiquen el mandato, más teniendo en cuenta que una de esas pruebas fue obtenida de manera irregular.

Gutiérrez soltó el bolígrafo y bufó.

—Mierda. Entonces, hay que soltarlo.

—No. Podemos retenerlo veinticuatro horas. Disponemos de ese tiempo para encontrar algo más sólido. —Castro se apoyó en la mesa—. A ver, ¿cómo van con las farmacias?

—Igual. Los de la Judicial están revisando todas las recetas obtenidas. De momento no hay nada. Pero examinarlas todas va a llevar tiempo, inspector. —Justo lo que no tenían, pensó.

—¿Y el ambulatorio?

—La plantilla la conforman un celador, dos administrativas, cinco médicos y tres enfermeras. Hemos cotejado sus nombres. Ninguno tiene antecedentes. Pero hasta el lunes no podremos hablar con todos ellos. Hoy solo trabajan los servicios de urgencia: una enfermera, un médico y una administrativa.

—¿Algo en el móvil del fotógrafo?

—Aún no he llamado a los informáticos.

—Ya lo hago yo.

Castro sacó su teléfono móvil y marcó el número. Le latía una vena en la sien izquierda. Rioseco tenía razón, reconoció con amargura. No tenían prácticamente nada. Y lo poco que tenían no arrojaba luz sobre la investigación. Era como un mecano en el que ninguna pieza encajaba entre sí. Peor. Ninguna pieza encajaba con un único sujeto. Disponían de fragmentos dispersos e inconexos y no estaban más cerca de descubrir la verdad que hacía dos días.

—Inspector, hemos revisado el historial de las llamadas. No hay llamadas entrantes ni salientes a ninguna de las dos víctimas. Tampoco hay ninguna llamada que lo relacione con Casillas o Alina Góluvev —dijo sin emoción la voz al otro lado de la línea.

—¿Qué hay entonces? —preguntó con brusquedad.

—Intercambio de llamadas con el periódico donde trabaja, de Olivia Marassa, a una tal Carmen, a usted, llamadas a varios concejales municipales, a la presidenta de una asociación vecinal... nada interesante.

—¿Cuánto os habéis remontado? —inquirió impaciente.

—Unos tres meses.

—¿Y los archivos de fotografías y vídeos?

—Apenas nada. Una docena de imágenes, todas ellas familiares. Ningún vídeo. Raro, si tenemos en cuenta que es fotógrafo.

—¿Hubo llamadas la madrugada del primer crimen?

Castro se frotó la frente. Estaba harto de oír la palabra «nada» en aquella investigación.

—No hizo llamadas desde las diez de la noche. Parece que tuvo el móvil apagado o que estuvo en una zona sin cobertura. Hay unas cuantas llamadas que entraron como mensajes en cuanto el móvil estuvo operativo. Son todas de Olivia Marassa.

—Bien. Gracias. Si encontráis algo, avisadme de forma inmediata —ordenó Castro.

—Sí, señor.

La llamada se cortó. Permaneció durante unos segundos en actitud reflexiva. Seguía sin poder establecer una conexión entre Mario y las víctimas. Pero la encontraría. Encontraría esa pieza, pequeña, casi invisible, incluso en apariencia intrascendente, que haría que todo el puzle encajara, cobrando sentido.

De repente, se dio cuenta de que el caso no tenía encuadre en su mente. Tenía que alejarse, tomar perspectiva. Quizá había estado mirando el mural desde una distancia demasiado corta. Como cuando tratas de leer una página pegándola a la nariz. Las letras se difuminan y el ojo no es capaz de enfocar su trazo. Y cuanto más te esfuerzas en ver con nitidez, más borroso se vuelve todo.

—Jorge, vamos a hablar con Alina. Ya es hora de que nos explique qué hacía ayer en casa de Victoria Barreda. Pide que la suban.

Gutiérrez tomó el auricular del teléfono de sobremesa y trasladó la orden del inspector, tras lo cual se levantó de la silla y juntos se encaminaron a la sala de interrogatorios.

—Inspector —llamó un agente desde una de las mesas, elevando la voz para hacerse oír por encima del murmullo—, le llaman de la Judicial de Pola de Siero.

—Si no es importante, diles que en media hora les llamo. Estaré interrogando a uno de los sospechosos.

—Sí, señor.

—Perspectiva, Agustín, perspectiva —se dijo el inspector mientras se dirigía, con paso firme, a la sala de interrogatorios, y en su mente empezaban a revolotear notitas de color amarillo y naranja.

61

—¡Le digo que tiene que insistir! —exigió una atribulada Guadalupe Oliveira, mientras adelantaba medio cuerpo por encima de la mesa del agente Castaño.

—Ya le he dicho que el inspector Castro está en pleno interrogatorio. He dado aviso y llamará en cuanto termine —explicó el policía, que estaba empezando a perder la paciencia—. Si me dijera a mí qué es tan urgente y tan importante...

—Solo hablaré con el inspector Castro —respondió tajante Guadalupe Oliveira, aún dolida por el comportamiento que el agente había tenido con ella hacía menos de quince minutos.

«Habrase visto —pensó sofocada. Todavía notaba que le temblaba la mandíbula por el enfado—. Primero se ríe de mí y ahora quiere que le explique. Pues el que quiera saber que vaya a la escuela.»

Había decidido que, si no era con Castro, no hablaría con nadie. Y si no era capaz de hablar con él por teléfono, cogería un autobús e iría a la comisaría de Oviedo en persona. Pero a aquel indolente policía no le contaría lo que acababa de ver.

—Señorita Oliveira, si es algo importante para la investigación, debe contárnoslo —reiteró el agente tratando de convencerla.

—Es importante, sí. De hecho —añadió Guadalupe poniendo énfasis en cada palabra— creo que es crucial. Pero insisto en hablar con el inspector Castro.

Se cruzó de brazos en actitud desafiante y tozuda. Estaba nerviosa.

—Le repito que el inspector Castro ahora mismo está ocupado.

Guadalupe Oliveira no iba a esperar sin hacer nada.

Aquella información podía ser importante para localizar al autor de los crímenes.

—En cuanto llame el inspector, dígale que voy para allá. Que he recordado —le dijo a un confundido policía—. Él lo entenderá.

Dio media vuelta y salió de la comisaría con paso decidido. Puso rumbo en dirección a la estación de autobuses, no sin antes sacar su teléfono móvil y disparar una fotografía a uno de los vehículos aparcados delante del edificio de la policía.

62

Alina Góluvev estaba sentada muy erguida, en actitud desafiante, aunque una noche en los calabozos había conseguido socavar la seguridad con la que había llegado a la comisaría el día anterior. Dos grandes semicírculos azulados bajo los ojos delataban una noche en vela y la forma en la que se agarraba las manos denotaba menos tranquilidad de la que quería aparentar. Era un animal acorralado. Castro percibió su miedo, a pesar de los esfuerzos por simular lo contrario. El calor tampoco ayudaba. El aire acondicionado hacía años que no funcionaba y nadie se había preocupado por repararlo después de que algún burócrata comentara que el calor incomoda a los sospechosos, hecho que provoca que confiesen antes. Podría ser una idea ingeniosa, si no fuera porque los agentes que interrogan a esos sospechosos no son inmunes al calor sofocante.

Alina cambió de posición en la silla. Se pasó la mano por la frente y se apartó el pelo hacia atrás. Tras observarla durante diez minutos a través del cristal de separación, Castro decidió entrar y acabar con aquello.

—¿Vamos ya? —preguntó Gutiérrez abriendo la puerta de la sala de escucha.

—No, Jorge. Con uno que sude es suficiente —contestó Castro saliendo al pasillo y apoyando la mano en la manilla de la puerta de la sala de interrogatorios—. Llama a los de Delitos Tecnológicos. Quizá hayan terminado de ver los vídeos.

Castro entró en la sala y se sentó frente a la rusa. Alina lo miró fijamente y se enderezó en la silla. El inspector estaba harto de jugar al gato y al ratón.

—Ya tienes sobre la cabeza una condena que te va a hacer pasar mucho tiempo entre rejas por prostitución infantil y abuso de menores. ¿Quieres aumentar esa condena por asesinato? —le preguntó Castro sin dejar de mirar a la rusa.

—Yo no he matado a nadie —replicó con dureza.

—¿No? Pues explícame qué hacías ayer por la mañana con Victoria Barreda poco antes de que la encontráramos muerta.

Alina no respondió. Se limitó a recostarse en la silla y a cruzar las piernas como si estuviera en una reunión social, en vez de en una sala de interrogatorios. Ni siquiera pestañeó ante la acusación de Castro.

—Mira, Alina. Tenemos un testigo que te vio discutir con Victoria Barreda poco antes de que la mataran.

—Discutir no es un crimen —espetó la rusa.

—Discutir, no. Pero a Victoria Barreda no la mató un empujón, ni un insulto. ¿Se te fue la mano?

—Yo no maté a esa puta. Aunque no me hubiera importado hacerlo. —Se miró las uñas de la mano derecha.

—Pues cuéntame qué pasó.

—Fui a verla. Tenía algo que era... mío y quería recuperarlo. Me insultó y se negó a hablar conmigo. Forcejeamos y de ahí no pasó la cosa. Ni siquiera llegué a entrar en la casa.

—El testigo asegura que no te vio marchar.

—Pero tampoco me vio entrar con ella en casa, porque no lo hice —repuso Alina sin perder la calma—. Discutimos, forcejeamos un poco porque la zorra se puso brava y ahí acabó la cosa. Cuando me marché, seguía viva.

—¿Viste a alguien merodeando por la casa? —preguntó sin esperanza de que la rusa fuera a colaborar.

—A nadie.

—¿Qué fuiste a buscar a casa de Victoria Barreda? ¿El cuaderno con los intercambios de menores?

Castro vio cómo se le endurecía el semblante y le chispeaban los ojos. Supo que había dado en el clavo. Alina se enderezó en la silla con brusquedad.

—Escúcheme, inspector. No hablaré más, ni con usted ni con ningún otro policía. Quiero ver al juez y quiero hacerlo en compañía de mi abogado. —Volvió a recostarse en la silla y añadió, saboreando cada palabra, mientras clavaba su mirada verde en el rostro cansado del policía—: Aquí se acaba esta conversación.

El inspector Castro salió de la sala de interrogatorios. Se sentía frustrado. No era capaz de atar los cabos sueltos. Había llegado el momento de centrarse en los vídeos encontrados en La Parada.

63

En la Unidad de Delitos Tecnológicos, ubicada dos plantas por encima de la del Grupo de Homicidios de la Jefatura Superior de Asturias, se palpaba la tensión en el ambiente. A pesar del grado de actividad de los agentes, el silencio era sepulcral, nada que ver con el ruido de fondo que reinaba en Homicidios.

Castro y Gutiérrez cruzaron la estancia a paso ligero hasta llegar a la sala de audiovisuales, una habitación pequeña y oscura, en donde les dio la bienvenida una bocanada de calor que se desprendía de las unidades de procesamiento central de la media docena de ordenadores con que estaba equipada, y que, en aquel momento, estaban funcionando a la vez. Seis agentes se hallaban delante de las pantallas: comprobando datos, uno de ellos; tecleando códigos, otro y visionando fotografías y vídeos, que Castro prefirió no mirar, el resto.

A pesar de las reducidas dimensiones de la habitación, donde cada equipo parecía diseñado para encajar de forma ergonómica allí donde lo habían colocado, esta no resultaba agobiante. Cada terminal guardaba una distancia de escasos centímetros con el de al lado, de manera que el espacio estaba optimizado al máximo, pero sin resultar invasivo. En las mesas se apilaban carpetas y CD ordenadamente.

Castro se dirigió a uno de los agentes de la unidad, que en esos momentos se encontraba concentrado delante de un monitor y con unos auriculares puestos. Le tocó el hombro para llamar su atención. El agente se giró y al reconocer a Castro se quitó los auriculares y detuvo la imagen que estaba viendo. Se frotó los ojos y se levantó de un salto.

—Os estábamos esperando —saludó cordialmente—. No me acostumbraré nunca a esto —confesó con gesto de pesadumbre y pasándose una mano por el pelo, que ya le empezaba a ralear—. Vamos afuera —les indicó abriendo la puerta de la habitación.

Una vez en el pasillo, el agente entró en materia sin esperar a que Castro y Gutiérrez preguntaran.

—Hemos visto muchos de los vídeos encontrados en el club. —El policía apoyó las manos en la cadera. Se le notaba cansado y dos grandes círculos de sudor le manchaban la camisa por debajo de los brazos—. Aunque aún nos queda mucho por delante. Llevamos desde ayer mirando vídeos y hemos hecho turnos de descanso, pero hay muchas horas de grabación. El equipo instalado en la casa donde tenían lugar las violaciones tenía un detector de movimiento, de manera que todo cuanto acontecía dentro se grababa.

—¿Qué abarca ese todo? —preguntó Castro.

—Además de los encuentros con los menores, aparece Alina Góluvev y Guzmán Ruiz en compañía de un individuo de nacionalidad rusa llamado Sergei Ivanenko, buscado por la Interpol por proxenetismo, trata de blancas y asesinato. Un tío peligroso.

—De Alina no he conseguido una confesión —reconoció Castro apoyándose en la pared—. Sigue empeñada en callarse.

—Respecto a los crímenes, no tenemos nada. Para el resto de los delitos, no necesitamos confesión —señaló el policía con media sonrisa—. Los vídeos tienen un sonido excelente. Guzmán Ruiz cerraba los tratos y Alina Góluvev se encargaba de recibir a los menores y de devolverlos después. Los intercambios se hacían en la casa. Tenemos material más que suficiente para armar el caso de forma sólida. La rusa y Casillas pasarán mucho tiempo entre rejas.

—¿Y de la noche del asesinato de Ruiz hay imágenes?

—Sí, y me temo que no te va a gustar. —Torció el gesto antes de continuar—: A la hora en la que mataron a Ruiz, nuestro amigo Casillas estuvo en la casa con Sergei, renegociando condiciones. Estuvieron desde las doce y media hasta casi las tres de la madrugada. Todos los vídeos tienen fecha y hora.

—¿Pudieron ser manipulados? —preguntó Castro con esperanza.

—No. No están ni editados —confirmó el agente.

—Eso le descarta como sospechoso —confesó Castro muy a su pesar—. Para la mañana en la que mataron a Victoria Barreda también tiene una coartada bastante sólida.

Gutiérrez no necesitaba mirar a su jefe para comprender que aquel caso, en el que habían visto de primera mano cómo se trataba a un ser humano igual que a un pedazo de carne, estaba haciendo mella en él. En tres días, bien por el cansancio, por la presión a la que estaba sometido o por las propias implicaciones de la investigación, su jefe parecía diez años más viejo. Las arrugas se le marcaban en el entrecejo y alrededor de los ojos, y la piel, además de estar perlada de sudor, tenía un matiz ceniciento. Castro era duro. Jamás se rendía y tenía una fortaleza física y moral insondable. Seguía las pistas y rara vez se dejaba vencer por el desánimo, tanto daba que las evidencias fueran escasas o que le desviaran de una teoría correctamente planteada. No trataba de hacer encajar las pistas en sus planteamientos, sino que dejaba que estas le fueran marcando el camino que seguir. No prejuzgaba ni se predisponía a favor o en contra de ninguna situación. Su actitud era siempre objetiva. Se fiaba de su instinto, pero sin olvidar nunca que son las evidencias físicas las que dan y quitan razones.

Gutiérrez miró a su jefe, observó su cara de abatimiento y se preguntó si aquel caso estaba pudiendo con él.

—¿Habéis identificado ya a alguien en los vídeos? —quiso saber Gutiérrez, que tenía la certeza, al igual que Castro, de que aquellos CD eran la llave para desentrañar el caso.

El policía de Delitos Tecnológicos cogió aire despacio y lo soltó de golpe como si le costara un esfuerzo sobrehumano continuar hablando.

—A los menores, no. De momento, no nos hemos centrado en identificaciones. Queremos acabar el visionado primero. En cuanto a los adultos —hizo una pausa significativa—, a unos cuantos ya les hemos puesto nombre y apellidos. Son personajes bastante populares.

—¿Cómo de populares? —preguntó Gutiérrez sorprendido.

—De los que usan zapatos de mil euros y se mueven con chófer.

Gutiérrez soltó un silbido.

—Estamos hablando de gente muy importante. Vamos a tener que hilar muy fino para que ninguno se vaya de rositas. Y para que no haya filtraciones antes de conseguir los mandatos judiciales para traerlos esposados. —El policía volvió a frotarse los ojos, que tenía enrojecidos—. Aún queda mucho trabajo por delante, pero nos habéis puesto sobre la pista de algo muy gordo. La idea es llegar a la cúspide de toda esta mierda, al que maneja los hilos. Y estas cintas nos dan un buen empujón.

—Pues me alegro de que alguien al menos saque algo en limpio de todo esto —afirmó Castro sonriendo. Se palpó el bolsillo del pantalón y notó la hoja doblada en la que Pablo Ruiz había anotado los nombres de sus amigos. La sacó y se la ofreció al agente—. Toma. Esto quizá os ayude a identificar a alguno de los menores. Al menos, los que salen en los vídeos con Ruiz.

Castro le puso en antecedentes de lo que el hijo de Ruiz le había contado.

—En esta lista están los amigos del niño a los que Ruiz... digamos que más caso hacía —explicó—. No obstante, luego hablaremos con el inspector que coordina vuestra investigación y le pondremos al tanto de todo.

El policía cogió la hoja y sin desdoblarla la guardó en el bolsillo de la camisa.

—Por cierto, ¿has hecho lo que te pedí? —preguntó Castro.

—Sí. No ha sido complicado. Casillas etiquetó los CD por fechas. Hemos seleccionado las imágenes de los últimos seis meses y hemos separado aquellas en las que solo aparece Ruiz con menores.

—Perfecto. —Castro se enderezó—. Vamos a verlas —indicó señalando con la cabeza la sala de audiovisuales.

El agente lo detuvo interponiéndose entre él y la puerta.

—Espera —pidió con timidez y mirando a los ojos al inspector—. Lo que vais a ver no es agradable. Es más, os hará bajar a los infiernos y os costará volver a subir. Esas imágenes se os pegarán a la retina, al cerebro, se os colarán en la mente cuando estéis con vuestros hijos, o tomando una cerveza. Tendréis pesadillas con ellas. Y una vez vistas, no habrá vuelta atrás.

Gutiérrez bajó los ojos y se quedó mirando una mancha en el suelo, ya añeja, probablemente de café, que rompía la simetría de aquel embaldosado blanco. En realidad, no quería entrar en aquella habitación. No quería ver aquellos vídeos. Aquella advertencia era una invitación explícita, exenta de juicios y reproches, a rehusar la idea de contemplar horas de humillación, de degradación y de indignidad. Y él hubiera aceptado aquella invitación con gusto. Pero Castro, no. Castro agarraba siempre al toro por los cuernos. De hecho, no se movió y mantuvo la mirada del policía. Apoyó la mano en su hombro y le dio un ligero apretón.

—Tengo que hacerlo. Es necesario. —Fue todo cuanto dijo.

El agente se apartó para dejarlos pasar.

—Jorge, tú no entres. —Se giró hacia el subinspector y le cortó el paso—. Necesito que hables con el inspector de esta investigación. —Se apoyó con la mano en la puerta de la sala donde estaba a punto de entrar—. Infórmale de la conversación con Pablo Ruiz. ¿Le acompañas y de paso le das esa lista? —Esta vez se refirió al policía de Delitos Tecnológicos, quien asintió en silencio—. Y no estaría de más que volvieras a llamar a la comisaría de Pola de Siero por si hay novedades.

Gutiérrez parpadeó dos veces sorprendido, pues sabía que no había necesidad de estar pendiente de los agentes de Pola de Siero. Castro sabía trabajar en equipo y una de sus premisas era dejar libertad de movimiento. Si encontraban algo, ellos llamarían a la central para comunicarlo. Olía a excusa para evitarle el mal trago de ver aquellos vídeos. Gutiérrez enrojeció, pues se sintió pillado en un renuncio.

—Además, ahí dentro no hay espacio para dos más. Si hay algo, me avisas —añadió el inspector, entrando en la sala de audiovisuales y sin darle opción a réplica.

64

Abominación. No hay nada que te prepare para la ignominia humana. No hay entrenamiento lo suficientemente duro que consiga curtir el alma de un ser humano para que no sienta nada al tener el horror y la aberración delante de los ojos. Pero si mirar la brutalidad ejercida por un ser humano sobre otro es doloroso, escuchar el resultado de esta lo es aún más.

No podía seguir oyendo los gritos de aquellos niños, en un primer momento de resistencia y de estupor seguidos de las súplicas, en un vano intento de que aquella locura cesara y, al final, cuando eran conscientes de que la pesadilla era real y sin posibilidad de despertarse, los sollozos apagados, a veces tenues, que dolían más que los gritos.

Castro bajó el volumen de los auriculares. Como si quitando el sonido de las grabaciones pudiera eliminar el horror que tenía ante los ojos. Horas de violaciones y de abusos. Se sujetó las manos tratando de calmar los temblores que impedían que manejara el ratón con precisión. Solo llevaba una hora mirando aquellas imágenes y, en el primer minuto, sintió que algo se le rompía por dentro. Cuando el agente de Delitos Tecnológicos definió lo que conllevaba ver aquellos vídeos como una bajada a los infiernos no pudo escoger mejor analogía para describir cómo se sentía él en aquel momento. Sintió un calor en las entrañas que le subía hasta el pecho, retorciéndole las tripas, estrujándole los pulmones y abrasándole la garganta. Y notó un rugido, grave, hondo y amenazante que le salía de dentro, que le hacía vibrar el pecho, como si fuera una caja de resonancia. Notaba algo en él, muy en su interior, que antes no estaba, algo sin forma, pero fuerte y deforme, que pugnaba por salir, salvaje y sin control. Cerró los ojos y por un instante se dejó llevar por aquella pulsión tan atroz que hasta dolía, por aquel rugido que crecía en intensidad, por aquel animal erizado y hambriento.

Castro respiró profundamente varias veces. «Espira, inspira. Espira, inspira.» Abrió los ojos y tuvo que esforzarse para enfocar lo que tenía delante. Le latían las sienes y sentía una presión detrás de los ojos que no le dejaba pensar. Se recostó en la silla y se desabrochó un par de botones de la camisa. Se pasó una mano por la frente secando las gotas de sudor que le resbalaban desde el nacimiento del pelo. «Espira, inspira. Espira, inspira.» Notó que el animal reculaba, escondiendo las garras y bajando la cabeza.

«Hoy no, amigo. Hoy no es el día», se dijo mientras notaba que la bestia dejaba de rugir.

Era tan fácil abandonarse y empatizar con el asesino que, por unos segundos, se sintió confuso y vulnerable. Se enderezó en la silla y cogió aire. Quería acabar cuanto antes. Ruiz acudía a la casa, al menos, dos veces a la semana. En ocasiones, en horario vespertino y otras, por la noche o de madrugada. Castro se centró en las imágenes grabadas por las tardes. Dedujo que, a esas horas, las víctimas debían de ser niños de la zona, quizá amigos de su hijo, ya que podían justificar, sin levantar sospechas, el estar fuera de sus casas.

Notó que se le revolvía el estómago otra vez. Le dio al *play* y la espalda de Ruiz apareció en la pantalla. Entraba en la habitación. Le acompañaba un niño moreno que caminaba un paso por detrás de él. Parecía retraído. En cambio, Ruiz se conducía con seguridad y determinación. Se dirigieron a la cama, en donde Ruiz tomó asiento. El niño se quedó de pie, indeciso. Su lenguaje corporal delataba el nerviosismo que sentía. El pequeño le pidió que lo llevara a casa. Ya no le divertía la situación. Él solo quería conducir, le rogó con voz temblorosa. Ruiz le hizo señas con la mano para que se sentara a su lado. Le pidió que estuviera tranquilo. No pasaba nada. Aquello era normal. «Una tarde de chicos grandes», le dijo. El niño le hizo caso y, con cautela, se sentó a su lado. Castro notó cómo el sudor le empapaba la espalda. Le sudaban las manos y volvió el temblor a ellas. Agarró el ratón con firmeza y paró la imagen.

—Conozco a ese chico —declaró Castro en voz alta, arrastrando cada palabra.

Los cinco agentes, que hasta ese momento habían estado concentrados en lo suyo, lo miraron con expresión de sorpresa. Uno de ellos estiró la cabeza tratando de ver a quién se refería el inspector.

Castro cerró los ojos intentando hacer memoria. Se masajeó las sienes. Volvió a mirar la imagen congelada.

—¡Dios mío! ¡Ahí está la conexión! —exclamó levantándose de golpe y derribando la silla.

El inspector salió de la sala corriendo, sin prestar atención a los atónitos policías que le miraban con cara de no entender nada.

65

El inspector Castro bajó las escaleras de dos en dos. Resollaba cuando llegó al sótano de la comisaría, en donde estaban los calabozos, y le pidió a un sorprendido agente que le abriera la celda de Mario Sarriá. Había cinco calabozos alineados. Germán Casillas y Alina Góluvev ocupaban los dos de los extremos. Mario Sarriá estaba sentado en el camastro del centro.

El policía que vigilaba a los sospechosos, desde una mesa pequeña de madera, se levantó con las esposas en la mano.

—No será necesario —ordenó Castro.

—Es el procedimiento, señor. Si quiere entrar, tengo que esposar al detenido.

—Le digo que no será necesario. Yo me ocupo —insistió el inspector intentando recuperar el aliento.

—Está bien —accedió el policía abriendo la puerta del calabozo.

El fotógrafo miró a Castro sin levantarse. La celda medía, aproximadamente, cuatro metros cuadrados, sin ventanas y sin más mobiliario que un colchón sobre una base de hormigón, una almohada y una manta. No estaba concebida para que sus inquilinos estuvieran cómodos. Castro se acercó a Mario.

—Le dije que encontraría su conexión con Ruiz —dijo Castro muy despacio—. El móvil, Mario. Sé por qué lo mató.

El fotógrafo mantuvo la mirada, impasible, sin abrir la boca.

—¿Cuándo supiste que Ruiz abusaba de tu sobrino? —espetó el inspector tuteándolo.

Mario se incorporó como si hubiera sido impulsado por un resorte.

—¿De qué está hablando? —Su mirada revelaba estupor y asombro. Castro tuvo que reconocer que parecía real—. ¿Qué me está contando? —insistió alzando la voz.

El agente, que se había mantenido sentado detrás de su mesa sin perder de vista cuanto ocurría dentro de la celda, se levantó y, tomando el tolete que llevaba colgando del cinturón, hizo ademán de entrar. Castro lo detuvo con un movimiento de la mano.

—Siéntate, Mario —pidió Castro.

Este le hizo caso, sin dejar de mirarlo. Apretaba la mandíbula y la respiración se le había acelerado. Castro se fijó en cómo se le dilataban y contraían las aletas de la nariz.

—¿Cuándo te enteraste de lo que Ruiz le hacía a Nicolás? —repitió Castro inclinándose hacia él.

—¡No sé de qué me habla! —gritó Mario apretando los puños.

—¿No pretenderás que me crea que no sabías lo que estaba pasando? —El inspector se apoyó en la pared frente al camastro y cruzó los brazos por delante del pecho—. Te voy a contar lo que creo que pasó. Te enteraste de que Ruiz abusaba sexualmente de tu sobrino. Fuiste muy listo al no dejar huellas ni restos. —Chasqueó la lengua—. Pero, claro, lo planeaste minuciosamente. Buscaste la oportunidad, fuiste concienzudo. Te acercaste a él, de alguna manera conseguiste que confiara en ti y lo mataste.

El fotógrafo había bajado la cabeza y la movía a un lado y a otro, como negando, en silencio. Se agarraba las manos con tanta fuerza que los nudillos se le tornaron blancos. Se balanceaba hacia delante y hacia atrás.

—Luego, supiste por Olivia que su mujer, probablemente, era conocedora de la depravación de su marido y decidiste que tampoco merecía vivir.

Mario levantó la cabeza y miró al inspector como si este se hubiera vuelto loco.

—No sabe lo que dice. Yo no he matado a nadie —susurró.

—Podemos probar que sí lo hiciste —insistió—. Tuviste la oportunidad. Tus coartadas para ambos crímenes no se sostienen. Tienes un móvil muy poderoso, que es la venganza por lo que le hicieron a tu sobrino. Y tenemos una prueba física que te sitúa en la escena de uno de los crímenes —explicó Castro con tranquilidad solo aparente, pues el corazón le latía a la velocidad de un Ferrari, y sopesando cada palabra.

—¡Eso es imposible! —Mario se revolvió nervioso. Tenía el rostro congestionado y gotas de sudor le resbalaban por las sienes—. ¡Desconocía lo que ese hijo de puta le estaba haciendo a Nico! ¡Y si lo hubiera sabido, si es verdad lo que dice... le habría despellejado con mis manos! —chilló colocando estas, abiertas, frente a Castro—. Pero ¡no lo hice! ¡Se está equivocando!

—En cuanto salga de este calabozo, pediré una orden de registro para tu casa, para tu coche y lo pondremos todo patas arriba. —El inspector hizo una pausa y se acercó a Mario—. Aunque hayas sido cuidadoso, siempre queda algún rastro. —Se sentó junto al fotógrafo y decidió cambiar de táctica. Presionándolo no iba a conseguir nada. Mario no se movió. Ni siquiera lo miró. Parecía estar en shock—. Verás, entiendo lo que hiciste. El tío era un depravado, un monstruo. Abusó de tu sobrino, dañó algo sagrado para ti. Y ella —Castro chasqueó la lengua y cruzó las piernas—, ella era casi peor que él, pues conocía su secreto y consentía, miraba para otro lado. Tendría que haberle denunciado, ¿verdad? Si lo hubiera hecho, quizá a Nico nunca le hubiera pasado nada.

Mario se cogió la cabeza con las dos manos y comenzó a llorar.

—¡Dios mío, ¿qué he hecho?! ¡Dios mío! ¡Oh, Dios mío! —Mario repetía la letanía en voz baja, como para él mismo, acompañándola de un llanto desgarrador y desesperado. Se estaba derrumbando. Tenía el rostro bañado en lágrimas y gruesos chorretones de saliva le resbalaban de los labios para ir a estrellarse, en una caída viscosa, al suelo de hormigón de aquella celda.

—Sería mejor que me contaras qué es eso que has hecho —sugirió Castro casi en un susurro—. Quizá, si colaboras ahora, la juez...

—Quiero un abogado —pidió Mario interrumpiendo al inspector y mirándolo a los ojos.

Castro leyó en su mirada, detrás de aquellos ojos enrojecidos y bañados en lágrimas. Había desesperación, rabia, tristeza. Pero también algo más: determinación. Mario Sarriá no iba a dar un paso más e insistir en ello sería perder el tiempo.

Suspiró y se levantó con gesto cansado. Le hizo señas al agente para que abriera la celda.

Antes de salir, se giró y miró a aquel hombre que había dejado que la bestia lo dominara hasta devorarlo, la misma bestia que había amenazado con engullirlo a él hacía menos de una hora. No pudo culparlo, ni siquiera se atrevió a juzgarlo. Sintió rabia por las vidas destruidas, daños colaterales de aquella manada de animales: Nicolás y Pablo, ambos con la infancia rota, cada uno por motivos distintos. Pero víctimas, al fin y al cabo, de aquella jauría.

66

Olivia estaba harta de llamar a Mario. «Apagado o fuera de cobertura.» Estaba delante del edificio donde vivía Ángela Pascual, la mujer que había trabajado como profesora en el colegio de Pola de Siero. Mario le había dicho que en cuanto saliera de comisaría se reuniría con ella en esa dirección. Necesitaba fotografías de la mujer. Volvió a intentarlo. Nada. Aquella voz insulsa y mecánica le informaba que Mario seguía «apagado o fuera de cobertura».

Se dio por vencida. Si aquella mujer accedía a posar, ella misma le haría las fotografías con su teléfono móvil.

Ángela Pascual era una mujer menuda y de apariencia engañosamente frágil. Tenía el aspecto de una abuelita de cuento: pelo blanco, cuidadosamente recogido en un moño; chaqueta de punto hecha a mano, probablemente por ella misma, encima de un vestido floreado de algodón y zapatos de salón de tacón bajo increíblemente bruñidos. Tenía la tez muy blanca, de manera que dos venas oscuras se dejaban ver bajo la piel a la altura de las sienes, y unos ojos inquisitivos y francos, de un intenso color azul. Según le había comentado Mario, llevaba una década jubilada, así que rondaría los setenta y cinco años. Aparentaba esa edad. «Una abuelita de cuento», se repitió Olivia.

Aquella mujer era vigorosa y enérgica. La recibió con una gran sonrisa y ademanes suaves, pero resueltos.

—Señorita Marassa, estoy encantada de recibirla —dijo invitándola a pasar al salón, una estancia amplia y luminosa. Olivia se fijó en un moderno ordenador portátil que descansaba encima de una mesa auxiliar que hacía las veces de escritorio. La anciana siguió la dirección de su mirada y sonrió—. Hay que ir con los tiempos, querida. ¿Le apetece un café?

—Me encantaría un café, señora Pascual.

—Oh, querida, ¿qué tal si nos tuteamos? —preguntó con voz cantarina la mujer—. Ponte cómoda mientras lo preparo —la invitó, señalando el sofá.

Olivia clavó la mirada en una estantería repleta de libros que ocupaba una de las paredes. Se acercó y pasó los dedos por el lomo de algunos de ellos. Ángela Pascual tenía una colección impresionante, en su mayoría clásicos: Cervantes, Emily Brontë, James Joyce, Harper Lee, Truman Capote, Alejandro Casona, Miguel Delibes, Hemingway...

—Es una de mis pasiones. —Olivia se sobresaltó. La mujer estaba detrás de ella con una bandeja. No la había oído acercarse—. La lectura. Algo que no me gusta de las nuevas tecnologías es que se empeñan en terminar con el libro. No hay nada como el olor de las páginas. ¿Nos sentamos?

Olivia la siguió hasta el sofá en donde tomaron asiento. Ángela sirvió el café en silencio y, solo cuando ambas estuvieron acomodadas y con sendas tazas en la mano, habló.

—Estás aquí porque sabes que conocí a Guzmán Ruiz y quieres que te hable de él —afirmó la anciana de manera perspicaz.

Olivia asintió en silencio mientras daba un sorbo al café.

—Entonces, imagino que sabes que desde que se fue de Pola de Siero, y de eso hace ya más de treinta años, no he vuelto a saber de él.

—En realidad, me interesa que me hables del colegio en aquella época, en la época en la que Guzmán Ruiz daba clases —pidió Olivia.

Los ojillos de la mujer brillaron. Dejó la taza sobre la mesita auxiliar y colocó las manos, una sobre la otra, encima de las rodillas.

—Querida, ¿qué quieres saber en realidad? —replicó con intención—. Porque dudo mucho que al periódico para el que trabajas le interese cómo funcionaba el colegio en los años ochenta.

—¿Cómo era Guzmán Ruiz en aquella época? —preguntó Olivia yendo al grano. Su intuición le decía que con Ángela Pascual era mejor no andarse con rodeos.

—Era un joven impetuoso y muy pagado de sí mismo. Pero también era un magnífico profesor de matemáticas —respondió la anciana entrelazando los dedos de las manos—. Tenía un gran potencial como maestro.

—Y ¿como persona?

—Como persona no me gustaba —confesó la mujer sin rodeos—. Era un encantador de serpientes. Era de estas personas con el don de la palabra, que te manipulaban sin que te dieras cuenta. Y él lo sabía. Pero yo nunca me dejé engatusar. Lo calé desde el primer día y traté de no relacionarme con él, salvo cuando las circunstancias profesionales lo requerían. Pero hubo quien sí lo hizo.

—¿Por ejemplo?

—El director del centro y algún que otro profesor. —Ángela Pascual cogió la taza y le dio un pequeño sorbo—. Además, estaba muy arropado. Era hijo de uno de los profesores más antiguos del centro, toda una institución: don Pascasio Ruiz —suspiró con añoranza—. Sí, toda una institución.

—¿Se llevaba bien con su padre? —inquirió Olivia sorprendida, pues lo que sabía era que no había existido relación.

—Sí, muy bien. Don Pascasio estaba muy orgulloso de su hijo. Hasta el escándalo. —A la anciana se le ensombreció el semblante—. Eso lo cambió todo. De hecho, creo que nos cambió un poco a todos.

—¿Qué pasó? —Olivia se enderezó. Al fin había llegado al meollo de la cuestión. «El escándalo», el primer desliz de Guzmán Ruiz.

—Acusaron a Guzmán de algo muy grave. Nunca se pudo probar y el centro... —dudó si continuar. Habían pasado demasiados años y remover aquello solo le producía desazón— digamos que el centro echó tierra encima, más por don Pascasio que por Guzmán.

—¿Qué fue tan grave como para que tuviera que dejar el colegio y huir de Pola de Siero? ¿Robó? ¿Estafó al colegio? —insistió Olivia recordando el desfalco al banco.

Ángela Pascual la miró como si no entendiera la pregunta o como si tuviera delante a un niño que acaba de hacer una pregunta ingenua.

—¿Robar? No, querida. Algo mucho peor, me temo —contestó con mirada triste—. Fue acusado de violar a una alumna.

«¡Bingo!», pensó Olivia alborozada. Ahí estaba la historia y el titular del día.

—Hubo mucho revuelo —prosiguió la anciana, más para sí misma que para la periodista—. La chiquilla no pudo demostrar la acusación y me avergüenza decir que el colegio tampoco puso de su parte para esclarecer los hechos. Eran otros tiempos. Por aquel entonces, los maestros tenían... —carraspeó— teníamos mucha autoridad. Demasiada, quizá. Y nadie se atrevía a cuestionarnos.

—¿No se denunció? —Olivia no podía dar crédito a lo que oía.

—No. A Guzmán le invitaron a irse y a la chica la mandaron para casa con el curso aprobado.

—Un arreglo perfecto, sobre todo para Guzmán Ruiz y para el colegio —espetó Olivia con sarcasmo.

La mujer no la contradijo, ni siquiera trató de justificar la decisión tomada hacía tantos años. Se limitó a mirar a la periodista con pesar.

—Yo sí la creí —confesó, de repente, con voz nerviosa—. Siempre creí a la chiquilla. Pero soy tan culpable como los demás porque no hice nada.

—¿Te acuerdas del nombre de la alumna? —inquirió Olivia con dureza en el tono de voz.

—Sí. Era una de mis alumnas del último curso de la EGB. Una de las más brillantes, por cierto. —El rostro de la mujer volvió a animarse—. Lo único que me consuela es que, afortunadamente, pudo rehacer su vida. Sigue viviendo en Pola de Siero, ¿sabes?

—¿De veras? —Olivia parpadeó sorprendida y se llevó la taza a los labios. Se imaginó rápidamente lo que podía dar de sí la historia. Una entrevista a dos páginas. Casi pudo imaginar el titular: «La primera víctima de Guzmán Ruiz». Probablemente, no sería fácil convencerla para que accediera a una entrevista, pero podía prometerle pixelar su rostro e incluso utilizar un nombre ficticio. Podía proteger su anonimato.

—... una estupenda enfermera.

—¿Cómo dices? —La voz de la anciana la trajo de vuelta a aquel salón luminoso e impregnado por el olor del café recién hecho.

—Digo que es una estupenda enfermera. Trabaja en el ambulatorio de Pola de Siero, querida.

La mano de Olivia comenzó a temblar y una terrible idea empezó a cobrar forma en su cabeza. Pero no podía ser. Era demasiado horrible.

—¿Cómo se llama, Ángela? —preguntó con temor.

Cuando la anciana le dijo el nombre de la alumna, Olivia dejó caer la taza, que fue a estrellarse contra el suelo. Ella no oyó el estruendo de la loza al hacerse añicos, ni la voz preocupada de Ángela Pascual preguntándole si estaba bien. Solo oía su corazón latir como si quisiera salírsele del pecho.

67

Castro caminaba de un lado al otro del despacho del comisario Rioseco como un león enjaulado.

—¿Cuánto va a tardar la juez Requena en hacernos llegar la orden de registro? —preguntó exasperado.

—Es sábado, inspector. —Rioseco miró el reloj, repantigado en la silla y con cara de resignación—. Y la hemos interrumpido en medio de una comida familiar. Da gracias que nos ha atendido.

—Lo teníamos delante de los ojos, comisario. ¡Y no fuimos capaces de verlo! —se maldijo Castro—. Podíamos haber evitado la muerte de Victoria Barreda. ¿Cómo no lo vimos?

—Porque no somos adivinos, Castro. Trabajamos con pruebas, con hechos... no con teorías de la conspiración. Además, no sabíamos que Mario Sarriá tenía un sobrino, ni sabíamos que se relacionaba con Ruiz a través de su hijo y, mucho menos, que podía ser una de sus víctimas.

—Lo hemos tenido pegado a nuestro culo toda la investigación y eso le ha dado la ventaja de ir siempre por delante. ¡Nos ha manejado como a marionetas! —Castro estaba furioso.

—¿Y Gutiérrez? —preguntó Rioseco, más por intentar cambiar el curso de los pensamientos de Castro que por verdadero interés.

—Con los de Delitos Tecnológicos. En cuanto acabe con ellos, bajará.

—¿Cómo llevan las diligencias?

Castro se dejó caer en la silla frente al comisario.

—Ellos, bien. Tienen el caso bien construido. La juez solo va a tener que firmar ingresos en prisión. Y por las implicaciones, va a tener que firmar mucho.

—Al menos, algo bueno se ha sacado de esto, ¿no crees? —dijo Rioseco complacido.

—Sí, un montón de mierda menos en la calle. En eso tienes razón, pero ¿a qué precio? —Castro pensó en Pablo, en Nicolás y en el enorme número de víctimas, pequeños cuerpecitos, aún sin nombre, que aparecían en los vídeos.

De repente, se abrió la puerta del despacho. Gutiérrez entró sin pedir permiso. Y fue a sentarse junto a Castro.

—El inspector que dirige la Operación Grimm ya está al tanto de lo de Pablo Ruiz y también le he puesto al corriente de lo de Mario. Además, uno de los nombres que apuntó Pablo en la lista que te dio, y que ya están cotejando, era el de Nicolás.

—¿Operación Grimm? —preguntó Rioseco perplejo.

—Es como la han llamado. Los hermanos Grimm fueron escritores de cuentos infantiles. Es una analogía un tanto macabra, pero dada la naturaleza de la investigación...

Unos golpes en la puerta interrumpieron la explicación de Gutiérrez. Los tres hombres se giraron.

—Adelante —indicó el comisario.

Un agente de uniforme entró en la estancia.

—Hay una mujer ahí fuera que pide hablar con el inspector Castro, señor. Dice que es urgente.

—¿Quién es? —replicó el inspector.

—Guadalupe Oliveira, señor.

«Mierda, se me había olvidado», pensó. Cuando regresaba de interrogar a Mario Sarriá le habían pasado una llamada de la comisaría de Pola de Siero. Una mujer se había presentado allí muy alterada, exigiendo hablar con Castro y solo con Castro. El policía de la Judicial le había dicho que se había negado a hablar con nadie más. La mujer aseguraba estar en posesión de una información crucial para la investigación.

—¿Le dijo el qué? —había preguntado Castro.

—No, señor. Solo que iba hacia ahí y que si hablaba con usted le dijera que había recordado. ¿Sabe a qué se refiere?

—Más o menos, agente. Muchas gracias.

El inspector había colgado y, con la mente puesta en hablar con el comisario y pedir la orden judicial para el domicilio de Sarriá, la información que le acababa de dar el agente de Pola de Siero había pasado al trastero de su cerebro, a la zona donde almacenaba, de forma inconsciente, todo aquello que no era prioritario en el momento. Y, en aquel instante, lo prioritario, urgente e importante era conseguir el mandato judicial para registrar el domicilio del fotógrafo.

—Dígale que ahora salgo, agente —pidió Castro.

El inspector se levantó y Gutiérrez hizo lo mismo. Rioseco se enderezó en la silla.

—En cuanto llegue la orden, os aviso —anunció el comisario, haciendo señas con una mano para que salieran del despacho. Volvió a mirar su reloj y suspiró con resignación. A esa hora tendría que estar durmiendo una buena siesta, que falta le hacía. A veces, deseaba que le llegara la hora de jubilarse para dedicarse a holgazanear hasta el aburrimiento. El único inconveniente era el tedio, un estado mental que nunca había llevado bien.

Guadalupe Oliveira era presa de una gran excitación. En cuanto vio a Castro y a Gutiérrez, se acercó a ellos con paso rápido. Sacó su móvil y abrió la galería de fotos, poniéndola delante de las narices de los dos policías sin dar explicaciones.

—Este es el coche —espetó, sin más preámbulos.

—¿Qué coche? —preguntó un desconcertado Castro cogiendo el teléfono de la mujer.

—El que vi huyendo de la escena del crimen.

—¿No decía que no recordaba el vehículo? —La incredulidad se dejó ver en el rostro del inspector.

—Dije que no entendía de coches para decirles marca y modelo —aclaró ella con contundencia—. Y que no recordaba algo que me llamó la atención de este en concreto.

Guadalupe amplió la imagen y señaló la pegatina.

—Este era el detalle que no conseguía recordar.

—¿Una pegatina de un indalo? —se sorprendió el inspector.

—Exacto —confirmó ella mientras minimizaba la imagen—. Y este es el coche.

En la imagen se veía la parte trasera de un Ibiza blanco, con una pegatina encima del faro derecho trasero.

—¿Dónde hizo la foto, Guadalupe?

—Eso es lo más extraño —contestó ella cada vez más nerviosa—. Delante de la comisaría de Pola de Siero. Hace una hora.

Gutiérrez cogió el móvil de las manos de Castro. Observó la imagen con detenimiento y con un gesto apartó a su compañero.

—Este coche es de Mario Sarriá —susurró.

—Eso es imposible, Jorge. Sarriá tiene un Renault de color negro. Comprobé la matrícula en la base esta mañana —desmintió Castro convencido.

—Te digo que es el coche del fotógrafo. Al menos, el que conducía cuando llegó hoy a la comisaría.

Castro miró a Gutiérrez y después a Guadalupe.

—Comprueba la matrícula, Jorge. Yo bajo a hablar con Mario —se dirigió a Guadalupe—. Señorita Oliveira, voy a necesitar que me deje su teléfono unos minutos y que espere aquí.

El inspector se dirigió a las escaleras para bajar a los calabozos. De repente, le sonó el móvil. Era Olivia. Estuvo tentado de no contestar. No le apetecía hablar con ella teniendo a su compañero entre rejas. No quería mentirle si preguntaba por Mario. Pero tampoco podía ponerla en antecedentes de lo que estaba ocurriendo. Dejó sonar el teléfono mientras bajaba. Pero, en el último momento, algo en su interior le dijo que tenía que contestar.

—Olivia, dime —respondió en el tono más aséptico que pudo.

—Agustín, estoy tratando de localizar a Mario. ¿Sigue en comisaría? —quiso saber la periodista.

Castro no contestó. Ahí estaba la pregunta que estaba intentando evitar.

—Sí, sigue aquí, Olivia —contestó sin dar explicaciones. De hecho, así era. No estaba mintiendo. Solo omitía los detalles que, en esos momentos, no era conveniente que ella supiera.

—Mira, ahora no puedo hablar. He descubierto algo importante. —La notó sofocada, como si estuviera corriendo—. Dile a Mario que mire el WhatsApp. Necesito hablar con él. Ya.

—Oye, ¿pasa algo? ¿Dónde estás? —Castro preguntó con inquietud, pero la comunicación se cortó antes de que ella pudiera responder.

Se quedó mirando su móvil con expresión perpleja. Luego la llamaría. Ahora tenía temas más importantes de los que ocuparse.

Esta vez no hizo amago de entrar en el calabozo. Mario seguía en la misma posición: sentado en el camastro, con la cabeza baja y las manos sobre ella.

—Mario, necesito que te acerques —pidió el inspector agarrando los barrotes, desde el otro lado.

El aludido levantó el rostro hacia el inspector, con la mirada perdida, como si no lo viera.

—Esta mañana me dijiste que tu coche era un Renault negro.

—Así es —confirmó Mario con gesto cansado y sin mucho interés.

—En cambio, hoy llegaste a la comisaría en un Seat Ibiza blanco —afirmó el inspector con impaciencia.

—Cierto.

—¿De quién es el coche, Mario?

Este pareció comprender la importancia de aquella pregunta tan sencilla y, en apariencia, inofensiva.

—¿Por qué? —El fotógrafo tensó el cuerpo y recobró la atención.

—Mario... es importante. ¿De quién es el coche?

—De mi hermana, Carmen —contestó muy lentamente—. ¿Qué importancia tiene el coche? —preguntó con nerviosismo. Se acercó a los barrotes y los agarró con fuerza—. Dejad a mi hermana en paz —siseó con rabia.

Castro lo miró a los ojos y vio que él comprendía. Como si estuvieran en una película a cámara lenta, advirtió cómo se le dilataban las pupilas y el rostro se le tornaba en una máscara de miedo, cómo su cuerpo se distendía y las piernas se le aflojaban hasta hacerle perder el equilibrio. Se agarró con fuerza a los barrotes para no caer desplomado al suelo.

—¿En qué trabaja tu hermana? —dijo Castro con lentitud.

Mario tardó en contestar. Le costaba respirar. Notaba cómo su mente se nublaba. No podía concentrarse en lo que le preguntaba aquel policía. Era incapaz de pensar con claridad. Nico, Carmen. Carmen, Nico. El coche.

—Es enfermera —respondió como un autómata.

—¡Dios mío! —Castro salió corriendo de los calabozos y mientras subía las escaleras marcó el número de Delitos Tecnológicos. Al segundo tono alguien descolgó—. Necesito que miréis el móvil de Mario Sarriá. Pues encendedlo, coño. ¡Ahora! —ordenó Castro con ímpetu.

Esperó mientras el agente encendía el teléfono móvil del fotógrafo. Los segundos se hacían eternos. Siguió subiendo a la primera planta con el teléfono pegado a la oreja y el corazón martilleándole en la garganta. Cuando llegó, buscó con la mirada a Gutiérrez, que estaba concentrado en la pantalla de su ordenador con el ceño fruncido; Guadalupe Oliveira esperaba sentada frente al subinspector con gesto grave y ademanes nerviosos; los agentes de Homicidios y de la Policía Judicial se movían con rapidez de un lado para otro, o se hallaban concentrados en informes o tras el ordenador; el comisario Rioseco salía en ese momento de su despacho con unos papeles en la mano... Castro lo vio todo a cámara lenta. El ruido de la planta, bullicioso y normalmente molesto, le llegaba amortiguado.

—Ya está, inspector —informó el agente—. Hay unos cuantos mensajes de Olivia Marassa. Se ve que ha estado llamando a este teléfono.

—Mire el WhatsApp —le ordenó con urgencia—. Hay uno de Olivia Marassa. ¿Qué dice?

Silencio. Tictac, tictac. Le iba a estallar la cabeza.

—¡Rápido, por el amor de Dios! —urgió el inspector levantando la voz.

—Dice, textualmente: «Voy a casa de Carmen. Llámame, Mario. Es urgente».

—¿Cuánto hace que envió ese wasap?

—Unos quince minutos, inspector.

—¡Mierda! —exclamó Castro cortando la llamada. Se acercó corriendo a su mesa. Abrió su cuaderno de notas y leyó, con angustia, los dos nombres que Pablo Ruiz le había facilitado aquella mañana. El de la madre que había hablado con Victoria

Barreda a la puerta del colegio, Carmen («de la madre no me acuerdo del apellido», había dicho Pablo), y el de su hijo, que era amigo de Pablo, Nicolás Ortiz. No había visto la relación, pues el apellido era el del padre, no el de la madre. Castro comenzó a temblar. Y recordó las palabras de Pablo cuando le preguntó de qué había hablado Victoria con aquella madre con tal nitidez como si se las estuviera susurrando al oído en ese momento: «De nada en realidad. Una conversación típica de mayores. Qué tal estás y esas cosas. Y de quedar a tomar algo». De quedar a tomar algo.

Delante de las narices. Lo había tenido delante de las narices, pero estaba demasiado centrado en meter al fotógrafo entre rejas. Se giró y se dirigió al comisario, que caminaba hacia él con la cara sonriente y blandiendo una hoja en el aire. Castro se imaginó que era la orden de registro. Casi le dieron ganas de gritar.

—Nos hemos equivocado, comisario. ¡Nos hemos equivocado de hermano! —chilló salpicando de saliva a Rioseco y haciendo que a este se le congelara la sonrisa—. Es la hermana del fotógrafo. Es Carmen Sarriá. Necesito un operativo. ¡Lo necesito ya!

En menos de diez minutos estaban en la carretera. Tres zetas y un K* sobrepasando los límites de velocidad, con los rotativos encendidos y las sirenas aullando.

Castro conducía en silencio, apretando el volante como si con ello pudiera conseguir que el vehículo volara en vez de rodar por la autovía. Gutiérrez miraba al frente con gesto serio y sin atreverse a abrir la boca.

Mientras avanzaba solo se escuchaba el bramido de los tres coches patrulla que les seguían a poca distancia.

* Vehículo camuflado del CNP.

68

Olivia aparcó el coche al otro lado del parque. Había vuelto a llamar a Mario, sin éxito. Le había enviado un wasap informándole de adónde iba y urgiéndole a que la llamara. Por último, y mientras caminaba en dirección a la casa de Carmen, había llamado a Castro para intentar localizar a su amigo. Seguía en la comisaría, le había dicho el inspector. Ni siquiera le había extrañado que Mario aún estuviera en las dependencias policiales. Lo único que le importaba era que Castro le diera un mensaje y mirara el teléfono móvil.

No iba a explicar al inspector lo que había descubierto. Aún no. Tenía que comprender, tenía que saber si aquello era una coincidencia absurda o algo más terrible. No estaba preparada para hablar de ello con nadie. Solo con Mario.

Llegó al edificio sofocada y resollando, más por los nervios que por el esfuerzo. Mientras subía en el ascensor, trató de calmarse y de respirar profundamente. No podía parecer alterada.

Carmen le abrió la puerta. Si estaba sorprendida de verla allí, a aquella hora y sola, no lo demostró.

—Pasa, Olivia. Iba a prepararme un té. ¿Te apetece uno? —preguntó mientras cerraba la puerta y se adentraba en la cocina. Olivia rehusó la invitación y la siguió.

—Si vienes a buscar a Mario, no está aquí —dijo mientras ponía una tetera con agua a calentar.

—Carmen, en realidad he venido a verte a ti —contestó Olivia con cautela.

—¿A mí? —preguntó con sorpresa Carmen, sin girarse a mirar a la periodista. Abrió un armario y se estiró hasta alcanzar una taza.

Olivia no sabía cómo empezar, cómo enfocar el tema. Cogió aire y decidió ir al grano. De nada servía andarse con rodeos.

—Sé lo que te ocurrió en el colegio. Sé lo que te hizo Ruiz —espetó la periodista.

Carmen, que estaba sacando una bolsita de té de otro de los armarios, se detuvo. Se quedó quieta, como congelada en el tiempo. Dándole la espalda a Olivia, bajó la cabeza y apoyó las manos en la encimera. En la cocina solo se oía la respiración de las dos mujeres. La de Olivia, acelerada; la de Carmen, tranquila.

—¿Cómo te has enterado? —A Olivia la voz de Carmen le sonó grave, gutural, como si no fuera suya.

—Al final contacté con alguien que estaba en el colegio en aquella época. ¿Es verdad? ¿Te violó?

Carmen no se alteró. Abrió un cajón y sacó una cucharilla que introdujo en la taza. Sin responder, cogió un azucarero y se sirvió dos cucharadas. Pasaron los segundos y Carmen seguía sin inmutarse. El silencio que se había asentado, de repente, entre las dos era estridente.

—Sí, lo hizo. Era un cerdo, Olivia. Y merecía morir —espetó al fin, sin siquiera volverse.

—¡Santo cielo! Fuiste tú. —La voz le salió como un pitido, aguda y trémula—. Tú lo mataste. Los mataste a los dos. —La afirmación sonó como un eco en aquella cocina, en la que el único sonido era el siseo de la tetera—. ¿Por qué? ¿Por qué ahora,

Carmen, después de tantos años? ¿Por qué a su mujer? ¿Qué te hizo ella?

Olivia intentaba razonar, pensar rápido, averiguar la motivación que había llevado a aquella mujer, tranquila, serena y con sentido común, a convertirse en una asesina después de tantos años.

Carmen abrió la nevera y cogió un cartón de leche y algo más que Olivia no consiguió ver con claridad. Dejó la leche junto a la taza y se giró. Su rostro era una máscara imperturbable. No reflejaba emoción alguna. Dio un paso hacia Olivia al mismo tiempo que esta retrocedía.

—¿Por qué, Carmen? —insistió la periodista.

Carmen ladeó la cabeza y parpadeó. De repente se le dilataron las pupilas y los párpados se le entrecerraron, dando paso a una mirada que no era la suya. La comisura de los labios se le tensó en un rictus grotesco. Todo su cuerpo se crispó. Olivia empezó a sudar y tuvo miedo. Un miedo atroz, porque su amiga ya no estaba allí. Ya no era ella. Carmen había desaparecido para dejar campo libre al animal que llevaba dentro.

Retrocedió hasta el salón sin darle la espalda. Carmen avanzó hacia ella. Soltó una carcajada que erizó el vello del cuerpo de la periodista.

—Porque se lo merecía. Porque era un depravado. Ese hijo de puta casi destrozó mi vida hace treinta años. Y ahora ha destrozado la de mi hijo. —Carmen siseaba, con una rabia contenida que la hacía temblar.

—¡Nico! —Olivia lo vio claro.

—Sí, Nico. Cuando supe de quién era hijo el mejor amigo de Nico, ya era tarde. Y cuando Nico empezó a autolesionarse, lo supe. Supe lo que ese cabrón le había hecho.

Seguía avanzando hacia Olivia y esta, retrocediendo, hasta que tropezó con la pared. Estaba acorralada.

—Lo seguí una noche hasta una casa a las afueras de Oviedo —continuó hablando, con voz monocorde, sin inflexiones—. Enseguida imaginé lo que hacía allí. Y decidí quitar a esa escoria de la circulación. Por Nico, por mí. Por justicia.

—Eso no es justicia. Eso es venganza. —Olivia temblaba de pies a cabeza, con la espalda pegada a la pared. No sabía de dónde le salía la voz, porque la notaba como si no fuera suya.

—Cuando me violó a mí, nadie movió un dedo. ¡Nadie! —chilló encarándose con ella—. Taparon el asunto, ¿sabes? Y dejaron suelto a un depredador sexual. No iba a consentir que volviera a ocurrir lo mismo con Nico. La justicia en este país es ciega, Olivia. Ciega y sorda. Y no iba a permitir que entrara por una puerta de la comisaría para salir por la otra a los cuatro días.

—Y decidiste tomarte la justicia por tu mano. —A Carmen le brillaron los ojos y una media sonrisa asomó a su rostro. Olivia tenía que ganar tiempo. Tenía que hacerla hablar.

—Sí. No fue difícil. Le hice creer que sabía de sus chanchullos. Me cité con él para hablar de dinero y me sugirió ir a La Parada. Fuimos en mi coche. Me hizo entrar por el polígono. No quería que nos viera nadie. Y no lo vio venir. Le golpeé por detrás en cuanto nos bajamos del coche. Los demás detalles, ya los conoces.

—Lo mutilaste hasta matarlo —susurró la periodista.

—Y fue maravilloso ver cómo la vida se le escapaba. —Carmen abrió mucho los ojos. Tenía una mirada febril—. Fue la mejor sensación que he experimentado en mi vida.

—¿Eras tú la del coche? ¿Volviste?

—Sí. Cometí un error que pudo delatarme. —Se rio. Una risa nerviosa, casi histérica—. Esa tarde, lo llamé a su teléfono móvil para citarme con él. No podía dejar que la policía lo encontrara y rastreara sus llamadas. Volví a por el móvil de Ruiz.

—¿Y su mujer? ¿Qué culpa tenía ella?

—Su mujer lo sabía. Sabía lo que estaba haciendo Ruiz. Y lo permitió. Era tan culpable como él.

—¿Cómo lo sabes? ¡No puedes estar segura de ello! —clamó Olivia.

—Tenía dudas, pero ella misma me lo confirmó la mañana que la maté. —Contrajo los labios en una mueca de desprecio—. Me invitó a café en su casa. Y cuando la acusé de ser cómplice de su marido, ni siquiera se molestó en negarlo. ¡Se echó a reír! —La voz de Carmen se había convertido en un bramido—. Pero enseguida le quité la sonrisa de la cara. —Los ojos se le oscurecieron y la voz se convirtió en un siseo—. Unas cuantas pastillas en el café de las que toma Nico y de inmediato estuvo inconsciente. Pero antes de desmayarse, supo que iba a morir. Lo vi en sus ojos, Olivia. Y, entonces, me tocó a mí reírme. —Lo expuso con tal frialdad que Olivia se estremeció—. Pero con ella fui buena, Olivia... por su hijo, ¿sabes? No iba a dejar que viera a su madre desplomada de cualquier manera cuando llegara del colegio. La preparé para que estuviera... hermosa.

—Has dejado a un niño inocente sin padres —dijo la periodista con tristeza, intentando llegar a su lado humano, si es que aún permanecía escondido en alguna parte de su ser.

—¡Ellos me quitaron a mi hijo! —aulló—. ¡Era lo justo!

—No hay nada justo en todo ello, Carmen. Es una abominación. ¿No te das cuenta... no te das cuenta de que con lo que has hecho, también has dejado a tu hijo sin madre? —le planteó Olivia eligiendo con cuidado las palabras.

—Tenías que haber hecho tu trabajo —continuó Carmen como si no la hubiera oído—. Te lo puse muy fácil y te cruzaste de brazos.

—Me mandaste la foto... y el cuaderno, fuiste tú quien me dejó el cuaderno. —Olivia se apretujaba contra la pared. Estaba paralizada de terror y los latidos de su corazón le retumbaban en los oídos—. ¿De dónde lo sacaste?

—Lo llevaba encima cuando lo maté. Eso fue pura casualidad, un maravilloso golpe de suerte, si tú hubieras hecho tu parte. Pero ¡lo tenías que estropear con tus remilgos!

La mirada de Carmen se endureció. Se acercó a la periodista hasta que su rostro quedó pegado al de ella.

—Tenías que publicar las atrocidades de ese hombre. Tenías que contarle al mundo quién era, en realidad, la familia Ruiz Barreda. ¿Y qué hiciste? —gritó salpicando de saliva las mejillas de Olivia—. ¡Nada! Te lo puse en bandeja. Pero tenía que entrarte justo ahora un ataque de moral, esa moral que nunca has tenido. —Le apuntó el pecho con el dedo índice de la mano y se rio con sarcasmo—. Y luego, ¿te vas a Galicia? ¿¡A qué?! La noticia la tenías aquí. ¡Te alejaste! —Cada palabra la pronunciaba con rabia y dolor. Se sentía traicionada por sus antiguos profesores, por sus padres, por la justicia, por Olivia.

Un fallo tras otro, una decepción tras otra. Pero ya no habría más. Y Olivia pudo leerlo en sus ojos como si se tratara de un libro abierto.

—¿Me rajaste tú las ruedas del coche? —Olivia ya no quería saber más, no deseaba seguir oyendo a su amiga relatar su destrucción, su bajada a los infiernos. Sin embargo, su instinto de supervivencia le decía que tenía que animarla a seguir hablando. Debía ganar tiempo. ¿Tiempo para qué? Nadie sabía, a excepción de Mario, dónde estaba. Y eso solo en el caso de que hubiera mirado su móvil. Tenía que salir de allí. Miró de reojo hacia la puerta de entrada de la casa y calculó con rapidez las posibilidades que tenía de llegar a ella. Eran pocas.

—Tenía que obligarte a que te quedaras aquí, en Pola de Siero. —Carmen se dio cuenta de las intenciones de Olivia y soltó una carcajada—. ¿Otra vez te quieres marchar? —preguntó con voz melosa, apoyando ambos brazos en la pared y dejando a la periodista sin posibilidad de moverse—. Ya no te irás a ninguna parte. Nunca más.

—Me estás asustando, Carmen. Déjame salir —pidió Olivia tratando de sonar calmada—. Esto es una locura. Hay que llamar a la policía. Hay atenuantes. Él te hizo daño, a ti y a tu hijo. La juez lo entenderá... ¡Ay!

Algo la había picado en el brazo. Se frotó la zona donde había notado el pinchazo y se fijó en que no había sido ningún bicho. Carmen blandía algo delante de sus narices con una sonrisa maliciosa.

—Es un inyector de insulina. No te preocupes. No te dolerá. Perderás el conocimiento y entrarás en coma. Hipoglucemia. Una forma rápida de morir. Tienes suerte. Contigo seré benévola.

Olivia empujó a Carmen y trató de correr hacia la puerta, pero las piernas le flojearon y cayó al suelo. Comenzó a notar un sudor frío. Hizo un esfuerzo por ponerse en pie. Carmen la miraba desde arriba, sonriendo.

—Es inútil, Olivia. Ya te estás muriendo.

La voz de Carmen le llegó desde muy lejos, como si estuviera a kilómetros de distancia.

Olivia se puso en pie y se apoyó contra la pared. Le costaba respirar. Notó cómo le resbalaba el sudor por la espalda. Adelantó un pie y luego se concentró en que le respondiera el otro, pero se le doblaron las rodillas y volvió a caer. Se notó mareada y la habitación comenzó a deformarse. Veía los muebles y los objetos que la rodeaban distorsionados y sin nitidez. El rostro de Carmen se acercaba y se alejaba, alargado y deforme. Cerró los ojos con fuerza y los abrió intentando enfocar. No tenía fuerzas. Los brazos le pesaban como si fueran de plomo y las piernas las sentía de goma. Abrió la boca para coger una bocanada de aire. No lo consiguió. Se ahogaba. Volvió a intentarlo.

El aire no le entraba en los pulmones. De repente, sintió como una explosión en el cerebro y miles, millones de chispas de colores sustituyeron a aquel salón en su retina.

A lo lejos le llegó un ruido fuerte, como un crujido de madera. Pero ya no atendió. Tenía que concentrarse en respirar, abrir y cerrar la boca para que entrara oxígeno. Le vino a la mente la imagen de un pez cuando lo sacan del agua.

Creyó oír pasos rápidos que se acercaban, murmullos, gritos que sonaban muy lejanos y unas manos que la sujetaban.

Lo último que sintió antes de perder la conciencia fue la presión de unas manos fuertes sobre su pecho.

Epílogo

Lunes, 19 de junio de 2017

—Eres una celebridad, Olivia.

Castro estaba sentado a un lado de la cama del hospital donde descansaba la periodista. Era mediodía y se sentía bien, con la mente clara y despejada. Tenía un vial conectado a la mano derecha y aspecto de cansancio. Había recuperado la conciencia el día anterior, tras pasar doce horas en coma.

—He estado a punto de perderte, hija —le había dicho su madre el día anterior entre lágrimas, en cuanto abrió los ojos.

La tarde del domingo había sido caótica. La habitación del hospital se había llenado de flores. Media redacción del periódico se había acercado, en lenta y paulatina peregrinación, a preocuparse por el estado de salud de su compañera. Olivia estaba aturdida y vio, entre nebulosas, a su madre caminar apurada por la habitación, subiendo y bajando las cortinillas de las ventanas; moviendo de sitio las flores; alisando la ropa de la cama; al inspector Castro entrar un par de veces y acercarse a la cama; al director del periódico, con aspecto serio; a Dorado, quien, con gesto preocupado, hablaba con Castro, que en aquel momento también se encontraba en la habitación. También vio a Mario, que solo se acercó a ella para cogerle la mano y apretársela con fuerza. Olivia asistía a este ir y venir de personas desde un estado de somnolencia que tiraba de ella sin dejarla pensar con claridad. Abría los ojos y veía a Mario. Los cerraba solo un segundo y, cuando volvía a abrirlos, la luz de la habitación había cambiado, tornándose más apagada, y junto a ella solo estaba su madre, quieta y cogiéndole la mano.

El inspector Castro había llegado hacía un par de horas. Olivia ya estaba despierta y con deseo de que alguien la pusiera al corriente. Su madre le había prohibido leer la prensa. Y eso era mala señal.

Tras insistir, y a pesar de las protestas de doña Elena, el inspector le había contado cómo habían descubierto que Carmen era la autora de los crímenes y cómo habían llegado a la vivienda y la habían encontrado inconsciente en el suelo. Olivia había llegado al hospital en estado de coma debido a la dosis de insulina que le había inyectado la hermana de Mario.

—Casi no lo cuentas —le había dicho Castro—. Estás aquí de milagro.

Había tardado doce horas en volver al mundo de los vivos y ahora que se encontraba mejor podía recordar los angustiosos momentos que había pasado en casa de Carmen.

—¿Una celebridad? —Olivia no lograba entender a qué se refería.

—Eres la periodista que ha resuelto el crimen del polígono —contestó Castro con tono jocoso—. Y que casi muere en el intento. Estás en todos los informativos.

Olivia abrió los ojos como platos.

—No me digas que me he convertido en noticia de los periódicos de la competencia. A Adaro le estará dando un infarto detrás de otro —se lamentó Olivia.

—No te preocupes. Tu periódico ha dado su exclusiva. Mario se encargó de ello por ti —la tranquilizó el policía.

—¡Mario! —Olivia intentó incorporarse. No había pensado en su amigo y en todo lo que se le habría venido encima.

—Tranquila, Olivia. —Castro la contuvo, empujándola suavemente para que se mantuviera acostada—. Mario lo está sobrellevando bien.

—¿Cómo está? Tiene que estar destrozado. Su hermana y Nico lo son todo para él. —Olivia recordó lo que Carmen le había contado sobre Nico y Ruiz. Se estremeció a pesar del ambiente cálido que reinaba en la habitación.

—A mí me odiará durante una buena temporada, pero está bien. Ocupándose de Nico. Y tratando de que el periódico lleve la voz cantante con tu historia. —Castro cogió aire y lo soltó con fuerza—. Es un buen tío y casi lo mando a chirona.

El inspector le explicó lo sucedido, el empeño de Mario en no desvelar dónde había estado en el momento de los crímenes, la coincidencia del pelo del gato de Olivia con el encontrado en el cadáver de Ruiz, la pasividad del fotógrafo ante la acusación.

—Tuvo que estar muy angustiado.

—Resulta que la noche en la que murió Ruiz realmente estaba en casa durmiendo. Pero la mañana en la que murió Victoria Barreda estaba en casa de Carmen, cuidando de Nico. Llegó a casa y su hermana no estaba. Cuando esta regresó, venía con un carrito de la compra y le dijo que había salido un rato al supermercado. Y Mario no vio razón para dudar de ella.

—¿No le extrañó a Mario que Carmen dejara a Nico solo en casa?

—No le dio importancia. El niño se pasaba el día dormido, debido a la medicación que tomaba. Y Carmen aprovechaba esos momentos para sus cosas —explicó Castro—. Y eso mismo le dio la oportunidad de escabullirse, sin ningún problema, para matar a Ruiz, para rajar las ruedas de tu coche, luego para dejarte el cuaderno a la puerta de casa y, por último, para acabar con la vida de Victoria. Solo que en esta última escapada no contaba con Mario.

—Y ¿por qué Mario no dijo nada de dónde estaba? ¿Por qué mintió diciendo que estaba en su casa cuando mataron a Victoria? —planteó Olivia sin entender la actitud de su amigo.

—No quería mezclar a su hermana y al pequeño en toda esta historia. Lo estaban pasando mal, los dos. Pensó que, si contaba la verdad, la policía querría hablar con ellos y decidió evitarles el mal trago —explicó Castro—. Mario confiaba en que el hecho de que no hubiera pruebas físicas, puesto que él no había matado a nadie, sería suficiente motivo para soltarlo. Pero no contó con que un pelo de tu gato, pegado a su ropa, se transferiría a la ropa de su hermana y de esta a la de Ruiz. Mala suerte.

Olivia pulsó el mando de la cama articulada y elevó la cabecera para sentarse.

—Olivia, creo que Mario nunca sospechó de su hermana, hasta el momento en que supo lo que Ruiz le había hecho a Nico. —Ella lo miraba con expresión seria. Se sentía afligida por el fotógrafo. Había vivido una experiencia dura, pero nada comparado con la que le esperaba a partir de ahora—. Él dijo: «¡Dios mío, ¿qué he hecho?!». Yo creí que se refería a los asesinatos. Pero ahora pienso que en realidad se refería al hecho de que, por no contar su coartada, le había proporcionado una a su hermana.

—¿Qué va a ser de Carmen? —preguntó Olivia con una pena tan profunda que le dolía.

—Está en prisión preventiva sin fianza. A disposición de la juez. Ha confesado, Olivia. —Castro notó la aflicción de la periodista—. Y hemos encontrado el bisturí y una bata desechable del hospital con restos de sangre, guantes de látex, el móvil de

Ruiz y el martillo con el que lo golpeó. Estaba todo en un carro de la compra, escondido en el trastero. En casa tenía una farmacia bien abastecida, incluida heparina, somníferos y ansiolíticos. Además esta mañana la compañía telefónica nos ha enviado el registro de llamadas del móvil de Ruiz y en él figura la llamada que hizo Carmen para citarse con él.

—Así que regresó a la escena a por el móvil en vano...

—Poca gente sabe que no necesitamos el terminal para poder acceder a las llamadas, tanto salientes como entrantes. Aunque borres las llamadas del terminal, aunque destruyas el teléfono... en el registro histórico de la compañía permanecen. Era cuestión de tiempo que hubiéramos relacionado a Carmen con Ruiz.

—Se volvió loca, Agustín. Se lo vi en los ojos.

—No confundas locura con odio. Carmen llevaba años macerando la rabia que llevaba dentro. Consiguió mantenerla a raya. Pero cuando Ruiz hizo con su hijo lo mismo que le había hecho a ella, dio rienda suelta a esa ira. Perdió el norte, pero no la cordura.

Castro leyó la incredulidad en el gesto de Olivia.

—Es consciente de lo que ha hecho. Pero es una persona dominada por el sentimiento más poderoso y antiguo del ser humano: el odio.

El inspector echó una rápida ojeada a su reloj y se levantó.

—Por cierto, han aparecido dos cajas de seguridad en dos sucursales bancarias: una en Pola de Siero y la otra en Lugo. Estaban a nombre de Victoria Barreda y ¿adivinas qué contenían?

—Sorpréndeme —se jactó ella, aunque ya sabía lo que habrían encontrado.

—Dinero, muchísimo dinero. Entre las dos, más de diez millones de euros.

Olivia recostó la cabeza sobre la almohada. Al final, Victoria Barreda había sido víctima de su propio demonio: la avaricia. Llámame gorrión y échame trigo, que diría su madre.

Castro le cogió la mano y se la apretó.

—Ahora descansa. Yo tengo que volver a la comisaría. Pero luego me paso y te pongo al día.

El inspector le sonrió y aquel gesto, cálido y tranquilizador, fue una promesa de que habría más momentos de confidencias y más cenas con notas de muchos colores como sobremesa. A Olivia se le alegró el semblante, a pesar de que no podía dejar de pensar en Carmen, en su desesperación cuando descubrió la aberrante realidad del estado de Nico; en su soledad, al no compartir su dolor con nadie; en su miedo, porque la historia se repetía como si de un bucle se tratara.

Pensó qué hubiera hecho ella de haberse encontrado en el lugar de Carmen. ¿Hubiera actuado igual? ¿Se hubiera dejado llevar por el peor de sus instintos hasta acabar con la vida de otro ser humano?

Cerró los ojos, agotada. Y decidió que ya lo pensaría al día siguiente.

Agradecimientos

Comencé a escribir esta novela para enjaular al animal que llevaba dentro y que, en un momento muy determinado de mi vida, quiso alimentarse de mí. Tras muchas noches en blanco y años de reconciliarme conmigo misma, decidí que sería mucho más saludable (especialmente, para la víctima) y, con un poco de suerte, más rentable, cometer el crimen sobre el papel.

Esta es mi primera novela y ha supuesto un ejercicio de constancia, tenacidad y de mucho esfuerzo hasta llegar al punto y final. Además, durante el camino he podido enfrentarme a ciertos demonios que seguían ahí, agazapados.

No ha sido un camino fácil, pero he contado con la inestimable y desinteresada ayuda de mi familia y de mis amigos. Antes de dar las gracias, quiero aclarar que me he permitido licencias para poder mantener la cadencia y la estructura de la novela. Si estas libertades han podido dar lugar a errores, la responsabilidad es solo mía.

Así, quiero darle las gracias a Alberto Quidiello, agente retirado del Cuerpo Nacional de Policía, por contestar a mis preguntas y aclarar mis dudas sobre el procedimiento policial, y a Ana, su mujer y mi gran amiga, por prestarme su marido aun estando de vacaciones.

A Raúl Olivares, subinspector de Delitos Tecnológicos del Cuerpo Nacional de Policía. Gracias por tus indicaciones y sugerencias que me han permitido darle mayor veracidad a esta historia.

Quiero agradecer a mi cuñado, Joaquín Aguado, su ayuda para entender el funcionamiento de un banco y a su mujer, Mara —mi hermana, mi amiga, mi gran apoyo—, por estar siempre ahí en los buenos y en los malos momentos.

A mi sobrina, Noa, mi princesita, una artista en ciernes, que con su corta edad —ocho años— solo quiere crecer rápido para que sus padres la dejen leer mi libro. Iluminas cada día solo con tu sonrisa.

A mi prima, Rebeca Sánchez, por poner a mi disposición sus extensos conocimientos sobre farmacología.

A mi amiga del alma, Isabel Díez, por sus correcciones editoriales y sus sugerencias para mejorar el primer borrador. Gracias, amiga.

A la periodista Eva Fernández, amiga y compañera de fatigas, por sus propuestas que me han permitido ajustarme fielmente a los ritmos de un periódico en la actualidad.

A mi amigo Jaime López. Gracias por mostrarme las tripas del apasionante —y terrorífico— mundo de internet, ese inframundo sobre el que nadamos el común de los mortales sin darnos cuenta de que, al igual que en el mar, por debajo de nuestros pies nadan depredadores. Gracias infinitas por tu generosidad al brindarme tus conocimientos sobre nuevas tecnologías.

A mi gran amigo y compañero de profesión, Pablo Nosti, fotógrafo de *El Comercio*. Gracias por dejarme «usurpar» tu extraordinaria forma de ser y de trabajar para dar vida al personaje de Mario Sarriá.

A Graciano González, a Daniel Ramírez y Ainhoa Camacho, grandes amantes de los libros, del olor a tinta y de esos lugares mágicos que son las librerías. Pero, sobre todo, grandes personas a las que he tenido la suerte y la satisfacción de conocer gracias a *Animal*.

A mis padres, mis referentes en la vida, María Jesús y Miguel, por su entusiasmo y por hacer una primera lectura del borrador. Gracias, mamá, por tus sugerencias respecto a las pistas que debía suprimir y las que debía añadir. Gracias, papá, por tus sugerencias sobre el texto.

A mi madrina Tití y a su marido Miguel, mis otros padres. Gracias por estar en mi vida y por hacerla más bonita. Sois un motor vital.

A mis tíos, Marichu e Ignacio. Gracias por vuestra fe en el libro y por esas velas a la Virgen de Covadonga. Funcionaron y a lo grande.

A mi hija Sofía, mi luz, porque ella me convenció de que en un buen libro no puede faltar una historia de amor.

A mi marido, Mayer, mi compañero de vida. Gracias por impedirme seguir poniendo excusas para no escribir esta historia. Gracias por no soltarme de la mano durante los diez meses de proceso creativo. Gracias por respetar que la escritura me absorbiera. Gracias por tu lectura, tus sugerencias y tus críticas. Gracias por tu apoyo y tu entusiasmo. Tú mueves mi mundo.

A mi agente literaria Mónica Carmona y a mis editoras Berta Noy y Carmen Romero. Gracias por creer en mí y por hacer realidad el sueño de esta humilde escritora.

A la editora adjunta, Clara Rasero. Gracias por tu paciencia y tu entusiasmo.

A mi asesora editorial, Covadonga D'lom. Gracias por tus sugerencias y por tus propuestas. He aprendido mucho contigo de la mano.

A todo el equipo de Penguin Random House en general y al de Ediciones B en particular. Gracias por convertir esta experiencia literaria en una aventura maravillosa.

Y, por último, a vosotros, lectores, gracias por darle a esta historia el beneficio de la duda. Espero que hayáis disfrutado con su lectura tanto como yo lo hice escribiéndola.

Noreña-Oviedo-La Fresneda-Lastres-Vigo-Santander-
Las Palmas de Gran Canaria-Madrid-Vera-Cunit
18 de enero de 2018 - 8 de octubre de 2018